IL CON[illegible]

OSCAR MONDADORI

I edizione Scrittori italiani e stranieri marzo 2008
I edizione Oscar contemporanea aprile 2009

ISBN 978-88-04-58674-6

Questo volume è stato stampato
presso Mondadori Printing S.p.A.
Stabilimento NSM - Cles (TN)
Stampato in Italia. Printed in Italy

www.librimondadori.it

IL CONTAGIO

A don Luigi Di Liegro, al nostro segreto

Fra dieci anni, se tutto va come abbiamo previsto, le borgate non ci saranno più.

MASSIMO ANNIBALI
ASSESSORE ALL'URBANISTICA

Ma perché parli sempre di borgate?
Al mondo esiste anche Madison Avenue...

ALESSANDRO PIPERNO

LA CASA DI VIA VERMEER

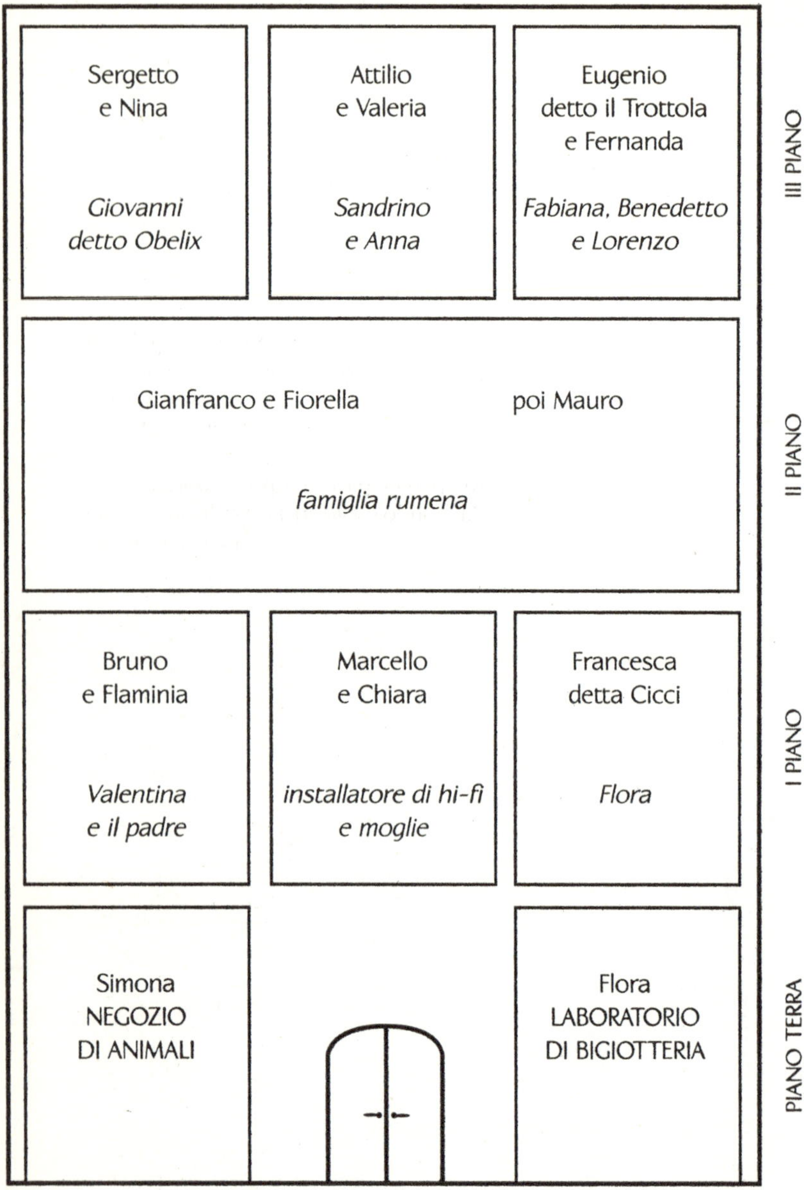

In alto gli abitanti della casa nella prima parte del libro
In basso quelli che la abitano successivamente

PRIMA PARTE

Il brusio

Che problema c'è?

«Più d'una volta.»

Il tono divertito, arrogante con una punta di paternalismo, come si addice a chi in quella serata sta pagando tutto: le birre, le linguine con l'astice, il soufflé di spinaci, le tonnellate di pizza mezza masticata e buttata per terra, il sasso di cocaina di almeno quindici grammi che i sottoposti guardano con golosità – sasso totem, che quasi dispiacerà di polverizzare come dispiace di intaccare un dolce meravigliosamente decorato. L'appartamento si allarga per oltre duecento metri quadri e dà un'impressione di lusso, pur essendo un alloggio dell'Istituto Case Popolari col fitto bloccato a settanta euro al mese. Così spiega Gianfranco, il padrone di casa e della festa, mostrando orgoglioso le nicchie e i tripli bagni; ha semplicemente abbattuto due pareti divisorie e raggruppato tre unità abitative, liquidando con poche migliaia di euro gli intestatari precedenti; l'Istituto non si è mai occupato della cosa, le cedole di pagamento continuano regolari: trentacinque euro per i due appartamenti che risultano affittati e niente per il terzo, evidentemente sfuggito all'inventario.

Lo spiega al professore, perché gli altri fanno troppo casino e comunque la storia la conoscono già; al povero professore che gli ha rivolto la domanda autolesionista («t'è già capitato di scopare Marcello?») e che ora sta smaltendo a fatica quella risposta potente. La tavola viene sparecchiata in fretta. Grande la casa, con cornici e intonaci costosi, ma anche mobili di cattivo gusto e i libri fortuiti che uno si aspetta (*Cuori neri*, Tolkien, il manuale di cucina della Clerici, un saggio sugli angeli). La via con un nome di pittore che tutti lì storpiano, e per arrivarci una rete di svincoli, una colata di fari come se la sola speranza fosse nella fuga; insegne sorprendenti di negozi ("Non solo orli", "Il terrore del capello") e la serra di vetro della Mercedes Benz dietro uno slargo di platani, prima di una chiesa semplicissima con la madonna di gesso sul rosone tondo, e forsythie e cemento scrostato su cui qualcuno ha scritto "smarrita barboncina color sciampagne a chi la ritrova ricca ricompensa", mentre un'altra mano ha aggiunto "non solo economica". Il professore attende che cominci il rito, sa che la sua maledetta prudenza lo indurrà come al solito ad accontentarsi di una miserabile striscia. Ma c'è un balsamo per sua fortuna, una sottile rivincita: andando verso il balcone, Gianfranco sculaccia allegramente i glutei in evidenza di Marcello. Data la presenza delle rispettive mogli, non potrebbe spingersi più in là; così il professore può tranquillizzarsi, "quel che per lui è un'una tantum, per me è un'abitudine acquisita".

Sì, Gianfranco ha una moglie, una bella ragazza riccia e in carne, non tanto alta e dai fianchi forti; attualmente incinta, il che Gianfranco presenta come un trionfo personale. Le donne stanno in camera da letto, ma lui le convoca e insiste che Sabrina racconti la brutta gravidanza: le nausee, le voglie improvvise alle due di notte, le gambe gonfie già alla diciottesima settimana, le caldane e gli svenimenti, il vomito sulle scarpe Paciotti. Il dettaglio che vanta soprattutto sono le tette di Sabrina («co' quello che me so' costate»), inturgidite ora dallo stato particolare ma siliconate in precedenza dal chirurgo, che da una terza scarsa ha ottenuto una quarta abbondante. Gliele fa appoggiare sul tavolo, in modo che si vedano tremolare come un crème caramel, e pretende che Alessio le tocchi, tra gli sfottò e gli evviva. Alessio è un ragazzo di ventiquattro anni, timido, che sta cercando di modificare in palestra una struttura un po' gracile, e che al colmo dell'imbarazzo si rifugia in bagno. Le donne si ritirano, irritate con se stesse per non aver saputo ribellarsi. Gianfranco d'impulso si alza e va anche lui verso il bagno («famme controllà 'sto schizofrenico, nun se sa mai»); tornano insieme, Gianfranco che smucina ancora intorno alla zip dei pantaloni. (Marcello darà poi, al professore perplesso, alcune informazioni essenziali: Alessio è passivo, lo prende in culo da Gianfranco anche se all'inizio non ci riusciva perché Gianfranco ce l'ha molto grosso, curvo e grosso; ora però si è abituato, solo che è geloso, «je pija male quando Giàn fa 'o stronzo, se stranisce, piagne pure, vorebbe ch'oo bacia su la bocca... me sa che sta a diventà frocio».)

Al tavolo sono cominciati i tiri, coi post-it arrotolati a fare da cannuccia; ma Gianfranco ostentatamente si astiene, sbeffeggia gli altri parodiandoli perché sono poco lucidi e ne approfitta per vincere a briscola. Tra i partecipanti al rito c'è un poliziotto, tenuto in una certa considerazione perché ogni tanto ricicla la cocaina dei sequestri; a lui più che agli altri si rivolge Gianfranco, prima discutono di un Porsche sottocosto poi ridono sulle puttane che ti vogliono fare per forza una pompa se non le schedi, è troppo facile, «a 'sto punto ciavrei 'o sfizio de 'na vergine»; «seh, a trovalle... ormai c'è solo via dell'Acqua Vergine ma è peggio che andà de notte, perché lì ce stazionano 'e nigeriane... co' quelle te becchi l'AIDS in un nanosecondo». Il poliziotto si lamenta della moglie rompicazzi, che glieli fracassa con le paranoie sui superiori e sul licenziamento. Gianfranco lo consola, rompere i coglioni è la funzione delle mogli, sono state create da Dio per questo; «pure Sabri mo' cià 'a scusa da'a bambina, però cor fatto che je pijano 'e crisi de panico io 'ndo sto sto, devo tornà a casa immediatamente, da Lavinio, da Caserta, da Milano, sempre ar servizio suo, pronti, vorebbe lei, ma sticazzi, quando posso, altrimenti sa'a sbriga co' mi' zia... oh le donne i fiji l'hanno fatti da secoli e secoli e nun ce so' mai stati problemi». La domenica per esempio lui deve andare con la squadra di tiro con l'arco, spesso sono in trasferta, l'arco è stata la sua passione da quando era adolescente; poi è subentrata l'aniridia parziale che l'ha colpito all'occhio sinistro, pare che in Russia adesso possono operare, «e comunque po'o sport mio er sinistro 'o devo tené chiuso».

Fa parte degli Arcieri della Torre, che hanno la loro sede in via degli Aironi, a Torre Spaccata; lui gareggia con l'arco nudo, cioè col poggia-freccia e l'ammortizzatore ma senza mirino e senza carrucola; gli antichi gallesi potevano trapassare col loro arco una porta di quercia dello spessore di sei centimetri. I sottoposti lo ascoltano sbruffando d'ammirazione ogni tanto per onor di firma, ormai persi nel balbettamento della coca; all'espressione "arco nudo" c'è stata qualche battuta sporadica, che non esclude anzi accentua la sudditanza. Poi Gianfranco va a prendere l'attrezzatura, tutta quanta fino al paradita di cuoio, vuole che apprezzino il riser in lega d'alluminio con disegno personalizzato. Ma loro ormai hanno paura di ogni sporgenza e di ogni corpo estraneo che invada lo spazio, cercano riparo e tregua («tiramo pure noi, no?») in un ennesimo invito a pippare in compagnia; ma Gianfranco declina ancora, e mentre dice «nun me fa effetto, ce so' cresciuto in mezzo» non riesce a nascondere un tono di superiorità assoluta.

La gravidanza di Sabrina procede tra molti pericoli, molte litigate e poca pazienza. Gianfranco lavora da qualche mese con un broker di nuova generazione, uno di quelli bravissimi a fissare i prezzi ma che non vogliono sporcarsi le mani con la polvere e grazie al fatto che conoscono quattro lingue sono esentati dal garantire la qualità della merce; loro garantiscono soltanto a parole, come se le sostituzioni non fossero possibili fino all'ultimo momento. Sabrina quando non era incinta la roba la provava lei, aveva una sensibilità straordinaria; l'ultimo viaggio lo hanno fatto in Colombia e la bambina forse è stata concepita proprio a Bogotá, in una stanza con vista su una specie di Colosseo (in realtà Plaza de Toros). Ora la cocaina la prova Alessio, che sbarra gli occhi quando è molto forte, dice cinque o sei volte «porcoddio» in cadenza sempre più rapida e vuole subito il cazzo di Gianfranco in bocca; quando è leggera, invece, fa una smorfia piagnucolosa come se fosse colpa sua, e trova giustificazioni che fanno incazzare Gianfranco enormemente («ma che ne sai 'ndo l'hanno rovinata? ma che sei, negro pure te?»). Sabrina sopporta male la presenza di Alessio in casa, anche se questi cerca di essere molto discreto e tiene sempre per lei nei conflitti con Gianfranco. Che è assiduo, ci mette buona volontà, recita il buon padre proiettandosi nel futuro e acquistando per la bambina giocattoli che non potrà usare prima dei tre anni, ma scivola in lapsus micidiali: alla ASL non ricorda il cognome della moglie, compra le confezioni per single al supermercato, la chiama sul fisso di casa chiedendole se sta ancora al negozio. «A Già, fai pace cor cervello» gli risponde lei dura, sicura nel suo ruolo di gestante e già convinta che il parto la renderà autonoma.

Ma tutto precipita in una notte, un sabato notte: Gianfranco sta a Velletri per una gara regionale della Fitarco, Sabrina alla ventiseiesima settimana viene ricoverata d'urgenza. Alessio s'era fissato sulla vacanza perfetta e aveva piantato la tigna che lui non telefonasse a casa in quei due giorni, ma Gianfranco si infuria che non l'abbiano chiamato loro. «Torno la domenica e mia moglie non l'ho trovata... mio cognato mi fa Sabrina sta al Pertini, gli ho detto scusate, io ciò il cellulare, a lei j'ho regalato un Samsung co' tutte le funzioni de 'sto mondo... mia moglie cià il parto aperto di quattro centimetri e io so' l'ultimo a saperlo?» Corre all'ospedale, la neonata è prematura ma non si trova un'incubatrice libera; con tutto il suo denaro, Gianfranco annaspa nell'ignoranza dei sottoproletari, insulta tutta la corsia ma non arriva a soluzioni. Alla fine si reperisce un'incubatrice a Viterbo; per dieci giorni Gianfranco non si stacca di là, tempestato da squilli al soccorso di tossici in astinenza, decine di vaffanculo all'ora; perde anche un affare importante, il broker gli grida che l'occasione è irripetibile e che una partita di birmana a quella cifra farà la fortuna della concorrenza. Quello che importa, adesso, è capire se i piccoli polmoni funzionano, se l'apparato digerente è a posto, se la valvola mitralica ce la fa a regolarizzarsi. All'undicesimo giorno la bambina muore, avendo appena ricevuto il nome di Barbara.

Quando si reca all'obitorio per il riconoscimento legale, è Alessio che lo accompagna. «Il portantino lì dell'obitorio ciaveva un asciugamano arrotolato... ha preso st'asciugamano l'ha messo sul tavolo e l'ha srotolato come se fosse 'n oggetto, 'na pezza de stoffa... quando ha finito de srotolà io ho visto la regazzina, nun so' riuscito a dì manco 'na parola... ho visto il gesto di quella persona con mi' fija, loro saranno abituati ma io no, quella cosa m'ha fatto cambià all'improvviso.» Così Gianfranco racconta a Marcello, che è andato lì per la solita dose e che durante la lunga assenza s'è dovuto arrangiare con degli albanesi; «ma sei sempre te il mio datore preferito». Marcello sta per istinto dalla parte dei vincitori, ora che stringe il sacchettino tra le dita ha tutto il tempo per ascoltare Gianfranco, per alternare i suoi «te capisco» e «ma scherzi, oh?». «Sabrina l'ho mandata via, s'è fatta le sue valigie e è tornata dai suoi... soffrirà pure lei, nun dico de no, ma io nun la potevo più vedé qua, penso come che lei l'ha fatto apposta de partorì 'na bambina morta... 'o so che nun è vero, mica so' scemo, ma nun me so' sentito ripagato... io me so' sagrificato pe' sette mesi, nun ho toccato n'altra donna e all'ultimo ecco er risultato... che lei manco m'è mai piaciuta tanto, se l'ho sposata è stato perché ciavevo dei buffi co' mi' socero, è stato lui che m'ha fatto decollà col bìsnes, che ho potuto fà i primi investimenti... ma lei pure, affetto poco, pochissimo, in negozio era tutta caruccia coi clienti e a casa un grugno... pe' faje fà er dovere suo certe volte l'ho dovuta pure menà.»

Marcello ride, pensa di sfruttare l'intimità che si è creata per ottenere (come tante altre volte) la coca gratis; invece di tirar fuori i soldi comincia a sfilarsi i pantaloni, ma Gianfranco lo blocca: «si ta'a vòi pippà a casa ma'a paghi, se no so' cambiate le regole, mo'». Gianfranco apre un sacchetto, prepara due enormi strisciooni e vuole che Marcello se li faccia lì subito, in sua presenza; poi sbriciola una pasticca azzurra di Viagra e la mescola in un bicchier d'acqua con un po' di zucchero e qualche goccia di un liquido oleoso. «Me fate schifo», gira intorno al tavolo e non sembra più lui, «pure quell'altra mezza donna che all'obitorio s'è messo a vomità.» Prende una sigaretta, la umidifica con le labbra, la impana nella cocaina e l'accende. Si siede a fumare in poltrona e intanto ordina a Marcello di spogliarsi nudo e di assumere pose ridicole. Gli introduce due, tre dita, Marcello stringe i denti. Poi cominciano le botte pesanti, gli schiaffi, i pugni; la miscela ha fatto effetto e Gianfranco si scatena come una bestia. Le vecchie posizioni, che permettevano a Marcello di riceverlo senza dolore, sembrano non attirarlo più: lo incastra con la testa sotto il divano, lo calcia sulle costole – «te sei 'na roccia» gli sbava all'orecchio, e gli strofina la barba sui dorsali e gli morde la nuca e «sì» rantola anche Marcello e gli sembra d'essere in palestra con un amico vero e arrivano quasi insieme all'orgasmo. «Ciavevi bisogno de sfogà tutta la cattiveria... domani te senti mejo, vedrai» dice Marcello sistemandosi il perizoma.

E invece no, Gianfranco non si sente meglio per niente; ha bisogno che tutto vada a rotoli, come sta andando a rotoli la sua vita. Da ogni parte gli arrivano conferme che l'universo è una bolgia insensata («si c'era 'n Dio nun stavamo messi così»), un ammasso confuso di materia; come il cadavere di sua figlia, che lui immagina buttato nella spazzatura. I primi infami sono proprio quelli che ora gli manifestano più affetto, cioè i cocainomani che si servono da lui: «te trattano bene pe' avé il pezzo, poi quando ce l'hanno nun je ne frega più niente de te». E allora lui vuole vendicarsi, ma siccome è una persona intelligente, che a causa della sua intelligenza è salito fin dove è salito, si vendica in modi subdoli e complicati. Usando la generosità, per esempio. Ci sono dei pesci piccoli che si riforniscono da lui, e a cui fin dall'inizio ha fatto un discorso molto chiaro: «si vai a bottega la famija tua è garantita, te nun me denunci e io t'aiuto, pe' l'avvocato pe' la scola dei pupi pe' tutto, nun te devi preoccupà, ma si vai sotto perché nun te pagano, quelli so' cazzi esclusivamente tua». Fabietto, un benzinaro del Trullo che spaccia per arrotondare, siccome che consuma pure, non riesce mai a stare al passo coi pagamenti; si è sposato da poco, chiede dilazioni e sconti. Con un atto di magnanimità improvvisa, Gianfranco non solo gli abbuona tutto il debito ma gli concede un prestito senza interessi per acquistare in società la pompa di benzina in cui lavora; si gode per un po' la gratitudine del beneficato («sei un grande, m'hai salvato la vita»), gli regala un pugnale del Duce e il BMW modificato che lui non guida più. Poi assiste, da spettatore asettico, all'inevitabile disastro: Fabio che si lascia andare alla bella vita, coca troie cavalli (qualche indirizzo gliel'ha passato Gianfranco, distrattamente), rispetta sempre meno i turni al distributore, alla fine è costretto a vendere la propria quota al socio ma i soldi che ne ricava sono già tutti impegnati per ripianare i buffi; non si adatta più a un lavoro umile sicché al primo furto da rampichino in un superattico trova di sotto gli agenti, avvisati dai vicini di casa, che se lo bevono. Il fatto che, in un'ansa del percorso, Gianfranco sia anche riuscito a scoparsi la moglie di Fabietto, è solo un piacevole corollario.

Gianfranco in un anno e mezzo è invecchiato di dieci, è dimagrito come se covasse qualche malattia, gli sono caduti molti capelli e si nota perché ha preso l'abitudine di tenere la testa bassa, con uno sguardo in tralice da sotto in su più penetrante del solito. La cocaina gli procura ronzii alle orecchie e gli fa tremare le mani, alle ultime due gare i suoi centri sono stati così scarsi che l'allenatore l'ha escluso dalla squadra di tiro con l'arco; non ci dà peso, sono altri i bersagli a cui mira, adesso. È diventato più brutto ma le donne non gli mancano, anzi: si compiace proprio delle più difficili, le altolocate fregna d'oro che gli parlano del loro psicanalista («altro che lettino, quando cianno er naso bianco so' tutte delle acrobate»). Di Sabrina non vuol sapere più niente, anche se i parenti di lei lo assillano «riprova», «riprovate». Organizza orge di donne uomini e trans, al puro scopo di dimostrare che nel sesso non ci sono confini e che si tratta solo di aritmetica («una più uno, più una e mezzo») – troppo frequentemente la sua erezione è difettosa. I veri nemici, quelli che vuole distruggere, sono i culturisti coi loro quintali di muscoli; vuole smascherare la debolezza che si nasconde sotto la forza apparente.

«T'aspettano pure per delle ore si je dici d'aspettà, li tratti male e nun reagiscono perché hanno paura de perdere la biada... io tante volte la roba ce l'ho già in casa ma faccio finta che la devo recuperà pe' prolungaje er ròsico... nun cianno più orgoglio, più dignità, più niente, so' l'ultimo anello della catena alimentare... si te te consideri 'no straccio io allora te tratto da straccio... più li fai umilià e più je fai piacere.» Li sottopone a qualunque performance, in parte anche per accontentare il voyeurismo di Alessio (che sta mettendo insieme uno sconvolgente archivio fotografico); a loro non importa se li si fotografa o no, e in che situazione, si illudono che il massaggio là in fondo gli eviti il tumore alla prostata; tanto le loro mogli o amanti sono al corrente e considerano il tutto una conseguenza della droga («molte vigliacche ce campano sur culo dei mariti»). Con Marcello è diverso, Marcello è un amico e la moglie è ingenua; anzi, sta minacciando di lasciarlo («te pensi che pure io e te un giorno nun famo 'sta fine?») – per questo è meglio invitarlo di rado e insistere che rallenti un po' il ritmo, che ceni con lei e non stia sempre encefalitico, «lo dico contro il mio interesse». «Lui non fa parte dei miei esperimenti scientifici» ha dichiarato una sera Gianfranco al professore.

La freddezza ecumenica di Gianfranco è un afrodisiaco aggiuntivo per Alessio, che è sempre rimasto chiuso nel proprio stitico orticello gay. Proiettarsi un Gianfranco cinico, dominatore di maschi e femmine, senza un'increspatura sentimentale, titilla le sue zone erogene di paraculetto occhialuto. Molto significativo a questo proposito è stato l'episodio dei cani. Un canile finanziato da iniziative benefiche di destra, con una decina di animali addestrati per la *pet-therapy*; i cani sono morti tutti avvelenati, una bella mattina ce n'era uno solo ancora vivo, che stava finendo di agonizzare. Alessio ha lasciato trasparire il sospetto che ad avvelenarli fosse stato proprio Gianfranco, perché geloso del tempo che Alessio dedicava al canile; a Gianfranco la voce non è arrivata e secondo Marcello per Alessio è stato meglio così («si viene a sapé 'na cosa del genere l'ammazza»). In realtà, ad avvelenare i cani è stato proprio Alessio, perché la calunnia ai suoi occhi è un mezzo per innalzarsi e rendersi degno di ciò che immagina che Gianfranco sia; o anche per provocare a se stesso una sofferenza fantasma, e perché con un alano aveva organizzato giochi che l'ossessionavano la notte.

Alla fine Sabrina è ritornata a casa, Gianfranco si è convinto che solo con lei riesce a darsi una regolata; altrimenti esagerava, era arrivato a dieci grammi e a delle porcate che è meglio non pensarci, da farsi pure male e soprattutto da far male agli altri inutilmente, perché a sporcare di merda chi ammette di essere già una merda non c'è nemmeno gusto. Con lei sono tornati gli orari di pranzo e di cena, i sabati al supermercato, la cucina in ordine. Si vede che lei è una specie di macchina riproduttiva, che i fratelli la potevano brevettare col certificato, perché appena ha ripreso a scopare le è saltato il ciclo e sta incinta un'altra volta; Gianfranco non aveva ancora pensato se era il caso di prendere precauzioni o no, non poteva supporre una tale velocità di esecuzione («senza manco spojasse, ahó, come si teneva er forno già caldo»). Non è scontento, comunque, gli piace quando la vita bussa e stare all'altezza delle responsabilità; ha deciso immediatamente di sospendere l'uso di qualunque sostanza, lo deve al piccolo che stavolta sarà un maschio. Le sue conversioni sono sempre state radicali: ha fretta di recuperare il terreno perduto sul piano del commercio, far capire all'ambiente, soprattutto a chi sta in alto, che è di nuovo pronto alle sfide – c'è il mercato degli studenti che è una prospettiva per il futuro, mica i soliti coatti. Affronta volentieri sacrifici per la famiglia, e per la moglie che pure non ama («però la rispetto perché attenzione, te viene più naturale trattenerti quando c'è il rispetto che quando sei innamorato»). «Adesso la sera ciò 'e catene, come in montagna co' 'a neve» scherza, «solo che nun c'è 'a neve, mannaggia.»

Il padre di Gianfranco possedeva una ditta di mobili, sicché lui dell'infanzia ha bei ricordi, di regali, non gli mancava niente prima che il padre si rovinasse fumando cocaina: s'è venduto tutto il magazzino perché a fumarla te ne serve tantissima – Gianfranco odia ancora i cristalli che giravano per casa. Ma anche dopo esser diventato povero il padre ha continuato a comandare («riusciva a ferìtte co' poco»), sembrava che lui era sempre il massimo e i figli non erano niente. «Mica che nun ce voleva bene, anzi, me faceva come Fonzie col pollice in su, prima d'addormentarmi... certe volte nun je veniva bene e je dicevo "a pa', mo'o rifai?", e lui porello più de là che de qua mo'o rifaceva pe' famme stà sereno... ma ciaveva 'sta mania de sentisse superiore.» La madre era una donna semplice, che ubbidiva al marito e aveva il cuore buono, per questo è morta giovane; lei non avrebbe approvato il matrimonio con Sabrina. Gianfranco ora lo sogna spesso suo padre, lo sogna che bestemmia nei campi dove è nato, che urla perché vorrebbe che i figli si inginocchiassero di fronte a lui.

Gianfranco indovina un paio di acquisti, perfeziona la fusione (corrieri in società) con un pezzo grosso del Pigneto; questi è soddisfatto della grinta di Gianfranco e gli propone di diventare interamente suo socio, compresi i viaggi in Spagna. L'iniziativa e l'avventura addolciscono Sabrina, i soldi sono tutto. Con duecentomila euro Gianfranco si compra un terreno, con casa colonica, nel paesino umbro del padre. Nella casa colonica ristrutturata conserva un vecchio letto a baldacchino, che gli consente un diversivo in più: buttare la droga sopra il baldacchino stesso e guardare i muscolosi sodomizzati, o sodomizzandi, che si dannano per scovarla («oggi nun ta'a posso pagà... affrontamo 'sta caccia ar tesoro, oh... la bambina ha fatto la cresima domenica e m'hanno disossato»). Alessio è sempre in prima fila quando si tratta di svaghi del genere, lui e la sua telecamera; sta seduto ai piedi di Gianfranco, incita i contendenti e ride come la favorita di un gerarca avrebbe riso a vedere un partigiano torturato. Quando è il turno delle femmine vere, però, si volatilizza con una tale rapidità che l'hanno soprannominato "maga Svaporina". Gianfranco se ne vergogna, non sopporta più gente senza palle intorno a sé – quell'isterica paura delle donne una volta lo divertiva, ora lo annoia. Un giorno Gianfranco arriva inaspettato alla casa colonica, trova Marcello in postura inequivocabile, attrezzi di cuoio e Alessio rosso come un gambero che inventa mille scuse; ma Gianfranco crede a Marcello, gli crede perché lo vede piangere, e crede al ricatto delle foto e che

Alessio se n'approfitta perché se la moglie di Marcello avesse quello shock lo accannerebbe in tronco e lui non saprebbe indove sbattere la testa, «to'o volevo dì ma ciài già abbastanza preoccupazioni, e poi a me che me frega de 'sta signorina, in vita mia ho fatto de peggio... e per meno». Gianfranco decide che basta; non gli mette le mani addosso ma va a trovare i suoi genitori e chiacchiera mezz'oretta con loro: exit Alessio dalla sua vita, per sempre.

Il momento del parto si avvicina, la gravidanza stavolta fila liscia. Le cene ormai sembrano oneste ricche cene borghesi: Sabrina col pancione ha preparato un ottimo tiramisù, i due poliziotti habitué si mettono in buona luce col professore, e con un parlamentare della Margherita agganciato attraverso la sua guardia del corpo; tutti invitati di classe che si scambiano opinioni sui viaggi in Florida o alle Mauritius, e che invece di rincoglionirsi a briscola discutono di liberalizzazioni e delle leggi in materia di sicurezza. Si beve vino prodotto nei vigneti sequestrati ai boss; «zitto, che te sentono» – «quando uno è filosofo nun se crea pregiudizi» conclude estasiato Gianfranco stringendo il vetro ruvido del bicchiere, come se suggellasse quel clima di cameratismo, di uguaglianza e di fraternità. La parola d'ordine è "che problema c'è?". Quella stessa notte a Sabrina si rompono le acque, Gianfranco resta in corsia per tutto il tempo del travaglio (breve, del resto), fin che la suora non gli mette in braccio il neonato urlante. «Ho portato il fagottino su casa, l'ho appoggiato sul letto, ho preparato la mia valigia e son venuto via»; così Gianfranco racconta a un amico che lo sta ospitando momentaneamente, e cerca anche di chiarire, a se stesso prima che agli altri, quel gesto: «me pareva che a lei je serviva un figlio, nun je serviva Gianfranco».

La moglie, e i parenti di lei, ormai lo considerano

un mostro; si rifiutano di fargli vedere il bambino, le pratiche per la separazione legale sono in corso e i cognati minacciano di denunciarlo come spacciatore, visto che ufficialmente risulta disoccupato e non sarebbe tenuto a pagare gli alimenti. Gianfranco non si agita: se gli perquisiscono tutta casa, anzi le due case, non troveranno un granello di niente. E ha chi lo protegge. Il figlio, quando sarà grande, capirà da che parte stanno i valori. Soltanto nei confronti di Sabrina lo assalgono degli attacchi ciechi di rabbia, vorrebbe spingerla giù da un burrone; lo ha usato come inseminatore ma non lo ha amato mai («pure la voce sua ne l'orecchie, quando me chiama dallo studio dell'avvocato, m'annebbia er cervello... è l'unica che se pò vantà d'avermi demolito con la sua astuzia»). Andando al negozio di pelletteria che il socio utilizza come copertura, lo trova chiuso per sequestro, brutto segno; cambia strada e incontra casualmente i ragazzi della Torre. Ricomincia col tiro con l'arco, bastano pochi allenamenti per fargli rivincere una gara; ma, mentre si prepara per gli italiani e dribbla l'antidoping, un flettente di carbonio si spezza di netto e gli colpisce l'occhio sano, il destro.

In casa di cura, la sua unica compagnia sono state le infermiere slave (e un infermiere a cui forniva gratis un po' di roba). I clienti non osavano passare a trovarlo, s'era sparsa la paranoia che la sua degenza fosse controllata da una camionetta in strada; perfino Marcello si è fermato lontano e ha spedito su il professore. «Sai che c'è, professó? bisogna stare calmi e metterlo in culo al mondo... c'è che finalmente Gianfranco è solo: mo' viene il bello.»

La casa – I

Quello che avete appena letto è un racconto che ho pubblicato su "Nuovi Argomenti"; ho usato nomi fittizi, calcato le tinte, inventato episodi per garantire alla trama più appeal. Ma la casa esiste, in un angolo di borgata che potrebbe essere tutte le borgate; oltre il raccordo, così lontano dal Centro che i taxi per venirvi a prendere vi sottopongono a un terzo grado, pretendono un telefono fisso, e il cognome, e l'assicurazione formale che non faranno il viaggio a vuoto. Una casa popolare degli anni Ottanta, col cemento a vista (scritto in rosso all'imbocco della scala A: "l'invidia è la forza dei cornuti"), in una strada senza uscita ma con un buco nella rete per risparmiarsi il giro lungo quando si torna a piedi dal supermercato. Le vicissitudini di Sabrina (che in realtà si chiama Fiorella), abbandonata dal marito subito dopo il parto, sono state lungamente discusse dalle donne del quartiere, riunite in quelle assemblee provvisorie che si tengono sulle panchine del terrapieno, dove la scarpata scende verso la fermata dell'autobus. La rassegnazione per come sono fatti i maschi è palese, in queste quarantenni tra cui si mescola qualche sposa giovane; ognuna di loro ha in mente quel che la differenzia, in meglio, dalle altre («io il mio, se mi faceva la metà di quel ch'ha patito lei, aveva già finito de vive»; «il suo errore è stato de tornà, così il sentimento l'ha sporcato lei, perché quando è tornata già lo sapeva siccome stavano le cose, mica ce stamo a raccontà le favolette»; «ce so' de quelle, pe' come so' cresciute, che privilegiano le tradizioni, e se mettono in ombra da se stesse pe' nun fà sfigurà la famija»). Ci vanno piano, però, a consigliare a Fiorella di tagliare tutti i ponti, per via di un'oscura storia che lei è «cugina carnale» del marito in quanto figlia naturale di un fratello di sua madre, e che quindi i suoi fratelli che tanto la comandano non sono che fratellastri, infatti non l'avevano riaccolta volentieri.

Gianfranco (il nome reale stavolta non posso dirlo) si appoggia su amicizie potenti – tant'è vero che quando son venuti i napoletani a minacciarlo che stava invadendo il loro territorio, lui gli ha potuto rispondere «guarda che quello che te la dà a te, il mio gliela dà a lui» – perciò non ha limiti di zona, può fare quel cazzo che gli pare e conserva sempre le spalle coperte. Le donne ne parlano come di normale amministrazione, come spettegolano di quella del terzo piano della scala B che non paga il macellaro da un mese e mezzo (o se lo paga, si sa in che maniera), e di Renato Zero che non ha riconosciuto una figlia ma è stato bellissimo all'Olimpico, con tutti i cuori che battevano insieme a lui. Se per il momento non si può migliorare, manco però uno deve buttarsi giù, la forza sta nel tenere sempre uno spiraglio aperto. La profezia prevalente, in ogni caso, è che Fiorella sarà riassorbita dalla famiglia d'origine, e che l'appartamento del secondo piano o diventa un centro di smistamento all'ingrosso o Gianfranco (continuiamo a chiamarlo così) ci rientra con qualche troia. Le spose giovani devono andare a prepararsi, quella incinta della scala C si sventola con la sottanella leggera a fiori e mette in mostra la mercanzia. La casa è illuminata dal sole al tramonto e componendosi con gli altri parallelepipedi sfalsati, nello smeraldo dei campi, smentisce il luogo comune che le borgate siano sempre brutte.

Nella scala A ci sono nove appartamenti ma ci abitano solo sette famiglie, dato che il secondo piano è occupato per intero da Fiorella col bambino, e ogni tanto si sente persa in quell'appartamento enorme sicché si piazza al balcone a telefonare per ore; più che altro alle amiche, ma c'è chi testimonia di averla sentita ansimare porcherie a un ex, vedi che Gianfranco non ha poi avuto tutti i torti. Il bambino è buonissimo, porello, di giorno dondola la testa e di notte non piange quasi mai. Marcello, il culturista del primo piano che con quello che si inietta è sensibilissimo ai rumori, non si è mai lamentato per il piccolo; si lamenta quando l'inquilina del terzo va a fare le pulizie da Fiorella e attacca la lucidatrice alle nove del mattino, che è un'ora più che civile ma per lui è il primo sonno: «a Valè, l'hai consumato 'sto pavimento». Poi però, quando la vecchia signora scende col bambino in braccio, e lui è a spasso col cane, è gentilissimo sia con lei che col pupo, fa mille clownerie – si lega un fazzoletto sulla bocca per farlo ridere, entra nel negozio di articoli sportivi, «questa è una rapina, consegnatemi tutti i vostri buffi!». Forse perché lui di figli non ne può avere.

La scala A è una scala disgraziata quanto a bambini: Marcello è sterile; Flaminia, la moglie del romanista in affidamento diurno, è lei ad avere un'occlusione delle tube; Francesca, la paraplegica che occupa l'altro appartamento del primo piano, potrebbe tecnicamente diventare madre ma il destino ha soffocato l'ipotesi. Al terzo piano c'è una coppia di semianziani con una figlia sposata a Lavinio, in rotta coi genitori, poi un separato che vive con la madre settantenne (la signora Valeria, appunto), infine una ragazza brasiliana che fa la vita e quindi non è il caso. Se Fiorella, com'è probabile, tornerà dai suoi, non ci saranno germogli freschi nel palazzo. Che è arido anche visto da fuori: non un fiore, non una pianta ai balconi – solo bacinelle, e sedie di plastica, e fustini di detersivo. Qui sono gli uomini che restano a casa e loro non hanno il pollice verde; e comunque considererebbero poco virile curare le piante. Se ne fottono, stanno a giocare a carte o a pippare, e quando le donne rientrano strillano perché i mariti o i figli non hanno messo fuori manco la monnezza, figuriamoci ricordarsi di innaffiare le rose. Credono di risolvere tutto scopando, che poi anche quello lasciamo perdere.

Si strilla molto in borgata, ma le incazzature sono considerate fenomeni naturali, scivolano come acqua sul vetro. L'abitudine alle urla ne fa emergere il lato comico. I due fratelli che litigavano per una cattiva spartizione della roba, e uno gridava all'altro da ormai cinque minuti «t'ammazzo, t'ammazzo, t'ammazzo», fin che una voce esasperata interruppe «oh, si vòi te l'ammazzo io, basta che la famo finita». O quello che chiamava «Pippoo, Pippoooo» alle tre di notte per svegliare Filippo il verduraio, e si sentì rispondere flemmatico da un cocainomane «pur'io pippo, ma mica faccio tutto 'sto casino».

Chiara, la moglie di Marcello, s'è affezionata a un ulivo cresciuto in una crepa della massicciata dietro i posti-macchina, in un terreno infiltrato da liquami velenosi, tra cocci e cartoni sporchi e ricambi meccanici arrugginiti, in uno spazio così costretto e impossibile che nessun seme ci poteva attecchire; eppure l'ulivo è lì, lucido e sano, con le foglie compatte come monete che riflettono il cielo, vellutate di sotto; senz'ombra di olive, mai in nessun anno ne ha fatte, e con una ferita nel tronco contorto, una ferita a forma di mandorla slabbrata. Chiara ci si va a rifugiare la domenica per sfuggire alla nausea, con un libro che non apre nemmeno – una biografia di Mussolini o una storia dei Templari. Si siede tra le radici e parla ai rami, visto che in casa non si può parlare di niente; nemmeno il puzzo degli scoli le dà fastidio, è l'odore della vita.

L'unica che tiene in casa una collezione di piante e le cura con precisione, ma senza sdolcinatezze, è Francesca. Sono piante grasse e spinose, di tutte le forme e dimensioni, in vasi colorati vivacemente; non le mette sul balcone perché i gatti saltando potrebbero ferirsi. Si affaccia alla finestra e vede Chiara distesa sotto l'ulivo, coi lunghissimi capelli che velano il tronco, ma non le fa pena. Ognuno sconta delle scelte, nella vita. Come quel ragazzo di ventisette anni che stamattina ha riempito di stupore e di lusso il quartiere; macchine nere e addirittura due limousine color panna. E lui in tight, col cilindro, tale e quale a Ramazzotti quando si è sposato con la Hunziker. Quello era l'intento, pare; e infatti il corteo delle macchine è partito clacsonando verso Bracciano, proprio al castello dove anche Eros. Questo scherzetto gli costerà circa trentamila euro, con duecento invitati sul lago. Francesca guardava dall'alto la messa in scena, e dai balconi di fianco sentiva Marcello e Bruno, l'ultrà della Roma, approvare senza riserve: «Fa bene, oh, che so' trentamila euro pe' lui, si'i rifà in du' viaggi... ha stipendiato un regista della Dear, uno professionale, pe' faje er film: c'è l'intervista doppia, sposo-sposa, come alle "Iene", fichissimo, e ce sta pure er video box pe' sparà tutte 'e cazzate che te pare... si nun dovevo firmà ce ivo pur'io... te l'immagini? almeno quand'è vecchio lo fa vedé ai nipotini, e je pò dì: indovinate chi era Ramazzotti e chi ero io». Hanno riso, Bruno ha bestemmiato e Flaminia a rimproverarlo da dentro. Francesca ha alzato lo sguardo dove si perdevano le macchine, fino alle cime dei pioppi, s'è immaginata sulle foglie come in una barca, altalenandosi al sole.

Francesca, detta la Cicci, ha una resistenza terribile e una risata contagiosa; all'inizio degli anni Cinquanta, quando è nata, c'era il boom della poliomielite in Italia e lei c'è cascata dentro. Non ha mai camminato in vita sua, se non per brevissimi e faticosissimi momenti, con tutori più ingombranti e invalidanti ancora della carrozzina. Da piccolissima non si rendeva conto, lo shock è stato alle elementari: un giorno è tornata da scuola sostenendo che voleva morire presto, che non vedeva l'ora, perché la suora le aveva promesso che dopo morta, in paradiso avrebbe camminato. Giocava al parco coi coetanei e si divertiva, finché non arrivavano le madri e li strappavano, «vieni via che la bambina è malata». Così la madre, donna energica precocemente vedova, l'ha portata dal paesello a Roma, sperando che nella grande città si notasse meno, e poi era più comodo per gli ospedali e le cure. Francesca cresceva con un viso bellissimo, occhi chiari, e con un seno prosperoso; ancora adesso, Marcello quando sta sotto cocaina azzarda «'na bottarella ja'a darei» – e Bruno più torvo «sì, co' un tubo d'alluminio». Fatto sta che non ha mai avuto paura di affrontare l'amore e i fidanzati: aveva quindici anni quando una vicina pettegola (abitavano allora in via Merulana) andò a riferire alla madre «ma che, era tu' fija quella che se stava a struscià co' un giovinotto, na'a machina verde?», al che la madre serafica «spero de sì, perché ce l'ha per diritto pure lei come l'altre». La madre era un tipo tosto, capocciona come un mulo; un giorno convocò la figlia in cucina e le fece un discorsetto: «ascolta, io ti compro le mutandine carine, lo smalto, te faccio andà all'ordine del giorno come le ragazzine normali... tu dalla vita puoi avere tutto e di più, se non ti piangi addosso, se combatti, se lo vuoi, e io ti sono al fianco fin che il Signore mi dà la forza; ma se pensi de stà a piagne tutto il giorno, di autocommiserarti, io apro la finestra, butto prima te e poi me butto io». E Francesca ha lottato, si è spinta sulla neve a fare la settimana bianca; andava a ballare al Piper, la calavano a braccia; i compagni si dimenticavano che era handicappata. In un congresso di partito, il segretario concluse la relazione fissando casualmente lei che stava in prima fila e incitando «adesso, compagni, alziamoci e mettiamoci in cammino». «A Robè, proprio a me mo'o vieni a dì?» rispose lei tra le risate di tutti.

La politica è stata la sua grande chance, il respiro di responsabilità collettiva; impegnata nel Partito comunista, ne ha seguito tutte le trasformazioni fino all'attuale Partito democratico, accompagnando convinta le mutazioni dell'ideologia per seguire i cambiamenti concreti. Nelle riunioni la chiamano "la papessa", perché la sua carrozzina non passa inosservata, viene trasportata dagli amici come su una sedia gestatoria; è presente in tutti i luoghi dove si discute, dove si decide: «dalla fontanella alla causa più nobile; la lotta per il 20, l'autobus, e la difesa delle ragazze madri... credo di aver contribuito coi compagni a far evolvere il quartiere, o almeno tutta via Vermeer... bisogna conoscere il territorio fogna per fogna».

Le ragazzine, nei casamenti lì intorno, restano incinte presto; non sanno dove andare, si riuniscono sotto i piloni e fanno sesso – è in voga un gioco che chiamano "arcobaleno": entrano in una cantina buia con dei rossetti vistosi e diversi l'una dall'altra, i ragazzi si calano le mutande e dopo, dai colori rimasti sul pene, devono indovinare quale delle ragazze gli ha fatto una pompa («scusa, ma mamma lo sa?»; «tanto lei è di Rifondazione...»). A vent'anni hanno già sperimentato tutto, due-tre anni dopo sono separate e hanno assaggiato le botte, «me fanno una pena, venticinquenni col futuro alle spalle». Anche in Centro le riconosci subito perché devono ostentare, i loro vestiti dorati e leopardati sono sempre eccessivi e senza storia, come se tutte loro dovessero morire prima della prossima stagione. «Quel disgraziato che s'è sposato copiando Ramazzotti, invitava il popolo a stonarsi la sera a spese sue, e i carabinieri sentivano perché cià 'sto vocione... vivono così, e domani? boh...»

Sono disponibili a tutto, certe volte fanno la colletta con le monetine per comprarsi una birra, poi li vedi con una fagottata di pezzi da cinquanta, anche sette-ottocento euro buttati per una boccia. ("Fàmose 'sta boccia" è scritto su un pilastro della scala C: invito ironico rivolto probabilmente ai poliziotti.) La "boccia" è la bottiglia di plastica con un foro in alto per fumarci la cocaina, e questa è la ricetta: 1) si prende un cucchiaio di cocaina mischiata al bicarbonato, si mette il cucchiaio sulla fiamma fin che in superficie sale l'olio; 2) con uno stuzzicadenti si raccoglie l'olio che cristallizza subito; 3) si tengono da parte i cristalli, poi si riempie per tre quarti d'acqua una bottiglia; 4) si passa la cannula di una biro nel foro praticato sul tratto superiore della bottiglia con la brace di una sigaretta; 5) si copre l'imboccatura della bottiglia con la carta stagnola, bucherellata in modo che diventi un filtro; 6) sulla stagnola si stende un po' di cenere della sigaretta, poi sulla cenere i cristalli e si dà fuoco; 7) infine si aspira il fumo che scende nella cavità della bottiglia, tipo narghilè.

Nella casa, la Cicci la chiamano "il grillo parlante" perché è l'addetta ufficiale alle prediche, unica voce di sinistra in un ambiente compattamente di estrema destra. La invidiano per motivi sordidi, per esempio perché è riuscita con aderenze a ottenere di autogestirsi i soldi che lo Stato le garantisce per l'accompagno, sicché può permettersi belle e lunghe vacanze; si è comprata un pulmino di seconda mano e glielo ha minacciato a tutti, «occhio al pulmino che ve spezzo le gambe». Azzardavano spiritosaggini anche sul segmento più tragico della sua vita, quando stava con Salvatore che loro avevano soprannominato Boccadoro dato quello che riusciva a fare col pennello tra i denti. Ma Francesca non riesce a disprezzarli davvero i suoi vicini: «io li vedo, loro lo sanno, rispondono stai tranquilla; a me non mi torcerebbero un capello, anzi devo ammettere che se ho un'emergenza sono protettivi e generosi».

Gli inizi non sono stati facili. Lei è una delle prime regolari, grazie all'invalidità: i bandi erano per gli anziani, per i disabili, per gli sfrattati – ma purtroppo pure per chi stava ai domiciliari e quelli, non potendo muoversi, convocavano i delinquenti a casa loro. Francesca era sola, sua madre era scomparsa da poco e quel quartiere le faceva un brutto effetto («come quando vai al cimitero e vedi da lontano i lumicini... be' qui per me era lo stesso, quando tornavo la sera e vedevo le lucine di tutte quelle finestre»); lo usava come dormitorio, lavorava alla Esselunga e tornava tardi. Pian piano si è resa conto dei giri mafiosi che c'erano, il business della vendita degli alloggi popolari, anche a trenta-quaranta milioni l'uno, roba che se lo racconti all'estero ti ridono in faccia; lei si è scontrata col capo della cosca perché avevano venduto l'alloggio che invece era già stato assegnato a una sua amica cieca, ma ha capito che non poteva opporsi frontalmente con una denuncia; si è inventata una tecnica d'aggiramento e l'ha avuta vinta. Le sue ossa politiche se le è fatte così: «siamo noi a creare il quartiere in cui viviamo».

Da allora Francesca non è più stata sola; all'accompagnatrice amorfa e neutra (anche se piena di buona volontà) del Comune si è sostituito un gruppo di compagni e compagne, che l'aiutavano volentieri e in cambio si beccavano qualche soldino. Una corte colorata, allegra, che ha finito per essere accettata pure dai fascisti del palazzo, tante partitelle a calcio e tanta musica scaricata sull'iPod. Una signora le ha fatto da mamma per quel che riguarda la cucina, le ha insegnato i piatti romani e spesso glieli portava già pronti da casa sua. Che importanza ha se la stessa signora, di sera, si metteva al davanzale perché abitava al piano terra, e dalla finestra passava le bustine ai tossici? Il marito e un figlio in galera, l'altro in comunità, che doveva fare per vivere?

C'è un'offesa, però, che Francesca non perdona al destino, un rancore da cui non esce. Ha avuto una storia con un ragazzo che è durata otto anni, quando lei ne aveva venticinque e il ragazzo ventuno; ha perso la battaglia contro i genitori, lui era normale e i suoi erano terrorizzati. Lui ora è sposato, ha una figlia adolescente e si incontrano qualche volta in sezione, è sempre rimasto un uomo debole. Ma non è questa l'offesa del destino, il destino si è scatenato con lei facendole incontrare Salvatore. La casa è ancora piena delle sue foto: siciliano per parte di padre, baffi folti, volto scavato, occhi neri. Tetraplegico per un incidente di tuffo, incazzato col mondo. Hanno deciso di convivere, compatibilmente coi turni balordi di lei; lui all'inizio solo i fine settimana, per il resto a casa della madre. «Perché non ti pigli una carrozzina a motore? recuperi il settanta per cento di autonomia...» – non voleva saperne, non voleva uscire di casa, dall'incidente non era più stato al mare, si vergognava del proprio corpo. «Io mi sono vista così fin da piccola, lui si ricordava di quando era bello.»

Francesca ha tigna, non molla; hanno azzeccato un tredici al totocalcio e con la vincita si sono comprati un Mercedes («seh, tredicimila impicci» protestano Bruno e Marcello, «che, nun se sa che la madre de Boccadoro era 'a strozzina più famosa de Pietralata? se metteva in mezzo pure nei fallimenti, comprava i debiti e mandava a riscòte... mica ce crederai davero che er fijo s'è paralizzato co' un tuffo? j'hanno sparato, j'hanno»); si spostavano con gli amici, Salvatore aveva diritto a due accompagnatori perché era grave, s'era formata una brigata di cinque o sei – Sicilia, Sardegna, Costa Azzurra; a Taormina lui le offrì una suite coi finestroni troppo alti, e per mostrarle la spiaggia dovette farla sollevare da un amico. Salvatore diceva che metà del suo cervello era rimasta incazzata, ma gli piaceva di più l'altra metà: «amore guarda dove t'ho portato»; «che guardo, se non ci arrivo?». Lui sulla spiaggia dipingeva, con la bocca e dei pennelli speciali; quadri precisissimi, quasi geometrici, maniacali; quando dipingeva si astraeva dalla realtà. Ha tracciato a matita un ritratto di lei; la sua ultima opera, perché un tumore al pancreas se l'è portato via in tre mesi.

Questo è il colpo da cui Francesca non s'è più ripresa. «Salvo non se lo meritava... la sua sofferenza naturale, quella che aveva già, hanno voluto che non bastasse, gli dèi schifosi, che ne occorreva un'altra, supplementare... la nostra vita ce l'eravamo modellata, dolorosa, perché lui aveva le piaghe da decubito, dei problemi a urinare, delle infezioni continue... dolorosa, okèy, ma grande, io mettevo il mio coraggio e lui l'istruzione... vicino a lui mi sentivo una nullità, intellettualmente... non accetto che tutto questo sia stato ripagato con altro dolore, non l'accetterò mai... al lavoro mi sono messa in aspettativa, giorno e notte in ospedale con Salvo, ci siamo svenati per la stanza singola perché uno così mica lo puoi abbandonare in corsia... giorno e notte, giorno e notte... non mangiava, vomitava, era diventato giallo... e se n'è andato... il momento più bello era il momento di andare a letto, che riuscivamo a dormire abbracciati... perché di giorno c'erano sempre le carrozzine di mezzo... invece di notte, al di là di tutto quello che può accadere tra un uomo e una donna, era proprio il contatto, come quando incontri l'ombra tua e l'abbracci...»

Questi sfoghi, qualche volta, li fa con Chiara sotto l'ulivo; Chiara risponde con parole semplici, sulla durezza del mondo, ma partecipe, come una che i colpi non ha mai saputo metterli in prospettiva e ha sempre dovuto pararli, piccoli e grossi, quando stavano per arrivarle in faccia. Francesca le parla anche del fratello, e di come non sono mai andati d'accordo; è aggressivo con lei, in pubblico le dà sempre torto, la rimprovera che mette in imbarazzo le persone con la sua esibita disinvoltura e che rompe le palle col voler sempre la carrozzina accanto, anche in aereo («perché, quando viaggia lui nun se le tiene, 'e scarpe?»). In verità è geloso, Francesca lo capisce, non è facile essere il fratello di una storpia che attira tutte le attenzioni su di sé. «C'era tutto per me e per lui non c'era niente... mi ricordo il giorno della comunione, l'abbiamo fatta insieme, io ciavevo una folla a ammirarmi il vestito e lui da solo, seduto, che brontolava mamma do' stanno i lacci?»

Chiara, chissà perché, queste cose dell'handicap le capisce molto bene, e a sua volta chiede aiuto a Francesca su come comportarsi col marito. In questo periodo è molto depresso e anche volendogli bene si finisce col fargli del male. Lei non sa mai se scegliere la linea dura o morbida: questa vacanza per esempio, col vecchio professore amico suo, lei non sarebbe stata tanto d'accordo, però al telefono l'ha sentito che era felice, si stava abbronzando, le sussurrava «amore mi manchi» che sembrava il cucciolotto di una volta. Non vede l'ora di andarlo a prendere all'aeroporto, però ha paura che il vestito fucsia la sbatta troppo, mica me posso fà vedé patita. «Ma no, sarai bellissima» – Francesca la tranquillizza e aggiunge «beata te». Chiara non coglie l'ultima frecciata; «sembrava un angelo» rimemora di quando si sono sposati e Marcello portava i capelli lunghi sulle spalle – adesso gli angeli Chiara li colleziona e lui gliene ha comprato uno nero, di lava, a Stromboli. Chiara ha una religione tutta sua, una chiromante le ha spiegato che Dio non esiste, esiste solo la Madre creatrice con una corte di maggiordomi. Quando sua madre è morta, il convivente ha fatto disinfettare casa con la calcina, c'erano gli addetti con le mascherine sulla bocca – e sua madre in realtà era morta di cancro polmonare. «Era l'ignoranza dell'epoca.»

«Sono scelte» ribadisce tra sé Francesca, «scelte che magari da giovani si fanno con incoscienza ma poi si pagano.» Il marito di Chiara non è manco cattivo, anzi ha un sorriso che fa tenerezza; ma è deleterio, per sé e per gli altri. Non si può essergli nemici, a questi uomini sperduti, ma non si può nemmeno assecondarli nella loro deriva; pensano di essere furbi a sfruttare gli altri («spolparli», come dicono loro), cercano lavoro e pregano di non trovarlo, misurano la propria bravura sul numero di soggetti su cui esercitano il potere, salvo accorgersi troppo tardi che il potere era molto più in alto e gli è crollato addosso. Come certe ragazzine, cresciute a pane e baci, che d'improvviso deviano e aprono le gambe al primo che passa. Non hanno la struttura ossea, vivono in una simulazione continua. «Io socialmente mi sento un gran peso sulle spalle: quelli so' figli nostri.»

Vedere rosso

«Si c'è 'na cosa bella, qui alle Torri, è il panorama.» Dal dodicesimo piano, alle sette di sera, è tutto libero fino ai primi monti; oltre il pulviscolo delle borgate estreme, un tramonto scenografico stratifica il rosso. Colori da videogioco, da indiani e cow-boy: scarlatto così acido da ricordare il verde, arancione carico fino al sangue ma anche quel cremisi scuro, forzato, di certe rose di serra. «Lei è depressa, in tutti i sensi» scherza Attilio parlando della sua amica Giusy, e indica la casa bassa, a soli tre piani, dove vive col marito. Lei non ama Tor Bella Monaca, rimpiange il Centro e la cioccolateria di Sant'Eustachio, per questo Attilio la rimprovera di rovinare tutto con nostalgie ambiziose («nun sputà in alto che te torna 'n faccia»). Attilio è tutt'altro che incolto, faceva il tipografo a corso Francia e stampava anche libri d'arte; ha gli occhi per la bellezza, tanto che passando davanti ai negozi di oggetti kitsch di viale Quaglia (delfini d'argento, copritelefono in velluto verde, vassoi con cuori in finta madreperla) non sa trattenersi da una citazione: «chi 'o diceva, nell'antichità, che a sapé tanto se sta peggio?». A Rebibbia ha letto i libri della biblioteca e ha recitato in un'*Antigone*, ma si lamenta di aver perso la memoria («ho promesso a mi' madre te passo a pijà a 'e quattro, poi me so' riaddormentato e quando m'ha svejato lei nun me ricordavo più 'a promessa, me credevo che me stava a fà li scherzi»); anche ora non riesce a trovare i tovaglioli, non ricorda dove ha ficcato i pacchi di spaghetti a trafila ruvida. Apre un barattolo di tonno, un po' d'olio si rovescia sui pantaloni; Giusy si china a passarci il borotalco, insiste sulle parti intime con una rapacità di mani che l'ironia non riesce a riscattare, e resta sospeso nel semibuio della cucina un imbarazzo di frasi non dette. Poi però lei si rannicchia sul divano, in un ardore trattenuto, si mette buona buona ad ascoltarlo mentre racconta la propria storia.

I computer hanno fatto fallire la tipografia, mentre le telecamere toglievano alla madre il suo incarico di portiera; lui intanto s'era sposato e aveva avuto due figli, s'era impiccato a un mutuo ventennale. Giocava ai cavalli tentando di rifarsi ma era un continuo andare sotto; non diceva niente alla moglie, lei già ci aveva i figli a cui pensare – fin che le cambiali sono state troppe, l'appartamento è volato via e la moglie l'ha giudicato colpevole, senza appello. Lui ha occupato una casa a Tor Bella, l'associazione degli occupanti aveva le chiavi e non ha dovuto nemmeno sfondare la porta, ma la moglie e i figli non l'hanno seguito. Si è ritrovato solo, disperato. «Ho conosciuto due rapinatori che abitavano al settimo, anzi uno al settimo e uno al terzo piano... io nun sapevo come se faceva, m'han detto de portà la macchina... poi dalla seconda so' entrato armato e m'è piaciuto... l'adrenalina che te sale è 'na cosa spettacolare, te senti er padrone der mondo... c'era chi ce dava 'e dritte, uno che lavorava alla Posta e ha sempre detto si 'e Poste me passavano cinque mijoni ar mese pe' stà a casa avevano risparmiato un sacco de soldi... s'entrava dentro la Posta co 'a mazza ferrata, la gente se impauriva a sentì la mazzata nel vetro perché sembrava 'na revorverata, 'a prima volta me so' sbajato pur'io, me credevo che qualcuno aveva sparato... insomma s'entrava dentro, state calmi qua nun se fa male nessuno, in due-tre minuti eravamo fòri, se steccava e se tornava a casa.» Giusy non gli leva gli occhi di dosso, si passa la lingua sulle labbra in un invito inequivocabile; lui non ci fa caso e prosegue.

«Ero ricco, quand'era poco erano ducento mijoni... ho cominciato con la coca perché il tempo libero era 'na cifra, praticamente se lavorava 'na volta al mese... quando la roba la paghi te, l'amici nun te mancano, e poi ragazze de qualsiasi ceto sociale... macché pagate, in cambio de 'na pippatina, sai quante pischelle dei Parioli, de piazza dei Giochi Delfici, co' l'amiche... vedendo tanti soldi mi' moje è tornata all'ovile, sicché ero meno libero, però m'ha fatto piacere de rivedé i figli... finché un giorno sul lavoro ciavemo avuto 'na colluttazione, è partito un colpo, io so' riuscito a ritiramme ma 'a convivente de quello ch'avevano preso ha fatto er nome mio... so' venute 'e guardie a casa a smucinà un pochetto e m'hanno scoperto 'na saccocciata de trenta grammi... mi' moje m'ha lasciato carcerato, è sparita co' tutti i soldi, intestati a lei pe' 'n impiccio finanziario ch'avevo fatto... i fiji nun me vogliono più vedere, dicono che so' stato un cattivo padre.» Si commuove, per un attimo non riesce a respirare; Giusy accorre dal divano e gli bacia le palpebre, gli sussurra materna «è che queste cose nun se dovrebbero comincià a cinquant'anni». Poi Attilio guarda l'orologio e la avvisa, «sbrìghete che er pòro Saverio sta a tornà» – e lei subito si affanna, si è dimenticata di comprare al marito le bistecche danesi, «mo' er macellaro è già chiuso». «Tanto te fai perdonà» la rimbecca Attilio, «'o sai come se fa, no? 'o sai pure troppo.»

Rimasti soli io e lui, finisce di raccontare l'ultimo

segmento della parabola. Uscito dal carcere era senza soldi e senza impiego, gli amici scomparsi in un botto; ha lavorato due mesi come pony, ma si vergognava a cinquantadue anni, tra ragazzetti che avrebbero potuto essere quasi i suoi nipoti. Un'assistente sociale gli ha procurato una settimana di prova ai Mercati Generali: «so' andato, ho attaccato a mezzanotte, alle sei del mattino me sanguinavano i piedi». Di nuovo il pony, poi l'incontro con Saverio, che l'ha associato ai mercatini di Porta Portese; Saverio è stata la sua salvezza, Attilio esplora i cassonetti per estrarne quel che è ancora riciclabile e che può essere venduto. «Da principe dei rapinatori a re da'a monnezza», ma lo dice comicamente; sicché non mi stupisco quando, alla richiesta di rievocare il più bell'anno della propria vita, mi risponde «l'anno scorso».

«Giusy è molto strana come donna, è trasgressiva... è sempre alla ricerca del membro... nun avendo niente da fà ar pomeriggio, s'è imparata a viaggià su internet... viaggia de fantasia, ha avuto qualche storia de parole, me l'ha confessato, co' gente de Milano, de Brescia... i primi mesi avemo vissuto praticamente dentro casa, loro m'avevano ospitato perché qui dovevano fà dei lavori, dato che me stavo a regolarizzà, non era agibile... la mattina s'andava al mercato molto presto, verso le dieci e mezza io e Giusy eravamo già a casa, il tempo de dà sfogo al nostro amore che tornava lui... a meno che nun doveva andà ar Comune... perché Saverio sarebbe dipendente comunale, servizio giardini, però sai al Comune basta che vai lì, che fai atto de presenza e poi te ne vai... sicché tornava a pranzo, se giocava a carte e poi se sbattevamo alla ricerca de sostanze de qualunque tipo... Saverio pippa come un dannato, e delle notti stava così fatto che io e Giusy potevamo scopà proprio nel letto, con lui da 'na parte che nun s'accorgeva de niente, brontolava "nu-nun fate casino, da-da-dateme spazio"... Saverio è il mio migliore amico, nun era 'na mancanza de rispetto... io amo entrambi de 'n amore diverso, amo loro due come famija, nun so se riesco a spiegamme... certo lei delle volte fa de tutto per farmi ingelosì, le donne Scorpione sono veramente 'na cosa assurda, sono malvagie... io dico trasgressiva ma in realtà potrei dì mignotta... certo la passione è tanta, ormai è più de 'n anno proprio de pura follia... co' mi' moje quando stavo bene, ch'ero preciso, ciavevo l'appartamento e la tipografia, per il periodo estivo andavamo in vacanza nelle Marche, a Senigallia, era 'na rottura de cojoni che nun finiva mai... co' Giusy famo l'amore in treno, io la prendo pure dietro, hai capito come? che me concede proprio er lato B... io così intenso nun l'avevo provato mai, figurati che per San Valentino j'avevo comprato 'na rosa rossa, e lei m'ha fatto 'na pippa mentre parlava al cellulare co' Saverio, e poi cià avuto la faccia de regalà a Saverio proprio quella rosa rossa che j'avevo dato io, e hanno scopato mentre lei pensava a me... Saverio me sottovaluta sul piano fisico, col fatto che lui è un picchiatore, è stato campione de full-contact...»

* * *

Sono rimasto fino all'una ad ascoltare quel sorprendente rovesciamento di prospettive; "fallimento" e "vittoria" giravano in tondo, mentre Attilio mi vantava le gioie di quel suo amore squinternato per una ninfomane nemmeno tanto attraente. Mi ha riaccompagnato fino a piazza Risorgimento, dato che l'ultima metropolitana l'avevo persa da un pezzo, e ha voluto fotografare col telefonino la porta d'oro che si apre nelle mura vaticane. Forse una serata non basta per cementare un'amicizia, ma ho tutta l'intenzione di aiutarlo nel favore che mi ha chiesto. Sa che conosco un giudice del tribunale di Roma e vuole che m'informi su come si fa per ottenere un colloquio, e se lo può ottenere anche un ex ospite. Saverio è stato arrestato per l'omicidio di Giusy, l'ha accoltellata e s'è costituito. «Sai che lei chattava, ultimamente invece delle parole c'era stato 'n incontrarsi proprio co' uno del mercato... se so' assentati un par de volte... con me chiudeva un occhio, er fatto rimaneva in famiglia e je risparmiavo pure 'na fatica... io lo stimo ancora un uomo meraviglioso, molto mejo de qua'a troia, non voglio perdere lui per quello che è successo... io lo capisco e lo giustifico, ma nun posso rischià de fà io i passi cor GIP, pe' 'na visita... siccome che lui spacciava alla grande, magari prendono i nomi de quelli che lo vanno a trovà pe' ricostruì la catena, invece tramite te... è stata tutta colpa della chat, perché nello stesso gruppo de... forum... nun so come se chiameno, ce stava n'altra zoccola che l'ha imbottita de cazzate, 'na femminista pugliese, che l'ha convinta a uscire alla luce del sole, a sfidare er marito... così Giusy s'è presentata ar mercato con l'amante al braccio, e Saverio che doveva fà? nun ha potuto abbozzà più, cià visto rosso.»

La casa – II

Anche questo che avete appena letto (e sarà l'ultimo, giuro) è un racconto – l'ho pubblicato sull'edizione romana di "Repubblica" circa un anno fa. Nel regno ordinato dei fantasmi, nella compressione di una ballata popolare, ogni intreccio si pesa alla bilancia dell'eterno; quando un personaggio ha adempiuto alle proprie funzioni, riconsegna generalità e fagotti al guardaroba e trova pace. Nell'inquietudine insensata della vita, invece, Attilio detto Attila si sveglia tutte le mattine pensando a come convincere Giusy a scopare con lui. Giusy non è morta, non l'ha uccisa il marito: nessuno nella realtà può sottrarsi alle complicazioni con un escamotage così perfetto, normalmente si arranca e si sporca il disegno. L'Attilio del racconto è fabbricato in parte con materiale che proviene da Sergetto, il rapinatore che gli abita di fronte al terzo piano; l'Attilio vero è più remissivo, mai imbraccerebbe un mitra in vita sua – anche se in lui sopravvive una scintilla di ribellione. La prestanza fisica, purtroppo, non ha presieduto alla sua nascita: lo hanno soprannominato Attila per scherno, perché è un nano di uno e cinquantanove con la faccia da furetto. L'assenza di incisivi e canini (non può permettersi il dentista) lo fa assomigliare ai vecchietti dei film western, le labbra ripiegate in dentro che sbava e soffia mentre parla, e la barba mal rasata più bianca che nera; quarantotto anni ma ne dimostra settanta. Non si rade per un residuo di sfida, d'orgoglio: di uno che ha saputo farsi valere quando aveva i soldi in tasca e ancora adesso pensa che se le donne lo vogliono lui così è. «Il mio fisico è un'arma a doppio taglio che però è favorevole a me, perché i fusti, metti tipo Marcello, mai penserebbero che io so' un concorrente, sicché ci stanno meno attenti, me considerano innocuo... invece nel mio piccolo, grattin grattino... io sono un diesel rompicoglioni, sono lento ma vado sempre... per quelli come Marcello è facile, basta che se mostrano, io una come Giusy la vedevo irraggiungibile, se mi confronto allo specchio... è stata una sorpresa grandissima sentirmi dire mi sono innamorata di te, anche se adesso dubito che non era vero, ma in quel momento ho fatto un sei al superenalotto... tutt'ora al mercato rosicano, sai, Giusy insomma è una che si fa guardare, tutti dicevano ammazza che fregna, loro non lo sanno che è così troia, quindi essendo io il prescelto dalla regina so che parecchi mi avevano preparato la macumba... forse manco ci arrivo a esprimere tutta la mia gioia, è come se avessi rovesciato il canone di scelta della donna.»

Ma con Giusy non va bene ultimamente, lei se la intende con tutti e sta con lui quando le pare. «È un gioco al massacro per controllare le mie reazioni, che sono molto negative... cerco di ribattergli anch'io la stessa strategia, del menefreghismo, mi accordo con Chiara e nel momento che Chiara telefona su mia istruzione lei cambia da così a così, non so se è gelosa da possessività o gelosa per amore... ma è un gioco che non porta a niente, voglio apparire come l'uomo duro e non ci riesco.»

«Io li amo tutti e due, amo la coppia» dice qualche volta Attilio parlando di Chiara e Marcello. Frequenta casa loro a ogni ora del giorno, ha perfino le chiavi; Marcello il pomeriggio è quasi sempre fuori anche se ormai non va più in palestra, ma accompagna il professore di qua e di là («è vecchio, je devo stà dietro»; «me sa che je piace ancora parecchio statte de dietro»). Chiara fa gli straordinari in ufficio fino alle nove, alle dieci, quando addirittura non deve assentarsi per cene di lavoro. Insomma Attilio si occupa del cane: Jago, detto Mozzichetti – lo fa mangiare e lo fa scendere; un dalmata di razza che hanno preso quando Chiara ha dovuto rinunciare alla procreazione assistita (data la debolezza degli spermatozoi di Marcello l'unica possibilità sarebbe stata l'eterologa). Loro definiscono Attilio, scherzosamente ma nemmeno tanto, il loro dog-sitter, gli dà un senso di lusso; quando Marcello è così cotto che non riuscirebbe a guidare, lo utilizzano anche come chauffeur per il professore – Attilio ne approfitta per svuotargli la cantina sempre ingombra di cianfrusaglie e per liberarlo da quintalate di giornali. Tutta roba che poi rivende a Porta Portese, ma il compenso principale per i suoi servizi è quel paio di strisce che Marcello ogni sera gli lascia pippare gratis.

Lui e Marcello non cenano, solo birre, stanno a tavola a giocare a carte mischiando talvolta due mazzi contemporaneamente e senza capire bene chi vince e chi perde; Chiara quando rientra li trova completamente assenti e si incazza con tutti e due, una sera ha perfino colpito Attilio con un portacenere di alabastro, spaccandogli uno zigomo. Quando è più serena lei si dedica al suo hobby, il découpage, ma il piacere le viene guastato da Marcello che fa battute con la bocca impastata, «finimola 'sta bbottija prima che Chiaretta cce mette le mani sopra pe-pe-pe' facce 'na pittura... a Mozziché, sta in guardia pure te, a ttirà fòri 'a lingua che ta'a timbra...». «A pè pè, 'a vòi 'na mano a stampo?» risponde Chiara risentita, «qua tutte le minchiate le faccio io, vero?» – allora si distraggono guardando la televisione, i polizieschi e quei programmi di gente che se la spassa senza fare un cazzo («personal marketting»); e le conigliette di "Playboy" su Sky, nella piscina di Hefner, e per la dodicesima volta Sordi nel *Marchese del Grillo;* Enrico Papi col prezzo giusto e un orologio da coatto. Da lì Chiara passa alla storia del nonno che rubò tre orologi dal negozio della sua amante e voleva rivenderne uno al marito cornuto – «ce sta 'na vena» l'accusa Marcello, «'na vena de, come se dice... vabbè quanno so' encefalitico nun mme viene... no de impunità, sì, tattattà... na'a famija tua... de imm-moralità, oh, jo'o fatta a ddillo». «Ah sarei io l'immorale, hai capito? io... ma annatevene a morì ammazzati, parassiti de merda...», e Chiara si ritira in camera da letto sbattendo la porta.

A Attilio ogni tanto gli pigliano delle botte di dignità, se ne torna bestemmiando al terzo piano quando gli sembra che lo trattino davvero come uno straccio («la domanda su Carlomagno l'avevo indovinata perché in gioventù qualche libro me lo sono pure letto... che c'entrava de dimme "ah, quanno se tratta de magnà sei n'esperto"? che se credono, che nun ce l'ho un pezzo de pane a casa mia?») – ma la sua voglia di famiglia è grande, e li trova entrambi bellissimi fisicamente («è bello pure Jago»). Se Chiara indossa dei jeans a vita troppo bassa, o una maglietta eccessivamente scollata, lui la sgrida «sei proprio sicura che non ti puoi coprire più decente?», scatenando le risate di lei che subito lo riferisce a Marcello. Marcello disprezza Attilio perché è sfigato e brutto, Attilio ricambia il disprezzo per come Marcello si è buttato via e per quello che si è ridotto a fare con gli uomini. Ma i suoi occhi azzurri lo sconcertano, un giorno in macchina ha permesso che Giusy gli si buttasse addosso e gli facesse una pompa sul sedile reclinabile, mentre lui guidava e cercava di non spiarli.

Su da lui si annoia, la madre soprattutto la sera è intontita dall'alto tasso di glicemia e bisogna urlarle le cose perché le capisca. Il sabato la porta all'hard discount e anche lì è una lotta, Valeria si dimentica di quello che ha in dispensa e vuole comprarlo di nuovo, cede a tutte le offerte anche se non le servono. I pensili della cucina straripano di dadi per brodo, di biscotti scadenti, di farina di kamut, di confetture fossili e buste di lenticchie a strati; tutto stipato al punto che aprendo gli sportelli si rischia la frana («a ma', qua s'arivano l'indiani potemo resiste a 'n anno d'assedio»). D'altra parte, «fortuna che ci sono sempre le mamme disposte a riprendere i figli dentro casa». Quando lui è tornato in borgata aveva già quarantatré anni, aveva fallito come marito e come padre: «i miei figli non li vedo mai, so che lavorano tutti e due... loro non mi cercano e io, forse per una comodità anche mia, gli ho detto guarda io non vi chiamerò mai, però sappiate che sono sempre vostro padre, qualsiasi cosa... comunque non chiamano, magari è un bene perché evidentemente non hanno bisogno». La sola perdita che rimpiange è l'appartamento che è stato costretto a vendere: «ne avevo fatto un miracolo di bellezza, mi mancano pure i quadri che avevo attaccato al muro, ammesso che faceva caldo d'estate e freddo d'inverno, e c'era un problema con la Croce Rossa lì sotto, che ogni momento partivano le ambulanze... non era grandissimo, nella camera avevo fatto la scelta di far dormire i bambini così noi abbiamo sistemato praticamente un divano-letto nel salone». Ma era in Centro, si vedeva l'Olimpico da due passi. «E poi rimpiango lo stipendio, che c'entra?, per forza, mi avvilisce dover sempre ricorrere alla pensione di mamma, pure per le sigarette, per la benzina, pare che se le auguro lunga vita non è per amore ma per interesse... però insomma, questo è il prezzo della libertà.»

Sua moglie non l'ha più sentita per anni; poi, due settimane fa, aveva un appuntamento con uno dalle parti della Muratella, doveva comprargli degli oggetti per il mercato e stava con Giusy, quando da destra ha notato la moglie rallentare con la macchina: «una volta era capitato di intravederci e non aveva fatto manco un cenno, invece stavolta ha avuto un sorriso proprio sparato». È rimasto deluso dagli amici, che al momento del divorzio si sono schierati tutti dalla parte di lei – ma lui si sentiva ripugnare all'idea della tranquillità e di andare a ballare nei centri anziani («non voglio morire con la sensazione che me so' perso qualcosa»). «Ho speso tanti soldi con le puttane, non lo nego, me ne facevo circa tre a settimana, o se mi trovavo bene con una ci insistevo, ho sempre avuto le mani bucate... era il mio modo di evadere, dei rapporti con loro non mi pentirò mai, con loro non si prova dolore.» Il suo vero sogno, adesso, se non ci fosse la madre, sarebbe di partire con un circo: «quando vedo il tendone m'innamoro ancora come i bambini, è quella la vita che vorrei fare... quando danno da mangiare agli animali, oppure che montano smontano... vorrei viaggiare con loro da un paese all'altro... comunque pure il fatto di vendere, ai mercatini, anche quello mi dà un senso di nomadismo».

Si sveglia la mattina alle quattro, così presto al banco c'è solo Giusy, il marito arriva più tardi. «L'altro giorno stavamo a scherzare, ma proprio innocentemente, io le avevo messo una mano sul culo per tastare la cellulite, lui è arrivato alle spalle e m'ha dato 'na briscola che ho camminato storto per un'ora, proprio stavolta che nun stavamo a fà niente... io ormai l'amore cerco di metterlo tra parentesi perché m'interessa più l'amicizia con loro, sono pure loro il mio nido, anche se ogni tanto il cuore mi batte che magari la vedo in certi atteggiamenti... però nel complesso me s'è svalutata perché lei non dà importanza ai sentimenti, sembra che ti venera fin che ha voglia di... insomma, hai capito, con rispetto parlando... e quando l'hai soddisfatta passa a un altro... io sono più romantico, figurati che una volta sono stato anche con una partner gobba... sì, la conosci, è la figlia del mio dirimpettaio, quella che sta a Lavinio... ah, non lo sapevi? fin da regazzina presentava una certa gibbosità per una malformazione alla spina... sono andato da lei per un lavoretto e l'ho vista così sola, mi guardava con degli occhi come se io ero il suo principe azzurro... se lo sa Sergetto m'ammazza.»

L'inquinamento acustico è il padrone del quartiere: incontrastato martella sui nervi, spingendo i più sani a fare altro rumore per contrastare, i più nevrotici a patirlo come una condanna necessaria, convinti come sono che essere poveri è una colpa. Gli addetti del Comune, che potano gli alberi e con la motofalciatrice si accaniscono sui prati, entrano in servizio alle otto ma già gli slavi che stanno soprelevando abusivamente hanno messo in funzione la betoniera. Quello del negozio di articoli sportivi tiene la radio a palla, poi fischia e grida «Marcellinaaa!», una vecchia gag che non fa nemmeno più ridere. (È nata un giorno che Marcello scendeva con le braccia impedite da quattro scatoloni e gridava «c'è nessuno che cià l'intelligenza d'aprimme?»; «mica sei 'na donna, che te devo aprì 'a portiera»; «si vòi, posso esse pure 'na donna» ha risposto Marcello facendo la vocina; ma loro lo sapevano già.)

La polizia passa con la sirena e le ambulanze vanno a Tor Vergata, e dalla Boutique degli animali strilla uno strano pavone che sembra il film di Dario Argento, delle piume di cristallo. Le lucidatrici, i frullatori, i martinetti pneumatici e le ruote che stridono in curva obbligano tutti a parlare a voce alta: qui la discrezione è segno di malattia mentale, solo alcuni pazienti dell'ambulatorio rasentano i muri e muovono le labbra senza emettere suono. Il raro pianto del figlio di Fiorella fatica a farsi strada, debole protesta di una vita ancora incerta; qui sono le risate a prevalere, risate a piena gola che non presuppongono felicità. Ogni tanto, come energico segno di interpunzione, il fracasso di qualcosa che si rompe per una lite, vetri o ceramiche o tonfi sordi, e i «te sfonno», «viè qua», «a 'nfame» che rotolano anch'essi come suppellettili. Non ci si fa più caso, si alza semplicemente il volume delle proprie occupazioni e si dà per scontato che dormire è un piacere privato e irregolare, da strappare coi denti. Da un balcone all'altro, per ragioni diverse, ci si lanciano le bottigliette di Lexotan.

Una delle più impreviste è stata la lite tra Nina e Fernanda, ed è scoppiata proprio a causa del rumore, almeno apparentemente. Perché è vero che un cliente di Fernanda aveva dato di fuori, non voleva pagare anticipato e Fernanda con un trucco era riuscita a estrometterlo senza farlo scopare, sicché il tizio tempestava l'uscio di calci; erano le tre di notte, fin che è arrivato il Trottola e ha sistemato la faccenda. Ma Chiara e Flaminia, gongolando, sospettano che la Nina si sia incazzata, alla sua veneranda età, perché controllando Sergetto mentre si spogliava gli ha scoperto alcuni brillantini incollati sull'inguine, e chi si mette sempre i brillantini in faccia è proprio Fernanda. «Te l'immagini, coi mutandoni che porta di solito... quanto j'avrà dato pe' fasse pure strofinà, oltre al lavoretto?»

Sergetto ha sessantaquattro anni ed è fondamentalmente un uomo noioso; anche quando parla della sua vita di rapinatore, non riesce a metterci un briciolo d'avventura o di passione. «Ho cominciato da bambino, furtarelli, già rubavo in quinta elementare... a lavorà ciò provato, all'Autovox sulla Salaria, ma la fabbrica ha chiuso... avemo pure occupato per tre mesi, due anni di cassa e uno di mobilità... le banche erano il mio ramo, spaccià o buttà 'e donne sur marciapiede nun è un pane che me piace... i benzinari è 'na parte da tossici, vai a rovinà 'na persona che co' quei soldi ce deve vive, io m'andavo a pijà quelli do'o Stato... sì, guardie giurate, porte girevoli, vabbè, niente de speciale... m'è capitata qualche donna incinta che sveniva, magari... invece 'na pensionata ai Cessati Spiriti, "nun fateve scappà manco 'na breccola, a belli de nonna, tanto a noi ce li riportano"... ma nessun incidente, no, niente de strano... a 'e guardie je levavi er fèro e basta, "a brigadié t'ha detto male"... mica je dovevi sparà... per me era un mestiere come l'altri: uscivo la mattina, andavo a vedé quello che dovevo fà, 'na volta sbrigato il lavoro tornavo a casa... 'a cena, 'a televisione, tutto regolare.» Gli amici stessi gli dicevano che pizza che sei, ma vuoi darti una svegliata? Lo portavano ai cavalli e puntava mille lire, gli offrivano cocaina squamata, quella buonissima di una volta, e si tirava indietro per via del cuore; al bar al massimo un Crodino. Non ha mai avuto vizi: per un anno e mezzo ha aperto una bisca alla Magliana ma come investimento, lui non ha mai toccato il gioco. Fin che le guardie non hanno messo i sigilli.

Con la vita morigerata che faceva, riusciva ad accantonare parecchio denaro; quello è stato il suo punto debole, la mania che gli aveva preso di trafficare con le finanziarie. Era sempre lì coi listini della Borsa in mano, a calcolare la resa dei pacchetti. Con Nina si sono sposati a diciannove anni, lui allora era alto e magro, assomigliava un po' a Gary Cooper; i genitori di lei l'avevano ostacolato («pe' qualche scippetto, mentre er fijo che fa 'o spacciatore è bravo, vabbè lassamo perde»); poi era nata la bambina, con quella malformazione che non la faceva stare ben distesa sulla schiena, e che s'era aggravata col passare del tempo, al confronto con gli altri a scuola. L'aveva fatta studiare, pensava che per un'infelice come lei era l'unica possibilità; pure a lui era sempre piaciuto molto leggere, soprattutto testi di storia e di geografia, sulla contessa di Castiglione e sulle sorgenti del Nilo – se ne vantava quando gli capitava di conversare con persone di un certo livello. Ma la cultura alla figlia gli era andata in veleno, più si istruiva e più si staccava da casa; un giorno era arrivata a dirgli che coi soldi mal guadagnati lei poteva farci le peggio cose, perché tanto non erano costati fatica. Come se non fosse fatica applicarsi quotidianamente per non farle mancare le cose belle uguale alle amiche del collegio; è più rispettabile un rapinatore, che se la rischia di persona, piuttosto che uno che corrompe i politici. «Voglio vivere alla grande? va bene, compro un kalashnikov e m'organizzo, non vado nella segreteria d'un partito e faccio cambià er piano regolatore... come con le mignotte, meglio loro che i giornalisti, che invece del corpo vendono le idee.» Che infatti Sergetto fece l'errore di fidarsi di un tizio che si era vantato di essere bravo a portare la macchina (diceva «chiamateme Emerson, come a Fittipaldi»), e quando sono usciti correndo dalla filiale lui non c'era più, s'era tenuto la macchina rubata; loro hanno provato a fuggire a piedi ma s'erano già alzati gli elicotteri.

Dopo la condanna lunga (tredici anni vissuti come un impiegato: «ar carcere se sta bene, nun ce prendiamo per il culo... io a Porto Azzurro ciavevo tutto, 'a palestra, er campo de pallone, te cucini da solo, te diverti, giochi ar biliardino...»), all'uscita c'erano un sacco di novità – Nina era tornata al paesello e i soldi messi da parte spariti tutti. A causa di un protesto bancario, il conto era stato intestato alla moglie e alla figlia, che aveva vent'anni all'epoca della cattura. Nina sosteneva che un compare era venuto e s'era fatto consegnare una quota, ma non c'erano più prove perché poi quello era morto; la figlia aveva acquistato una casa e un fondo a Lavinio, spergiurando che i soldi appartenevano all'ex marito, che però vedi caso era bellissimo e scansafatiche e una gobba come lei mica poteva averlo trovato se non a pagamento. («Per quanto, 'e sorprese da'a vita... ieri pe' ddì a Pietralata ho visto n'omo che picchiava 'na vecchiarella davanti casa, poi ho scoperto ch'era stata lei a aggredirlo perché lui aveva parcheggiato di traverso al cancello... questa era una tosta, l'ultima profuga del bombardamento de San Lorenzo del quarantatré...»)

I rapporti con la figlia si erano interrotti, Sergetto è tuttora persuaso di essere stato derubato dal sangue suo, ma mica poteva metter di mezzo gli avvocati. Lì per lì non volle vedere nemmeno la moglie e si piazzò con un'ucraina di trentasei anni che lavorava come badante; poi grazie alla Cooperativa 29 Giugno ha trovato un posto al decoro urbano, successivamente ha fatto un corso di pizzaiolo e adesso è socio in una pizzeria-kebabberia dove s'è inventato il kebab con la rughetta. L'ucraina è tornata in patria per aver difeso la sua signora da un furto della nipote, ma la signora non le ha creduto, ha creduto alla nipote e l'ha licenziata; lui s'è ripreso in casa Nina perché lo accudisca, ma con la figlia non ci vuole parlare ancora. Nina se potesse risparmierebbe pure sull'aria che respira, dice è inutile figurare se c'è gente che sprizza e sprazza molto più di noi; «tu fai il tuo, che c'entra?», questa disperazione di non essere al top Sergetto non l'ha mai capita.

Tre sono i fuochi vivi nella sua esistenza cupa e monotona: 1) il rimpianto per una mega-rapina che lo poteva sistemare per sempre («si annava bene mica stavo qua... co' 'e cassette de sicurezza, semo stati quasi 'n anno a completà i sopralluoghi... io ho voluto spiccià prima un lavoretto facile che è stato quello 'ndo m'hanno carcerato, sicché nun c'ero quando er colpo s'è fatto e hanno steccato du' mijardi a capoccia»); 2) il desiderio di riabbracciare la figlia, che certe volte ha l'impressione di amarla di più proprio perché l'ha fregato e ha saputo tenergli testa; 3) il gusto per certe belle scopate con le mignotte, per cui forse nella storia di Fernanda la sua Nina ha ragione, ma è l'unico sfizio che si sia mai concesso, e qualcosa sarà pur permesso a un onesto padre di famiglia.

Le donne della scala A, da quando è arrivata Fernanda, lo sanno che i loro uomini un giretto ce l'hanno fatto tutti, è troppo comodo e troppo difficile da controllare. Tutti a parole la prendono in giro, per la faccia un po' camusa da mezza negra; giurano che mai si abbasserebbero, imitano ferocemente i tic e i difetti dei clienti; ma quando lei con una vestaglietta leggera lotta col vento prima di salire in macchina, e si atteggia un po' a Marilyn sapendosi osservata, ecco Bruno e Marcello e Attilio che fanno anche loro le mosse come se si riparassero la fregna, gettando gridolini di perfetta femminilità (e Flaminia e Chiara «ciavete bisogno de 'no psichiatra, ma de quelli bravi»).

In fondo però la stimano, perché è una brava ragazza che mantiene la madre e due figli a Fortaleza; non è una vera rivale, ha una bellissima voce con cui canta la domenica canzoni malinconiche alla chitarra, ed è molto più dignitosa di quei vermi che si infilano su per la scala per andarla a trovare. Un prete, una volta, si confuse e suonò al primo piano a casa della Cicci, equivocando che la prostituta fosse lei; la Cicci glielo lasciò credere e il prete è ancora là che scappa terrorizzato – sicuro che il demonio, per svergognare la sua lussuria, gli avesse presentato apposta una puttana in carrozzina.

Il tassista dei trans

«Mi chiamo Eugenio ma tutti mi nominano er Trottola per via che giravo velocissimo quando se faceva la break dance per strada; i più bravi eravamo io e Marcello che se conoscevamo da molto piccoli. Una volta per l'ennesima volta non me fecero giocà al pallone nel cortile e me ne andai a piangere in un portone, che era sotto dove abitava Marcello che stava a rientrà... dice che stai a fà da solo a piagne? non l'avevo mai visto né conosciuto, dice dài viè su co' me, e me porta su casa sua a giocà co' 'e figurine... e questo è il modo che siamo diventati amici con Marcellino.

L'anno più bello della vita mia, e anche il più brutto, è stato due anni fa perché ho incontrato una ragazza che m'ha fatto capire quello che non avevo capito in trentatré anni de vita. Il più brutto perché ciavevo ancora degli strascichi della separazione, di *saudagi* e solitudine, il dolore lo stavo cominciando a sentì, ma è stato cancellato dall'incontro con Fernanda. La rottura del matrimonio è stata che mi' moje ha accusato troppo il peso d'avere partorito, sia lei che io non sapevamo che era un sacrificio così grande avé un figlio, se semo trovati forse impreparati e lei ha sfogato tutto il suo dissenso verso de me, sicché erano discussioni continue... so' stato io che so' andato via, anche perché 'a casa era la sua. Io lavoravo tutto il giorno e quando tornavo la sera se scannavamo e basta: l'unica pausa, l'unico momento de bellezza era che ciavevano scelto a fà 'na comparsata in una trasmissione alla Dear, a applaudì come coppia. Sortivamo dallo studio pure a mezzanotte e se fiondavamo in discoteca, fin che la baby-sitter telefonava che 'a piattoletta piagneva – e allora a mi' moje je venivano i rimorsi, "Eugè, qui l'unica che cià il cervello è la bambina". La bambina assorbiva tutta la negatività. Alla fine me so' trovato solo con diverse cosette da pagare, avevamo acquistato 'na macchina nuova il mese prima... gli alimenti, me so' arabattato in difficoltà da subito. Lavoravo all'officina ma quel che pijavo me bastava appena pe' pagà le spese, per me non mi restava niente. Io ciò la mania delle moto, vado la domenica a fare le corse a Vallelunga, ciò 'na Kawasaki 600 che me la so' aggiustata tutta da me; affittamo er circuito, semo un gruppo.

Dovevo trovà 'na soluzione nelle ore che non erano de lavoro, de notte... sicché ho pensato bene di mettermi a fà er tassinaro. Ciavevo un'amica trans, una che sembra la Bellucci ma con un cazzo da cavallo... 'na sera l'ho accompagnata al lavoro perché il suo autista non poteva... mica l'autista personale, erano una decina de trans che ciavevano un par d'autisti che le portavano sul luogo degli affari. Da lì m'è venuta l'idea, che avendo io buone conoscenze nel settore potevo sfruttare questa cosa. Tramite lei abbiamo buttato giù un *planning*, con costi e ricavi, di varie brasiliane e venezuelane in modo che sapevo quando passà a prenderle; così la sera ciavevo il mio giro, andavo a cena e cominciavano le telefonate, a me alle otto, a me alle otto e trenta, a me alle nove... ne portavo 'na quindicina. Transitavo in diverse case (he he, trans-itavo, è proprio er caso de dillo) ogni viaggio ne portavo due o tre, qualcuna m'offriva pure er dolce; sì, le portavo tutte nello stesso posto, più o meno dalle parti della Regione Lazio, sulla Colombo... lì i clienti sono soprattutto scrittori e politici. Loro abitavano comunque alla zona Piramide sicché erano viaggi brevi... me davano dieci euro l'una ogni trasporto, e se tornavo la mattina pe' riportalle erano altri dieci euro... alzavo duecento, duecentocinquanta a notte, calcolando che all'officina guadagnavo trecento a settimana. La mattina il mio collega dell'officina vedeva dalla faccia che ero stanco, però non dal rendimento perché ce la sfangavo... lavoravo tutte le sere, a parte la domenica e il giovedì perché erano i giorni mia co' la bambina, i giorni che il giudice m'aveva assegnato per stare con mia figlia.

Le trans rimanevano molto fedeli a me, perché il taxi la domenica e il giovedì je veniva de più, e poi i taxi mica sempre li trovi, magari succedeva qualcosa, 'n incidente, io stavo sempre nei paraggi e in du' minuti arrivavo... poi capitava che je veniva fame e allora andavo da McDonald, o in farmacia a pijà er Luan, er lubrificante che cià un po' d'anestetico, o le pasticche per il mal de stomaco, pian piano è nata n'amicizia... be' in qualche caso anche più che n'amicizia... se devi trasgredì allora trasgredisci completamente, che gusto c'è a andare co' una che cià un cazzo enorme se poi non lo usi... diciamo che er Luan spesso lo pijavo pure pe' me, pe' uso intimo personale, insomma.

Dopo ciò avuto l'incontro con Fernanda, che Dio ha voluto ch'era la sorella de una delle trans che je facevo da tassinaro, a mia insaputa... no, io l'ho incontrata in un pub, però la prima sera che m'ha portato a casa, ho visto ch'era uno dei posti dove andavo a prendere, una casa conosciuta, sicché gli ho chiesto e lei m'ha detto sì, è mia sorella, cioè il fratello, e allora gli ho dovuto raccontà... È rimasta un attimo così, ma non più de tanto sbalordita. E comunque 'sta cosa è punibile, non come favoreggiamento, nun credo, ma come taxi abusivo, né più né meno... so' pure subentrate delle gelosie, perché 'na donna pe' quanto possa esse aperta de mente non vede mai de buon occhio... poi queste parlavano, j'hanno detto che ci annavo pure, e quello che me piaceva... a me quelle col cazzo grosso me piacciono da morì, quando sto sotto coca parlamose chiaro, me faccio fà tutto, sicché Fernanda m'ha imposto de interrompe er lavoro... tutte loro le vedeva sotto forma de nemiche... de nemici.

M'ha fatto capire che se poteva stà bene pure senza dové ricorrere a 'sta cosa, co' l'officina mia e col lavoro suo... che se sarebbe successo qualcosa chi ne faceva le spese ero io, perché avendo una figlia, co' un lavoro del genere, si saltava fuori potevo perde l'affidamento, cioè de non vedella più manco du' giorni, no per legge ma pe' un fatto morale... non era solo che facevo 'na cosa sbagliata, ma quello se poteva ripercuotere per tutta la vita mia. Fernanda me sta a aiutà dal punto di vista economico, co' 'a rata da'a machina e per gli alimenti, e il cinema per la bambina, e i gelati... poi facciamo 'na vita più tranquilla, col lavoro suo la sera non usciamo mai, per cui spendo anche meno. Lei la domenica non lavora e se c'è bel tempo annamo al mare, ce portiamo la regazzina, se no restiamo a vedere "Domenica In" o "Buona Domenica"... lei m'ha regalato la serenità d'accontentamme de poco, de nun cercà altre cose.

Il problema principale de 'sta convivenza è che la casa je serve pure pe' lavorà, de giorno vabbè lavoro pur'io, ma quando stacco, la sera, la notte... quando arriva il cliente devo da uscì, per fortuna che qui in borgata nun c'è orario, nun sei mai solo c'è sempre chi nun dorme pe' 'na ragione o pe' n'altra, però fanno battute, scene... preferisco andamme a fà un giretto su la Casilina, arrivo al Mercatone Uno... fin che è estate è piacevole, d'inverno certo è più difficile. Sto fuori venti minuti, mezz'ora, lei cià 'na clientela abbastanza assidua, regolare; chiamano prima, e quando stanno al cancello, che avvisano col citofono, io esco: faccio apposta a incontrarli per le scale, magari se pensano che so' uno che abita de fronte. Certe volte me dà fastidio, dipende dalla persona che vedo... è vero che per lei è un lavoro, e m'ha dimostrato che me vòle bene perché nun je servivo io, lei nun cià bisogno de me diciamo, poteva stà da sola... quindi da questo lato ciò abbastanza sicurezza. Però chiaramente quando vuoi bene a una persona un po' te rode... lei m'ha sempre detto che è mejo per lei si er cliente nun è brutto, perché non è ipocrita, e certo fa meno fatica de concentrazione se il cliente fisicamente non è male, ma a me me girano le palle comunque, puntualmente quando rientro je chiedo com'è andata, lei sa che si nun me lo dice litigamo, sicché mo'o dice e allora litigamo lo stesso.

Una volta l'ho ingannata, ho fatto finta che uscivo mentre lei stava in bagno e invece me so' nascosto nello sgabuzzino, quello senza finestre 'ndo teniamo i bauli; ciavevo il batticuore perché avevo paura che me sgamava, ma volevo sentì quello che se dicevano... la cosa m'ha, no eccitato, ma intrigato... lui era uno forte, je comannava fa' questo fa' quello, lei rideva poi diceva "che grangi" che pe' lei vò dì "grande"... ho socchiuso la porta perché a lui je volevo guardà il cazzo, ma ho capito dai suoni che stava a venì sicché me so' ritratto e non ho visto niente... dopo quando lui è andato via e lei s'è messa a sciacquarsi, io ho fatto rumore con le chiavi come se rientravo... le ho chiesto com'era stato e ho constatato che mi diceva la verità.

Io de carattere 'sta soglia così netta tra il bene e il male nun la vedo, preferisco più 'na ragazza così, che me vòle bene, piuttosto de una perbenino che quando magari vado a mangià 'na pizza scambia sguardi co' 'n altro, mejo una che va co' cento pe' lavoro. Lei non mischia il lavoro con la vita... certo, quando andiamo dai miei a pranzo ce dovemo mette d'accordo perché se no capiscono che lavoro fa... al ristorante qualche volta capita che incocciamo un cliente perché Roma è piccola, però io dico vivi e lascia vivere, se c'è l'amore si recuperano anche le situazioni peggiori.

La mia ex moglie era quasi vergine quando l'ho sposata, e avevo deciso de impalmà lei proprio perché la vedevo pura, in quel senso; ho fatto 'na figlia con lei perché volevo che veniva fuori da 'na donna pulita, e invece dopo ho capito che non era quello l'importante. Con tutta la pulizia era fredda, e nella sua testa smignottava molto di più; una donna come quella che ciò adesso, dopo il lavoro cià bisogno d'affetto, cosa che con mi' moje nun riuscivo a trovà. Io me commuovo, so' un tipo sensibile e il suo malessere me rendeva infelice, che nun capivo da dove poteva scaturì; invece Fernanda è una donna positiva. Il suo progetto è de sistemà sua madre e i bambini in Brasile, de compraje 'na casa e un'altra vicino da affittà, come uno stipendio da lascià a su' madre. Lei al mese riesce a tirà su un diecimila euro, cinquemila manda sempre, qualcosa mette da parte; è molto generosa, cià un sacco d'amiche, le piace aiutà tutti... se avesse pensato solo a lei a quest'ora aveva ultimato il progetto e aveva smesso col mestiere, come m'ha promesso che farà... io non le ho chiesto de finì co' il lavoro subito perché nun potrei fà fronte economicamente al progetto suo... co' tutto che fa 'na vita de risparmio, se compra un paio de pantaloni ogni morte de papa, co' quello che guadagna potrebbe fà la signora e invece è di una semplicità unica.

Nun ciò rimpianto per la vita trasgressiva de prima, ho cominciato presto a frequentare i transessuali, so' riuscito a levamme tutte le fantasie... de uno m'ero innamorato perso, no er fratello de Fernanda, scherzi? no, una venezuelana, m'aveva catturato la sua venerazione per me... io si nun me sento amato nun posso stà bene, co' mi' moje ciò vissuto sei anni e nun me so' mai sentito un giorno amato, mai un giorno; me pijava come 'na medicina, come si pure io ero 'na faccenda de casa da sbrigà. Facevo sesso fòri ma ero imbarazzato, impotente... sai quante volte so' andato in albergo co' una puttana, a sedere sul letto, io de schiena a lei... lei co' 'e carte napoletane a fasse er solitario io co' 'e carte francesi... c'è da ridere a pensacce, ogni tanto davo 'na botta de coca, poi dovevo rientrà a casa che se faceva 'na certa, pagavo e manco l'avevo toccata.

Fernanda è 'na professionista, ma ce so' dei momenti che sbotta a piagne senza un motivo, chiaramente er lavoro 'o fa ma je vié ogni tanto la nausea. Lei sa qualcosa delle mie storie coll'òmini, sua cugina j'ha detto che ho pure fatto diverse uscite nell'ambito del cinema e della prostituzione; è quasi contenta che anch'io me so' prostituito, perché dice così me pòi capì che significa, nun me pòi giudicà... Mi' sòcera pure l'era venuto a sapé ch'avevo smarchettato pe' compramme 'na Honda e me trattava dall'alto in basso, stava in una baracca però se sentiva superiore, la stronza. Io so' sicuro che Fernanda, a parte il lavoro, nun m'ha mai tradito, ce metto la mano sul fuoco, io invece qualche volta coll'òmini... dal lato sessuale lei è quella che più s'è avvicinata al mio ideale, a letto nun me fa sentì a disagio qualunque cosa me sento de fare, perché comunque ognuno cià delle fantasie più o meno particolari... si me voglio vedé un film porno, accendo e mo'o vedo, lei sta a legge 'a Bibbia, chiude er libro e se sdraia a vedello co' me, me infila pure... insomma m'accetta come sono.

In genere stamo da soli, nun l'ho mai presentata all'amici, penso che me troverei in difetto, soprattutto co' 'e mogli, le fidanzate, perché le donne so' crudeli tra de loro... Chiara e Flaminia per esempio so' terribili, cattive proprio... Fernanda basta un niente per farla soffrì, però è orgogliosa e nun l'ammette... è molto religiosa, de 'na religione de quelle loro, cristiana però no cattolica, dice sempre che Cristo ha girato via la testa da questo palazzo, sicché viviamo un po' isolati. Tranne gli sfoghi che me faccio co' Marcellino, che è 'n amico d'infanzia e nun se stranisce de niente, era lui che me veniva a cercà quando m'escludevo a priori... Fernanda ha unito le due parti della vita mia che erano sempre state separate, quella della correttezza d'affetto e la spinta trasgressiva, lei me appaga in tutto e me sento completo... anzi me sento impaurito perché si perdo 'na persona così nun la rimpiazzo facilmente... questo forse me rende troppo apprensivo, divento appiccicoso.

Mi' padre ha sempre messo in chiaro che era lui quello che portava i soldi a casa, mo'o faceva pesà... io pe' lui ero sempre inferiore all'amici mia, nun ho mai capito perché. Lui era un patito del pallone, e mi' fratello a calcio era un fenomeno... io ero 'na pippa, io e il pallone siamo due universi totalmente separati... io pur di fare contento mi' padre mi sono pure tesserato in una squadra, ma non m'hanno mai convocato a fà 'na partita intera... giocavo nella squadra dove c'era stato mi' fratello ch'era appena comprato dall'Inter nelle giovanili... dietro raccomandazione di mio fratello mi fecero entrare al secondo tempo, toccai palla e gli feci autorete... tante volte io ingigantivo le cose, però quell'episodio m'ha devastato dentro. Papà ha influito sul fatto de famme 'na famija, perché per lui la normalità è quella; ho procreato 'sta bambina pe' lascià vedé a tutti che ero 'na persona seria, è stata come 'na maschera, me sentivo sotto l'occhio del ciclone, che passavano l'anni e tutti ciavevano 'na famija e io in giro la notte a trasgredì... 'a droga, l'òmini... adesso se c'è una cosa che ho capito, è che io non la voglio, 'na famiglia normale.

Quando eravamo a negozio, non ho mai potuto mangià 'na pizza co' 'e mano, perché voleva dì esse poveri, e nun avecce un piatto de pasta, come quando c'era la guerra e certi sporcavano de sugo la bocca ai figli pe' dimostrà ch'avevano mangiato. Questa era la mentalità sua, de mi' padre, s'è sempre preoccupato no dei figli, de come stavano, ma de quello che l'altri pensavano dei figli. Quello che cerco ancora è la tenerezza che non m'ha dato mi' padre, ciò rabbia verso de lui. Se lui m'aveva dato più comprensione io nun ci andavo con l'òmini, perché lui mi ha sempre fatto vedé quella cosa come 'no sbajo, sicché l'ho dovuta cercà in maniera strana, co' paura... me faceva sentì in colpa per quello che cercavo de capì.

Nei momenti sessuali Fernanda 'o vede che ciò dei desideri fuori controllo e pensa che succede?... sta sul chi va là. Lei cerca de tranquillizzamme, ma una delle insicurezze principali dell'uomo è che non riesce a soddisfà la donna... il fatto sulle dimensioni, che lei cià diversi confronti al giorno. A me non m'ha mai importato tanto quando lei raggiunge l'orgasmo, e però puntualmente, è diventato 'na sorta de gioco, quando lei sta co' qualcuno io torno a casa e "come ce l'aveva?" – lei ride. Pure se i clienti l'incontro pe' 'e scale, l'occhio corre subito al bozzo... lei bugie non le dice, però certe volte è meglio si me direbbe 'na bugia. So che nun je dà tanta importanza ai centimetri, perché abituata coi negri e i mulatti da regazzina, figurati... però c'era un poliziotto che ce l'aveva gigantesco, e io le ho proibito d'andacce ancora... che quando litigamo e je rinfaccio nun hai fatto niente pe' me, risponde ah nun ho fatto niente? e il poliziotto, che ciò rinunciato? e me fa incazzà. Ma è bello fà pace, non vedo l'ora che lei compra le case in Brasile che possiamo andà via da qua, in una città dove nessuno ci conosce, senza più prostituirsi a nessuno e avere un figlio nostro.»

La casa – III

Ha ragione Fernanda a considerarlo un ingenuo, uno facile da convincere, per non dire uno stupido; Eugenio crede a tutto quello che gli si dice, è così incerto nel valutare le cose della vita che appena gli arriva un'interpretazione la adotta come sua, e l'ultima prevale sempre su quelle precedenti. Lo chiamano er Trottola non (come lui crede) per la sua abilità di ballerino, ma perché è una banderuola nel cambiare opinione. Non è vero che Fernanda non abbia bisogno di lui; lei ha capito da tempo che la traccia di un uomo in casa le garantisce sicurezza e attutisce le smanie dei clienti. A parte il vantaggio puramente materiale di saper risolvere qualche questione con i pugni (come testimonia Marcello, che lo conosce da una vita, «a vedello così sembra magrissimo, ma quanto mena!»), lei lo pensa come l'"eunuco del serraglio" (sarcasmo di un cliente livido): e in questa definizione c'è più tenerezza che disprezzo. Le perversioni di Eugenio certo le ripugnano un po' (come il suo aspetto fisico, del resto, la scoliosi e i peli fitti sulla schiena), ma gli è grata della sua schiuma da barba, del suo profumo al tabacco, dei suoi calzini e delle sue canottiere: quando vanno in bagno, i clienti hanno l'impressione di profanare una casa di famiglia, invece che di muoversi liberamente in un bordello. Il che accresce forse il compiacimento, ma rafforza il rispetto.

Il secondo punto in cui Eugenio si sbaglia è a proposito del desiderio di Fernanda di smetterla col mestiere. L'acquisto delle due case in Brasile è una comoda scusa; lei si trova bene così, a tornare sulla retta via non ci pensa proprio; non saprebbe che cos'altro fare ed è convinta che Dio le abbia ampiamente perdonato, come perdonò alla Maddalena. Ogni tanto soffre di anomalie del ciclo, flusso eccessivo e perdite intermestruali, come un avvertimento a cui preferisce non pensare. Col mestiere incontra gente elegante, raffinata, che la solleva in un'aria più respirabile; e se Ignacio non trova niente da ridire figuriamoci se lei si lascerebbe commuovere dalle sdolcinatezze bacate del Trottola. L'unica preoccupazione è di esagerare coi pretesti e che Eugenio si insospettisca, di questa somma che non si colma come un pozzo senza fondo; Fernanda vive in borgata da troppo poco tempo per sapere che lì lo danno tutti per scontato, che nessun progetto si realizzi mai. Vedi Chiara col figlio e Sabrina col viaggio di nozze, mai fatto e rimandato da oltre sei anni a ogni prossima estate.

Fernanda lo odia, il Brasile: sente ancora il puzzo di benzina e di cibo avariato, il sudore acido *como os coitados* anche la domenica, le ipocrisie con se stessa, le serpentine bianche e nere sul mosaico del lungomare per fare impazzire i turisti. I due figli sono il risultato di quello schifo e lei non ha nessuna voglia di ricordarli, sono come due lontani fratelli minori di cui si occupa sua madre. Ignacio è l'unica cosa buona del Brasile e ce l'ha qui a Roma; fa il musicista, convive con una cinquantenne di origine ligure che lo mantiene e gli procura spesso dei lavori in Rai. Adesso è nell'orchestra di "Ballando con le stelle". Lui e Fernanda si inventano delle rimpatriate magnifiche, inscenano a Monteverde Nuovo un Brasile che non esiste; lei finalmente fa sesso gratis con uno che le piace e lui si dimentica delle smagliature, simili a vomito di dinosauro, della carampana impegnata a sinistra. Sigillano la clandestinità (i rispettivi partner li credono a una funzione religiosa) con un po' di samba suonato in sordina, lei alla chitarra e lui soffiando nel sassofono piano piano.

Un dubbio che il Trottola sia un fregnone, e che la zoccola con cui si è messo lo prenda per il naso (diciamo naso), Marcello l'ha sempre nutrito, anche se non sa di Ignacio né di niente. Ha sempre provato più compassione che altro, per il Trottola, e la sua amicizia è basata sul fatto di sentirlo inferiore nella somiglianza; il Trottola ha le stesse debolezze sue, peggiorate di qualche grado. Il cazzo, per esempio, ce l'ha ancora più piccolo. E soprattutto non ha avuto un padre che gli volesse bene («su' padre nun l'ho mai visto ridere»); mentre Marcello ha del padre un ricordo meraviglioso e santo («io so' stato fortunato, er mio me faceva divertì... quando andavamo al cinema a Colle Oppio, a vedé Franco Franchi e i quattro matti francesi che me piacevano tanto... s'era comprato 'na Opel Corsa e diceva 'a chiameno corsa, controllamo si dicheno 'a verità... e vvrrrr, a zig zag, è da lì che m'è venuta la mania de correre, me faceva tajà da 'e risate»).

Marcello se l'è sempre tenuto accanto, il Trottola – che l'accompagnava come uno scudiero, il bello e il lungo; la bruttezza dell'uno faceva risaltare lo splendore dell'altro, ma anche gli infondeva fiducia. Vittima di quel maledetto bisogno di non essere mai solo (quel bisogno che tanti guai gli ha procurato nella vita), Marcello convinceva i proprietari di night, i registi di B-movies, i tenutari di bordelli occulti, che anche il

Trottola poteva andar bene per il lavoro, «o tutti e due o nessuno». Il Trottola, più ricco di famiglia, continuava a considerarlo il proprio leader come quando avevano dodici anni, e penetrava grazie a lui in mondi in cui non avrebbe mai sperato di essere accolto.

Si vantano ridendo di quando lavoravano da comparse a Cinecittà – di quella volta che avevano trovato uno specchio ovale e ci avevano pippato sopra, poi li hanno chiamati per il ciak e Marcello s'è dimenticato le Reebok ai piedi, in un film su Sansone e Dalila. Ricordano il Moro, il pugile che andava ancora in giro in camicia nera e che gli procurava due cestini a testa («de questi me faccio carico io»), e il nano cattivo che sgonfiava le ruote al ragazzo che poi lo ha ammazzato. Cesare «nato a 'e scole» che gridava ai questurini «commissà, oh, nun m'hanno sparato», con la pallottola ancora nel gluteo. Racconti favolosi, avventure in cui loro due figurano generalmente come comprimari di indole non violenta, in ammirazione di chi nella vita ha saputo farsi strada. Il negro in Giamaica che aveva trovato roba buonissima su una barca ancorata a cento metri da riva e c'era andato a nuoto, ma poi per non bagnarla era tornato col sacchetto tra i denti, mulinando le braccia a dorso. Le scorribande assurde in moto, «me sentivo l'orecchie contro l'asfalto, si nun me reggevo co' le unghie tipo Gatto Silvestro morivo, manca poco ce restavo, oh, 'sto stronzo s'è fatta tutta l'Aurelia a torso nudo, da Roma a Grosseto, alla fine ciaveva 'na maschera de moscerini su corpo e viso, meno che gli occhiali». È la loro mitologia eroica, in ossequio a uno degli articoli più rispettati del codice borgataro: godere tutto e subito, non conservarsi rimpianti per l'età matura, non negarsi nessuna esperienza. La morte precoce essendo sempre nel conto: «campo vent'anni de meno, chi se ne frega».

Più imbarazzo, un latente senso di colpa tradotto in comicità, negli episodi di prostituzione: sempre un cliente deluso dai loro arnesi troppo piccoli, o uno superdotato da tenere a bada («più spigneva e più io tiravo indietro 'e chiappe, alla fine ha perso l'equilibrio e ha sborrato sulla sabbia»), o un'interferenza incongrua che provoca il fiasco. Solo idraulica, mai desiderio, e affetto meno che meno. Si servivano di Marcello come "tavolo vip", cioè lo mettevano nudo a pancia sotto e ci appoggiavano le vivande, in modo che mangiando lo leccavano dappertutto; i suoi dorsali erano talmente larghi che reggevano tre vassoi di lasagne («calde, li mortacci loro») e sui glutei ci mettevano tanta panna che sembrava il Monte Bianco («ma'a ritrovavo nelle feci pure er giorno dopo»). Elencano questi exploit come prodezze sportive, uno dei tanti modi per alzare soldi senza faticare, la necessità di cocaina essendo il *pater ave gloria* che tutto assolve.

Prodezze giovanili: pian piano i componenti del gruppo hanno lasciato perdere e si sono incistati in qualche nicchia più riposta. Coi primi capelli bianchi, chi ha aperto un'attività commerciale magari con l'aiuto della moglie, chi è diventato un buon tecnico del suono e va a Bora Bora coi fratelli Vanzina, chi fa il pusher ma mantiene come copertura quella di antennista, chi è responsabile della security in una jeanseria di via del Corso, chi ha trovato un ingaggio sulle navi da crociera, chi (come il Trottola) ha attaccato il cappello in casa di una prostituta. Tutti hanno smesso, si sono rassegnati al declino fisico, a vederli adesso non li diresti nemmeno veterani della palestra. Tutti tranne Marcello, ancora caparbiamente sulla breccia. D'altra parte è sempre stato il più bello, il suo primato si è rivelato un handicap perché gli ha prorogato le illusioni; quegli occhi azzurri incantavano chiunque; era lui il prescelto, lui che i registi volevano sotto i riflettori; lui anche il più disponibile sessualmente («ciavevo delle qualità de esibizione...»; «e de dilatazione, pure»). Gli altri gli riconoscono, onestamente, che era l'unico con potenzialità di carriera nel circuito dell'immagine; se non fosse stato per la sua capoccia e per la palla al piede d'essersi sposato troppo presto.

Il professore, con la sua sete assurda di spiegazioni, la chiama "depressione bipolare": Marcello alterna fasi di euforia, che coincidono con le parentesi sempre più brevi di perfetta forma fisica, a fasi in cui si chiude in casa e dorme (o sostiene di dormire) per intere giornate. In questi momenti down, si isola coi telefonini spenti e le finestre sbarrate fino alle tre o alle quattro del pomeriggio, poi si trascina in cucina e prepara i bocconcini per Jago – si rimbecillisce davanti ai film di Sky Primafila per un paio d'ore ed esce soltanto a procurarsi la dose della sera, che accompagnerà con abbastanza birre per stordirsi e dormire fino alle tre o alle quattro del pomeriggio seguente. Dura così per un paio di settimane, poi si sforza di riprendersi, vergognandosi lui stesso dello stato in cui si trova («e dài, semo òmini o caporali?»); ma l'unico rimedio sono le iniezioni di testosterone. Queste gli restituiscono la forza di sollevare i pesi in palestra («ormai ce gioco... ma che so', vòti?»); le prime volte se ne sta tutto coperto con magliettone larghe e non fa la doccia («bisogna sempre ricomincià da capo, porcoddue»); si rifiuta di depilarsi con la scusa che i peli gli funzionano da tranquillante («l'accarezzo pe' il loro verso e me rilasso»).

Il segno della riscossa è quando si presenta al professore glabro come quando faceva le gare («wow, sei incredibile, è riapparso il mio marmo preferito»;

«'sto marmo dovrà essere particolarmente flessibile, presumo»; «non dirmi che mi regali un hard anche oggi»; «eh, se no mo'o figuro, er pianto greco...»). Ricominciano gli scherzi: se rutta potentemente e qualcuno gli dice «è tutta salute», risponde pronto «che se ne va» – ma è già meno pessimista, riprende a guardarsi negli specchi e si illude di vincere tutti i confronti. La sua agenda si modifica: si alza verso mezzogiorno, a Jago gli prepara il pesce della festa e si cuoce per sé riso e petti di pollo – alle tre va in palestra dove rimane fino alle sei; poi il solito giro da Gianfranco e affini, non cena ma almeno chiacchiera con Chiara intimamente: piange sul delfino che sta morendo di nostalgia perché hanno assassinato la sua salvatrice («un cristiano magari se sa difende, ma 'na bestia...»). Le birre si riducono a tre-quattro, che comunque però non si conciliano con la dieta: quindi si butta sui diuretici, Aldactone, Lasix, e sulle pillole bruciagrassi a base di caffeina o di efedrina. Sicuro di questa protezione, riprende a sfondarsi con cofane disumane di carbonara e di rigatoni ca'a pajata – risponde arrogante al professore «te nun lo pòi fà perché ciài er metabolismo de 'na tartaruga, mo'o posso permette solo io che ciò un fisico eccezionale»; poi ha gli incubi notturni, sogna che gli sparano o che gli uccidono il cane.

Passato un altro paio di settimane nota che gli tremano le mani – lo riassale la strizza e l'altalena ricomincia. Soprattutto se persegue un obiettivo (la seduta da un fotografo, un provino interessante, o anche un semplice viaggio), immancabilmente a poca distanza dalla meta accade una disgrazia: uno strappo («una schicchera»), un ematoma, uno svenimento, qualcosa che lo costringe a fermarsi di nuovo. Si proclama vittima della sfortuna («mica l'ho messo in croce io Gesù Cristo») o addirittura di una maledizione, ma in fondo desidera interrompere, perché sono più di vent'anni che si allena e non ne può più di sale-pesi e integratori insipidi, si può anche capirlo. Nell'intimo del cuore lo sa che il professore ha ragione, che quella che lui chiama sfortuna è in realtà una resa dei conti.

L'ultimo incidente è stato provocato da un'iniezione di Winstrol, che si è fatto da solo spingendo al massimo l'ago per superare l'indurimento di una cicatrice: il liquido non ha potuto spandersi e ristagnando è andato in suppurazione. Non osava fiatare perché aveva progettato con Chiaretta una vacanza a Sharm: si affidava agli impacchi di Amuchina e ai massaggi col Reparil – la moglie già ce l'aveva con lui perché in assenza di birre s'era scolato una bottiglia di marsala e l'aveva sostituito con acqua colorata. Ma alla vigilia della partenza la febbre era salita quasi a quaranta e ha dovuto confessare: Chiara stavolta lo ha menato di brutto, lui in ginocchio chiedeva scusa mentre lei lo aveva afferrato per i capelli e lo sbatteva con lo zigomo contro il frigorifero. Una dottoressa gentile ha dovuto incidere, è uscito un pus che pareva la lava di un vulcano; ha lasciato la garza dentro per farlo spurgare, insomma ancora in stand-by (e ancora depresso) per più di un mese. Il professore s'è lamentato delle spese inutili:

«Ma veramente credi che io i soldi li fabbrico? ottocento euro di G-H e siamo al punto di partenza... chiedi e sprechi, chiedi e sprechi... con tuo padre facevi così?»

«Pure peggio... l'andavo a trovà in bisca, quanno me vedeva je pijavano l'infantioli... "che c'èee? che tte seerve?"; "no, niente, pà, come stai?"; "benissimo, sto... e pooi?"; "me presti ducento euro? te prego, ti'i ridò er prossimo lunedì"... porcoddue, me salvava sempre.»

«Be' con me non contarci, non sono tuo padre... io devo valutare la proporzione tra costi e benefici... con queste cifre sai quanti escort...»

«Io so' io.»

Più si imbottisce di pillole per recuperare (ormai delle iniezioni ha terrore), più si sente debole: perfino a masticare la carne non ci riesce perché gli dolgono le mascelle. In queste circostanze la sua vera consolazione sono le donne, che non badano così tanto al fisico come gli uomini e pensano di più al sentimento.

Agnese a dir la verità punta piuttosto al sodo: lo stende sul lettino d'incerata, spranga la porta, si alza la gonna e via. In borgata pullulano solarium e centri estetici, sia perché il fisico lì è una risorsa, un'arma di riscatto, sia perché costituiscono una delle forme più diffuse di riciclaggio di denaro camorristico. Agnese ne ha aperto uno dopo che si è sposata, e mentre la figlia è al nido si toglie qualche sfizio con Marcello – se lo scopa e poi gli fa il peeling completo del viso, in cambio di qualche sassetto che sniffa da sola in bagno, la sera, di nascosto dal marito e ricordando i muscoli di qualche ora prima. Il fantastico è che non deve imporsi nessuna censura, può benissimo invitare nel solarium un altro coatto e fare una cosa a tre, con Marcello che si presta a tutto («sì, usami come vuoi... sarò il tuo secchione della monnezza»), restando vigoroso e cazzarone e divertente. Sembrerebbe un rapporto senza amore, eppure basta che lei gli accenni che ha un debito forte con un cravattaro dei Castelli e che quella sera deve ripagarlo in natura, perché Marcello non riesca a prender sonno, e sudi, e si proietti mille volte la scena di un se stesso erculeo che aggredisce il cravattaro e gli spacca la fronte con una mazza da baseball. Così Agnese, è vero che le piace vedere Marcello sottomesso agli uomini con le palle, ed è vero che nel solarium, in un cassetto chiuso a chiave, tiene un cazzo di gomma che ogni tanto indossa sotto lo slip di pizzo («me fai male, scema»); ma è anche vero che se Marcello le dà buca (il che avviene spessissimo) o spegne i cellulari per giorni, lei si sente mancare l'aria e gli invia messaggi delicati e poesie via sms, e poi fotografie di lei nuda in pose porno ("oggi vorrei essere sodomizzata" gli scrisse una volta, e Marcello di rimando "anch'io"). I livelli di desiderio si mischiano in borgata come un vinello frizzante che dà alla testa.

Tutt'altra tipologia è quella di Candida, diciannovenne soave e anacronistica come il nome di nonna sua che perpetua con tanta grazia. Fa la pizzettara alla Borghesiana e con Marcello ha adottato istintivamente la tattica del "te la prometto ma non te la do mai"; funziona, Marcello ci diventa matto e si pavoneggia ogni volta che la vede, rischia addirittura di farsi scoprire da Chiara stringendola nel garage sotto casa, per farle tastare pettorali e bicipiti. Le offre mazzetti di fiori con bigliettini romantici ("amami subito o appassirò per sempre"), si esibisce in crisi di gelosia («se quer pischello era soltanto 'n amico, perché sei scappata? io quando vedo 'a polizia scappo s'ho commesso qualcosa»). Lei gli risponde «ze pazzi a prendermi con la Merzedez *(ha una leggera lisca)* allora mi conzedo»; lui è come se riavesse sedici anni, sta tormentando il professore per sostituire l'attuale con una macchina di lusso – gli promette prestazioni eccezionalmente perverse anche se capisce di non avere muscolarmente le carte in regola («però quando sto giù de fisico me sento più gay»). Candida protesta «ze lo zapezze tua moglie» e si sottrae all'abbraccio, però intanto una sfioratina all'uccello gliel'ha data.

Candida, in realtà, è solo civetta e Marcello c'era cascato con tutte le scarpe: si credeva davvero che fosse vergine. Quando, barando con un Mercedes a noleggio, è passato a prenderla e l'ha portata in camporella, all'ultima svolta lei ha ammesso «me ztanno a portà tutti qui». Al dunque si è dimostrata espertissima e Marcello un'erezione così non la verificava da anni. Invece di essere deluso, o di sentirsi bidonato dalla mancata deflorazione, questa intesa sessuale fuori dall'ordinario con una tanto giovane gli ha messo addosso una gioia dimenticata, una tale ansia scalpitante di rivederla che Bruno non può fare a meno di canticchiare, come si faceva a scuola, «Marcellino s'è innamoratooo...».

Bruno è il suo complice principale per il settore conquiste, perché è meno ambiguo e complicato del Trottola. Bruno, oltre alla moglie, un'amante ce l'ha fissa: è un'architetta coi seni rifatti che vive in Prati e che è convinta di dimostrare la propria superiore disinvoltura stando con un delinquente di periferia. Però poi gli fa le scenate se allunga gli occhi sulle sue amiche; lui piange miseria e si fa anticipare i denari per regalarle il bikini a righe (lei, orgogliosa: «una quarta sopra e una seconda sotto»). Bruno ha sempre avuto troppe gatte da pelare nella vita per poter attribuire molta importanza all'amore («vista una, de fregne, viste tutte») e le donne non le ha mai prese sul serio. Non ha cedimenti, passività: è uno, come dice Marcello, «che sa'a comanna» – un duce nato. Le donne sono buone solo quando stanno orizzontali, punto. «Me telefona, 'a stronza, e me dice "ho voglia di cazzo"... se crede de fà la libera, l'emancipata... allora si ciài voglia de cazzo, paghi.» Marcello vorrebbe imparare da lui la freddezza del vero macho, solo che lui si stranisce sul serio se Candida gli va incontro con una minigonna inguinale e le zinne di fuori, «me fa rabbia quando fa così».

Marcello non lo ammetterà mai, con Bruno, che le performance le deve al Viagra 100 e che gli causano delle tachicardie micidiali. In compenso il G-H, il famoso ormone della crescita, fa crescere proprio tutto, fatto sta che Candida un giorno si è complimentata, «come ze l'hai grozzo», e non gliel'aveva mai detto nessuno. «Co' chi è stata finora, coi topolini?»; l'allusione alla mini-dote di Marcello è diventata un luogo comune («si vai all'ospedale 'ndo to'o mettono, er catetere?»), contrapposto alle smargiassate di Bruno sul proprio attrezzo («te trapasso te e l'amichetta tua insieme»). Al tramonto, mentre Chiara e Flaminia sono occupate ad arrostire peperoni o a friggere melanzane, Jago è al parchetto con Attilio, Cicci è uscita perché è l'ora delle riunioni, fuori dai terrazzi del primo piano restano soltanto Marcello e Bruno, pippati già a mezzo tutti e due, che si lanciano l'eterna battuta piena di sottintesi e di rimozioni: «crudo o cotto?»; «gran biscotto!».

Fernanda, quando vede Chiara tornare trafelata e piena di pacchetti, che fa già buio malgrado sia estate e il sole vada giù molto tardi, riflette che sposarsi e mirare a una famiglia, quando non ci sono i presupposti, è sbagliato a qualunque latitudine; Eugenio le ha raccontato di Marcello, e certo non era un uomo "matrimoniale". Ma Chiara è rimasta orfana di padre che aveva solo sei anni, la madre s'è risposata e il patrigno ha posto una condizione: «te sposo si fai sparire 'a rompicazzi». Ecco Chiara collocata in collegio dalle monache, dove ha attraversato una crisi religiosa (ancora adesso, quando parla di religione con Fernanda, dice «Dio non c'è perché non ce lo meritiamo»). Poi le è passata e scappava dalle recinzioni per far l'amore coi ragazzotti di campagna, di uno di questi è rimasta incinta che aveva appena quindici anni; le monache l'hanno espulsa, lei ha abortito e la madre, già malata, non ci stava più con la testa. Chiara è andata a vivere col contadino per pochi mesi in un casotto dell'ANAS rimasto in piedi dopo la fine dei lavori per lo svincolo della A24; litigavano sempre, lui la corcava di botte, «ma ero io che lo sfidavo apposta». Poi l'apparizione: Marcello vincitore dell'Ercole romano, che aveva diciotto anni, gli occhi azzurri e i riccioli lunghi fino alle spalle. Ha pensato a tutto lei, ha trovato quell'appartamento abusivo e se l'è fatto aprire da un suo amico poliziotto, istigando Marcello ad abbandonare i genitori e a convivere – ha perfino affrontato una specie di esorcismo, perché il contadino e i suoi erano persuasi che il culturista le avesse gettato il malocchio, l'hanno condotta da una maga che l'ha tenuta a mollo in un mastello d'acqua gelata mentre pronunciava formule egiziane.

Senza mai dirselo, e sormontando qualunque infamia, Marcello e Chiara sono sicuri che non si separeranno mai («semo cresciuti insieme»). Lei qualche volta intuisce che cosa offre il marito agli sponsor e qualche volta sinceramente no, anche se sembra che faccia la finta tonta. «Forse appare che me n'approfitto, ci tengo a dire che a me per casa non mi dà neanche una lira.» I signori anziani che lo aiutano sono gentili, pure Chiara è tentata di appoggiarsi a loro come a dei padri. Ma si pente e si vendica urlando cose atroci, sospettosissima perfino di innocenti colazioni o gite al mare («che stavate a ffà? perché nun potevi chiamà, ciavevi la bocca occupata?»). «Ciavevo occupato qualcos'altro» bofonchia Marcello al limite dell'esasperazione, «è cattiva, lei dice di no ma è cattiva» – però mentre s'incazza l'ha già perdonata. Nonostante il minuetto un po' isterico di tradimenti, sa che per Chiara c'è un angoletto profondo dell'anima da cui non potrà mai essere sfrattata. Le altre sono femmine da scopare, lei è la sua polpettina. «Me so' svejato che sentivo dei rumori in bagno... era lì nuda sul bidé, in mezzo ar vomito, sembrava 'na bambina... vòle fà la grande ma nun ce riesce... a me lei me piace ancora, con quei capelli de seta, è la più bella de tutte... quando so' ancora insonnolito me prometto quasi quasi je zompo addosso, mo'o faccio imbarzottì... però poi me ricordo che la mattina cià 'na fiatella... e allora ce rinuncio.»

«J'ha telefonato er cardiologo alle undici de sera e j'ha detto che doveva andà a cercare delle iniezioni per la nonna, se no era a rischio d'infarto... non ce l'aveva nessuna farmacia, sicché porella è stata in giro fino alle due.» Tutti nella casa pensano, quando Marcello si avventura in giustificazioni del genere, che Chiara in realtà abbia una tresca col suo datore di lavoro (un palazzinaro, o come preferisce dire lui un costruttore, cinquantenne) e che Marcello simuli ingenuità per crogiolarsi tranquillo nelle sue porcherie. «Un verminaio» riassume la Cicci moralisticamente. Solo Fernanda ci crede che Chiara non abbia nessuno, perché sa che significa essere disgustati dal sesso.

Chiara e Flaminia, così distanti tra loro per origine e per bagaglio culturale, così diverse nella pettinatura e nell'abbigliamento, si incontrano spesso al supermercato e rincasano con vivande complementari. I loro mariti "saltano" perché la cocaina gli toglie la fame, e allora spesso cenano tra donne, unendo le forze: una compra i pomodori e l'altra la mozzarella, una le uova e l'altra il guanciale. Il loro problema principale, di cui spesso parlano a tavola, è come tenere sotto controllo i rispettivi coniugi, che sono indifendibili per tanti motivi. Droga, scappatelle, poca voglia di lavorare ce l'hanno in comune. Per altre cose sono come il giorno e la notte: Bruno è violento e Marcello mitissimo; Bruno non ha mai visto una palestra e Marcello ci vive; Bruno è un ultrà e a Marcello il calcio non interessa; Bruno è ancora focoso nel fare l'amore con Flaminia mentre Marcello a Chiara non la tocca da mesi (lì Marcello sbaglia, secondo Bruno: «si vòi fà i porci comodi co' quell'artre, alla moje je devi calà l'asso de bastoni»).

Ciascuna, in cuor suo, pensa che i difetti del marito dell'altra siano peggiori: Chiara ringrazia che almeno Marcello sia sano di mente, invece a Bruno è stata diagnosticata, dai medici proprio, una scissione della personalità («se fossero magari due, uno dice vabbè ce vengo a patti, ma tre o quattro come fai, oh»); Flaminia giura a se stessa che lei di un mezzo uomo non saprebbe che farsene, di un rottinculo che se l'è ripassato tutta Roma, senza contare le trasferte. Certo, anche a lei piacerebbe che Bruno non alzasse le mani, ma se il prezzo da pagare per due schiaffi in meno è stare con un frocio... Qualche volta, quando Bruno esagera e le fa uscire il sangue, Flaminia dimentica la competizione implicita e si mostra a Chiara disperata com'è: «capisco i genitori che ammazzano i figli, li capisco perché i legami biologici vengono meno... quando hai provato tutto e non ti rimane più niente da fare, be' dici io t'ho messo al mondo e io ti ci levo... anche se li cacci di casa il problema non si risolve... come fai a condannare un genitore se a quel punto tira fuori un coltello e gli dà una coltellata nella pancia? è una reazione d'amore, perché non continui a distruggere se stesso e gli altri... col cervello so che non lo fa apposta, ma quando è troppo è troppo... oggi sarebbe il nostro anniversario, me fa si festeggia? come no, gli ho detto... il funerale». Gli sgarri insopportabili di Marcello avvengono in un campo più delicato, che dev'essere protetto dal pudore; Chiara non può restituire a Flaminia la sincerità perché l'interdetto che grava su quelle materie è più profondo dell'omicidio.

Eppure, quando li vedono venire avanti impicciati, che non riescono a parlare perché in bocca non hanno più saliva ma sorridono come scolari incerti sulla lezione, si sentono orgogliose dei loro mariti-figli così poco banali; gli scarruffano materne i capelli e danno per scontate, ormai, le loro proteste («ciavemo messo un chilo de gommina»).

Flaminia proviene da una famiglia di magistrati, il padre giudice e la madre avvocato; il padre ha commesso un'azione così orribile, un gesto di una tale pusillanimità politica, che lei non ha accettato di viverci ancora insieme. Se n'è fatta una divisa, di quel rifiuto – e siccome il padre è stato giustificato da tutti, lei si è trovata sola nel proprio estremismo. Il matrimonio con Bruno, oltre che dall'intesa sessuale, è stato determinato da una sfida enigmistica: Flaminia ha visto Bruno come un rompicapo da risolvere. Gli abiti dimessi, scuri, di cui si veste, i capelli bianchi tagliati corti, il viso sciupato (ha parecchi anni più del marito) sono un biglietto da visita, un manifesto con cui annuncia "voi mi vedete qui ma io non appartengo del tutto a questo luogo". Non ha più fatto ricorso ai denari della famiglia d'origine, né si è avvalsa dell'influenza genitoriale per addolcire le vicende giudiziarie di Bruno; il posto in ufficio se l'è trovato da sola; del suo vecchio mondo non le è rimasta che un'amica. (Una produttrice televisiva che ogni tanto le dice «beata te che vivi a contatto con la vita vera», ma poi rimanda sempre di venirla a trovare così lontano e sopravvaluta il suo «sacrificio» come se invece che all'interno del raccordo si fosse trasferita nel centro della giungla amazzonica.) La sua trasformazione in borgatara, però, non è mai stata completa; si avverte qualcosa della missionaria, o dell'etologa che sta ultimando una ricerca, o della domatrice che mette in conto il rischio di qualche zampata. Mentre Chiara in pubblico lascia parlare Marcello (è lui l'intelligente, quello che ha studiato un poco: «'e cose le sa»), Flaminia telecomanda Bruno con gli occhi, su certi discorsi lo lascia libero e su altri lo frena – sembra (e sopravvive in questo un'eredità familiare) un legale che inviti il proprio assistito a non violare il segreto istruttorio. Sul calcio, per esempio (anche se è per quello che Bruno si trova in libertà vigilata), lei non fa obiezioni, lo ascolta e basta.

«Io so' da'a Roma, ci annavo co' mi' padre prima che Paparelli venne ucciso, che papà non andò più allo stadio... dalle undici alle tre era tutta n'attesa, scherzi, fumate... l'iniziazione verso le sostanze stupefacenti ce l'ho avuta proprio allo stadio... spinelli vojo dì, quelli ch'adesso devo pijà pe' uso curativo... ma le scariche d'adrenalina era la situazione che comunque se poteva venire a creà... lo scontro fisico con gli altri gruppi di ultras... la mentalità ultras è lo scontro fisico, uno se fa parte di un gruppo ciài degli obblighi di fratellanza, se uno attacca un tuo compagno devi reagì... è 'na dimostrazione di coraggio, forza, e pure di pensiero... il capobranco è colui che ha fondato il gruppo e c'è rispetto per questo fratello che gestisce la coreografia, se preoccupa di'i striscioni... che poi lascia la stecca a quello che cià più fegato, e palle... è stato fatto tutto 'sto casino perché è morto 'n agente de polizia a Catania, ma se moriva un ragazzo, che è pure successo altre volte, nun credo che se faceva tutta 'sta cagnara... i poliziotti sparano pure ad altezza d'uomo, come no, io me ricordo a Formia... se so' permessi de prelevà un ragazzo, pistarlo come l'uva e l'hanno portato via a titolo gratuito, perché era sprovvisto de biglietto...

... fanno dei soprusi contro i ragazzi, anche fatti al sottoscritto, perché quando so' venuti a casa che poi m'hanno arestato, sempre pe' i fatti dello stadio, nun te dico come se so' comportati, tipo che io ciavevo come al solito il mio pezzo di hascisc e hanno controllato tutto quanto, hanno cercato le armi... pensa che deficienti, cercavano 'na mazza da baseball e stava qua *(la estrae da un portaombrelli)*... poi il signore è andato in bagno, ha tirato la catena e fatto finta de buttare il pezzo, e se l'è messo in saccoccia... e io gliel'ho detto, scusi? nun pòi capì che m'ha fatto, davanti a mi' moje e davanti ai suoi colleghi, m'ha messo le mani al collo, "come te permetti de contraddimme, io l'ho buttato, zitto"... m'ha messo le manette, così nasce l'attrito...

... per me er sogno è de sbudellà un laziale, poi pure un napoletano, le forze dell'ordine so' un divertimento secondario... adesso c'è stato una specie de sodalizio delle due tifoserie, si nun vonno che se menamo noi allora menamoje a loro, è così ch'è nata la caccia ar poliziotto, l'hanno voluta loro... d'altronde quando stamo tutti là che stamo pippati, fumati e te sale er veleno, ta'a sfoghi co' chi ce sta... dentro la curva c'è proprio 'no spaccio de tutto... te faccio vedé le foto, ecco, 'sto fumo sembrano lacrimogeni ma è tutt'erba... allora nun stai più a guardà 'e cortellate *(si alza la maglietta per mostrare due lunghe cicatrici, una sul dorsale e una sotto la mammella sinistra)*... se danno, se pijano... fòri queste però, no dentro allo stadio, prima da'a partita... nun è come va er risultato, 'a Roma pò pure perde due a zero dopo, a me che me frega, però er laziale l'ho sbudellato già prima... nun è che perché ho perso allora me vendico, no, sarebbe 'na meschinità...

... le armi nun se possono portà però 'e portamo, se portano, se danno a altre persone che nun fanno parte dei gruppi... noi semo fotografati, segnalati, semo tutti pregiudicati... te dico a coso, me reggi questo, mo'o fai entrà? io entro, me perquisiscono nun ciò niente, poi una volta dentro te mo'o ridai... senz'armi nun ce potrei stà... lo scontro fisico 'o posso paragonà a quello che se butta col parapendio, se butta dalla montagna, è come si fosse 'no sport... m'hanno ripreso co' 'a telecamera, nelle risse, che so' tutto incappucciato... me diverto così, oh... pure coi tutori de... i fratelli dicono che so' talmente matto che nun so' affidabile, ma no perché faccio uso de droghe o che, so' proprio scemo io, a un certo punto me parte 'a ciavatta e allora esagero... in carcere nun ce so' andato pe' i furti ma pe' 'o stadio... banda armata, associazione a delinquere, resistenza a pubblico ufficiale... loro cianno dei filmati miei 'ndo io sto a menà, coi mattoni, coi bastoni, sto a sbranà co' 'a sega circolare 'na camionetta... nei furti non m'hanno mai beccato perché...»

Flaminia lo blocca, non per prudenza ma per pudore; il calcio è cosa pubblica, è come parlare del tempo, mentre il lampo dei coltelli, gli spari, le abilità di scassinatore appartengono alla loro intimità. Lei lo ha salvato tantissime volte, s'è messa un giacchetto di jeans sotto la maglia e ha finto di essere gravida: stavano in un locale, era scoppiata una rissa ed era arrivata la polizia; ai piedi di Bruno avevano trovato una lama di venti centimetri, se lei non interveniva (aveva la coda di cavallo, l'aspetto giovane e ingenuo allora) dicendo commissario noi non c'entriamo, «sono io che sono voluta entrare perché avevo una voglia improvvisa di gelato alle fragole, lui deve accompagnarmi domani agli esercizi di respirazione, sia comprensivo»... vattene affanculo pisché, vattene co' tu' moje, e così la fece franca. Un'altra volta s'è messa addosso un pezzo di fumo e a lei non l'hanno perquisita – in carcere è sempre andata a tutti i colloqui, «la sua vita è cambiata tanto, per amore».

Delle altre donne Bruno parla apertamente davanti a lei, quasi senza mentire: «te dico la sincera verità, le donne nun so' tutto 'sto non plus ultra, io ciò avuto pochissime ragazze, però delle storie lunghe... nun so' un tipo alla Marcello, 'ndo cojo cojo, a me me piacciono le cose dove ce stanno i sentimenti». Il *contesto* è il biglietto da visita tra vanteria e discolpa, la parete imbiancata dietro cui nascondere gli inferni personali; Bruno è cresciuto in un ambiente di spacciatori, suo zio era un boss, muoveva tonnellate di hascisc dal Nord Africa a Roma, «a lui er biscotto nun jo'o potevi fà, perché pim pim pim, com'è successo a un ragazzo dell'Alberone» (il "biscotto" è quando uno si mette per conto suo). In carcere la prima volta c'è finito per la droga, ma anche dentro lo proteggevano alla grande («i grossi se conoscemo tutti... è 'na rete cablata»).

Le gerarchie all'interno del carcere sono chiare: al primo posto i rapinatori che se la rischiano, poi i ladri gli spacciatori e i truffatori, poi i magnaccia, all'ultimo i marchettari e i pedofili. «Er valore più importante è fatte li cazzi tua, in qualunque situazione... meno te la canti e più sei stimato... parlare poco e ficcare bene.» "Ficcare" significa "pungere col coltello", non "scopare": Flaminia ama Bruno e lo copre agli occhi di tutti, perché vicino a lui non si respira il tanfo della perversione velata e della prostituzione, ma il profumo corroborante della violenza, il suono epico dell'acciaio («er sangue nemico, quanno te schizza su 'a pelle, è bollente»). Lui ride raccontando che al mare un chirurgo li ha sgamati, riconoscendo nella cicatrice allo stomaco una ferita da taglio; la "banda del Taglierino" era detta quella in cui agiva Bruno, e proprio a lui toccava mettere il taglierino alla gola dell'ostaggio. Rapinava perché stava a ròta e non permetteva che la droga gliela pagasse lei; quando pippa diventa un lupo mannaro, è pure troppo attivo, ha sfranto con una sbarra d'alluminio due poveri ubriachi che pisciavano alla rete metallica sotto il suo balcone. È violento anche con se stesso, non si accontenta di pochi grammi, «so' arivato a vedé pure i serpenti» – la religione sua, inculcata dal padre, è il rispetto per i deboli: al Policlinico ha visto uno che menava a una ragazzetta, «l'ho sfonnato lì in astanteria, l'ho proprio disintegrato... mi' fratello ha fatto finta de soccorrelo, l'ha portato a 'na fontanella pe' fallo riprende e lì j'ha sferato er colpo de grazia... io e mi' fratello spesso lavoramo in team, poi se semo dati».

L'incrinatura, lo sbrego nel presepe edificante della coppia complice e solidale è quando Bruno pensa al proprio futuro: «a quarant'anni me vedo perso». Otto mesi prima dei fatti dello stadio ha subìto un incidente d'auto piuttosto grave, frattura scomposta del bacino; ha usato la carrozzella vecchia della Cicci per cinque settimane, finita la trazione; gli sono spettati ventimila euro perché hanno constatato una zoppia permanente e la colpa era di quell'altro, sicché fin che i soldi dell'assicurazione durano («ancora du' spicci pe' comprامme 'na cinta de Cavalli ce l'avemo») – ma poi non sa fare niente, ha solo passione per la cucina. Ormai per rientrare nella malavita è vigilato a vista, ci vogliono settemila euro per un corso di chef, pulire le rotative dei giornali (l'unico impiego onesto che gli hanno offerto) non è un lavoro che gratifica.

«Forse lei me lascerà, boh... si trova 'n guerriero mejo de me, se guarderemo in faccia e me farò spiegà 'a situèscion.» Flaminia tiene lo sguardo al pavimento e si morde le labbra.

Il giudizio che Bruno dà su Marcello è impietoso ma lucido: «me racconta dei progetti assurdi... si pe' caso un giorno mette i piedi per terra, mòre... vive de cazzate». Ma tutto potrà fare Marcello, nella vita che gli resta, tranne poggiare i piedi per terra – se lo facesse, il suolo si aprirebbe e lo inghiottirebbe in un abisso senza fondo. «Me sto a preparà pe' dei ruoli al cinema»; «nun dimo niente, ma 'na garetta over quaranta...»; «si ar "Grande Fratello" se rendono conto delle potenzialità che ciò...»; a questi sogni non crede più nemmeno lui – il rimpiazzo è un'aspettativa più vaga, la sfera di conoscenze e spiritualità a cui il professore sembra averlo elevato («so' entrato nei libri, le foto mie le discuteranno pure tra cent'anni»); a Bruno giura che il professore non è proprio gay, sperando di nobilitarlo ai suoi occhi («co' 'e donne sa'a cava, vedessi, anzi 'e strapazza pure»).

«Siamo noi», come sorpresa un giorno al citofono, e Marcello gli aveva portato a casa una povera prostituta sudamericana che figurava meglio per strada: invece, spogliata del reggiseno di pelle e a gambe divaricate sul letto, faceva un po' compassione per la magrezza – concentrava tutta la sua dignità nel non voler baciare sulla bocca. A Marcello gli era passata la voglia (non è abituato al preservativo), si giustificava dicendo che l'aveva caricata soprattutto per il professore, «io mica ciò bisogno de raccattà 'e mignotte sur marciapiede». Sicché era toccata al sessantenne l'azione principale, in un impegno quasi disumano a resuscitare ricordi annegati, in un'anestesia misogina stritolando parolacce tra i denti mentre eseguiva il compito con scrupolo, tirando a far male. Del che Marcello risultò felice, lo propagandò in palestra che il professore era violento con le donne e alle fiacche proteste di questo («io veramente sarei una persona seria») rispose «perché? è 'na cosa buona, no?».

Più coinvolgente, più incollato ai fantasmi profondi di tutti e tre, fu il breve interludio con Agnese; lei voleva fare il maschio, possedette Marcello con strumenti artificiali, poi chiese che il professore la sostituisse mentre lei si adoperava altrove; sospesi entrambi sull'inferno ma trattenuti da un filo, quel filo di autentica tenerezza nel far piacere a Marcello («sì, sì, bello completo dai due lati... sto per venire, dài»). Il gesto che rimase nel loro lessico familiare fu quello circolare della mano destra del professore, quello che si fa quando si mangia un piatto speciale accompagnandolo con una smorfia delle labbra; ancora adesso ci ridono, e quel gesto solo basta a rievocare le abilità fellatorie di Agnese, anche se non la vedono più perché si è umiliata e consegnata a uno storpio che ha l'unico pregio di essere un pusher all'ingrosso. Lei aveva voluto che il professore le parlasse «con parole poetiche» mentre la scopava e il vecchietto se l'era cavata riciclando rimasticature scolastiche. Susi invece fu quasi una meteora, troppi allucinogeni di mezzo; bellissimi dorsali, gambe scattanti ma incosciente mentre la sfondavano – e con la paranoia che la fotografassero di nascosto. Al professore è rinato, con sua meraviglia, un antico gusto di lottare con la natura; anche i porno che affittano, ormai, sono etero. A Marcello serve per confondere i generi e i livelli, in una nebbia che presentandosi come indefinibile si abolisce da sola.

«La spaccherei in due» dice Marcello di ogni ragazza appena passabile che incontrano (quando è allegro e vuole prendersi in giro, «la spaccher*ebbi*»); ma sono sparate a fondo perduto fatte per onore di firma, riflessi automatici di pura inerzia, *flatus vocis* – difficoltà ad abbandonare una vecchia idea di sé, non avendone una nuova a cui conformarsi. La natura sfidata si vendica, la speranza dell'orgasmo è un groviglio di rami secchi; il suo corpo sta diventando il rudere ingombrante di una promessa barocca; le curve cedono sotto il loro peso, le sproporzioni si affacciano stentoree, la gravità trionfa – il ventre gli sale verso i pettorali come una vescica («è un gonfio de nervoso»). Ha ancora abbastanza senso dell'umorismo per giocare sul proprio sfacelo; se Candida gli messaggia "sei morto?" dopo una sua eclissi, lui risponde "vivo e vegeto" ma aggiunge, a voce, «nel senso di vegetare». Non gli importa più se gli sborrano dentro («fa niente, tanto incinta nun ce rimango»), mentre prima lo vietava ferocemente; l'attrazione del vuoto trova nella cocaina l'interprete più autorevole, la segatura di una semantica agli sgoccioli.

Al vertice dell'antropologia borgatara c'è forse la pulsione suicida di sparire dall'anagrafe, lasciando che il peggio accada senza il minimo tentativo di evitarlo: per superba immobilità, per constatazione atavica, per autolesionismo inconscio travestito da astuzia. Esempio tipico, il tamponamento al parcheggio. Distratto come al solito, Marcello avvia il motore e incoccia leggermente una Renault in sosta davanti a lui; un graffietto quasi invisibile perché provocato praticamente da fermo. Ma sulla Renault c'è il proprietario che stava anche lui per partire, ed è uno di quei puntigliosi per cui l'auto è il bene supremo; Marcello non ha con sé né i documenti personali né il libretto di circolazione, sicché sprizzando cordialità gli dà il numero di telefono, «che problema c'è? la targa ce l'hai, me chiami domani che famo er CID e s'aggiustamo co' l'assicurazione». Il giorno dopo l'impiegatuccio telefona almeno una quindicina di volte e Marcello non risponde mai: per pigrizia, per strafottenza, per coazione a svicolare, per un malriposto senso di superiorità. Quello si irrigidisce, minaccia in una lettera di adire le vie legali; Marcello ci si diverte («gr-adisca 'sto cazzo»), per sfregio spedisce una controdenuncia in cui dichiara che è stato l'altro a fare retromarcia. Viene convocato dal giudice di pace, non si presenta al contraddittorio con due testimoni oculari; ora rischia una vera incriminazione per falso in atto pubblico e continua a vantarsi della contumacia – prevede che il tribunale si dimenticherà di lui.

A Chiara è successo qualcosa di analogo: quando avevano il negozio c'era un tizio che le rompeva i coglioni, un direttore di banca che ogni dieci minuti entrava a comprare delle vitamine; e allusioni di qua, e che bei capelli di là, glieli arricciolava eccetera. Lei e Marcello hanno deciso di castigare il farlocco – che gli ha aperto una Golden Card con cui si sono comprati articoli di lusso per venti milioni; quello adesso l'hanno trasferito in provincia, perché l'incauto era stato lui – ma a Chiara, che era l'intestataria della carta, è rimasto il procedimento per insolvenza; doveva comunicare l'avvocato entro lunedì, aveva scelto un camerata – ma non l'ha incontrato al Family Day come sperava, e mo' le assegneranno l'avvocato d'ufficio.

In borgata la sola forma di fiducia è l'indolenza, il solo pubblico ministero è il fatalismo. Il destino di Marcello ispirerebbe un'enorme tristezza, se non fosse per gli incontri con l'altra dimensione: lui è sicuro di scomparire tra le pieghe della legge perché ogni tanto viene assunto in cielo; non gli arrivano più i rumori della Terra vagando tra pianeti e asteroidi, sfiorando globi di luci pulsanti; niente a che fare con la disoccupazione e la miseria, lui con gli dèi ci fa l'amore. Se quaggiù appare inaffidabile e disperato è perché qui non può garantire che un'esistenza saltuaria; tutto è saltuario in borgata, chiunque è più e meno di quello che appare. La loro coscienza è traforata: ciascuno, nel suo piccolo dominio, si illude di avere commercio con un dio.

«Nudo e crudo»: così si autopresenta Marcello quando indossa pantaloni sottili di lino a righe, senza mutande sotto. Si era piegato ad allacciare la catena dello scooter e «che bel culo che ciài...» è arrivato dalla finestra del terzo piano; «Valeria!» s'è scandalizzato scherzoso Sergetto che stava al balcone, come per dire alla tua età, a settant'anni suonati – ma la madre di Attila il commento l'ha fatto per offendere, per malignità e per ripicca di non avere i soldi per la spesa. «Certo a quelli i mezzi non gli mancano, lo so io come se li fanno, sono tutti degli schifosi.» Anche lei ha una sua dea feroce da invocare.

"Nudo e crudo" si ripete il professore arrancando ridicolmente sotto le prime gocce; "questo dimostra quanta poca stima abbia di se stesso, considerandosi un pezzo di carne esposta senza valore... sempre pronto." "Che cosa" insiste ruminando "rende splendido l'inaccettabile?" E se la muscolatura ipertrofica non fosse che un miraggio, se l'essenza segreta della sua seduttività consistesse in una delusione infinita? "Ancora peggio" gira il coltello nella piaga "se interpretassi come frustrante ciò che sociologicamente è solo incoerente... se chiamassi ossessione una sfasatura di codici?" Che voglia di stringerlo come un bambino – ma non qui, no – stringerlo nel suo luogo d'origine, nella Terra arcaica ancora popolata da mostri. Il tramonto trasforma il quartiere in una mandria di dinosauri all'abbeverata. "Un gorilla silverback" – e le case viste da dietro, la collina dai contorni mobili, tutte quelle vite intrecciate gli si rivelano in un lampo come un unico gigantesco oggetto sessuale.

La cena sarà scombinata come al solito: i piatti cucinati ma freddi, niente tovaglia, Chiara che mangia rannicchiata sul divano. Il professore ha imparato a orientarsi nell'esilio, batte col dito sull'acquario e spaventa i pesci. Un braccio passato in fretta, di nascosto, intorno ai fianchi di Marcello – «stai diventando qualunque», e pizzica il grasso intorno all'ombelico. «Te metterai in ginocchio e me pregherai ancora» risponde Marcello sottovoce. Poi si siede al tavolo, «guarda oh, sei bòno a fà questo?» – piega il gomito destro, ci impila sopra quattro monete; ripetendo un giochino di abilità in cui si illustrava da pischello, dev'essere così rapido ad abbassare il gomito e così pronto con le dita da afferrare tutte le monete senza lasciarne cadere nemmeno una. Ci riesce ed esulta abbandonandosi a un ballo improvvisato, ma squilla il telefono. Va in bagno, mentre Chiara si fa scura; ci resta per più di dieci minuti, poi torna con la faccia così cambiata che non si può non preoccuparsi, ma lui non vuol dare spiegazioni; mormora solo, vagamente, di uno stronzo che gli ha rovinato la serata.

Scende a comprare le birre («stasera devo esagerà... beviamo per dimenticare») e il professore lo accompagna; a rovinargli la serata non è stato (come ha sostenuto davanti a Chiara) un debitore del padre che approfitta della morte per non pagare le rate; no, è Candida che ha deciso di accannarlo. Reagisce come un ragazzino, piagnucola: «oh, m'attizzava, che devo fà... è la prima volta che me capita, di solito ero io che lasciavo... 'a capisco, co' me nun ciaveva futuro, s'è messa co' uno dell'età sua, de ventisei anni... nun la esalta tanto fisicamente però è un bravo ragazzo... mo' chi dorme stanotte?». Il professore lo consola, vedrai che fra un po' ti ricercherà, non si guarisce dalla dipendenza da te, anzi sarà più convinta perché ci sarà stato il confronto. «Bisogna vedé il confronto de cosa...»: sorride, finalmente. Prima di risalire, eroico, manda un sms: "non mi chiamare più, patata, xché mi fai stare peggio buona fortuna ricorda i mom. belli ke abbiamo passato insieme ☺".

Chiara ha l'orale domani e non ha tempo di pensare a nient'altro. Con il diploma in tasca, saranno centosessanta euro al mese in più; sembra poco, ma ad accantonarli sono quasi duemila euro in un anno e significa poter andare a Rio anche il prossimo Natale. Da sola, se il Verme non potrà pagarsi la sua parte. (Così lo chiama con Flaminia: con la Cicci si tiene di più, non vuole concederle questa soddisfazione – quando si confida con lei, Marcello è «il Piccolo», o «quello straccio de marito che ciò».) A Chiara non è sfuggita la botta sul vetro dell'acquario, ha visto i pesci schizzare via smarriti; ma il pesce-seguace sempre dietro al suo compagno, un po' di fianco come se fosse la sua ombra. Quanto avrebbe voluto anche lei stare in seconda fila, al posto dove devono stare le donne, non essere quella a cui tocca spezzare l'acqua col muso! Un pesciolino sì, però un piranha. Ha rifiutato raccomandazioni estranee, non per le lagne della Cicci sulla morale e sul merito (mica tutti hanno la fortuna d'essere poliomielitici), ma perché le persone non fanno mai niente per niente e ci sono dei "grazie" che pesano una tonnellata – e poi non le andava nemmeno di essere promossa senza studiare, è una questione d'orgoglio. Ha risolto con la politica, chi fa da sé fa per tre: a Manziana ci insegna una sua amica di An, anzi è direttrice. La tesina gliel'hanno preparata gratis mediante l'ufficio stampa della Regione, gli scritti quest'anno erano un'incognita per colpa di quel democristiano di sinistra, che dio se lo inculi – ma la commissaria interna è venuta al suo banco e le ha consegnato un astuccio dicendole che l'aveva «dimenticato» in presidenza, e nell'astuccio c'era il tema svolto. Lo scritto di economia aziendale l'hanno sbagliato tutti, pure la commercialista quando gliel'hanno mostrato ha urlato ma sono matti.

L'importante è non fallire gli orali, domattina deve essere fresca e riposata; agli scritti ha preso trentasette, gliel'ha assicurato la preside («vorrei vedere, con quello che abbiamo pagato»), più undici di crediti fanno quarantotto: gliene mancano dodici, le basta la sufficienza in due materie. Per la storia è abbastanza coperta perché porta il fascismo, ma il suo punto debole è l'italiano: Marcello le ha proposto l'aiuto del professore («nun solo fa 'e cose mejo dell'altri, ma manco to'o fa pesà»), però lei ha declinato l'offerta («'ndo ce l'hai la spina dorsale?»). S'è rivolta al cugino, che è presidente di una sezione della Dante Alighieri e le ha inciso su un registratore i riassunti di D'Annunzio e di Moravia.

'Sto D'Annunzio non le piace per niente, praticamente faceva il mignotto – troppe parole, anche alla madre: me pari un giglio, e poi se ne sbatteva. Il complesso di Edipo è interessante, non ci aveva mai pensato che a essere troppo attaccati alla madre si può diventare froci; sesso e denaro, cià ragione Moravia: intorno a quei due perni gira tutto il mondo. Ci sono tipi molto fragili per certi aspetti che sono potentissimi in altri. Un'altra cosa strana le è rimasta impressa, di uno scrittore di Praga che siccome si sentiva uno scarafaggio rispetto a suo padre, una mattina si è visto trasformare in uno scarafaggio: meno male che non si sentiva una merda.

Quando Marcello torna con sette birre, invece che con le solite quattro, Chiara prevede che ubriaco russerà come un bufalo e non la farà dormire; è sempre stato egoista, non si rende conto delle esigenze di chi gli sta accanto. È un traditore e un ipocrita; cosa mi fai il ganascetto, «sei bravissima», se dentro di te credi il contrario? «Te le sento?»: intende le lezioni, ma è per deriderla e farle fare brutta figura davanti a... no, non è permalosa, però bisogna accettare i rapporti in blocco, caro mio... ma che, il peggio deve beccarselo sempre lei?

«Perché non te ne vai a dormire da Walter, stasera?»

LA NOTTE PRIMA DEGLI ESAMI

È una notte d'amore matrimoniale: dolce, rituale e senza ansia. Appena saliti in macchina, «l'ho sfangata, nun ja'a facevo a règgela così isterica...» – la grana pastosa della voce è già diretta a me, confidenziale come l'ho conosciuta quando si definiva «uno dei dieci uomini più belli d'Italia». M'arrabbio all'inizio perché sta un quarto d'ora buono (quasi tutto il tempo del tragitto) al cellulare con Candida: si devono raccontare ancora quanto lei sia dispiaciuta e lui a terra («co' 'sta botta che m'hai dato...»); che devono restare amici e che il sesso era fantastico («me veniva dritto anche senza toccamme, te credi che è comune?»). Ma lei dettaglia, sfora con le banalità: Marcello ogni tanto stacca il telefonino dall'orecchio, lo allontana da sé, fa il segno di rottura scuotendo le dita aperte, poi indica l'apparecchio e sillaba afono «intanto mo'o ricarica». Arrivati a casa parcheggiamo con calma («qui non ci può succedere più niente»), mi bacia in ascensore e dichiara che fino a domani pure Candida la vuole out («chi se ne frega, chiusa 'na porta se apre un portone... mo' so' tutto tuo»).

La tivù, Gerry Scotti e il Festivalbar, una sigaretta in cucina; poi il trasferimento del baracchino in camera da letto («cambiamo schermo?»). Il "baracchino" è un tavolinetto di marmo a cui aggiunge per sedersi lo sgabello del computer, e su cui può stendere la coca guardando i dvd porno. È ancora vestito ma io preparo tranquillo i lubrificanti, sicuro che tutto procederà in ordine. Dico al mio polso di non correre, è bello parlare ai propri organi così. Per fare un tiro anch'io, aspetto che compaiano i negri superdotati, quelli che lui commenta con invidia e golosità; rispetto il copione, fingo di provare pietà per le povere ragazze trapanate, appese in modo da sollecitare le sue invettive crudeli. Sull'onda appena accennata di un complice sadismo, Marcello si alza e va a fare la doccia, preludio consacrato della fase hard; si lascia scorrere l'acqua addosso per almeno dieci minuti, in spregio all'ecologia e alle riserve mondiali di acqua potabile. So che alla fine svita la cipolla e col getto unificato si fa una specie di irrigazione – basta il pensiero per eccitarmi.

Hanno un bel dire che il suo fisico è una sòla, che è tutto liquidi, che anche quando gareggiava era caratterizzato da una «muscolatura molle», bella al disegno ma fasulla al tatto. Qui sta il miracolo della sua morbidezza penetrabile, del suo riscattarsi a un cambio di luce. Mentre opera le sue magie con un cordone della tenda e un bicchiere di birra, ho visioni sempre nuove dei suoi dorsali-paesaggio, della schiena-portaerei. Non si stanca di cambiare posizione, affonda il viso e il suo profilo sparisce; riemerge, fishing for compliments; *si esibisce nella parodia del frullatore, ha la vita stretta di una ragazza di diciott'anni. Prima della penetrazione vuole assaggiare il condom alla ciliegia; poi accade quel che deve accadere, infinite intermissioni e riprese («come a quelle, dài, fammi come a quelle»); smettiamo senza che nessuno dei due arrivi all'orgasmo, per un tacito accordo.*

Chiama la moglie, si inventa una cena che non abbiamo

consumato; enumera le pietanze, recita un menu immaginario. Finalmente spegne il telefonino; è ormai mezzanotte, l'ora del secondo round. Ma prima, lo sappiamo e non abbiamo fretta, si apre il prato delle confidenze: di quello di Brescia, del napoletano al secondo piano della sauna; dei piaceri segreti dell'innocenza; della gioia di immaginare le stesse cose nel medesimo istante. «Con le gambe più piccole, mo' 'o posso fà»: si era sempre rifiutato, nei periodi di piena forma, si lamentava dei reni – e invece il suo petto come un tagliere, un arenile in riposo, le basette brizzolate da marinaio, gli occhi azzurro ghiaccio. Guardarlo in faccia mentre si abbandona: la lingua fuori nei contorsionismi che servono, piegato a libro con gli stinchi vicini alle spalle. Il broncio infantile mentre calcola le contrazioni; il mio concludere è così intenso che a lui gli scappa da ridere e a me mi viene in mente come sarebbe bello avere un figlio da lui. «Forse ti ho un po' forzato, scusa»; «si nun m'andava bene to'o dicevo.»

Chiacchieriamo in sala tenendoci per mano; parole friabili come il brontolio di un temporale che si allontana; torno in camera a disinnescare un porno ormai inutile; finisce il brandy e gli conto le gocce di Lexotan; la cocaina, maestra di storia e di disegno, cancella le imperfezioni del tempo e conferisce ai nostri gesti una strana solennità. Rimbocco le lenzuola, Marcello si sistema il solito cuscino tra le cosce; arrossisce dei rumori («m'hai infilato dentro un sacco d'aria»); storce il collo, tira indietro la testa per augurarmi la buona notte («bacetto»). Abitudini sue, in cui mi ha fatto entrare. Dormiamo di sasso, senza sogni e senza allarmi d'auto, fino alle nove; una lista di sole filtra dalla finestra che abbiamo lasciato sbadatamente aperta. «Me sento 'na favola ma n'altra oretta ce sta tutta.» Mentre Chiara cerca di rispondere come può agli esaminatori (ci comunicherà più tardi che ce l'ha fatta: «nun s'azzittava 'n attimo, porella, era commossa... 'a conosco, si poco poco smetteva de parlà, piagneva»), scendo a comprare brioche e giornali. Cialde bianche tra le lenzuola celesti; passato l'effetto abbioccante della roba, anche lui è pronto per l'orgasmo. La mia bocca si esercita in corollari e variazioni, finché spossato me la riempie e si lamenta che l'ho fatto sudare. Il male non esiste, la pace bussa quando vuole.

L'odore della paura

La calura di fine luglio stringe d'assedio le borgate; dove tutto è già informe, l'estate scioglie le ultime tracce di intenzionalità, la noia traspare sotto la frenesia – datevi pace, per ora, tregua universale: che cosa potrete diventare ormai lo saprete a settembre. Tutti lì, in lotta contro tutti ma senza esserci. Assediati dalle zanzare e dall'afa, i ragazzi smontano di notte le cabine telefoniche, bevono alcolici stando immersi nella fontana e spaccano il vetro delle bottiglie sul monumento ai caduti di Nassiriya – si feriscono come forma di passatempo. I vecchi non trovano sonno, ciondolano fino alle quattro del mattino sotto gli alberi impolverati sperando in un venticello che non arriva; le donne si impiastricciano le dita nella carta dei gelati; i bambini si divertono a far squillare gli allarmi dei negozi; l'alba si annuncia come un armistizio in cui tutti, almeno per qualche ora, si ritireranno nelle loro tane. Ma proprio all'alba cominciano gli scoppi: chi dice bombe inesplose dell'ultima guerra, chi dà la colpa agli arabi, chi ricorda le "testate di Zidane" rimaste in magazzino dal capodanno scorso, chi sa da fonte certa che brillano le mine per la metro del 2012 – in realtà sono quelli della cava che vanno avanti a tagliare tufo. Ma con questo caldo chi se ne frega delle motivazioni, basta che smettono. Camioncini frigorifero incrociano su e giù, chi li vede passare ambisce a un po' di ghiaccio come viatico per la giornata. Nella scala A, la faglia tra dritti e miserabili si rivela con più evidenza, potendosi leggere come distinzione tra chi può contare su un condizionatore e chi no.

A parte la Cicci, che è partita per Ischia con gli allegri badanti del Comune, tre appartamenti non hanno l'aria condizionata: quello di Attilio (per indigenza pura), quello di Sergetto (per scarsità di mezzi unita ad avarizia) e quello di Bruno (che però ha un ventilatore a pale fissato al soffitto). A Marcello il Pinguino De' Longhi gliel'ha regalato uno della palestra che ne aveva uno stock a prezzi stracciati («prima li smaltisco meglio è... vuol dire che in cambio me segui all'attrezzi»), e comunque per ferragosto lui e Chiara saranno a Ibiza, con un bonus della Regione Lazio. Fernanda è stata costretta a installarlo per necessità professionali, per lei è un investimento come il distributore americano di bibite ghiacciate (il Trottola s'era stancato di fare il cameriere per i clienti). Nell'appartamento di Gianfranco c'è un impianto di climatizzazione ancora più sofisticato, di produzione tedesca, che mantiene ventidue gradi costanti d'inverno e venticinque d'estate. Il telecomando elettronico è però inutilizzato al momento e l'enorme appartamento è un forno, con tutte le finestre sbarrate: non ci abita nessuno.

Com'era prevedibile, Fiorella ha finito per ritornare alla sua famiglia d'origine; tutti hanno dovuto convincersi, una volta rimasta sola col bambino, che è proprio una sciroccata. L'abitudine assunta con Gianfranco, di assaggiare la coca per provare com'era, s'è trasformata in vizio permanente: sicché dava il tormento a Marcello e a Bruno per avere «una càccola», come diceva lei. Ma diventava sempre più agitata, ansiosa di non trovare la sua dose; le smanie delle donne per la coca sono particolarmente oscene. Urlava dal balcone; strani tizi che perfino Fernanda avrebbe schifato frequentavano invece casa sua, la rifornivano; lei vestita come una pupazza, sia pure con dubbi («so' troppo accesa, de colori?»). Incapace di gestirsi, e soprattutto incapace di accudire il bambino che soffre di un evidente ritardo mentale; a un anno compiuto ti segue a stento con gli occhi se lo chiami e non mostra curiosità per quello che gli accade intorno; Fiorella lo porta da qualche medico a casaccio, ma si consola subito commentando «è pigro». (La Cicci però sostiene di averla sentita piangere, per cui forse ha capito ma non vuole ammetterlo e non vuole dare ragione ai parenti.) I fratelli, quando venivano, la trattavano a lei come una ritardata, le davano della zoccola, finché un giorno l'hanno caricata in macchina con un po' di valigie e non s'è vista più.

Valeria, che va a fare le pulizie da una ginecologa, sostiene che il figlio non sia di Gianfranco, che Fiorella fosse già incinta di uno dei fratellastri quando lui l'ha ripresa in casa e che per quello il bambino sia uscito menomato. Ma non si può prestar fede a Valeria, che ha innalzato la maldicenza a sua unica ragione di vita; a sentir lei, il Trottola fa ormai «l'inserviente», non esce manco più quando Fernanda riceve i clienti, anzi si presta se questi hanno gusti speciali. E Nina, la moglie di Sergetto, è inutile che si scandalizzi perché tutti sanno che da giovane faceva la ladra: in combutta coi genitori, taccheggiavano i grandi magazzini, avevano dei cappotti con delle cerniere interne e ci nascondevano i capi firmati, fin che una volta l'hanno presa e ha trascorso un periodo alle Mantellate (alla gobbina raccontavano che mamma era in villeggiatura). Sono favole del caldo, quando le pretese si riducono a un po' d'aria fresca sotto la canottiera, o rialzando le vestaglie e abbassando le calze contenitive – che ci si sfoga mangiando unto e ruttando dopo mezzanotte.

"In borgata se magna", di questo si gloriano tutti ed è vero: a Torre Angela come al Trullo, a Fidene o al serpentone del Corviale, ci sono salumerie, macellerie e supermercati che nemmeno a Belsito o ai Parioli, con mozzarelle saporitissime di Aversa e carni già pronte, polpettoni e fiori di zucca ripieni. I maschi, che in generale non fanno niente in casa, si buttano però a cucinare come tanti maître in occasione di serate commemorative, preparano soprattutto primi e lasciano un mare di casseruole da lavare. Gianfranco è tornato per due giorni nel suo appartamento, ha organizzato una cena per venti persone, una specie di rimpatriata, durante la quale tutti hanno potuto rendersi conto che i suoi occhi sono peggiorati e che ormai è quasi cieco.

Lui continua a fare il fanatico e assicura che andrà a operarsi in Russia, fisicamente sta bene ma tasta con la mano per accertarsi dove siano le posate, e quando s'è alzato per andare in bagno la ragazza s'è alzata insieme a lui – lo guidava senza farsene accorgere, fingendo di accarezzarlo. La ragazza è di buona famiglia, di una bellezza un po' slavata e anemica: immediatamente qualificata da Bruno come «fregna moscia» – di quelle che dandoti la mano sembra che ti offrano uno strofinaccio bagnato. Pare sia la nipote di un politico importante (salta fuori il nome di ***), che si è rassegnato ad aiutarla nella tanto bramata carriera cinematografica; perché la novità più sorprendente, nel ritorno di Gianfranco, è che si sta lanciando come produttore.

I soldi sono quelli di un cartello casertano della

droga, in cui Gianfranco è riuscito a inserirsi (sono gli stessi, tra l'altro, che possiedono alcuni dei supermercati di cui sopra, quelli con le mozzarelle più fresche e scrocchianti). Per ora hanno prodotto soltanto dei corti (la società si chiama Carlito's Way) ma stanno terminando le riprese del primo vero film, una storia di gangster gentiluomini ambientata nel marciume del sottogoverno marocchino; il protagonista è Valerio Mastandrea, un avventuriero italiano che si innamora della figlia di un ministro e redento denuncia i mercanti d'armi per cui lavorava. Forse, per problemi di censura, bisognerà togliere i riferimenti alla famiglia reale, anche se la fregna moscia garantisce che lo zio lo farà passare così. Lei in questa produzione non figura, ma sarà la protagonista del prossimo, cofinanziato dai libici, un peplum da girare a Leptis Magna sulla rivolta degli schiavi. Ha appena letto il copione e pretende fin da adesso un «coach» per impararlo a memoria.

Per un po' Bruno, Marcello, il Trottola e gli altri la stanno a sentire, anche per rispetto a Gianfranco, poi cominciano a snobbarla e a ridere di lei: «seh, er còcc, mo' je presentamo er Coccia, vedi come je'e impara, 'e battute». Non apprezzano che lei, sotto la tavola, abbia fatto piedino a Marcello, non ha il senso del pudore. Anche un episodio, che lei racconta per mostrare quanto sia determinata, cioè che mentre stava in Austria a recitare «per una soap sugli sci» le è arrivata la notizia che il papà le era morto, ma lei ha voluto finire la lavorazione ed è partita per casa solo il giorno dopo, anche questa sbruffonata non è accolta bene («mah, questa se crede d'avé fatto 'na bella cosa...»; «chi ciài portato, oh, Messalina?»). Gianfranco non la sopporta così atteggiona – le dice brusco di non essere maleducata con le altre donne e di raggiungerle.

Appena tra loro, i maschi ritornano adolescenti;

sono interessati ai soldi di Gianfranco e a ottenere particine nei suoi eventuali film; ma non sono interessati ai particolari, si sono già stancati dell'argomento. Per loro anche i progressi devono accadere così, per miracolo, non vogliono sapere la strada per arrivarci; ricascano a parlare della giovinezza, delle imprese irragionevoli, delle minchiate. Li affascina il discorso della cocaina all'ingrosso, Gianfranco racconta d'essere stato in uno stanzone dove ce n'erano duemila chili, in un odore nauseante di etere, quasi non si respirava, e poi d'avere assistito quando nei pacchetti ci mettevano uno strato di senape per depistare i cani. Bruno chiede se nell'appartamento, grande com'è, adesso che c'è tornato lui, non si potrebbe installare un laboratorio; Gianfranco risponde che è lì solo di passaggio, che il nuovo inquilino è Mauro, il torello che è stato quasi sempre zitto quella sera e che invece ha una storia interessantissima; è un ragazzo d'oro, «guai a chi me lo tocca».

Marcello ha fiutato subito in lui alcuni tratti del culturista mancato, e infatti: «ho smesso perché mio padre e mia madre erano a rischio di separazione per gli anabolizzanti miei... mio padre si opponeva totalmente, aveva paura degli annessi e connessi... con i viaggi che ha fatto, gli è rimasta la mentalità de Colleferro, che se uno si bombarda diventa sterile, quindi la sterilità è uguale a impotenza, secondo lui, e impotente uguale gay... mia madre per paura che me n'andavo di casa mi spalleggiava... si stavano a separare di brutto». Mauro è originario di Colleferro ma abita a Pietralata da quando aveva sei anni; lavora in una cooperativa di traslochi ed è stato proprio così che ha conosciuto Gianfranco, curandogli i mobili in tutti gli spostamenti (che sono stati tre in un anno e ora ce ne sarà un quarto). L'ambizione di Mauro è mettersi in proprio, ma non con un furgone come fanno tutti: «per via dei traslochi 'o so spesso se una casa è da ristrutturà, 'o so prima dell'altri, o se un inquilino se ne va... così sto meditando di aprì un'attività di ristrutturazioni». In tutto quello che fa riuscirà sicuro, sostiene Gianfranco; è sveglio, ha fegato, «m'ha salvato da 'na perquisisgnàus» – stavano tornando tardi da un locale quando i carabinieri li hanno fermati; Mauro ha fatto finta di essere impaurito per le pistole, e agitandosi come un invasato ha creato un tale casino che poi è riuscito a infilare il pacchetto nella tasca della giacca dopo che già l'avevano perquisita. «Er minimo che potevo fà era offrirgli 'n alloggio, dato che nun se trova più bene coi suoi... a me qua nun me serve più, e all'età sua è pure giusto che è autonomo.»

Tutti sono delusi, non accettano che Gianfranco si trasferisca a Nola («ormai er centro del lavoro mio è lì»); gli fanno notare che un produttore di cinema deve abitare a Roma per forza, anche se lui sostiene di appoggiarsi a un factotum. Il Trottola, ormai partito dopo tre o quattro strisce, dà voce alla canzonatura che tutti hanno pensato: «a Gianfrà, getta la maschera, smettila de ingannà te stesso... rispedisci a Padova qua'a derelitta, te piazzi qua co' Mauro e finalmente fai 'na bella vita da frocio... se vede che formate 'na coppia de fatto, su». Gianfranco accetta lo scherzo: «mai dire mai».

Il padre di Mauro, emigrante in Svizzera, aveva incontrato una ragazza di Anagni nel cementificio e se l'era sposata; possedendo entrambi il know-how, appena rientrati a Colleferro s'erano costruiti una casetta per sé e per i due figli nati nel frattempo; ma le cognate erano tremende, la mamma di Mauro non le sopportava – quando il fratellino di Mauro morì di meningite, il padre capì che se voleva salvare la moglie doveva condurla via. Fece un pessimo affare e coi soldi della casa di Colleferro riuscì a comprare soltanto un appartamento a Roma, sui monti del Pecoraro. A sei anni l'impatto con la borgata è stato duro. «Ero tutto caruccio, col fiocchetto... gli altri m'hanno pigliato a cazzottoni, m'hanno levato la palla e mandato a nanna in lacrime... in quei casi mi' padre me diceva "si torni rotto te ce meno sopra".» Ha studiato dalle suore spagnole, odiava le recite scolastiche perché non amava ubbidire a quel che volevano gli altri; una mattina che era arrivato tardi per l'ora di religione, l'hanno fatto stare in piedi con lo zaino sulle spalle e lui per spregio ha pisciato sulle scarpe della superiora. Non ha visto donne fino ai sedici anni, e fino ai diciannove ha avuto solo amori platonici. A vent'anni l'amore è arrivato con una delle tante, nemmeno la più bella, «l'avevo presa sottogamba e invece m'ha fregato».

Lui allora si immaginava come bodybuilder a girare il mondo, ma aveva presentato la domanda per allievi ufficiali e superato le prime prove, quando è capitato quello spaventoso incidente stradale: a ventidue anni s'è trovato fermo per mesi, tra ospedali cliniche e riabilitazioni. Lucrezia, la ragazza di cui era innamorato (faceva il liceo, i genitori avevano una libreria di destra con degustazione di vini), proprio quando avrebbe dovuto stargli più vicina che mai, lo tradì biecamente: «vedi caso, proprio col mio amico del cuore». Svelato tutto per telefono. Lei era andata al mare, ad Anzio, con questo Renato (che tra parentesi era un ragazzo obiettivamente bellissimo, muscoloso, campione di rugby), in una pensione per fare i comodi sua; ma è stata sfortunata perché proprio quel giorno a Roma scoppiò un temporale pazzesco, sicché Mauro preoccupato le telefonò, trovando il cellulare spento; casualmente aveva il numero della madre, «c'è Lucrezia?»; «non sta da te? ha detto che rimaneva in Centro per starti vicino...». Una volta faccia a faccia non ebbe il coraggio di mentire, ammise il torto: «l'ho inseguita per tutti i reparti co' la sedia a rotelle». Lei si scusò ma ormai l'incantesimo s'era spezzato – sarà stato perché Lucrezia frequentava i seminari di Massimo Fagioli, e pretendeva che li seguisse anche lui ma lui s'era sempre rifiutato, per cui forse Fagioli voleva farli lasciare e lei era un po' plagiata dai ragionamenti di quell'intellettuale di grido.

In ospedale aveva conosciuto Amedeo, un biondo ossigenato che ostentava la propria ricchezza: televisione in camera, alcolici, mance a tutti gli infermieri, vestaglie di seta. La sua famiglia non era ricca in partenza, il padre lavorava all'ATAC e abitavano alle case popolari; la madre era bidella, ma ebbe l'eccezionale intuizione di aprire una ditta di pulizie. Lì fecero i soldi; poi evidentemente avevano proprio il bernoccolo perché qualche anno dopo s'erano comprati una casa di riposo ragionando tanto di anziani ce ne sarà sempre, e infatti fu così che finirono di diventare miliardari. Amedeo in ospedale lo chiamavano il Conte, ed era sempre dentro e fuori per motivi di depressione: Mauro allora si credeva eterosessuale puro, ma rimase incantato dal modo di essere di Amedeo, dalla spontaneità con cui viveva la sua frociaggine, serenamente in mezzo agli altri. «Io ciavevo pure tanta voglia de recuperà il terreno perduto, gli anni che avevo perso dietro una stronza... sicché ho fatto tutto quello che non dovevo fà, basta poco pe' rovinasse.» Amedeo gli fece conoscere la droga, le orge; la cocaina rosa è magnifica quando è ancora una straniera per te, allora la vivi bene. «Amedeo, tra l'altro, è stato il primo che m'ha inculato, nel senso proprio fisico, che m'ha infilato insomma il cazzo in culo, ma gliel'ho chiesto io... era bruttissimo, sembrava un manico de scopa... ma io ciò un'attrazione de degradarmi, me pento dopo ma so' lacrime di coccodrillo... cerco sempre qualcuno che mi comandi delle cose che poi non vorrei fà, perché devo essere punito per quello ch'ho fatto... ciò ancora 'na mentalità come quando stavo in collegio.»

Amedeo aveva delle aderenze nell'ambito dello spaccio all'ingrosso; il giorno di capodanno, per scherzo, Mauro decise di combinare una riffa tra amici, con dieci grammi come primo premio; la cosa lo divertì e giocando cominciò a spacciare. (Tutta questa parte della propria vita Mauro l'ha rigorosamente nascosta a Gianfranco, anche se ha scoperto che hanno avuto dei clienti in comune.) I grossisti gli davano fiducia, arrivavano a mettergli cinquantamila euro di roba in mano "a soldi rifatti", cioè gliela pagava dopo che l'aveva venduta. All'apice dello splendore, guadagnava quarantamila euro al mese, solo di venerdì sera anche sette-ottomila; ma Amedeo in realtà era cattivo di cuore. Una volta si accorse che una trans s'era affezionata a Mauro (soprattutto s'era affezionata al «*guevito*» di Mauro che è di proporzioni superiori alla media), e questa trans venne trovata morta con una spada di eroina tagliata male ancora nel braccio. Amedeo naturalmente giurò di non entrarci niente, ma a Mauro suonò come un campanello, anzi un campanaccio – che doveva uscire pian piano dal giro. Non è sempre facile, ancora adesso qualche volta si sente in pericolo; quei due carabinieri che l'hanno fermato mentre stava con Gianfranco lui li conosceva benissimo, stanno nel libro paga di Amedeo. Ci ha sentito come un avvertimento, che Amedeo può far del male pure agli amici suoi.

Mauro non maneggia più roba, si limita a dare dritte a chi ha preso il suo posto («pure lì ce sta 'na professionalità... te il venerdì sera, per esempio, non puoi spegnere il cellulare... e non puoi fare il gargarozzone più di una volta, cioè tagliare con la farina, perché la seconda volta il cliente te saluta»). Ma certo non può manco accontentarsi di questa giullarata dei traslochi – per emanciparsi, tra l'altro, ha dovuto regolare delle pendenze economiche importanti. Ha davanti due opzioni. La prima, si è persuaso di avere una certa predisposizione per il commercio, «in fondo me so' dedicato al commercio più difficile che esiste al mondo, sicché una vena ce l'ho»; dalle ristrutturazioni vorrebbe passare a un'agenzia immobiliare: «si nasce leader o pecore, io so' nato leader... io voglio rischiarmela alla morte». La seconda opzione è quella del mondo dello spettacolo: Amedeo trafficava con le commedie musicali e una volta per ridere anche Mauro aveva tentato il provino, fatto sta che l'avevano scelto – l'hanno cercato per offrirgli la parte ma il cellulare era spento perché aveva strippato quella notte.

Le stelle, in questo momento, gli sono favorevoli – già la bontà di Gianfranco e la casa... poi un miracolo ch'è successo: una settimana fa, alla Posta, s'era fermato a parlare con una figliola brava, timida, che aveva in braccio un cucciolo coperto di rogna. Non si erano scambiati i numeri e tutto poteva immaginare meno che ritrovarla qui, che lavora nel negozio di animali al piano terra.

Gianfranco non si è fermato due giorni ma tre: il primo giorno è stato quello della festa, il secondo le persiane sono rimaste quasi sempre abbassate, tranne una mezz'ora verso le otto di sera che la fregna moscia si è piazzata in balcone con le cuffie nelle orecchie, dondolandosi a tempo di musica e mangiando una quantità impressionante di yogurt – alla fine ha gettato i vasetti di plastica in cortile e ha richiuso. La mattina del terzo giorno si sono sentite le urla di un litigio tra Gianfranco e Mauro («sei un bugiardo de merda»), poi Mauro è partito in macchina incazzato; a mezzogiorno Gianfranco e la sedicente attrice hanno portato via due borsoni e se ne sono andati senza salutare nessuno. Alle quattro del pomeriggio un tipo alto, vestito di scuro nonostante il caldo, ha chiesto di Mauro e ha fatto dietrofront bestemmiando; Mauro è rientrato solo a notte tarda, incespicando per le scale.

Fornitrice di queste notizie è la signora Valeria: sostiene che i due amici hanno questionato a causa della cocaina, perché Mauro pretendeva che Gianfranco gliene lasciasse un bel po' e Gianfranco gridava è troppa che ci fai? Valeria è contenta perché ora può ricominciare a pulire anche lì, e sono trecento euro in più al mese. Quando ha varcato la soglia, convocata da Mauro il quarto giorno, per poco non vomitava, l'appartamento era in condizioni pietose: c'erano ancora le lasagne spiaccicate al muro, macchie sospette sui mobili e un piatto pieno di cenere nella vasca da bagno. Manco lavarsi, la padovana. Valeria ha ripetuto a tutti, scandalizzata, d'aver trovato sotto il letto anche un grosso cazzo finto, che non si sono preoccupati di rimuovere o di nascondere; lei non sapeva che farne, lo ha disinfettato con la candeggina e l'ha steso nel primo cassetto in mezzo alla biancheria. Così Mauro lo vedrà e si vergognerà. Valeria non sa che quel dildo (nome tecnico dell'arnese, riproduzione veristica del pene di un pornoattore nero) ha peregrinato su e giù per i tre piani ed è perfino transitato da casa sua. Appartiene al professore, a cui Marcello lo ha domandato in prestito proprio perché Attilio voleva usarlo con Giusy, poi anche il Trottola ci ha fatto un giretto; chissà chi l'ha toccato per ultimo.

Mamma Valeria però è contenta soprattutto perché Attilio si è rimesso in piedi finanziariamente, non ha più l'aria avvilita e alla Conad le imbottisce il carrello; ha anche potuto pagarsi il dentista che gli impiantasse quattro incisivi a perno. Al mercato Attilio ha conosciuto due zingari, due rom che esercitano l'attività di ricettatori in grande stile – due veri uomini d'affari, niente di losco: il terminale socialmente accettato delle ladrerie di un intero campo nomadi. Hanno venduto una cucina Berloni perfino al capo dei vigili urbani di zona e si favoleggia che tengano in magazzino dei quadri di grande valore. Attilio è stato soprannominato Attila, oltre che per la statura infinitesima, anche per la mitezza, lo spirito gregario: si è immediatamente asservito ai due rom, galoppa avanti e indietro per loro e qualche volta tradisce Marcello e Chiara, non è più così assiduo. Comunque, quando la sua coppia preferita ha avuto bisogno di un televisore al plasma, gliel'ha procurato si può dire gratis e adesso attraverso un magnaccia albanese, a cui i due rom hanno affittato un container insonorizzato per picchiarci le prostitute che sgarrano («che male c'è? basta che paga l'affitto, tanto le torturerebbe da n'altra parte»), insomma ha individuato una dalmata di razza che può liberare Jago dalla forzata verginità.

Valeria è stanca perché dopo la portineria non ha più avuto pace; nei posti dove va è una di quelle colf concentrate, di poche parole, sempre col mal di schiena. I pettegolezzi li riserva per il dopolavoro, sono i suoi Caraibi e la sua Las Vegas. Fa dieci appartamenti a settimana, più la biblioteca comunale; finisce tutto entro le quattro, dalle quattro alle otto aiuta Flora in laboratorio. Lì si lascia un po' andare, ma gli ascoltatori sono in prevalenza stranieri, non c'è soddisfazione.

Flora Moliendo, filippina, faceva anche lei la colf e il marito lavorava nell'edilizia; ma è molto più giovane di Valeria, altra adrenalina e altre speranze. Quarantadue anni, la prima figlia già ventitré, sposata; la più piccola invece dodici e mezzo, con treccine legate strette e il grembiule di seconda media. Flora parla molto bene l'italiano, ha divorato due corsi serali "avanzati" e si è iscritta all'università come non frequentante, per diventare mediatrice culturale. Un giorno che stava a farsi la permanente dal parrucchiere all'angolo, quello dell'insegna "Ammazza che bionde", lei bassa e nera, ha notato la locandina di un "incubatore di imprese" promosso da Veltroni. È scattata l'idea.

L'anno precedente, quando la minore faceva la comunione, il sacerdote aveva apprezzato le bomboniere rosa che Flora aveva confezionato con le perline di plastica, per risparmiare; colpito, le aveva ordinato dei rosari per i parrocchiani. I rosari erano piaciuti anche ad alcuni parenti venuti da Manila, tanto che a Flora le era balenato di sostituire le perline di plastica con le perle di fiume coltivate. Leggendo l'avviso dal parrucchiere, ha deciso di presentare un progetto di piccola imprenditoria, bigiotteria artigiana; il progetto è stato selezionato, le hanno messo a disposizione due computer, assistenza informatica e uno stanzone. Comprava le perle di fiume a piazza Vittorio, dai cinesi a quattro euro il filo; poi durante un viaggio in patria si è accordata con una ditta giapponese, trasferita nelle Filippine per il costo ridicolo della manodopera, e ha importato perle di mare. Ora Flora crea gioielli di grande inventiva, con perle, pietre dure e vetro: estro asimmetrico e prezzi super-competitivi. Registrati successi in varie fiere, il suo marchio comincia a farsi strada: nell'impresa ha cooptato le due figlie, il marito, il genero e tre aiutanti italiane sul tipo di Valeria. Flora è una donna che doveva fare la suora, anzi la badessa; è abituata a dire sempre la verità e non ha ancora capito che in borgata sparano tutti balle. Forse come madre è troppo severa: soprattutto la figlia minore, ha più familiarità con la soggezione che con l'affetto.

Da quando ha i denti nuovi, Attilio è più sicuro di sé: si rende conto che Giusy era il ripiego del disperato. Le ragazze rom sono magnifiche, con quei seni olivastri quando li estraggono per allattare, e hanno solo diciassette anni; ma le coltellate del clan gli castrano le fantasie, così si rade a puntino e rifrequenta, dopo vent'anni, i night di via Veneto e di via Sardegna. Ha rimesso a frutto le sue abilità di tipografo per falsificare le carte di identità che un suo amico impiegato al Comune gli procura vergini, senza nomi e timbri; Attilio ci stampa sopra generalità arabe e cinesi, e si può permettere una Kia Picanto usata che lo rende indipendente per gli spostamenti. Jago ha felicemente trasmesso i suoi spermatozoi e cammina appagato anche lui, con l'aria di chi ormai ha altro per la testa. Le interminabili, inconcludenti partite a briscola con Marcello si sono quasi interrotte: erano una forma di disperazione pure quelle, pensa Attilio, una sudditanza quasi sessuale come quella per Giusy. Se si volta pagina, la si volta davvero.

La sera, sempre più spesso, a far compagnia a Marcello scende Mauro – anzi, rincasano dalla palestra insieme e Mauro non sale neanche al secondo piano, fa tappa giù con la borsa e tutto. Se Chiara non c'è, si mettono a guardare i filmini delle gare di Marcello; il suo exploit alle selezioni per gli europei, con le grida pittoresche dei supporter («è tuo, l'altri nun li vedi propio... pàrono scaldabagni appetto a te»; «ciài du' spalle che so' du' noci»; «i bicipiti si'i so' scordati a casa»). Mauro vorrebbe riprendere qualche allenamento serio ma diffida degli anabolizzanti, teme che lo svirilizzino; Marcello lo tranquillizza su certi prodotti e gli consiglia esercizi adatti a lui, «te conviene sviluppà er sotto, i trapezi ce l'hai pure troppo larghi pe' il livello tuo... ma soprattutto te devi sgrassà ar cardio». Parlando col professore, Marcello loda Mauro senza riserve («l'ammiro molto, so' orgogliosissimo dei progressi ch'ha fatto e poi senza iniettarsi niente, natural... si ciavessi io la volontà sua... e mica solo la volontà, porcoddue» ammicca ruotando di novanta gradi il pollice e l'indice tesi).

Anche Mauro ammira la struttura possente di Marcello e lo incoraggia a scuotersi; «potresti tornà uno dei primi in Italia» – consulta i calendari delle competizioni, progetta rentrée, fin che Marcello non gli dice di lasciar perdere. «Troppi tram ho già mancato, me so' sempre fidato de tutti e tutti me l'hanno messo ar culo.» «Questo è il tuo errore» risponde Mauro, «io nun me fido de nessuno... io voglio agì, voglio conquistà... volere è potere»; «dipende pure da 'ndo stai»; «mica è vero che semo condannati dalla nascita... a me 'e borgate nun me bastano, me stanno strette»; «io ho cercato d'uscì pe' n'altra strada». Si infognano in lunghi discorsi, un po' rallentati dalla coca, sul realismo: sull'atteggiamento da assumere nei confronti di chi sta in alto («Attila ha sbajato a nun accettà de inserirsi ner sistema, così dura poco»), arrivando chissà come al quesito se le donne godono più o meno degli uomini a essere sodomizzate, visto che non hanno la prostata.

«Agnese gode davanti quando 'o pija dietro, a 'n òmo je se ferma prima perché sbatte.»

«Simona nun lo farebbe mai.»

«Simona chi?»

«'A veterinaria, qua sotto.»

«Nun te credere, eh... più sembrano sante...»

«Non parlare così dell'angelo mio, lei nun sa manco che vòr dì la parola vizio.»

«Nun fà er sentimentale che nun te sta bene, con qua'a faccia.»

«Nun so' sentimentale, so' triste, Marcellì... papà mio nun me vòle vedé più.»

«I vecchi so' cattivi, nun te preoccupà... dicono così, ma mica... perché, mi' padre nun ce litigava sempre co' mi' nonno? se menavano pure, quello ciaveva ottant'anni.»

«Stavolta l'ho combinata grossa... m'ha detto "te pe' me sei morto".»

«Ch'ha' fatto?»

«Ce sta 'n ammanco alla cooperativa... indovina chi sarà il responsabile? dovevo pagà l'ultima fornitura... hai capito, no?»

«Tu' padre ha pagato lui?»

«J'ha telefonato er presidente... manco l'ha saputo da me.»

«Vabbè, mo' le cose s'aggiustano.»

«Ma che s'aggiustano... io a vedé mi' padre piagne me so' finito de distruggere, lui era il mio dio... j'ho promesso che ji'i ridò cinquecento ar mese.»

«Mo' i reperimo, dài... sai quante volte me so' trovato in 'ste pezze...»

Generosamente, Marcello ha "offerto" a Mauro il professore, nel senso di portarlo con sé e chiedere un compenso anche per lui. Ma Mauro è più sensibile di Marcello alle vibrazioni psicologiche; notava dalle esitazioni, dal malumore trattenuto, che il vecchio era più commosso che eccitato e che gli tremavano le mani mentre accarezzava Marcello sulla nuca. «Qui c'è troppo amore», a Mauro è sfuggita la frase e li ha lasciati da soli – ha aspettato in cucina che finissero.

«Ma nun te fa schifo, così grasso?»
«Manco 'o guardo... he he, trucchetto professionale... però è simpatico, è bòno come il pane... pure co' te, si ciavevi un po' de pazienza...»
«Gli ballano tutte le trippe.»
«Mica mo'o devo scopà... eh, Chiara se crede ch'è facile, me rinfaccia che nun ciò voglia de lavorà... però poi le rate da'a moto, 'e vacanze...»
«Ma ti s'allarga uguale, senza voglia?»
«Nun hai visto che ciavevo er Luan? co' questi bisogna sentisse superiori.»
«Te devi sentì superiore per forza, perché si te consideri inferiore nun te rimane niente...»
«Ciài ragione, ma che vòi fà?»

Il primo giorno che si sono conosciuti, alla festa di Gianfranco, Mauro ha sentito qualcuno che diceva (Marcello si stava curando il ciuffo allo specchio) «è proprio 'na femmina, è». Quelle parole lo ossessionano, gli tornano in mente quando non dovrebbero, mischiate a istantanee di Marcello come eroe, sia pure fallito. Gli fa rabbia che si abbassi di fronte a persone che valgono molto meno di lui, e che ne abusano; calma Jago che abbaia mentre lui è in albergo con un regista della BBC («me voleva fà un servizio fotografico, ma dovevo sapé l'inglese»; «intanto gliel'hai fatto te, er servizio»). Candida è tornata ma Mauro la odia perché è convinto che la ragazza non sappia amare, che sia fredda ed egoista. Martedì, uscendo dalla palestra, che Candida aveva preso a schiaffi Marcello colpevole di aver fissato libidinosamente una spogliarellista mentre s'apriva in spaccata apposta perché la guardassero, insomma dopo la piccola sceneggiata Mauro e Marcello si sono ritrovati in macchina dietro al deposito dei carrelli di Panorama, in attesa che il pusher tornasse con la roba; «me so' ingrifato co' quella, te posso fà un bocchino?» ha proposto Mauro all'improvviso – e Marcello, con la sua micidiale e angelica indolenza, «che problema c'è?». Poi hanno parlato d'altro:

«Candida adopera la gola...»

«Se pò sapé perché avete litigato, il vero motivo?»

«Vòle che lascio mi' moje, che Chiara nun me ama... "che ce stai a fà co' quella, tanto scopa co' un altro?"... pare che cià 'e prove...»

«Ma come s'è permessa, 'sta stronza? pure a me me l'ha accennato, e poi me domanda "che ne penzi?"... a me, che sa che so' amico de tutti e due? si pure fosse, si vòi bene a qualcuno nun je insinui discorsi ch'oo fanno stà male... si nun ciài 'n equilibrio te, si sei insicura, allora te astieni, nun je infliggi telefonate de n'ora... io, quando t'ha detto "che sce ztai a fà co' quella?", j'avrei risposto ma che ce fai te nella macchina mia.»

Riassumendo tutta la faccenda col professore, Marcello sospetta che Mauro sia un po' geloso di Candida e conclude «è un po' strano, sessualmente, quel ragazzo».

Marcello e Chiara, ogni tanto, si rinfacciano cose tremende: lei voleva portarlo dal medico a verificare che le mucose anali fossero «intatte», perché gli ha rilevato tracce di sangue nelle mutande – lui per un attimo ha temuto che la scienza potesse sputtanarlo, che un suo piccolo porro venisse scambiato per... poi l'ha buttata in ridere («che je raccontamo, ar culologo?») – infine al culmine dell'esasperazione le ha gridato «ma vai a farti fottere», e la replica è giunta immediata: «ce vado, stai tranquillo che ce vado». Quel che a Marcello dà più fastidio è quando lei tratta male gli amici che vengono a trovarlo, protestando che la casa è sempre piena di gente. «Io che nun vedo nessuno, a parte Bruno, Attilio, er Trottola, adesso vabbè Mauretto, ma so' tutti de casa, stanno na'a scala nostra... l'altro giorno è venuto il Tellina da Anzio, sta là a posà i cavi, ha fatto 'no strappo a Roma pe' me... a lei je rodeva pe' l'ufficio, era stressata, chennesò, je fa "già nun ce n'era abbastanza de rompicojoni qua vicino"... lui s'è sentito umiliato, porello, è andato via... m'aveva portato 'na cosetta, ma poca... sì, j'avevo promesso che stavo bòno, ma si ma'a portano a domicilio, oh... "nun fai mai quello che dico io" ma che devo stà alle leggi sue, ma che c'è, il Duce, qui?»

Chiara, in verità, è invelenita soprattutto dalla nuova amicizia con Mauro: «capisco faje compagnia, ma mo' se frequentano a manetta... tutti i pomeriggi, tutte le sere, manco fosse un parente... la borsa da'a palestra, l'asciugamani bagnati... ma questo nun cià famiglia, nun cià nessuno? se sei rimasto proprio da solo, che non c'è un cane che te viene a dà 'na mano, 'na ragione ce sarà pure, no?». Alla fine si rappacificano, Marcello le compra il prosciutto pata negra, guardano insieme *La principessa Sissi*, anche se a Marcello lo fa sbadigliare. Lei lo adora quel film, e i due che son venuti dopo: tutti che camminano all'indietro come i gamberi per rispetto della monarchia, e dei veri valori come dovrebbe essere; la scena di lei che raccoglie i fiori e libera i cerbiatti. La Romy Schneider, trova Chiara, somiglia molto a lei appena uscita dal collegio, così piccina e con quei capelli fino al sedere; anche quando è malata ai polmoni trascorre la convalescenza in un posto stupendo, così si guarisce di sicuro. C'è poco da fischiare, coi soldi si risolve tutto; se lei potesse vivere a contatto coi daini e con gli animali selvatici, non tornerebbe più indietro; e poi la scena finale dell'ultimo film, con la bambina che le corre incontro a San Marco – i figli sono l'unica cosa che dà senso alla vita.

Il Forno Tedesco è una panetteria-pasticceria a circa due chilometri dalla borgata, proprio nel punto in cui i bus che vengono dal Centro sostano al capolinea e da dove partono le navette; per questo è molto frequentato e Giovanni, il proprietario, è ormai un'istituzione. Un monumento, anche per la mole: quasi due metri per centosessanta chili – da qui il soprannome di Obelix. Quando l'hanno visto per la scala A l'hanno salutato tutti con la consueta cordialità, credevano che andasse da Fernanda; ma l'indomani è arrivato il camion coi mobili e lo sconcerto è stato grande. Procediamo con ordine. Circa un mese prima Sergetto e Nina avevano chiuso casa e s'erano trasferiti a Lavinio dalla figlia, immobilizzata e in trazione per la caduta da un soppalco (e per di più al sesto mese di gravidanza, con tutte le complicazioni del caso); Sergetto aveva dovuto chiedere un permesso alla cooperativa perché Nina non poteva farcela da sola. Ma quando Obelix ha cominciato a scaricare i mobili propri e a caricare sul camion quelli di Sergetto, anche in malo modo e senza criterio, ci si è chiesti se i due vecchi ne fossero al corrente. Il grassone pretendeva di sì, che era un «avvicendamento controllato»; Cicci, l'unica che sa come comportarsi in queste situazioni, era ancora in vacanza. Nessuno ha pensato di avvisare subito l'Istituto Case Popolari, e non avrebbero saputo neanche cosa dirgli; il grassone aveva già praticamente svuotato l'appartamento del terzo piano e ci si stava installando; aveva perfino sostituito il nome sulla targhetta (da cui si scoprì tra l'altro che Tedesco era proprio il cognome, non un aggettivo).

Sergetto venne rintracciato da Attilio soltanto in serata, negò recisamente di voler traslocare e si precipitò a Roma. Quel che accadde fu qualcosa di difficilmente credibile nei luoghi della civiltà, una scena che sarebbe parsa selvaggia a chi vive tra il Pantheon e piazza di Spagna. Sergetto scende dalla Yaris abbottata e priva di un parafango; tutti ai balconi a guardarlo mentre sale di corsa le scale. Sulla soglia del suo appartamento, come una montagna, Obelix; che sostiene di essere il legittimo locatario, che l'ATER ha assegnato la casa a lui e che Sergetto è abusivo. Gli mostra una bolla di consegna, quella dei mobili che stanno in un magazzino; siccome non è un boia, lo schernisce, è disponibile a pagare lui il costo del deposito. Sergetto protesta che lui è sì entrato abusivamente, ma sta regolarizzando la posizione, tant'è vero che gli arrivano mensilmente le rate dell'affitto; Obelix fa valere il fatto compiuto ed è allora che Sergetto commette l'errore imperdonabile: si piazza davanti al menhir di carne e dice «chi t'ha dato il diritto, mo' mo'o spieghi». Se c'è un diritto che Obelix crede di aver maturato negli anni, dopo una vita non facile e tante spalle che si giravano, è proprio quello di non spiegare: il silenzio è la sua caverna, il suo territorio segreto, e chiunque pretende di violarlo firma la propria condanna. Obelix parte con una sberla che manda Sergetto a rotolare davanti alla porta di Fernanda, «l'affitto lo vai a pagà nella fregna de tu' moje». Esce il Trottola a domandare che sta succedendo, Obelix risponde che di sberle gliene è avanzata una e che comunque lui non ci parla coi papponi rottinculo.

Il Trottola si lancia a testa bassa contro il ventre di Obelix, lo scontro è disuguale ma il Trottola ha al suo attivo un passato di pugile. Riesce a schivare, sia pure impedito dalla ristrettezza dello spazio, e assesta un colpo al fegato che Obelix accusa. Approfittando della distrazione Sergetto penetra in casa propria, o almeno in quella che lo era fino a ieri; ma Obelix si è già riavuto, sbuffa come un ippopotamo, rovescia il Trottola dalle scale poi rientra e sbatte fuori Sergetto manco fosse un fuscello, gridando che deve pure ringraziarlo che non gli fa fare un tuffo dal balcone. Poi si barrica in casa e mette il paletto.

Tutte le altre porte sono rimaste chiuse nel frattempo, tranne uno spiraglio con la catena in quella di Valeria. Ora esce Attilio e prova a consolare Sergetto, scendono insieme prospettando denunce e anche un po' ridendo, perché col papagno preso in faccia gli si era sganciato il cinturino dell'orologio. Marcello, che pure stava in casa, ha fatto come quegli animali che fingono di essere morti; Bruno è amico di Obelix («anzi, un fratello»), e la spiata che l'appartamento del terzo piano era sguarnito gliel'ha trasmessa lui – ma proprio perché sapeva si è tenuto alla larga. Il Trottola torna ferito da Fernanda, ha una lussazione alla spalla e perde sangue da uno zigomo; ma non è quella la ferita vera, la piaga dev'essere interna se lo si sente che discute con Fernanda e che piagnucola, alla fine. (Nei giorni successivi confabulerà a lungo con Marcello, che per due notti gli presterà la sua macchina per dormirci dentro.)

Nella realtà visibile e diretta della borgata, c'è stato semplicemente un cambio di inquilino, festeggiato dai ciambelloni e dalle focacce gratis che Obelix offre su un tavolo in cortile la domenica. Nella realtà evanescente e ambiziosa delle leggi, Cicci ha verificato che le pratiche sono molto imbrogliate negli uffici dell'ATER: che in due modi e in due tempi diversi entrambi risultano assegnatari, sicché nessuno sfratto è ipotizzabile per il sig. Giovanni Tedesco; Sergetto può fare ricorso ma la tempistica sarà lunga, quel che consigliano nell'immediato è una richiesta d'urgenza, motivata con il carattere straordinario e anomalo di quell'estromissione, di avere priorità negli alloggi al Laurentino 38.

Obelix e Bruno si sono conosciuti a Cinecittà, durante una comparsata in *Gangs of New York* di Scorsese; un "permessaro" (quelli cioè che vengono incaricati dalla produzione di ottenere i vari permessi) aveva parcheggiato in modo da bloccare l'uscita a una delle segretarie; sul biglietto aveva scritto "un minuto" invece era sparito; la poverina stava a clacsonare da un quarto d'ora, zac, è bastato uno sguardo tra Bruno e Obelix – hanno sollevato di peso il treno posteriore dell'auto che ingombrava, spostandola quel tanto da liberare la ragazza; già che c'erano, si sono "accorti" che un ferro arrugginito era così vicino alla Daewoo del permessaro che l'avrebbe "inevitabilmente" sfregiata: un rigo orizzontale sulla fiancata di almeno ottanta centimetri. Da allora birre, coca in comune, spedizioni allo stadio.

«Ma chi sei, 'o schiavo nei campi de cotone?» – così Obelix (vedendolo camminare come uno sciancato) commenta il tentativo di Bruno di rimettersi a faticare, in una società che alza i palchi di tubi Innocenti per concerti e manifestazioni; è vero che, con la schiena rimasta delicata dopo l'incidente, questo non è proprio il lavoro adatto. Dopo appena quarantott'ore, infatti («nun me piaceva er jazz»), Bruno si licenzia e la lite con Flaminia è più grave del solito: non la sequenza botte-recriminazioni-sesso, ma lei che prepara la valigia e se ne va. Torna il sabato e c'è una settimana di bonaccia, poi la bufera riesplode (Valeria dice «stavolta l'ammazza, io chiamo la polizia» ma Attilio la blocca: «che te chiami, si 'o sa che semo stati noi ce fa 'e vendette... co' quello che ciavemo in casa, che te chiami?»). Bruno si è presentato con un fuoristrada nuovo, non di seconda mano come aveva concordato con la moglie; i soldi sono sempre quelli dell'assicurazione, d'accordo, ma dovevano gestirli insieme e non ne restano molti. «Mi sembra di vederlo» sibila Flaminia a Chiara, «non se n'è innamorato d'improvviso, seh, sarà andato alla concessionaria con la troia, figurati, e di fronte a lei ha fatto il grandioso, non voleva sembrà er pulciaro che compra 'na macchina usata... così adesso dobbiamo tirare la cinghia per l'onore del suo cazzo.»

Flaminia non ne può più, lo confessa a Chiara francamente; il suo sbaglio, forse, è stato di coprire Bruno di fronte alla famiglia di lui: non sanno che la mena di brutto, non sanno che lui ha un'amante, non sanno quanto sia avanzata e incurabile la sua schizofrenia; sanno solo della condanna per il calcio e della droga. Così, ai loro occhi, la reazione di Flaminia può apparire esagerata; ma lei ormai ha deciso, non cercherà più di attenuare, manco con se stessa, la gravità della situazione. Se ne andrà per sempre e darà la disdetta dell'appartamento, che è intestato a lei. Questo lascerà Bruno senza casa, ma lei non può farsi carico di tutto: lei stessa non sa dove andare, perché non darà ai propri genitori la soddisfazione di mostrarsi generosi e comprensivi, piuttosto va a vivere sotto i ponti. Flaminia odia il padre ma senza saperlo lo sta imitando; anche lei usa la tecnica della goccia-che-fa-traboccare-il-vaso, dopo la quale ci si può permettere di non ascoltare più e di semplificarsi la vita giustificando qualunque tradimento. (Perché lei sta tradendo, sì, sta tradendo quel che era concordato in cielo.) La goccia è stato il comportamento malsano e invasivo di una pazza che pretende di essere architetta e fa errori di grammatica nei messaggini; che invoca aiuto a ogni ora del giorno e della notte, senza rispetto, e si mette a controllare Bruno da dietro i secchioni della monnezza... ma che può bastare questo? Bruno la disprezza, Flaminia ne è certa: la chiama "Psycho" e la adopera per qualche porcheria... se non la molla significa che ci sta qualcosa sotto... perché si fa ricattare da una squilibrata?

è questo che Flaminia non riesce a capire, finora non c'erano stati segreti.

Per Flaminia, Bruno è stato a lungo il dio guerriero che l'aveva strappata alla famiglia e portata via come una preda. Le manganellate, le foto coi lacrimogeni e i ribelli: per lei la borgata è stata soprattutto un luogo di resistenza, un accampamento di pirati inconsapevoli. Non ne conosceva ancora la malattia profonda, quel fango anche interiore, oltre che esterno, che sale quando la disperazione è troppa. Se ne andrà ma si porterà una spina nel cuore: di non aver saputo interpretare la sua parte nel modo giusto, di avere in qualche modo equivocato. Sono cominciati i giorni di cattivo tempo, per arrivare all'ulivo bisogna scavalcare un torrentello d'acqua sporca: lì si salutano Flaminia e Chiara, che le offre le chiavi della casa di nonna per andarcisi a rifugiare temporaneamente.

Lunghi spionaggi al balcone, col cellulare tenuto tra la guancia e la spalla: «no, me senti? sta a uscì, è la targa sua, sì sì, NG269ZY»; poi, telefonando a Fiorella: «'sto pezzo de merda, gli ha detto sto solo come un cane, mi' madre nun c'è, invece c'era, è andata via adesso, così hai capito il figlio po' mette la moglie alle strette, mi' madre nun pò fà 'sta vita... ma che, è obbligata a falla 'a moje? lei l'ha protetto troppo e mo' je se ritorce contro, je dicono al primo sgarro lo lasci... qua è tutta la vita che è 'no sgarro, poi vonno i soldi, se pensano che so' ancora centomila, nonostante che Flaminia l'ha investiti bene, ma con quello che s'è pippato il figlio...». Una catena di donne, come sempre, mentre gli uomini stanno al bar.

«Ah i bei magnaccia de 'na vorta... mo' le fanno partecipà agli utili, per cui nun è manco sfruttamento»; «comunque, si se lascerebbe le italiane a lavorà in pace, ce verrebbe pure meno straniere» – Gianfranco è in visita e quando ci sta lui, chissà perché, non si riesce a non parlare di troie; è Spartaco che si lamenta del negozio di "*swimwear* polinesiano" vicino a casa sua e delle squinzie che lo frequentano, viziate nel mestiere – se non gli vai fisicamente, possono pure rifiutarsi. Io allora me scelgo 'na tossica, j'offro un succo Pago de mela e sedano, poi er sedano... beato te che ciài l'attrici. Gianfranco esalta i primi corti realizzati a scopo promozionale, uno di un regista di Pietralata che però si sta facendo un nome a livello nazionale e un altro di un'autrice siciliana sulla storia di famiglia. All'orizzonte un lungometraggio, una specie di spaghetti-western ma girato in Albania sui briganti di là, con sparatorie e un commissario alla Tomas Milian; avevano contattato anche Bud Spencer ma non recita più.

In circolo intorno a due tavolini, gli amici ascoltano a bocca aperta, correggendo con quel tanto di ironia che serve per non sembrare proprio fessi, per non arrendersi di fronte all'assoluto: i milioni di euro sgranati come bruscolini. Si tratta di avere le entrature giuste con una qualche banca defilata: tu presenti il piano di lavorazione e hai la certezza che passa al Ministero – quelli sganciano quattro milioni e tu per il film ne puoi usare due e mezzo, gli altri ovviamente vanno a chi t'ha finanziato. Per loro non è un problema giustificare un milione e mezzo di fatture false. «Loro chi?»; «Nun lo pòi sapé.» Coi soldi ripuliti della cocaina ormai in Italia puoi fare tutto, spadroneggi anche nel mondo finanziario; e di questo immenso potere ognuno dei borgatari seduti a quel bar si sente partecipe e complice, perché ne ha in tasca un piccolo frammento, un sacchettino da un grammo. «Sono dei nostri, quelli che adesso possono comandare e fare i film.»

Ma il vero sogno di Gianfranco è di produrseli da

solo, non come quei figli di papà che stanno a chiedere l'elemosina allo Stato; i finanziatori lo sostengono e lo indirizzano nei primi passi: «la Medusa me fa da garante perché ce vòle un punteggio alto pe' distribuì, e io nun ciò un cazzo». La burocrazia è l'inciampo peggiore: è tutto 'na carta bollata, 'na domanda, 'na respinta, mattoni de roba, tutta 'na modulistica, devi nominare un revisore dei conti iscritto all'albo, poi devi dare una copia per il visto di censura, vai in 'sti labirinti sotterranei co' mijardi de sceneggiature... Siamo nel regno della fiaba: se questo poliziesco va bene il prossimo sarà un film in costume, su Maciste, ma non un'americanata, proprio la storia vera di Maciste, quella originale – «e lì me torneresti utile te» dice Gianfranco a Marcello che istintivamente contrae i pettorali. «Allora, se c'è di mezzo Marcellino, hai voja a censurà...», e tutti si sciolgono in una risata.

«A Gianfrà, ammettilo, nun sei bòno... nun lo sai manco te quello che stai a dì»; «per il cinema nun ciài occhio» – «bella battuta», Gianfranco abbozza ma non è disposto a cedere su tutto: sarò pure un imprenditore quasi orbo ma sono sempre il meglio del bigoncio. Si sta impegnando sul serio, dalle mansioni più umili al contatto coi registi. Non si riesce a nastrare come si deve un pezzo di strada perché ci parcheggiano uguale, mortacci loro, e ci devi pagare dei ragazzi che piantonano la zona; da Nola è difficile, devi delegare; ai tecnici della fotografia non gli sta bene un cazzo, dice non posso fà il totale, ma che ne so io che è il totale, t'avevo chiesto se potevi fà tutto e m'avevi detto di sì... e la *** non ha ottenuto il suo truccatore che faceva perdere tempo perché ci chiacchierava come dal parrucchiere, e per dispetto s'è data sempre malata, gliela incartava ogni volta diversa, così hanno sforato e i finanziatori di Caserta si sono inculato a lui... ma Marcello non l'ascolta più, nemmeno l'accenno alla nota diva lo risveglia dalla sua ipnosi.

Si sta immaginando come protagonista sul grande schermo, e in trionfo a Venezia: finalmente anche Chiara si accorgerà che le sue non erano illusioni come gli ha sempre rimproverato. Si adombra vedendo Mauro impegnato in conciliabolo con Gianfranco, lo stronzo si vuol mettere in prima fila – ma non era di cinema che stavano parlando.

«Vai a Hollywood, Mauré?»

«Seh, è finito il tempo dei giochi... me ingaggio ner concreto... ciò trentaquattr'anni e 'n macigno su 'a capoccia.»

«Io allora, che d'anni ce n'ho quaranta?»

«Quattro ce n'hai, Marcè, no quaranta... qui bisogna dasse da fà.»

«Che, nun me dò da fà?»

«Te fai fà, che è diverso.»

Dopo il successo, gli presenteranno gli americani e là ci sono dei negri da venticinque-ventotto centimetri. Marcello è colto da un desiderio improvviso di masturbarsi; saluta Mauro in fretta e in due minuti è nel proprio appartamento. Chiara non è rientrata ancora, Jago è chiuso in cucina; si spoglia in un attimo, si contempla nudo allo specchio – lo sperma schizza in un raptus di luce di applausi e di folla arrapata.

Chiara rientra dopo venti minuti con la notizia che Flaminia è arrivata con un macchinone, a prendere delle cose che le servono: il computer, il microonde, la centrifuga per i succhi. Esplodono le urla dell'inevitabile scontro, «no, te prima pulisci e poi te ne vai», «pulisco 'sto par de ciufoli». Rumore di vetri rotti, di metallo che cade; si sente la voce di Flaminia, «ma te davvero, devi farti curare».

Flaminia ha visto Bruno collocarsi strategicamente tra lei e la porta, pronto all'estrema battaglia come faceva allo stadio. È incerta se allentare la tensione e giocare d'astuzia, salvandosi con un guizzo e abbandonando gli oggetti, o se esasperarlo provocando il peggio, qualche livido in cambio dell'intero bottino. È ancora sexy il suo Bruno, in posa da combattimento. «Si te fai sbudellà me fai 'n piacere, è da stanotte che ce penso»; «non ci sarebbe da meravigliarsi... scendi da una famiglia di malati de mente, la fine tua è il manicomio come tu' padre». Flaminia si morde la lingua, chiude gli occhi a ricevere i soliti sganassoni, o magari qualche osso fatto scricchiolare – teme per i denti. Ma Bruno ha un gesto (che lei, cieca volontaria, non riesce a schivare) come se si chinasse per pregare e poi alzasse un braccio al cielo.

Nell'appartamento di fronte, Marcello e Chiara ascoltano il grido disumano: corrono per sfondare la porta, ma la porta si apre perché Flaminia una mano ce l'ha ancora libera – l'altra se la tiene sulla pancia, dove il sangue sta allagando la felpa. Istintivamente si abbranca al collo di Marcello; nell'aria ancora impregnata di fiction, Marcello cerca con gli occhi dov'è finito Bruno, ha l'idea assurda che si nasconda rimpiattato dietro la porta. Si slaccia brutalmente le mani di Flaminia dal collo, che Bruno non l'abbia a prendere per un collaborazionista; quasi la fa cadere ma Chiara è pronta a stringerla, coricandola sui gradini della scala per sollevarle la felpa e visionare il taglio.

Flaminia ha deciso di non denunciare Bruno, perché coi suoi precedenti stavolta gli davano la recidiva e buttavano la chiave; la ferita non ha leso organi importanti, lei se l'è cavata con due giorni d'ospedale e adesso ha solo una fasciatura stretta. A volte se la preme con le mani, come se fosse l'ultimo abbraccio che potrà mai ricevere dalla vita. La prospettiva di ricominciare, di esibirsi su piazza come una single, le fa orrore. Le discoteche, i pub, le palpatine. I colleghi di lavoro o peggio, i fighetti di Roma Nord. Se Bruno accetta di entrare in comunità, se ha la forza di disintossicarsi, vedremo... la sua amica produttrice, in un disperato tentativo di riuscire spiritosa, le ha regalato una T-shirt con scritto "una donna senza un uomo è come un pesce senza bicicletta". Ma non è vero, a quarant'anni si sa che non è vero; un animale da soma, altro che pesce... Bruno gridava «nun me ne frega, vado in galera ma t'ammazzo» – che è a tutt'oggi la più bella dichiarazione d'amore che abbia ricevuto. Comunque lui col coltello ci sa fare, sa come si affonda il colpo e come si uccide, per dritto; evidentemente ha voluto accarezzarla solo di striscio. «Nun me lascià, te prego, nun andà co' 'n altro» le ripete anche ora patetico al telefono. Lui e lei, pensa Flaminia, sono due fratellini orfani affidati a istituti diversi, incerti se si rivedranno mai più.

La famiglia di Bruno, invece di compatirla come vittima, considera che sia lei la carnefice: sapeva di sposare un uomo malato, doveva stargli accanto a qualunque costo e non mandarlo in paranoia facendo le valigie. Per salire dalla nonna di Chiara, Flaminia deve attraversare un cortile buio e tutte le notti quando finisce il turno teme che i sicari inviati dalla famiglia siano lì appostati per pestarla – non uscirà più da questo incubo, che in fondo è il suo capitale.

Bruno è gonfio di psicofarmaci, gira per casa rimbecillito senza distinguere le date sul calendario o le ore sull'orologio; se potesse, vorrebbe tornare indietro. Si sente umiliato dalla scampata denuncia, dunque Flaminia lo considera così poco, manco degno da'a galera? Ma lui non l'avrebbe mai abbandonata così com'ha fatto lei, come un cane in autostrada; quando Psycho glielo chiedeva, con tanto di incentivi economici, di trasferirsi in Centro da lei, lui rispondeva a sganassoni; giusto perché gli fa tutto come una pornostar, se no da mo' che l'avrebbe accannata... è 'na pupazza gonfiabile, non je serve né baci né crema, è così larga che je basta lo sputo. No, ma poi Flaminia è troppo sicura di sé, è 'na donna vera, non è stato per gelosia. Lui l'ha delusa, non doveva esagerare con le pillole; tocca all'uomo governare in casa; ma quel lavoro del cazzo davvero gli stava stroncando la spina, s'è licenziato per legittima difesa. Hanno affrontato ben altri problemi, se adesso lei s'incaponisce a stare per conto suo è perché cià un amante e lui riuscirà a coglierla sul fatto, a sgozzarli come capretti tutti e due. Morde rabbiosamente i sofficini surgelati, sputa.

Oppure qualcuno l'ha istigata contro di lui. C'è gente, come Marcello, che è molto più marcia, eppure gli va sempre tutto bene: conserva la moglie, viaggia con una bella macchina e vestiti firmati, non ha lavorato manco un'ora della vita sua. I vecchi valori non ci sono più, quelli onorati della delinquenza: in galera Marcello sarebbe considerato meno di un'immondizia, e nel mondo d'oggi è servito e riverito. Bruno si sfoga con Obelix, gli racconta della sua malattia: «so' io che faccio delle associazioni, basta che vedo Marcello e penso alla cocaina». Dunque è Marcello l'infame, il vizioso, quello che non spartisce mai, il frocio vigliacco che dev'essere punito: lui e quella falsa della moglie che inghiotte sterco quotidiano e per du' cazzate ha montato Flaminia, d'un granello facendo una montagna. Bruno cede a una crisi convulsiva, abbraccia Obelix scongiurandolo «salvame te, mi' madre nun viene perché dice che 'a spavento, e je dò pure ragione, ma io nun so' padrone della capoccia mia, nun so 'ndo sbattere». Obelix gli infila un panno tra i denti, blocca il tremito delle gambe: «mo' ce penso io, ciavevo pure voglia de fà 'na bella pulizia».

Per prima cosa, Obelix ha cacato sullo zerbino di Chiara e Marcello; un bello stronzo cilindrico e profumato; quando passa sotto il loro balcone rutta o scureggia. Ha preso a calci Jago fino a fargli uscire una bava giallastra dalla bocca; ha rifilato un cartone a Attilio che cercava di difendere il cane, un colpo alle costole che non ha respirato per cinque minuti; poi («vieni a vedé che ciò qua») gli ha mostrato la Colt con l'impugnatura d'avorio nel cruscotto della Clio. «Meno male» millanta Marcello «ch'avevo pigliato il Lexotan e stavo a dormì, se no intervenivo e facevo 'na strage, o ci andavo io o ci andava lui a Regina Coeli.» Però trattiene anche il respiro, quando Obelix si piazza davanti all'uscio e lo provoca: «a bocchinaro, esci che te cionco, to'o ripasso io er culo».

Marcello vorrebbe chiedergli che cos'ha esattamente contro di lui, di che cosa lo si accusa, ma quella montagna di carne non è adatta alle spiegazioni («io nun so' frocio e a me in faccia nun me ce guardi, punto»). Alla Cicci, che si lamentava perché uno dei suoi «addestratori» (come li chiama Bruno) era stato urtato per le scale, e anche lei chiedeva i motivi, ha risposto «nun ce fà caso, a gnappé». Ha gli occhi opachi, occhi che non vedono; rivolti all'interno, in un dibattito tutto suo. «M'aspettava sotto» racconta Marcello, «io l'ho salutato con la mano e lui niente, allora so' uscito dalla macchina a testa bassa e me tenevo Mozzichetti in braccio; quando stavo pe' aprì la seconda porta, quella de vetro, me fa "fermete che te devo da dì 'na cosa", ma correva co' quell'altro dietro, io me so' cagato sotto, oh.» «Ha fiutato l'odore della paura» sentenzia il professore – come gli animali feroci che se scappi ti inseguono, mentre se hai il coraggio di stare fermo ti annusano intorno e se ne vanno. «Parli bene te» ribatte Marcello, «mica te ce sei trovato de fronte.» Non solo il professore, ma tutti quanti cercano di convincere Marcello che ingigantisce il pericolo, che in fondo il signor Giovanni Tedesco ha un'attività, bene o male è uno inserito e non può macchiarsi la fedina penale per una causa che non è manco la sua; trasuda la violenza come il sudore perché non ha altro linguaggio, ma quelli che parlano troppo di menare alla fine sono proprio quelli che non lo fanno.

«E si 'o fa?» obietta giustamente Marcello, che accumula scuse per mascherare la propria codardia – dalla scusa estetica («si ero brutto avevo già reagito, perché io nun so' uno passivo... cioè, lo sono in certe circostanze... ma col mestiere che faccio nun posso permette che me rovina er profilo») a quella chimica («se n'approfitta che so' fuori ciclo, si ciavevo er Testovis in vena l'affrontavo e je dicevo te nun lo piji a calci er cane mio» – *mima il gesto, picchiettando con l'indice lo stomaco immaginario di Obelix*). Sogna vendette rusticane, di aspettarlo dietro l'angolo con un'asta da bilanciere, dargliela sulla testa e vedere il cranio che si spacca in due; o addirittura offrirsi in olocausto per mettere fine al conflitto («apro le braccia che me lo dà, oh, si co' un cazzottone poi è finita, che potemo tornà in pace...»). La verità è che, se pure è innocente delle colpe che Bruno gli ha attribuito, si sente sporco a un livello più profondo; e quale sia il peccato originale lo si capisce da come ha risposto al professore che voleva parlarci lui, col grassone: «mejo che nun te fai vedé, che peggiori le cose».

Al professore fa male al cuore vedere Marcello che cammina rasente i muri, che si rifiuta di andare in palestra perché teme di incontrarci Obelix; ma si rende conto di essere fuori contesto, non ha il codice per situazioni del genere; che cosa sia la vera paura fisica, in fondo lui non l'ha mai saputo. Lascia che ad aiutare Marcello stavolta siano altri: il Trottola per primo si è offerto, anche se nel precedente scontro con Obelix ha avuto la peggio – quel che gli fece più male, allora, non fu la testata al petto ma la certezza che Fernanda lo aveva tradito, spifferando a un cliente (e che cliente!) le sue particolarità sessuali; per questo adesso aspira alla rivincita. Mauro, col pretesto che il suo nuovo impegno da freelance in un'agenzia immobiliare lo mette a contatto con tipi loschi, si è procurato un revolver al mercato nero – ed è l'unico che si capisce dallo sguardo che lo userebbe, per salvare Marcello.

Ma la più attiva, quella che difende Marcello come una tigre, è naturalmente Chiara; lei è cresciuta per strada e non ha paura di niente, «qui son tutti conigli e a quella balena 'o lasciano spadroneggià, a me si me tocca je dò 'na coltellata alla giugulare, mica no... io penso che allo scontro si arriverà, tocca vede chi se la gioca meglio, comunque ieri sera qua ce stava Spartaco, il commissario di polizia che ce so' stata insieme cinque anni, e Romoletto, e Davidino che doveva addormentà il figlio poi arrivava anche lui, è tutta gente al servizio della legge ma cianno degli omicidi alle spalle». Marcello narra l'arrivo dei poliziotti come se fosse la scena di un film, tutti con le moto a ventaglio e al centro Chiara sulla Honda 750 che sembrava la kapò: «erano de pattuglia, ma so' rimasti più d'un'ora a casa nostra... alla fine tutti briachi fradici, se c'era un'emergenza mo' questi come facevano? Romoletto già brillo diceva "speramo che te sfiora, così 'o sderenamo, adesso je vado a sonà"... ma che tte sòni, s'hai detto che nun te deve collegà co' me... Davide fa "che cce vò, je nasconnemo cinque grammi de coca nel bagagliaio", che lo possino... è uno che je piace menà, pe' questo s'è messo a fà er poliziotto... è bello Davide, bello proprio de viso, appena arrivato co' 'e gambe larghe a piscià contro la rete, j'ho detto ché nun ce l'ho er cesso su casa? è simpatico, stava lì col cazzo in mano, mo' vengo, fa' conto che so' già su».

Bruno è rimasto in letargo per una settimana sotto sedativi, senza partecipare alle lotte che venivano proclamate in suo nome; la madre ogni tanto si faceva viva portando vettovaglie, qualche volta tornava via subito, qualche altra sostava più a lungo e la si sentiva urlare «una razza maledetta». Un giorno ha preso a male parole anche Obelix, accusandolo di trattare il figlio come un idiota. Guerra di tutti contro tutti. Bruno una sera è scappato per procurarsi la roba, è tornato alle tre di notte che sbarellava e chiedeva scusa alle porte chiuse. Poi ha recitato il grande addio, che se ne andava per un anno in comunità, in Umbria: ha abbracciato spasmodicamente il suo Marcellino («senza rancore, anzi te e Chiara siete gli unici che m'avete dato 'na mano»), ha sussurrato all'orecchio di Chiara «ho paura de nun resiste». Infatti è stato cacciato dopo settantadue ore, aveva picchiato don Gelmini che non voleva consentirgli i farmaci per la schizofrenia («quer pedofilo rincojonito») e sfranto a martellate la campanella che tutte le mattine, puntuale, dava la sveglia alle cinque e mezzo. «Ora è veramente pericoloso» commenta la Cicci «è come un animale escluso dal branco, adesso è il momento che può azzannà.»

La casa – IV

E invece il terremoto che ha squassato la scala A non ha avuto l'epicentro in Bruno e nella sua solitudine; la prima scossa d'avvertimento è stata la carcerazione inaspettata di Attilio. Una perquisizione a sorpresa, i cliché per la stampa delle false identità rintracciati nell'armadio; la soffiata partita probabilmente dai nemici del mercato. Appena il tempo, per mamma Valeria, di buttare un po' di vestiti in una borsa; e adesso il problema di come campare, risparmi niente, la pensione chissà, forse mangiata dagli avvocati – parole incomprensibili di legge lì al Centro comunale, «signora stia tranquilla»; ma questo gliel'ha sussurrato anche Attilio con le manette ai polsi, «te nun c'entri mamma, nun te fà prendere dal panico»; poi non lo ha visto più.

Anche per le case, probabilmente, vale quel che vale per le persone: se puzzano di paura, attirano la violenza come parafulmini. Maria Asunción, la figlia quasi tredicenne di Flora (la filippina imprenditrice di bigiotteria), era riuscita da poco a ottenere il permesso di andare da sola alla funzione delle ventidue, nella chiesa ultramoderna della borgata. Le amiche l'hanno protetta fin che hanno potuto, suggerendole di simulare per i genitori una caduta dal motorino, tanto per giustificare lo shock. Sono ragazze sveglie, già corazzate a tredici anni; curiose come scimmie inciampano in cose più grandi di loro; imparano presto a stare zitte. Quasi tutte hanno assistito almeno a un ferimento nella loro breve vita, se non a un omicidio. Di fronte a una troupe televisiva che voleva fare del colore sul disagio sociale, Mirella la più grande (quindici quasi compiuti) s'è inventata d'essere stata abusata dal proprio stesso padre, una volta che era andata a passare con lui i giorni regolamentari decisi dal giudice («m'ha detto che il divano era rotto e che dovevo dormire nel lettone matrimoniale, poi me lo sono visto nudo...»); sperava di suscitare interesse e che magari la chiamassero per un reality.

Ma l'Asunción non reagisce così: non è muta, consapevole, non si morde le labbra e non ha gli occhi profondi, come Mirella pensava che dovesse essere. Chiacchiera come una scema, della madre che l'ha picchiata perché una volta aveva perso nel lavandino un set intero di perle, e continua a lamentarsi di un dolore fortissimo alla gola, probabilmente uno spasmo dovuto all'irrigidimento dei muscoli quando eccetera. A lei l'hanno violentata davvero sotto i piloni del secondo palazzo in costruzione, mentre tornava da sola dopo aver litigato con Edvard. Ovviamente alla funzione in chiesa non c'era andata, aveva pomiciato con Edvard tra i muri del futuro polifunzionale appena tirati su; da brava soldatina cattolica si limitava agli sfregamenti leciti, e se proprio insisteva l'accontentava a mano. A lui era sfuggita una frase schifosa, che sembrava che l'Asunción dovesse abbuonargli un debito di venti euro perché la stava baciando; e quindi era proprio una cacca, lei l'aveva piantato in asso e lui l'aveva inseguita ma senza convinzione: i norvegesi non sono passionali e Edvard è norvegese per parte di madre. Maria Asunción, incavolata, aveva attraversato da sola i campi arati e l'altra zona del quartiere fantasma, si faceva coraggio cantando una canzone della Pausini: l'avevano afferrata da dietro, erano in due; lei aveva gridato «madonna, madonna» e proprio questo, forse, li aveva eccitati. Le amiche hanno cercato di consolarla («ti sei liberata della verginità, dài, un problema di meno») quando se la sono vista arrivare con la maglietta stracciata, lo sfregio alla faccia ancora sporco di terra, che sembrava impasticcata per quanto continuava a ripetere che non aveva fatto apposta e che papito aveva tanti amici e che avrebbe aggiustato tutto. Come se papito conoscesse il segreto di un super-attak universale. Si sono rassegnate che alla fine avrebbe spifferato in casa; è troppo bambina, non dovevamo ammetterla nel nostro gruppo, si sono dette.

Una volta arrivato alle orecchie della madre, e da questa diffuso in laboratorio, l'annuncio dello stupro ha generato ipotesi svariate: uno solo dei due aggressori pare sia stato il violatore materiale, l'altro ha tenuto ferma la bambina e le ha coperto gli occhi. Tutti subito hanno pensato a Bruno, che un passato di violenza sulle donne be' insomma, e come movente c'è che Flaminia aveva investito una certa somma nel business di Flora, sicché lui adesso nella sua mente bacata può figurarsi che quelli fossero soldi suoi e che la filippina disonesta glieli abbia solati (la sua famiglia si è finalmente resa conto che il fondo di cassa è esaurito). Poi c'è l'altra congettura (meno solida perché fondata su un movente ridicolo, e comunque se le fosse arrivato sopra uno così grosso l'Asunción se ne sarebbe accorta), che punta su Obelix: le ragazzine lo prendevano spesso in giro per il suo peso e per l'abitudine di mollare anche in pubblico fenomenali scorregge – un giorno proprio Maria s'era seduta, mentre passava lui, su uno di quei cuscini di carnevale che fanno pprraaà, il rumore. Obelix non l'aveva presa con spirito e l'aveva minacciata di spezzarle le gambe.

Le amiche sono quasi sicure, invece, che sia stato Baluba, il negretto nato a Villa Literno: convinto che lei non fosse più vergine e che la primizia fosse toccata a Edvard, s'era voluto vendicare perché lui Maria l'aveva pastrugnata al cinema. E poi è l'unico che abbia erezioni così pronte a comando, e spesso se ne sta con uno strano tipo sconosciuto alla borgata che potrebbe essere il complice. La bambina adesso non può fare un passo senza venire scortata, «hanno chiuso la stalla dopo che sono scappati i buoi», come dicono in cortile. Chiara dà la colpa alla bambina stessa, già così zoccoletta, e all'ipocrisia della madre che voleva far passare la figlia per una santa; «le donne sono la peggio razza», e ricorda le minorenni che strappavano il perizoma a Marcello negli antichi strip dell'otto marzo. Il sacerdote, a Flora, basandosi sull'uguaglianza del nome, ha proposto un azzardato paragone con Maria Goretti (evidentemente in confessione la ragazzina non aveva sempre detto la verità); frastornata come si può immaginare, Flora ha ascoltato in trance pure le offerte di solidarietà di un terzetto di redskin, le sembravano dei marziani. «Noi lo sappiamo chi è stato e ci faremo giustizia da soli: perché quelli attaccano secondo le tecniche ch'hanno imparato allo stadio ma con noi non funzionano... sono quelli della Charity House che vogliono incolpare un negro per rilanciare la loro offensiva razzista, d'accordo con la Confindustria... se lei ci autorizza, signora, noi le portiamo qua l'organo sessuale del colpevole... vincere non si può, ma almeno si combatte.» In generale, nella casa circola un clima di euforia perché un evento così energico come uno stupro è accaduto proprio da loro, il che testimonia che sono inseriti nel circuito dell'informazione.

Le cene in borgata sono un omaggio reso al calore umano, come a un mito che non esiste più ma che da lontano manda bagliori; «stasera stamo insieme» – non importa come né perché, importa la generosità di non aver escluso nessuno, di offrirsi come si è senza obblighi di decoro. Il professore ricorda ancora, con divertita ammirazione, la cena del pollo coi peperoni: «mercoledì sei da noi» aveva deciso Marcello, ma poi a lui pippando era passata la fame e Chiara aveva le paturnie; «però», s'era salvato in corner, «Flaminia ha fatto un pollo coi peperoni eccezionale». (L'orizzonte era ancora sereno, la tempesta nemmeno annunciata da increspature in superficie.) Deportato nell'appartamento di fronte, aveva scoperto che Bruno stava a letto in trazione; per placare le fitte rotolava nella cocaina le sigarette di hascisc e in quello stato anche solo l'odore dei peperoni gli dava fastidio; Flaminia, disgustata dall'inciviltà del marito, s'era chiusa in bagno. Così il professore si trovò a consumare l'invito a cena più strano che avesse mai ricevuto: da solo sul balcone di un appartamento ignoto, con in mano un piatto di plastica colmo di cosce e ali (in effetti buonissime: «er pollo de Flamy nun se batte»).

Altre volte le cene sono affollate all'inverosimile, con inviti estesi ai conoscenti dei conoscenti e ai conosciuti dell'ultimo minuto: con cibi pronti, pizze, salsicce da scongelare veloci. Ordinazioni confuse, una vegetariana al posto d'una margherita, la bufala e pachino soprannumeraria, per chi erano i supplì? Vabbè, Ahmed il pizzettaro stasera era solo, porello, troppo ha fatto che l'ha cotte. I baraccati a poca distanza sotto il ponte, a misurare il gap di chi sta peggio («pensa d'inverno come so' messi... bisognerebbe sempre voltasse indietro»).

Bruno è ricomparso in società come se niente fosse, come se non avesse mai accoltellato nessuno; basta non parlare di Flaminia in sua presenza, è lei quella che non si arrende, che vuole la guerra a tutti i costi. «Dovrebbe rifarsi 'na vita invece che impuntasse su 'e stronzate», non si può vivere di nostalgia. Sparito il gonfiore degli psicofarmaci, Bruno ora scopa con un'infermiera somala («cià la pelle dorata, nun è proprio negra... tant'è vero che nun puzza»); ha restituito a Flaminia il mobilio impegnativo, compreso un quadro dell'Ottocento, e ha arredato le stanze con quello che ha trovato: «so' tutta arte povera, me l'ha regalati 'n amico mio che faceva il ricettatore».

Di Sergetto si sa soltanto che s'è ambientato a Lavinio, d'altronde un regazzino senza padre ha bisogno del nonno. Il discorso cade su Valeria e su una colletta per aiutarla – si sta vendendo i tappeti, i soprammobili, il divano. Dal parrucchiere una cretina le fa «come mai passa pe' 'na povera donna, co' tanto de pelliccia?», e Valeria: «'e pellicce possono pure nun costà niente, signora mia... mica ma'a posso magnà, 'a pelliccia». Mauro, al tavolo principale, elogia l'agenzia in franchising per cui lavora, per adesso andando a citofonare e distribuendo le riviste ma tra un mese otterrà anche lui il patentino, «pe' pijà 'a rincorsa bisogna rinculà». I doppi sensi si sprecano, e salta fuori la storia del frocio detto Cappellone, che a Regina Coeli l'avevano tenuto in isolamento solo perché aveva avuto paura che se non lo dichiarava non gli mandavano il fidanzato al colloquio... era un figlio di mignotta proprio di strada e gridava nun c'è bisogno che me proteggete, mettetemi nelle celle comuni che me difendo da me, ma così ormai vogliono le leggi garantiste... ciaveva un fisico definito, e prima che se lo bevevano accompagnava un etero a fà gli strip, e quando le donne si buttavano anche su di lui gridava «pazze, ve siete sbajate, io so' qui come voi, fate conto che so' su' sorella». Chiara ride alle lacrime, «erano mesi che nun ridevo tanto», hi hi, sua sorella, stupendo; poi riflette, la madre certo ne deve aver passate tante, lui sarà pure spiritoso ma per 'na madre è sempre un dispiacere avecce un fijo così.

Il poliziotto compatisce Gianfranco, pare che per l'handicap del figlio non ci sia niente da fare, è rimasto offeso perché quando l'hanno concepito erano pippati tutti e due; e manco il cinema sta andando bene. Marcello comunque spera che almeno il film su Maciste lo facciano, per questo si sta sfondando di G-H («è l'unico che me rende così quadrato»); se poi non si realizza, al limite torna a fare il modello. Il nipote del Trottola, ventenne, vorrebbe entrare anche lui nel mondo dello spettacolo, si sfila la maglia per mostrare gli addominali; per lui Marcello è un idolo, lo tira in disparte che Chiara non senta e gli confessa «io vojo diventà come te, che te 'e scopi tutte... riesci a campà bene senza lavorare, ciài er Mercedes e prima ciavevi er Cherokee... vojo seguì l'orme tue». Sulla veranda, intanto, altri tre più scafati affrontano l'argomento da un'angolatura più cinica: «pe' entrà in televisione bisogna essere disponibili a trecentosessanta gradi»; «pure la posizione a novanta te basta»; «seh, così fai come er Moriconi, che quando scureggia nun se sente il rumore»; «si fosse er male de fasse inculà... il problema è che si nun te pijano t'hanno inculato du' volte, una reale e una virtuale». «Comunque oh, si er provino va liscio, chiamo 'a mi' regazza e je dico prepara le valigie che te porto in un luogo bellissimo... dove, amore?... a casa de tu' madre!»

Chiara sbuffa con la vicina che Mauro è un pidocchio rifatto, che intanto mangia a sbafo da loro, pure si je dài lo sterco, mmmh quant'è buono... siccome lui la guarda, come sfidandola, allora lei glielo sbatte in faccia, «è inutile che stai a cioccà co' l'occhietti de traverso, te sei il peggio de tutti, a vendere aria fritta, er lavoro onesto, ma chi te credi de cojonà?». Marcello interviene, dice che il principale dell'agenzia di Mauro guidava una Lamborghini Diablo, «pe' avé 'na macchina così me devo impegnà quattro culi». «Siete uguali, voi due siete uguali» risponde Chiara ormai lanciata in un affondo di rancori, e ricomincia la solfa del motorino in garage che non era stato legato con la catena, sicché chiunque avrebbe potuto rubarlo, «è una questione de principio, d'essere responsabili». La sua suscettibilità, in certi momenti, è estrema: «annate sempre in coppia come i carabinieri perché ve tenete mano, e ve secca pure d'esse importunati...»; «ancora?» esplode Mauro – se l'è presa perché in palestra lui aspettava una telefonata da un cliente e sentendo la voce di Chiara che era la terza volta gli è scappato detto «ah sei tu?», ma non perché disturbasse, semplicemente per la sorpresa; «che è colpa mia se il demente ce l'ha staccato? ditelo, si dò fastidio nun chiamo più» – e l'affitto sulle sue spalle sole, e l'idraulico che Marcello doveva ricordarsi e non l'ha fatto, e il medico che l'ha avvisata... Marcello mastica sottovoce «poi dicono che uno diventa gay».

Stanno scaricando sui videofonini la clip di un cane che muove la bocca in sincrono e sillaba con voce cavernosa da coatto «be', che stai a guardà? nun hai mai visto un cane che parla? eh? ma vaffanculo, va'». Intanto riciclano storie di vita intensa, l'irriducibile della Lazio che è stato assassinato in bagno e tutti sanno da chi tranne la polizia, insabbiano la verità quei mangioni dei politici: «chi amministra, amminestra». La suoneria più in voga, al momento, è «il coccodrillo come fa / non c'è nessuno che lo sa». «E comunque» aggiunge Marcello per chiudere la partita con Chiara, «si trovavi uno che ciaveva voglia de lavorà, col cazzo che comannavi così.» Persino lo stupro della piccola filippina è diventato un tema leggero: «come faranno, oh» dice qualcuno ammirando la potenza virile degli stupratori, «a me nun me va manco si me l'offrono su un piatto d'argento...». Marcello s'è spazientito, ha dei formicolii alle mani, vuole andare a dormire; Chiara l'accusa di essere «un asociale», ma tutti l'hanno sgamato che è nervoso perché «nun s'è portato l'aiutino da casa» – ridono, gli offrono la loro, di roba, ma adesso è Chiara che taglia corto, col solito numero della separazione: «sai che c'è? d'ora in avanti orari separati... io te lavo, te stiro le camicie, ma ognuno per sé e Dio per tutti»; «figurati» gigioneggia Marcello, «nun ce resisteresti dieci minuti senza de me, so' troppo affascinante».

In una borgata vicina, dopo un paio di rotatorie e costeggiando il canale, sorge un edificio ad anfiteatro che chiamano "il Colosseo"; i ragazzi del centro sociale, quando hanno occupato alcuni stanzoni, ci hanno trovato dei cuori dipinti con la merda. Il prato centrale è famoso perché una coppia di innamorati c'è morta l'altro inverno: avevano tenuto acceso il motore per via del riscaldamento, poi coperto l'abitacolo con un telo per garantirsi l'intimità – così si sono intossicati coi gas di scarico. Erano fuggiti di casa, forse *volevano* morire. Marcello e Mauro ci vanno a comprare la cocaina, quasi tutte le sere; siccome lì stazionano fisse un paio di macchine dei carabinieri, non si può entrare e uscire subito, bisogna fingere una visita: fermarsi almeno mezz'ora, giocare col pusher, apparire disinvolti. Marcello si mette una moneta da due euro tra i pettorali, li contrae e la moneta non cade; Mauro ci prova, ma la moneta finisce tutte le volte nella polvere. Allora raccoglie da terra una foglia gialla d'ippocastano e sistema anche quella tra i pettorali di Marcello; lui se la toglie dal petto e se la accomoda dietro un orecchio, mimando Carmen Miranda («te farei fà un giretto qua intorno addobbato così, vedemo che succede»).

L'inferiorità muscolare di Mauro è un dato acquisito; sui pettorali ancora ancora può tentare di competere, ma i dorsali proprio non riesce a svilupparli, e nemmeno i femorali e i glutei. «La settimana prossima te faccio bene la parte posteriore», e i sottintesi sono i benvenuti, una carezza della memoria. Dev'essere uno scambio finalmente reciproco, senza sopra né sotto, dominante o dominato, maschio o femmina; Mauro gli prospetta una routine inedita per gli addominali e Marcello ironizza: «'ndo l'hai trovata, su "Donna Moderna"?». Il professore l'ha capito che Mauro è l'unico uomo con cui Marcello faccia sesso senza tornaconto economico, per puro piacere, ma preferisce non pensarci. (Preferisce immaginarli in pratiche servili, che si sporcano di sangue e di feci.) Tornando a casa, si spartiscono fraternamente le pillole di Gonasi, un farmaco che dovrebbe restituire consistenza allo sperma ormai acquoso; commentando le zoccole sulla Salaria, Marcello si scaglia contro Agnese, che dopo il nano gli uomini li carica addirittura per strada («ho creato un mostro»).

Si piega sul volante, si preme lo sterno con una mano lamentandosi che gli brucia («come si l'osso del petto m'annasse a fòco»); ma ha gridato al lupo troppe volte, Mauro lo smonta («è 'a diggestione de quello che nun avemo magnato»), e infatti dopo dieci minuti gli passa. La mattina ridacchiano su quanto stavano strafatti, al punto che Mauro s'era intrippato che la moto avesse strane vibrazioni, invece il motore è a posto («seh, il culo, te vibrava»). Ora deve correre da Simona, con cui ha deciso di fare le cose serie: è in programma nientemeno che una presentazione al suocero. La veterinaria non è certo bella, è grassoccia e ha gli occhi che si mandano affanculo l'uno con l'altro; ma il padre ha un negozio e dalla madre ha ereditato dei poderi, su in Veneto. Chiara insiste che Mauro ha deciso di «appendere un bel sombrero» – ma anche Marcello pensa che non l'ami per niente, insomma che sia una cosa di comodo.

La vecchia signora Valeria è molto affezionata a Maria Asunción; è la nipotina che non ha mai avuto, perché quelli di Attilio sono due maschi e se li è goduti per pochissimo tempo, lo sbaglio del figlio l'ha pagato lei: adesso se li incontra manco li riconoscerebbe. Nel gioco terribile delle sostituzioni immaginarie, Maria essendo extracomunitaria è il massimo di nipotina che lei possa meritarsi. E poi, Flora non lo capisce quali sono le esigenze di una bambina in Italia; è stata Valeria, coi suoi risparmi, a comprarle i primi trucchi, e le calze Golden Lady, e il perizoma di pizzo che Maria si metteva in tasca prima di uscire per indossarlo nella toilette del bar. Adesso la madre s'è fissata di portarla da uno psichiatra, mentre la bambina ha solo voglia di dimenticare. Il padre insiste per rimpatriare tutti nelle Filippine.

Se Flora chiude, anche quel cespite viene a mancare; con Attilio in galera, Valeria prova a lavorare molto di più, pure in una lavanderia a gettone, ma sente che non ce la fa fisicamente – la vecchiaia è peggio di una malattia, quando non hai nessuno che ti aiuti a portarla. Solo la Tim si è ricordata del suo compleanno, il 12 di ottobre, e le ha mandato un messaggino di auguri. Le mani, i polsi soprattutto la tradiscono; Marcello s'arrabbia quando lei trascina i mobili e fa rumore, ma non riesce più a sollevarli, può solo spingerli.

Forse Valeria lo sapeva chi ha stuprato Maria e non ha retto a quel sapere; o forse non ha sopportato la solitudine, la chiusura del laboratorio per un mese. Vengono in mente tante cose, in un mese: per esempio che Attilio prima dell'arresto era cambiato – quand'era in miseria non si dimenticava mai una ricorrenza e se guardavano insieme la televisione gli piaceva commentare; aveva degli slanci, non proprio che l'abbracciava ma la toccava mentre le slacciava i sandali, e sorrideva. Poi era diventato un estraneo, sembrava sempre che lo disturbava rivolgendosi a lui; rispondeva male, incazzato; a parole faceva il fanatico, che di grana ne aveva a carrettate, e infatti niente mancava più, ma se per avere un po' di soldi uno deve perdere la genuinità, una madre queste cose le sente. Al telefono con la Giusy era peggio che con lei, quello era un figlio avvelenato ormai. «M'ha raccomandato di stare tranquilla... be', più tranquilla di così... finita la condanna sarà libero di andare dove vuole, io sono una palla al piede.»

Fatto sta che la vecchia signora ha sfruttato l'anello murato nel rosone, quello del lampadario a gocce del matrimonio, che Attilio s'era venduto sostituendolo con una lampada moderna a stelo. Ha sottratto dalla macchina il cavo per il traino, poi attorno allo scaleo doppio del ripostiglio ha faticato con le sue dita artritiche per girare le rotelle che consentono di aprirlo; l'ha messo in posizione, è salita lentamente per paura di cadere, ha passato la corda nell'anello; ha preparato il nodo, sperando di ricordarsi come faceva coi vitelli. Tre ossessioni le pesavano in testa: non arrivare per nessuna ragione a sopportare un'altra serata; dimostrare che le sue mani erano buone a qualcos'altro che infilare perline; non doversi più umiliare per riempire il frigorifero.

Ha lasciato la porta sul pianerottolo aperta perché

qualcuno la trovasse. È toccato al Trottola, voleva dirle "a Valè, nun te fidà a lascià aperto, mo' nun semo più tra de noi", e più che ai rom pensava ai biechi amici di Obelix. Lei dondolava, il Trottola ha sciolto il nodo ma era livida. È sceso in quattro salti a chiamare Marcello («quattro salti in padella» dirà poi, assurdamente, Marcello: «porcoddue, sembrava un canguro»); hanno avvisato anche la Cicci, che però era sola («un salto io non ce lo posso fare, avviso il commissario del nucleo»). Marcello s'è rifiutato di salire, e di vedere; ha prestato al Trottola (momentaneamente appiedato perché la sua Kawasaki stava in officina) la moto di Chiara («si se incazza stavolta poi se scazza, oh, è n'emergenza»). Bisognava avvisare immediatamente Attilio a Regina Coeli.

Sulla circostanza che il Trottola fosse senza moto aveva contato Fernanda per concedersi un capriccio, una di quelle ragazzate che ogni tanto le facevano dimenticare il mestiere: voleva baciare Ignacio nel parco Dolores Ibarruri, dove si era venduta la prima volta all'aperto – come una specie di riscatto. Il parco è a solo due chilometri dalla borgata e affaccia sulla strada principale, per cui aveva sempre temuto che Eugenio potesse scoprirli, ma oggi si sentiva sicura. Il rapporto con Eugenio stava rapidamente esaurendosi, sempre più spesso lei ricorreva a quel suo malessere tipicamente femminile per non avere rapporti con lui; ovviamente quando lo fingeva non poteva nemmeno lavorare, il che a Ignacio faceva pure piacere perché lo interpretava come un omaggio. Il Trottola ci credeva ciecamente, che Fernanda «sanguinava troppo», e ai periodi di mancato guadagno della sua donna aveva risposto con procedure illegali in officina, truccando i rimborsi dovuti dalle assicurazioni. A lei però questa prova di virilità tradizionale, invece che commuoverla, le aveva fatto ancora più rabbia.

Insomma, aveva il cazzo gigantesco di Ignacio piantato tra le tette quando il Trottola l'ha vista passando con la moto di Chiara; lei non s'è accorta di nulla, per lui è stata una sfiga che gli sia caduto lo sguardo sul declivio erboso invece che sui palazzi dall'altra parte. Era ancora sotto allarme per la sciagura e perlustrava senza rendersene conto; ma il vestito arancione era inequivocabile – inversione a U: s'è fermato, ha strisciato come un marine. Ha riconosciuto Ignacio ed è stato certo che non si trattava di un cliente, era quello della foto che Fernanda teneva nel cassetto del comodino, presentandoglielo come l'altro suo fratello (il "macho") rimasto in Brasile. Mentre aspetta nell'astanteria del carcere che convochino Attilio, culla contemporaneamente due pensieri: "je incendio casa" e "torno da mi' moje, si me pija ancora".

Il permesso Attilio non ce l'ha avuto, quello straordinario per seguire il funerale della madre; è dentro da troppo poco e non sono maturate le condizioni, non per crudeltà. È stato il figlio maggiore, cioè il nipote di Valeria, che si è occupato di tutto – ma la casa ha partecipato compatta, come sempre quando si tratta di morte. Obelix ha stupito per la sensibilità con cui si è mosso: ha fornito i panini per la camera ardente e ha litigato col prete che non concedeva la sepoltura cristiana; però ci ha litigato con calma. «La mancata funzione in chiesa non pregiudica la salvezza, che rimane un divino mistero...»; «seh, che salvezza, don, nun me faccia incazzare pure lei... in 'sto quartiere nun se salva nessuno, qua er più pulito cià la rogna... nun è pa'a salvezza, è solo il riconoscimento, pe' una ch'ha patito tanto.»

Un colloquio per motivi d'urgenza è tutto quello che Attilio è riuscito a strappare, col figlio per un resoconto della cerimonia: «grazie ch'hai fatto pure più del necessario, non me lo merito... a nonna je mancavate tanto, peccato nun l'hai conosciuta per quello che era... io so' sicuro che nonna me la porto con me, che non mi odia malgrado l'accaduto... vado col circo Togni, appena esco... qui dentro lo vedi mi sento impotente, non posso fare progetti... ma m'hanno aperto 'na prospettiva e ho deciso di approfittarne... i soldi mi'i so' sputtanati tutti e te domando scusa, non sapevo più niente di voi... e comunque erano soldi mal guadagnati, tua madre te lo può confermare... con quelli rimasti voglio costruire, a Prima Porta, una tomba bellissima per nonna, tutta di marmo... lei deve avere la casa più bella che la fa invidiare da tutti... te ormai sei un uomo grande ma se vorrai venirmi a trovare... la mattina che non c'è spettacolo con gli animali si sta bene».

Gli zingari salgono e scendono dalla scala A senza più la soggezione di prima, l'appartamento di Attilio è ormai la loro base; hanno sopracciglia folte, un'aria militaresca. Bruno non si fa trovare da un po' (i pettegolezzi giurano che l'apparente normalità mascherava una ricaduta e che ora – accudito segretamente dalla madre – sta ricoverato al Fatebenefratelli, reparto neurologia). Mai si è avvertita così pesantemente l'assenza di bambini: non c'è odore d'allevamento, di moccio e di merendine, non ci sono richiami la sera. Chiara torna sempre tardi, Francesca dalla sua sedia a rotelle sovrintende, provando a indagare sulla tragedia di Maria Asunción. «Nessuno ha valutato le cose dal punto di vista della regazzina... io so come ci si sente quando si è segnati a dito... lei aveva trovato il coraggio di essere libera invece è stata punita nella sua libertà... ho l'impressione che il padre sappia più di quello che vuol far credere... adesso per lei è grossissimo il pericolo di regredire... nella Chiesa, mica che ci abbia niente, figurati, mo' facciamo pure un partito insieme coi chiesaroli... però non capiscono l'essenziale, certe volte... il funerale civile di Valeria per esempio è stato 'n errore, nun se so' resi conto che quello era il funerale della borgata... ora lei vive in loco de verità, noi de bugia... comunque per la regazzina la Chiesa vuol dire sua madre, che quanto a stupidità vabbè... mica dev'essere per forza intelligente se è straniera... per la bambina sapere almeno chi è stato, la denuncia è ovvio che nel suo caso non è opportuna, lei adesso ha bisogno di nascondersi e io non penso che i principi vengono prima delle persone... lei lo sa che non sono stati i ragazzi e se fosse sicura che ha pagato lei per il laboratorio, potrebbe resistere alle pressioni del padre... è stata la vittima designata di un errore tattico dei suoi, che si sono illusi che qui non era come da loro, e anche la propaganda del Comune non ha giovato... io credo che ci sia dietro un odio legato alle assegnazioni, per normale xenofobia... sto valutando dei nomi che mi hanno dato all'ATER, il padre aveva ricevuto minacce e ha taciuto... l'inconscio nostro di tutti è una discarica, ma è proprio quando la notte si fa più nera che si deve usare la testa.»

Chiara parla di malocchio gettato sulla scala, Fernanda di maledizione; e quasi a conferma uno degli zingari s'è concesso delle avance con Simona mentre usciva da casa di Mauro, l'ha bloccata nell'ascensore toccandole le tette; Mauro ha sentito le grida, è uscito con la pistola minacciando lo zingaro di spararagli. «Io m'espongo, nun me guardo allo specchio come certi, nessuno qui ha capito che se c'è qualcuno con due personalità quello so' io.» «Sei sicuro che Simona è quella giusta?»; «si no nun ci andavo a convive... io ho viaggiato per tutte le strade ma ho sempre guidato l'autobus... nun me faccio dettà il futuro da nessuno... pure gli stronzi dell'agenzia se credevano de tarparmi, che mi chiudevano in uno specifico settore, io invece se c'è da rischiare so' pronto... io vado a trattare anche con quelli pericolosi, quelli che all'agenzia j'hanno dato le sòle e i capi abbozzano, ho risposto si me assegnate il cinquanta per cento degli euri che davate per persi ve li recupero io... io magari ciavrò delle fragilità in altri campi, non dico di no, ma calpesto pure il mio dolore e me dò degli schiaffi da solo si c'è da andare avanti...» Per ora gli hanno ritirato il porto d'armi ma attraverso un cardinale amico del suocero spera di riaverlo a breve – la sua gavetta sta finendo. Il tempo assomiglia a un gioco di pazienza.

L'appartamento della Cicci ha preso fuoco: un corto circuito del termosifone a olio, una scintilla che s'è attaccata alle tende mentre lei era ad ascoltare un concerto di Fiorella Mannoia all'Alpheus. Fortuna che Marcello s'è accorto del fumo che usciva sul terrazzo («che cazzo succede ancora, oh? 'sta casa davero bisogna falla disinfestà») e che la caserma dei pompieri sta relativamente vicina. I danni sono notevoli, soprattutto per una come Francesca che necessita di accorgimenti disposti con precisione; i sanitari del bagno, senza le maniglie, non li può usare; a parte il disagio di vivere tra pareti affumicate e col pavimento sconnesso, i mobili standard sono per normodotati. Ma lei non si arrende, preferisce godere di meno autonomia pur di non darla vinta al destino; si trincererà in ogni singola stanza man mano che gli operai sistemeranno le altre. «Chiamiamolo destino»: la fissazione che l'incidente sia stato provocato, anche se non ne capisce il movente («ce manca che divento paranoica pur'io»), le ha fatto affiorare dei tremendi sfoghi di pelle, sulle braccia e sulle gambe.

Mauro si sta segnalando come il caso più anomalo, è un animale in gabbia che dà testate contro le sbarre. «Come ce so' venuto, così me ne rivado»; gli altri bene o male nella casa e nel quartiere ci hanno fatto il nido – ciascuno credendosi diverso, formano comunque un insieme a cui Mauro non appartiene. È un granello inassimilabile, l'unico a cui si può credere quando assicura di essere lì di passaggio. Odia la burocrazia sul lavoro, le graduatorie, le regole delle provvigioni; «io il mio obiettivo è de collaborà co' una Siic e metterme a fà il costruttore, un domani... a me non m'interessa l'immobile ma il cliente, so' pure un po' psicologo... dove mi porta il cliente io vendo, dove verifico la liquidità». Ambizioni centrifughe, determinazione feroce. Nessuna indulgenza per chi sogna a vuoto, o spera nella sorte: «l'azzardo lo devi fà sul concreto, sull'uomo, no alla roulette o ai cavalli, che lì già stai perdendo mentre giochi».

Il contrario di Marcello, che si è riempito la vita di obiettivi irraggiungibili proprio per poter stare sempre fermo. Col risultato che adesso la sua bellezza è in disarmo come il sole al tramonto, e Mauro non lo accetta.

«Nun te senti la pressione a posto manco oggi, eh?»

«È la fine de 'na cariera...»

«Devi cambià stile de vita, scemo... comincia a pippà de meno, nun te bombardi... mica sei da buttà.»

«Non lo so, nun me ce vedo a tornà normale... la normalità nun fa per me.»

«Manco io sarò un costruttore normale, ciò n'altra mìssion.»

Come se qualcosa crollasse d'improvviso, come se

il matrimonio appartenesse a un'altra orbita, Mauro si lancia in un piano eccentrico, realizzabile con l'appoggio di un faccendiere che ha trafficato in tutto il mondo e conosce otto lingue; adesso vive sei mesi a Roma e sei mesi a Miami.

«Qua a Roma avemo fatto finta che j'ho venduto io l'attico ai Parioli, 'n attico da paura, sicché m'ha dato risonanza... mo' là la zona de sviluppo è Sarasota, che deve diventare la nuova Miami e ci devono costruire i grattacieli... a Marcè, e si mollamo tutto e se n'annamo noi due insieme?»

«Annamo 'ndove?»

«In Florida te sto a ddì, me faccio fà 'n accredito alla City Bank, se n'annamo là e chi ci ammazza, oh.»

«Ma se' matto, che je dico a Chiara?»

«Perché, io che je dico, a Simona? partimo e basta.»

«E poi che famo, se guardamo nell'occhi? io senza 'na donna so' zero.»

Gli ultimi fiacchi "servizi in camera" all'Excelsior, con gli sceicchi che protestano per la scarsa qualità della merce; viziatissimi che piagnucolano in arabo, mentre Marcello scoppia di flatulenze e aerofagia, e non vede l'ora di tornarsene a casa. Chiara già dorme, lui non digerisce più nemmeno l'acqua minerale. «Nun te toccherei manco co' un dito» – e cià ragione la sua pilloletta, quando sta così si sente una mongolfiera. Solo il professore lo desidera comunque, astratto nella sua metafisica. Dopo i quarant'anni, era vero, è tutto in salita («almeno ce so' arivato»).

L'indomani a mezzogiorno si sveglia più sereno, dà due pedate a Jago che si è mangiato dodici bianchi d'uovo bolliti, poi gli viene da ridere e si frigge i quattro rimasti brontolando «mortacci tua» – gli offre pure un po' di bacon perché ha visto che tremava con le orecchie mortificate all'indietro. Jago con Marcello è molto in confidenza, ma come amico: il suo vero amore è Chiara la torturatrice, l'inflessibile. Chiara che lo picchia se ingurgita il cibo troppo velocemente («ma che to'o bevi?»), Chiara che lo minaccia di stringergli una catena intorno alla gola per non farlo deglutire mai più.

All'una Marcello ha detto di no ai pusher ma cambia idea nel pomeriggio («ce ripenso, come i cornuti») quando ormai la roba è difficile trovarla; allora accompagna Chiara alle Porte di Roma, il più grande centro commerciale d'Europa, duecentottanta punti vendita e nove sale cinematografiche. Ci si sono persi per tre ore (con Chiara che gongolava «io me trasferisco qua»): lei s'è comprata un giubbetto militare con diecimila tasche, due paia di scarpe tacco dodici, un deumidificatore per l'ufficio e due cronometri vintage. Marcello ha trovato (oltre alla cocaina che cercava) degli integratori con il ferro che finora c'erano solo in America, la cura giusta per la spossatezza che lo assale tutte le mattine, che gli sembra che le ossa siano fatte di bambù. Anche delle canottierone extralarge con disegnato il numero "23" – ma soprattutto hanno visto Pietro Taricone che stava inaugurando un negozio di articoli per sport equestri, e siccome con Marcello hanno dei conoscenti in comune Pietro è stato molto gentile, affabile e per niente superbo. Non è più così in forma come al tempo del "Grande Fratello" ma coi capelli rasati fa la sua porca figura; a Chiara l'ha riempita di complimenti per la linea e le ha dato il suo numero di cellulare privato. «L'avvenimento clou della settimana.»

Mauro affretta le nozze, si incatena col suocero per un week-end sulle Dolomiti, dove la famiglia possiede uno chalet. Il gatto rompeva i coglioni mica poco, un mostriciattolo quasi senza pelo, maleducato che mangiava sulla tavola; e pure il suocero è 'no scassaminchia che ti racconta per dieci volte come è riuscito a detrarre dall'IVA anche le spese voluttuarie, e dove alloggiarono con la moglie (respingendo l'accomodamento infame previsto per i pellegrini tutto-compreso) quella volta che per grazia ricevuta si sono riciclati come barellieri a Lourdes. "Ma dovrò farci l'abitudine" pensa Mauro, sai quanti di questi coglionazzi mi capiteranno se le cose cominciano a girare; bisogna dargli l'impressione che sei in estasi davanti a loro, che non hai mai ascoltato né ammirato niente di simile. Loro stanno in alto e quindi rispetto, fronte a terra, capo cosparso di cenere – poi gli infili un kalashnikov in bocca e svuoti il caricatore. Se ti capita l'occasione, che mediante il sistema le gerarchie si ribaltano, li stendi senza pietà e li costringi a baciarti i piedi, a chiederti perdono.

La sirena dell'ambulanza si annuncia da lontano: tra l'asse della consolare e la borgata c'è qualche chilometro di terreno non costruito, campagna e incolto scabro, che guida i rumori a infrangersi contro i primi parallelepipedi del comprensorio e della biblioteca, e da lì scheggiandosi giù per i vialetti che portano alla spianata doppia, in un'eco lunga e lamentosa. I volontari del centodiciotto conoscono bene quegli indirizzi, quelle strade coi nomi di musicisti e di pittori, troppo spesso devono correre per qualcuno colpito da cause innaturali: non vecchi giunti alla fine del viaggio, ma ragazzi, uomini o donne nel pieno delle forze, che qualche stortura o malintesa curiosità ha portato a scornarsi con l'impossibile. Filippo il verduraio, tornando verso l'emporio da cui si era allontanato per una tratta da pagare, intuisce dalle piegature del suono il percorso del mezzo, un gemito che cresce ad ogni curva fin che si placa frenando, nel rantolo dell'orgasmo. Proprio lì, in fondo alla rete metallica di via Vermeer (o «via Vèrmir», come dicono gli abitanti), proprio nel vano della scala A. Mentre gli infermieri scendono, rinvigoriti dall'emergenza, e fanno scattare l'alluminio della barella, Filippo fa appena in tempo a passare in rassegna quelli che conosce lì dentro, in quel gorgo dove prima o poi qualcosa del genere doveva capitare – da quelli che quasi si augura siano morti, a quelli che gli sarebbe indifferente, fino a quelli che gli dispiacerebbe proprio tanto perché magari sono scapestrati ma è gente de còre. "Chissà a chi è toccato?" pensa, "nun se pò indovinà, perché la vita se pija in giro da sola."

SECONDA PARTE

La deriva

Urbanistica

Mai chiamarle "borgate" di fronte agli assessori, ricordarsi che sono "periferie". Ti impongono anticamere moderate, sono affabili, si scusano: illustrano con legittimo orgoglio le realizzazioni raggiunte, mascherano le diffidenze, reclamizzano i risultati di integrazione. I poli di sviluppo, i parchi pubblici ricavati dai sequestri alla criminalità organizzata; gli abbattimenti degli ecomostri, i centri anziani, i teatri decentrati, le antiche fabbriche di birra o i vecchi pastifici trasformati in laboratori multifunzionali; case della musica, serre creative, archivi dell'immagine. Ti regalano il loro atlante (ora anche in Rete), strumento del rapporto paritetico e bilaterale fra gli amministratori e i cittadini, con le sue legende, i toponimi, gli indicatori di qualità urbana e i piani attuativi. Ma i Municipi sono ritagliati a spicchio, dal centro, come le fette di una torta: ogni Municipio comprende sia zone centrali che periferiche, nessuno è esclusivamente periferia; quindi, anche ai fini statistici, i dati delle borgate sono nebulizzati, shakerati, confusi nei dati generali del Municipio. Delle borgate restano appunto i toponimi, scritti in giallo: Pietralata, Fidene, Torre Angela, Finocchio.

Anche i preti preferiscono parlare di "parrocchie" o di "settori diocesani", e i borgatari stessi insorgono: «borgatara ce sarà tu' sorella» o, variante, «in borgata ce stanno li rumeni». Il che è anche vero, in parte, ed è frutto di uno slittamento semantico, oltre che visivo: "borgata" negli anni Cinquanta voleva dire baracche, fango, i famosi "borghetti" di lamiere incistati sotto gli archi degli acquedotti classici. Queste cose non sono scomparse, sono solo slittate più in là, nelle lacune della memoria urbana; al posto degli acquedotti ci sono i ponti sul Tevere e sull'Aniene, o i sottopassi del raccordo anulare. Lì sì che ci vivono gli extracomunitari ultimi arrivati e i più miserabili tra i *sans-papiers*; pareti tirate su alla meglio con tavoli da ping-pong, tramezzi di eternit, bottiglie di vetro saldate col cemento; frigoriferi senza attacco usati come dispensa, sacchetti dell'AMA appesi ai rami a fungere da armadi. Gli italiani (rarissimi) che si incontrano sembrano di passaggio, o in una corsia d'ospedale: un cuoco sardo che ha perso il lavoro e non potendo più pagare l'affitto a Tor Tre Teste s'è accampato provvisoriamente sotto la Cassia; un pugliese che si dichiara amico di Scamarcio e ha avuto da lui concrete promesse per il cinema; un calabrese in dialisi, che una mattina sì e una no si lava in un bar per fare la terapia al Pertini («o ce va, o se ne va»).

Per il resto, gli extracomunitari si dividono in due categorie: 1) gli integrati o in via di integrazione, operai sindacalizzati per lo più e negozianti con famiglia (cinesi, indiani), che stanno infiltrandosi in periferia o anche nelle zone centrali (Colle Oppio, piazza Vittorio) come un allagamento dolce e inesorabile (quando non abitano decisamente fuori Roma, nei paesi da Monterotondo a Palestrina, ed escludendo filippini e capoverdiane che vivono "coi signori" all'Olgiata e alla Camilluccia); 2) i meno o per nulla integrati, i giornalieri edili scelti dai caporali, gli arrivati senza donne che si ammassano in gruppi (africani o europei dell'Est), spesso ubriachi e in odore di microcriminalità («con loro c'è da esse razzisti»), occupando in borgata i palazzi più degradati, facendone dei bunker e spesso lasciandoli sporchi, scrostati, affumicati – ghetti nei ghetti, oggetto di riprovazione da parte degli italiani che li giudicano da due strade di distanza, divisi da un montarozzo («da noi se dà molta importanza all'estetica, ce tenemo a comparì»).

La parola "borgata" ritorna, sulla bocca dei suoi abitanti, quando vogliono lamentarsi delle loro condizioni e denunciare l'abbandono: «so' tanti che vengono a fà ricerche sulle borgate, e io je dico sempre famo a cambio... si volete capì qualcosa delle borgate, ce venite a stà du' anni e io me trasferisco a casa vostra». La usano per giustificare col contesto una loro scarsa riuscita: «la nostra è stata la prima casa vicino al carcere, costruita con tanti sacrifici... mia sorella nun c'è voluta stà, ha sposato apposta pe' poté andà a piazza Bologna... due figlie adesso so' laureate, si restava in borgata le fije sue nun studiaveno». I delinquenti sono sempre quelli dell'appartamento di fronte, o dei casamenti vicini, con uno snobismo stupefacente: «magari in via dell'Archeologia ci andate domani, co' un bel sole... adesso no, manco si ve portate Sansone, de notte er cane pure pò passà un brutto quarto d'ora». I più consapevoli non negano il carattere contagioso dell'illegalità («semo tutti onesti a responsabilità limitata... è come 'no yo-yo, un momento sei legale e un momento nun lo sei»); parecchi raccontano di un rifiuto iniziale, arrivando bambini da Foggia o da Avezzano: «la sera che so' arivato, ar buio... tra i sei e i sette, pe' un anno me so' ribellato... er palazzo era come un serpente grigio de lastroni, 'na mano de tinta nun avrebbe fatto un soldo de danno, che me frega si era er progetto dell'architetto, questa è la mia opinione personale».

I più negativi, quelli che fanno confronti, sono i deportati dal Centro, i monticiani o gli ex di Borgo Pio;

non riescono mai a adattarsi del tutto, si concedono pellegrinaggi nelle vecchie zone, se hanno figli se li portano dietro, costringendoli a ore di autobus: «perché te credi che faccio la donna de servizio? qualche altro lavoro m'era capitato, ma così 'e zone belle 'e frequento comunque, e Samantha cià l'amici a via del Mascherino... in Centro pòi trovà le borgate, ma in borgata er Centro nun ce lo trovi». Gli autoctoni invece, o i troppo orgogliosi per ammettere l'inferiorità, vantano una sedicente sincerità delle borgate («co' tutti i difetti, qua la gente nun è finta; magara fanno le peggio azioni però nun se nascondono, impareno a mostrà la faccia... qua un pischello de tredici anni è già n'òmo che deve da rende conto de l'azioni sua»). "Borgata" diventa allora un nome di solidarietà: «mamma borgata t'ha parato er culo» dicono se riconoscono uno stradarolo (uno che beve il cappuccio al loro bar o che faceva le pinne col motorino sul piazzale della loro scuola) in una situazione di antagonismo violento, politico o sportivo o carcerario. E scatta la nostalgia per quando tutto non era imbastardito come adesso: quando ci si salutava per le scale e si lasciavano le porte aperte: «via del Peperino era chiamata via del Corso perché era piena de negozietti, ora Panorama l'ha fatti chiude... qua i giovani ancora emigrano in Arabia Saudita... la gente se sbarra in casa, nun se parla più... c'era er Catena, che si je dicevo me serve un paio de pantaloni ma nun te posso pagà, me risponneva che problema c'è, pijali che me paghi quanno stai ingranato... a via Affogalasino s'andava a pomicià, mo' si t'azzardi te falciano co' i motori... se faceva 'e scampagnate a Pasquetta tutti insieme... c'erano pure i ladri, ma annaveno a rubà ai Parioli».

Il nome "borgata" fu usato la prima volta nel 1924, per Acilia: definita, da un urbanista dell'epoca, "un pezzo di città in mezzo alla campagna, che non è realmente né l'una né l'altra cosa". Anche prima del fascismo, fin dai tempi successivi a Porta Pia, gli operai che stavano ampliando la città non erano desiderati nella città stessa: "la presenza di grandi masse operaie" scrive Quintino Sella "nel cuore di un equilibrio di poteri a tal punto delicato, non sarebbe opportuna". Così le borgate nascono come brandelli di città isolati in piena campagna: chiusi in se stessi, con comunicazioni difficili e non autosufficienti. Le borgate non sono mai contigue, in mezzo c'è sempre un vuoto non organizzato; vengono costruite nelle bassure per ragioni speculative, spesso vicino a cave di tufo o pozzolana; là dove i terreni costano meno, negli appezzamenti di minor valore dei latifondi nobiliari. La collocazione "in basso" (nelle zone che sono poi anche le più malsane) è funzionale al decoro della città: chi vi arriva in auto dalle consolari, o in treno, le borgate non le vede. "Le famiglie di irregolare composizione" raccomanda nel 1925 Filippo Cremonesi, primo governatore di Roma "e di precedenti morali non buoni, potrebbero essere trasferite su terreni di proprietà del Governatorato, siti in aperta campagna e non visibili dalle grandi arterie stradali." La necessità di controllare questi covi di potenziali delinquenti spiega perché molte borgate siano costruite in prossimità di fortini militari (Forte Bravetta, Forte Boccea, Forte Braschi, Forte Prenestino), che le dominano come sentinelle.

Il fascismo costruisce borgate a getto continuo, con tipologie diverse e diversa dignità edilizia: borgate alte e borgate basse, alberghi di massa e "case rapidissime". Tra il 1927 e il 1930 si va dai tuguri con solo pianterreno di Gordiani e di Prenestina fino ai lotti quasi eleganti della Garbatella (che infatti sono ormai bocconi pregiati per gli immobiliaristi). Ma anche le casette semirurali di San Basilio, che sembrano disegnate da un bambino. Tra il 1930 e il 1939 si sviluppano il Trullo, Tiburtino III, Pietralata, il Tufello, Val Melaina, Primavalle, Tor Marancio, il Quarticciolo: case a più piani, più curate nei servizi (tranne Pietralata, che era come Gordiani e aveva i cessi in comune), con l'indicazione dell'anno dell'era fascista e qualche bel motto latino ai quattro ingressi. Giardinetti interni, palme, sottopassi incrociati: un razionalismo paternalistico pronto a diventare casbah nell'uso degli abitanti. Tre sono le categorie ospitate di preferenza: 1) gli indesiderabili, gli ex galeotti, i non-romani senza un lavoro stabile; 2) i reduci dalle guerre d'Africa; 3) gli sfrattati dalle zone del Centro sventrate per gli abbellimenti urbanistici (Salita del Grillo, Teatro di Marcello, Fori Imperiali, Spina di Borgo).

Ma il nerbo, la vera linfa che darà origine a quella poltiglia che normalmente si intende quando ora diciamo "borgate", è l'abusivismo edilizio. Come li aveva creati sotto il fascismo, la speculazione negli anni Quaranta e Cinquanta distrugge e divora i nuclei relativamente ordinati delle borgate storiche. Pian piano si riempiono tutti i vuoti, in quell'unità collosa, in quello "spazio anisotropo" senza articolazioni strutturali che spingerà uno storico francese, nel 1957, a parlare di Roma come di una *"capitale sans banlieues"*. Già nel 1954 Orlando Lombardi, presidente dell'Istituto Case Popolari, aveva bandito il vocabolo incriminato, ribattezzando la borgata Primavalle in "quartiere Primavalle".

Gli anni Cinquanta e l'Ina-Casa portano nuove tipologie abitative: "torri stellari" e "case in linea", o villaggetti neorealisti coi tetti rossi spioventi; ma le invenzioni degli architetti sono inghiottite dallo spontaneismo e dalla rapina. Si calcola che il settanta per cento della periferia romana sia abusiva, cresciuta a macchia d'olio nelle vicinanze degli insediamenti legali. Abusivismo organizzato, in grande stile, quello degli intrepidi lottizzatori come Carlo Francisci; a colpi di centinaia di ettari costruiti in attesa di infrastrutture (asfalto, allacci di luce e gas), sicuri del successivo condono; abusivismo "a domino", per la crescita di valore delle aree circostanti. Ma anche, e soprattutto, piccolo abusivismo dei poveri: muratori che si tirano su personalmente le case nei giorni festivi, col materiale trafugato ai cantieri; famiglie dal reddito incerto che incaricano conoscenti muratori o minuscole imprese di costruirle per loro, lesinando sul prezzo. Case abitate prima che siano finite, sopraelevazioni per i figli. Importanza di "impegnarsi per la casa", padri anaffettivi; drammi ognuno a suo modo, gli incidenti all'ordine del giorno.

"Esteso tessuto urbano tendenzialmente senza soluzione di continuità, che ingloba nodi grandi e piccoli, villaggi, pezzi di campagna e metropoli in una logica di assoluta deregulation": questa definizione recente di città post-moderna si attaglia perfettamente al caos romano, promosso a "città diffusa" senza mai esser stato organizzazione civica. "La città è come un software che si espande per aggiunta di *sub-routines*." Progetti lecorbusieriani, chiese di Meier (con preti esosissimi che pretendono migliaia di euro "in offerta" da una troupe televisiva per girare in diretta un matrimonio), pattuglie di buone intenzioni si perdono nel mare indifferenziato di un paesaggio che non smette di arrendersi.

Una negra palestrata di una ventina d'anni, con un grosso cane lupo senza guinzaglio e una vestaglietta di cotone a fiori chiari, incontra un gay ossigenato: «oh, 'ndo stai a andà? me sembri un arabo biondo...» – lui risponde «stellina, ho da tappare un buco grosso così». Le strade consolari ormai sono come le venature delle foglie, dove si alzano in svincoli la borgata si rivela. Il degrado si annuncia sempre con qualcosa di riparato, di protetto; un gatto che miagola e il cielo visto di sguincio, tra alberelli stenti e un deposito di materiale edile. I pacchi di foratini avvolti nella plastica, mentre una cinese solitaria, gonna nera longuette, nobile nell'incedere, torna a casa col piglio da prostituta anni Quaranta. "City Financial" a caratteri bianchi su sfondo verde, sogno nuovissimo di vetro e alluminio con colonne corinzie a scorno dei casermoni. Cassonetti ecologici per la raccolta differenziata e un manifesto: "17 aprile 1944: le SS spediscono al mattatoio nei lager la popolazione del Quadraro – non dimenticare", firmato con una stella rossa a cinque punte. Aggiunto a pennarello "Fasci in kampana".

Uno slargo di platani, il raccordo da attraversare con un tunnel per arrivare a una specie di ranch rosa, il ristorante I due butteri. "Cinzia ama Massimo per sempre" e sotto, con una vernice più scura, "pò darsi." Dai Due butteri un sentiero sterrato porta a una villa con le finestre in frantumi, impolverata, minacciata dalle ruspe di un comprensorio residenziale irto di gru; dietro le gru, case bassissime e una torre diroccata, alta sui lotti che visti dall'elicottero si racconta scrivano DVX. Li indica la madre a una bambina vestita da coccinella, «manda un bacio a papà». Poi saluta una commessa frettolosa, inviperita perché la paga gliel'hanno data solo oggi con un assegno e di sabato le banche sono chiuse.

Come sostiene Valerio, il mio amico etnologo, se il disordine è il medesimo a tutte le latitudini, allora evidentemente non è disordine: è l'ordine degli interessi immediati, la configurazione più efficace di tana per quell'animale nevrotico che è l'homo sapiens sapiens. La periferia romana come i mercati africani o come i paesoni della Terra di Lavoro; la più affollata e affannosa urbanizzazione resa uguale al deserto, dove solo l'occhio esperto del nativo sa ritrovare i punti di riferimento in una distesa disperatamente uniforme. Non c'è un solo punto nella nebulosa di quasi-borgate (a parte l'Eur) che abbia l'aspetto di un'idea realizzata, che a guardarla dia il riposo di un pensiero. «Sbagli l'uscita ventisei e allora dici ma portatemi dove ve pare.» Riempire gli interstizi non è stato un modo per compattare, ma solo per agitare confusamente particelle eterogenee: pensionati statali in caduta libera, giovani coppie precarie, pakistani in ascesa. Borgate che ormai sono praticamente Centro, con vinerie chic, knit café e affitti adeguati alla borghesia; quartieri oltre il raccordo per manager di medio livello, con balconi rotondi e vasche Jacuzzi; *villes nouvelles* verso il mare o i castelli, ma grotte a due passi popolate di nomadi. Annegate nella promiscuità sociologica e nell'onirismo progettuale, le borgate persistono e rivendicano identità nei tratti di una costante antropologica: l'indifferenza cronica (e ironica) a tutto. I borgatari apprezzano qualunque novità, prosperano dentro l'assenza di disciplina come i topi nel formaggio.

Gli alloggi popolari, che dovrebbero essere semi di giustizia, sono travolti da un vento pazzo di discriminazione: nella giungla delle sigle, tra enti privati e pubblici, a partecipazione statale, con affitti sospesi e rinviati, conguagli, appartamenti dello IACP venduti come se fossero stati di proprietà (e con tanti passaggi ormai che non si riesce più a risalire la trafila), buonuscite date e ricevute, può accadere che in una stessa strada per alloggi identici si paghino trentasette euro al mese oppure novecento. Non c'è proporzione, non c'è criterio; ne nascono odi, faide; se ne genera soprattutto la convinzione, rafforzata in molti altri modi, che l'ingiustizia sia un dato naturale, ineluttabile come il maturare delle angurie ad agosto o lo scorrere dell'acqua all'ingiù.

In borgata ognuno può fare quello che vuole e si arrangia come può; alcuni subaffittano, perché tra la domanda e l'assegnazione di una casa popolare corre tanto di quel tempo che l'assegnatario può essere morto, e agli eredi non servire più. Ma generalmente si occupa: o collettivamente (si "okkupa") in azioni a sfondo politico e dimostrativo, o (più spesso) individualmente, spinti da assilli variabili caso per caso. «Nun è vergogna occupà 'na casa pe' bisogno... ho fatto scivolà seimila euro a chi m'ha dato 'a dritta, oh, "gratis" è morto e su' fijo sta male... c'è chi paga i rapinatori, pure, che je sfondano la porta... l'assessore de li mortacci sua, vié qua a dì che è inutile ch'occupamo perché tanto nun ce sarà l'acqua... pe' fà bella figura in televisione racconta che qua i bambini cianno 'e zecche, d'accordo cor prete... ma 'ndove? qua ciavemo l'acqua pe' lavà lui e tutta la famija sua, che stamo a aspettà lui pe' fà l'allaccio?» «Quando è finita co' mi' marito lui s'è tenuto casa, ch'era la sua, si nun me n'annavo me levava i regazzini... io de base so' molto timida... ho telefonato io ai carabinieri, son venuti la mattina, m'era stato avvisato tu non uscire, non ti possono toccare... alla fine m'hanno fatto firmà 'na denuncia ma m'hanno lasciato dentro... io delle divise ciavevo paura ma mo' nun ce n'ho più, co' uno anzi so' diventata pure amica... insomma, diciamo più ch'amica...»

Nemmeno la polizia municipale ci si raccapezza, non si sa chi vive dove, in una babele frenetica di avvicendamenti e di domiciliazioni provvisorie, pacchia per la criminalità: «qui è facile infrattarsi, gli indirizzi non sono stati denunciati... il Comune ci ordina di abbattere ma le reazioni sono forti... quello malato di AIDS che si tiene una lametta in bocca e minaccia "si me tocchi, me tajo e te sputo", quelli che spaccano tutti i mobili dentro e si feriscono apposta coi vetri, una donna malata con sei figli non ciabbiamo avuto il cuore di spedirla nei container... in questo casino pure i camorristi li perdi, hanno occupato dei palazzoni tutti loro ma i più esposti stanno nei residence».

I piccolo-borghesi che vengono qui in cerca di affitti bassi, e che hanno le regole e la correttezza nel loro DNA, sono guardati come se fossero più stranieri dei bengalesi e delle nigeriane, quelle almeno fanno le troie e l'ammettono; il borgataro non rispetta niente perché è rassegnato a tutto, il che significa vivere alla grande fin che si può e crollare quando capita. Agitazione e immobilismo stretti in un solo respiro. (Anche quando negano, e giurano di preoccuparsi del loro futuro o di quello dei loro figli, poi lo vedi come sono pronti a fare le valigie metaforiche, accettando ogni disfatta e ogni cambio di destino come se già l'avessero previsto.) Il tempo e lo spazio sono mediazioni culturali: i borgatari non hanno né lo spazio per essere né il tempo per costruirsi. In una delle borgate più note si è svolto un concorso per il miglior murales, chi vinceva era premiato con una borsa di studio per un'accademia d'arte; il murales scelto rappresenta il mondo, per metà popoloso di vita e di colori, per metà bruciato da un incendio – sulla metà bruciata, il giovane artista ha tracciato il nome (anzi, la sigla) della borgata. Il Municipio XV ha promosso un festival cinematografico sulla periferia, "Visioni fuori raccordo"; il cinema qui ha sempre formicolato sottopelle, dal neorealismo in poi, creando vari tipi di spostati; come l'ottantenne che quarantacinque anni fa interpretò Stracci in un film famoso («Orson Welles m'ha detto te sì che sei 'n attore, perché sei un'icona») – sedotto e abbandonato una seconda volta da un regista anni Novanta in vena di poesia, sta paralizzato su una sedia a testimoniare l'angelicità delle ambizioni («j'ho telefonato tutti i giorni pe' du' anni... 'o sentivo freddo e magari j'ho rotto pure li cojoni... ma volevo sapé si facevamo 'n artro film») e l'incomunicabilità dei mondi.

Il centro della città, se per qualche motivo ci si avventurano, è terra incognita: si intimoriscono dei flash perché non hanno il permesso per la ZTL (zona a traffico limitato), eppure in borgata il codice della strada lo infrangono ogni cinque minuti – non si sentono comunque a loro agio e cercano subito un bar squallido o una friggitoria per stare tranquilli. Le bellezze storiche non li colpiscono: forse San Pietro di notte, o il Pantheon, ma l'ammirazione dura venti secondi, stroncata dall'idea che non è roba loro (il Colosseo di più, perché l'hanno visto al cinema nei film di gladiatori). I loro gruppetti li riconosci immediatamente in via del Corso, diretti verso una musica o un saltimbanco vestito da mummia egiziana: i ragazzi coi giubbotti sulla pelle nuda, le ragazze vestite di nero e con gioielli vistosi, matita pesante alla bocca e agli occhi. Certe parioline, per moda, ne imitano il coattume, le maniche a rete e i capelli sparati: ma le tradisce la camminata più molle, una sciarpa vetero-femminista recuperata nell'armadio della madre – il loro corpo, il loro abbigliamento hanno una storia, rimandano a decisioni prese prima di loro. Le bande di borgatari danno l'impressione di doversi sempre giocare il tutto per tutto nei prossimi dieci minuti, e proprio per questo fingono che non gliene frega niente di niente; aggressivi per timidezza, già all'imbocco delle laterali vengono presi dal panico, o forse inibiti dai prezzi delle firme vere. Abituati a sbattersi per i bisogni, si trovano impacciati coi desideri: i gioielli di Bulgari o le bigiotterie di Furla per il loro gusto sono uguali, sicché l'unico modo per orientarsi è la spesa – per brevità, scelgono di desiderare quel che costa di più («famo shopping virtuale»). In Centro si sentono all'estero e non conoscono le lingue: «siamo stati una volta a Parigi co' la scòla, che i maschi sono scappati di notte e non tornavano più da Pigalle, la professoressa l'ha dovuti fà cercà da'a polizia... poi a Auschwitz con Veltroni, ma lì eravamo più sorvegliati».

Non che non si muovano, anzi si spostano moltissimo ma per linee tangenti, lungo la circonferenza da una borgata all'altra; vanno a trovare zio, cambiano pusher, scelgono un'altra palestra, fanno una sorpresa alla fidanzata o tornano da una "batteria" (orgia multi-sessuale). I trasporti sono sempre stati il punto dolente delle borgate: ancora adesso, per arrivare alle più esterne, da Termini o da piazza Venezia servono almeno due autobus e bisogna calcolare più di un'ora di viaggio. Gli autobus (e la metropolitana) sono i ripieghi dei vecchi, per un giovane "prendere i mezzi" è un segno di sconfitta; fino ai vent'anni va ancora bene un motorino, ma dopo i venti occorre la macchina – e non di quelle da sfigati, meglio un Mercedes o un Porsche strausati che una Bravo o una Punto nuove («manco si ma'a regalerebbero»).

Gli italiani giovani che si incontrano nella metro sono due fidanzatini che si fotografano a vicenda col cellulare (per quel che ne sanno, potrebbero essere anche su Marte) e un operaietto impolverato, gentilissimo perché spera in un ingaggio di qualunque tipo. Per il resto, donne di servizio quasi anziane ma ancora energiche che tengono banco in fondo al vagone, magnificando le doti culinarie della loro signora veneta che cucina (loro dicono) «le sardine in savore». Negri stanchi, vecchi ubriachi, un'indiana con le orecchie a sventola che sembra uscita dal *Mahabharata* o da un batik; un algerino che si vanta d'essersi scopato tre ebree; una famiglia cinese che fa uno strano gioco coi pugni sovrapposti; una domestica capoverdiana che assicura all'amica cilena di sapere come sono andate veramente le cose nella vicenda dell'italiana sepolta viva a Mindelo (il padre di uno degli assassini ha capito che è una storia di droga sicché insiste sul delitto passionale). «Lassateme stà che 'sti giorni mòzzico» dice una cinquantenne grassa a due colleghe fruttarole e al figlio truccatissimo, «le femmine se so' date propio, e l'unico che me dovrebbe aiutà è er fijo maschio.» «Maschio è 'na parola grossa» sbotta il figlio e arrossisce, «scusate m'è uscita così.» «Il bello è che te c'entra pure» replica ridendo una delle fruttarole e ride anche la madre.

Le borgate cambiano aspetto a seconda del mezzo di trasporto utilizzato per osservarle: segrete, chiuse come presepi, se le vedi dal treno, subito riassunte dalle muraglie di graffiti; lente panoramiche intervallate dai campi, se le raggiungi con l'autobus; innocue e aeree dai viadotti, il triangolo verde lungo la Togliatti sembra un orto innocente dove i vecchietti coltivano broccoli e pomodori. I tassisti fanno resistenza, non sono sicuri delle strade con nomi troppo simili (via della Fossa, vicolo della Fossa, via Orti della Fossa); alla fine depositano il cliente a un bivio, rapidi nel dietrofront.

Un garage bianco, vuoto come in un film argentino di torture, sette sedie di plastica colorata disposte in circolo, sotto fari violenti; «non c'è ancora nessuno perché stanno a una riunione a piazza Vescovio». Sbaglio tutte le mosse: dico "romanaccio" come indicazione linguistica neutra e loro mi rimbeccano che parlano «romano, come li romani antichi». Dico "passione politica" («camerati che sbagliano» li aveva definiti un quadro intermedio di Alleanza nazionale) e mi gridano macché passione del cazzo, la nostra è una guerra. «Nun vojo che mi' sorella nun pò attraversà 'o slargo perché quelli bivaccano ar muretto... o se mi' madre va a pijà 'a pen-

sione quelli stanno in pizzo pe' rubaje cinquecento euro.» L'Italia agli italiani. «Nun semo razzisti contro i negri, noi ce l'avemo coi rumeni che so' bianchi, e contro l'albanesi che so' bianchi pure... noi difennemo 'a vita nostra.» Si insospettiscono, mi vengono sotto: «e poi, perché stai a ffà 'ste cazzo de domande? se pò sapé che vòi? chi me garantisce che non sei da'a polizia? qui famo tutto legale, ma a te chi te cià mannato, eh?». Mi afferrano per il bavero, penso "ora mi tolgo gli occhiali" e mi lancio in una spiegazione grottesca, a fondo perduto, tanto mi menano comunque: che mi interessano la loro lingua, le loro idee, che non ho pregiudizi, che la mia scrittura è realistica e ho necessità di frasi effettivamente pronunciate... «oh, ma magari questo è così davero» fa il più muscoloso, il più biondo: intuisco d'essere salvo.

«Ogni tanto, da Maurizio Costanzo, se ne vedono de stronzi...» – da lì comincia quasi una confidenza, o almeno un armistizio, un beneficio d'inventario. Il più biondo ha quarantadue anni ma non ne dimostra più di trenta; «che sport facevi da giovane?»; «er lancio de coriandoli... no, levavo 'e mutande a 'e pischelle». Lui lotta sempre, ogni momento libero: «uno m'ha detto che er sigaro mio je dava fastidio, che poi io nun fumo, t'ho detto ero sportivo... ma come te permetti, ce l'avevo spento... me fa "puzza", ma puzzerai te sporco negro de merda... l'ho scaraventato giù dall'auto... (sguardo fulmineo al più intellettuale del gruppo) *vabbè, è sceso dall'autobus». È stato campione regionale di full-contact, mi fa da cicerone nella palestra annessa alla sede, dove si allenano «prima delle spediz... delle missioni», e in una stanza con un tavolone che serve come spaccio di prodotti alimentari, per l'iniziativa "Compra italiano". Vino aglianico, pecorino avellinese, agrumi di Sorrento. Tutto buonissimo e a prezzi competitivi. «Portare il settore agricolo fuori dal mercato comune europeo»: criticano Alemanno che quand'era ministro dell'Agricoltura s'è lasciato integrare nel capitalismo; «è n'utopia, lo so, ma si nun se vive de utopie...».*

Cocaina

Eugenio, detto il Trottola, dopo quel che è successo è ormai deciso a tornare da sua moglie: se tutti i rapporti con le donne devono comunque essere finti, tanto vale stare con una che ti cucina e che almeno sta zitta. Vuole presentarsi con una macchina, una familiare, per dimostrarle che ha messo la testa a posto; trova una Volkswagen in buono stato per settemila euro, la metà li paga subito vendendo la moto (castrarsi fino in fondo: sono passati i quarant'anni, è finita un'epoca); gli altri tremila e cinque si impegna col proprietario a versarli tra un mese. Intanto la sistema, il mestiere a lui non deve insegnarlo nessuno: abbassa la testata, corregge il minimo, elimina un rumore fastidioso, ora anche a centottanta il motore è silenzioso come quello di una fuoriserie. Alla scadenza del mese va dal tizio che gliel'ha venduta a chiedere una piccola proroga, non stando più con Fernanda le spese sono aumentate; il tizio vuol farsi un giro, ammira le migliorie – invece della proroga gli propone di riprendersi la macchina, com'è diventata gli piace e non vuole venderla più. Il passaggio di proprietà non è ancora stato formalizzato, l'accordo era solo verbale: al Trottola avere quattromila euro in tasca, invece che dei debiti, gli pare il paradiso (i cinquecento euro in più sono il costo dei pezzi di ricambio, pulito, senza contare il sudore suo; prova a strappare ancora qualcosa ma l'altro gli mette proprio i contanti in mano, «tanto il tempo l'hai rubato al principale»). Trottola cede e l'altro è così contento dell'affare che lo invita a cena; ma Eugenio rifiuta, sa che senza auto e senza moto non ha chance di riconquistare la moglie – perso per perso tanto vale spassarsela e sigillare il fallimento con una serata speciale. Compra un toppino di seta e una boccetta di Arpège per la sua trans preferita, le telefona e fissa per le nove; ma poi con tutti quei soldi in tasca il pensiero corre alla cocaina, ne ha voglia subito – non gli resta che cercare Al Pacino, il fornitore del momento.

Al Pacino ha il suo "ufficio" nei gabinetti di una tavola calda di proprietà del padre e dello zio, che lo marcano stretto perché ha già subito due arresti. Sicché per intendersi coi compratori deve fare le smorfie come in un film, gli ammicchi, le intese con le mani – deve aspettare l'occasione che i parenti siano fuori per le comande, o al mercato, o sennò rischiare, ma solo quando il locale è pieno che tra le urla la cassa e il montacarichi nessuno fa caso se lui sta un po' troppo tempo al cesso, a frugare nei cassonetti degli sciacquoni. Al Pacino è un campionario di tic, al viso alla mano destra alla spalla, ti parla venendoti a cinque centimetri dalla faccia e imponendoti il suo fiato: «che ciò bisogno dei soldi tua? si te sta bene è così, si nun te sta bene vedi d'annattene». Non ci vuole fretta con lui e con le sue lentezze assurde, stare calmi e mangiare supplì sui tavoli unti, fingere di divertirsi ai suoi racconti, quando ti fa leggere i messaggini di Agnese che dicono (anche a lui!) "ti amo". A lui piace farsi pisciare addosso dalle donne, vederle con la fica fluente e fertile come una cascata – Agnese ormai è rotta a qualunque schifo (la diffusione della coca tra le donne è l'elemento veramente nuovo del mercato).

Poi una telefonata lo fa incazzare (ha cinque cellulari, che usa a rotazione), riattaccando nota uno sbuffo d'impazienza nel Trottola e sta per mandare tutto a monte, ma il Trottola sa come rabbonirlo, tira fuori dalla tasca un dvd porno e glielo regala; «mo' scenno» sorride, e finalmente torna col sacchetto («ce n'ho messo un grammo de più, a scherzo de natura, me conosci peggio de'e tasche tue»). Al Pacino è fortunato che la sua coca è una delle migliori di Roma, questione di lavaggio, con un profumo che stimola ma non stordisce. Il Trottola se ne fa mezza immediatamente in macchina e come al solito gli prende il vomito – è questo il senso vero dello stare al mondo, pensa mentre il benessere lo invade. Per l'amica trans ormai è troppo tardi, sono le nove e venti e decide di darle buca; la fame è passata, una masturbazione riuscirebbe faticosa e inutile. Si ritira a casa di mamma, nella cameretta che occupava quand'era ragazzo, sfoglia i *Tex* ma anche questo l'annoia; si ribalta a fissare il soffitto, fedele alla legge principale della borgata, che la somma di ogni azione dev'essere zero.

La cocaina è una meravigliosa interprete della visione occidentale del mondo, per questo è uno dei prodotti cardine della nostra economia. Appartiene alla new economy esattamente come l'informazione e le microtecnologie; se i cartelli internazionali della coca potessero quotarsi in Borsa, sarebbero tra i leader della finanza mondiale, nessun manufatto e nessuna materia prima assicurano così alti margini di profitto. Un prodotto di cui il cliente *non può fare a meno* è il sogno di qualunque pubblicitario. Come un circuito così coerente possa chiamarsi semplicemente un vizio, solo il dio dei conformisti lo sa. Se la cocaina è un vizio, allora lo sono anche il turismo patinato, il gossip, la moda del prêt-à-porter e degli accessori glamour ("toglietemi tutto, ma non il mio Breil"). Basta vedere come la cocaina funziona a livello neurologico.

La coca agisce sui recettori della dopamina, quel neurotrasmettitore che comunica al cervello le sensazioni di benessere; normalmente, i suoi recettori rimangono "aperti" per qualche frazione di secondo, mentre la cocaina li costringe a ritardare l'orario di chiusura, dunque ad amplificare e prolungare la beatitudine. Ma, costretti a questo superlavoro, molti recettori finiscono per atrofizzarsi e cadere, sicché i pochi che restano non riescono più a captare i piaceri di minore intensità (che sia una passeggiata mano nella mano, il fallimento di un commerciante rivale, un romanzo di Balzac o un rilancio fortunato a poker). Ogni piacere, da quel momento in poi, dev'essere speziato, sensazionale, clamoroso (come diceva ogni cinque minuti Mentana nel suo telegiornale). Escalation, insomma. Giovanni Rana, per conquistare il mercato cinese, ha dovuto alterare la formula della sua pasta ripiena, puntando su sapori piccanti, decisi, soprattutto a base di aglio. Google ci sommerge di un numero così spropositato di informazioni che siamo noi a dover gridare pietà; il muscoloso sta diventando enorme, il magro anoressico; qualunque piazza di paese si trucca da Times Square. Tutti stiamo aspettando che un reality abbia finalmente il coraggio di offrirci una morte in diretta: la società dello spettacolo è una cocaina a lento rilascio.

Questo riguarda la società intera, è ovvio, ma in borgata il fenomeno è più evidente perché ci sono meno difese; mentre per i borghesi le sublimazioni culturali costituiscono gran parte della vita, tanto che ai piaceri violenti e diretti vengono riservati tempi e luoghi specifici (la notte, Malindi...), in borgata il tempo è uniforme e lo spazio pure – in assenza di pretesti intermedi, tanto vale andare subito al sodo. Perfino dopo un infartino e un'angioplastica, il deserto d'interessi è tale che massimo una settimana e ricominciano («'na botta e du' birette, che me ponno fà? e si campo dieci anni de meno, ahò, sticazzi...»). La cocaina permea la borgata come l'acqua intride una spugna: al di là della percentuale (altissima, circa il venti per cento degli uomini e l'otto per cento delle donne) di consumatori, quello che colpisce è la promozione della cocaina a passatempo come gli altri. Gli eroinomani con i lacci e le siringhe erano oggetto di pena e di fastidio, ora invece chi si prepara le strisce e le tira con la cannuccia lo fa apertamente, in situazioni perfettamente sociali (te l'offrono per pura ospitalità, come prima ti offrivano un bicchiere di rosso).

Le mogli stanno a chiacchierare o a sentire Vespa mentre i mariti al tavolo eseguono il loro rito; ogni tanto una donna si alza, va dal suo uomo che le passa un braccio intorno alla vita (o più giù), fa anche lei un tiro e torna dalle amiche. I muratori assumono le anfetamine sui cantieri per resistere alla fatica; uscendo dal supermercato col carrello le coppie si fermano a comprare i cd pirata dal negro seduto sulla stuoia, scherzano con lui e gli lasciano, come mancia, un po' di coca. Agli adolescenti sotto i sedici anni cercano di fare la faccia feroce («che stai a guardà, che puzzi ancora de latte»), ma se quelli sono svegli e ci sanno fare alla fine uno zero due lo scroccano. Come una volta le sigarette. I sassetti di coca funzionano da collante sociale, l'equivalente dei doni tradizionali di igname o di idromele nei villaggi africani. I vecchi ricordano le droghe artigianali dei tempi loro, i medicinali che si compravano in farmacia e avevano l'effetto della morfina; la coca non può che apparirgli un progresso, come l'acqua minerale gassata in confronto alle polveri di Idrolitina. Ormai i tossici da eroina sono patetici cinquantenni sdentati che ciondolano intorno ai Sert; i polacchi si buttano sui vari vinarelli confezionati nei cartoni; sniffare cocaina è anche un segno di aristocratica modernità, un lusso che ti puoi permettere, come le auto di grossa cilindrata o l'intimo di Dolce e Gabbana.

La cocaina non è una droga che esclude ma che integra nel nome di emozioni condivise e socialmente non riprovate, come tifosi della Magica che si riconoscono e si danno manate dopo essersi rotti separatamente le palle a girare per i canali di Amsterdam. Con in più il brivido della setta; il tassista quarantenne (foto dei due figli sul cruscotto) che ti porta al Trullo, parla prima della Roma e della cessione di Chivu, poi se lo stuzzichi proclama che la tossicodipendenza è un vero problema, che molti amici suoi si sono rovinati così – che a Fontana Candida, dove abita lui, è quasi peggio che al Trullo, che là le famiglie calabresi si sono spartite il territorio. Ma alla fine della corsa, mentre stai pagando e l'occhio ti cade sull'insegna di un bar ("Quella sporca tazzina"), non sa trattenersi: riservandosi un margine di scherzo per salvarsi in corner se tu la prendessi male, con le pupille che gli brillano di complicità monellesca e di bisogno di appartenere, confessa «ebbene sì, pur'io pippo».

L'approvvigionamento non è facile, naturalmente, significa sbattersi. Almeno per il borgataro medio, non ammanicato a livelli superiori; per lui l'intangibilità del Centro persiste come dogma, e quindi i locali di via Veneto o i bar di Campo de' Fiori gli sono preclusi. È suo tutto l'anello delle borgate: in genere non si rivolge a un unico spacciatore ma li alterna a seconda di diverse variabili. Qualche pusher se lo bevono, semplicemente, e per almeno un anno non ci si può far conto, a meno di indulti straordinari; qualcun altro fa capire di essere entrato momentaneamente "in sonno", o perché si sente troppo controllato o perché ha trovato una donna e vuol fare il preciso; poi ci sono quelli con cui hai accumulato troppi buffi e a cui hai fatto credere d'essere fuori Roma, sicché non puoi presentarti improvvisamente. Decisiva, comunque, è la qualità della roba: se esagerano nel tagliarla (col borotalco o la farina invece che con la mannite), se lavandola ha acquistato odori troppo pungenti e a sniffarla ti soffoca, se è troppo vecchia e quindi evaporata. Dipende anche dallo smercio che uno ha, i grossi sarebbero sempre i meglio; ma i grossi mica si vengono a presentare a te e non danno confidenza. Lo spacciatore deve essere anche un amico, uno che inviti a cena e fai conoscere a tua moglie; un po' lo mandi affanculo e un po' ti ci affezioni. Magari fai riparare a lui il tubo che perde, o lo scarico della doccia; puoi perfino trattarlo con sufficienza se reclama il pagamento di due grammi scrausissimi («sei propio 'n idraulico»). Insomma, piccolo non sarà meglio in assoluto, ma ci guadagni in umanità.

Li chiamano "formiche", gli spacciatori minimi, quelli che non lo fanno a tempo pieno, quelli che la polizia non persegue perché sarebbe inutile. Loro comunque si cautelano, al cellulare parlano in gergo ma con metafore così elementari («me ne prepari cinque metri, di quel tessuto che sai te»; «sì, però guarda che quel tessuto sudamericano nun c'è più, c'è 'na pezza nòva de tessuto africano, ma bello bello, to'o garantisco, fatto coi telai de 'na volta») che capirebbe anche il più scemo dei carabinieri. L'atavico individualismo romano, basato su scetticismo e dritteria, incapace di irreggimentarsi in strutture gerarchiche, è venuto a combaciare con la più recente strategia di vendita della camorra e della 'ndrangheta: differenziare, segmentare, suddividere le responsabilità e rendere sempre più difficoltosa per le forze dell'ordine la ricostruzione della piramide. I capi favoriscono la democrazia dello spaccio, l'iniziativa privata e il fai-da-te, purché loro siano sempre i terminali; per i delinquentelli romani nutrono un disprezzo quasi razzista – per la loro sbadataggine, la loro superficiale spensieratezza, il loro istinto di conservazione («chisti tènene paura 'e murì»).

Pippare è un po' come la mosca cieca, i quattro cantoni, un prolungamento d'infanzia: guardie e ladri. La felicità di quando si stringe il sacchetto tra le dita, poi subito l'incazzatura (iperbolica e istrionica) perché come al solito l'infame ha barato sul peso; l'adrenalina di trovare un posto appartato dove dividerla, se si è in più di uno. Qualcuno porta anche la bilancia di precisione, ma la esibisce al momento sbagliato, mentre sono fermi al semaforo («ecco, fatti vedé da tutto l'autobus»); timore reverenziale per certe macchine con dentro i napoletani («nun li guardà fisso» detto al professore sventato, «quelli si je pija storto... ma che se' matto?»). Palpiti superstiziosi passando davanti al commissariato, andare piano tenendo religiosamente allacciate le cinture di sicurezza, come scaramanzia. Arrivando a casa, mentre si scalda il piatto per asciugarla, si ha la sensazione (eccitante e rilassante insieme) d'aver vinto una caccia al tesoro.

Sbattersi per la droga è anche usare la periferia come una PlayStation: spingersi a Tor Bella Monaca dove vige il sistema delle "vedette", ragazzini che per pochi euro ti avvisano se il campo è libero; inerpicarsi per le strade alte dei Monti del Pecoraro, dove c'è il mutilato che parla col linguaggio delle finestre (chiusa significa che la roba non è arrivata, un'anta sola aperta che c'è da aspettare perché ha già un cliente, aperte entrambe che puoi avvicinarti e posare i soldi sul davanzale). Ci sono le bische, che sembrano circoli ricreativi: nella stanza autorizzata solo vecchi che giocano a carte (qualcuno a scacchi, ma il re e la regina sono stati decapitati da mano ignota) e ti dicono «sor maé»; poi un tavolo da biliardo dove staziona fisso Kojak, l'orso di poche parole – basta un'intesa con gli occhi e si passa nella stanza segreta, che di pomeriggio è vuota in attesa del poker notturno. Uscendo, c'è da far fronte alla chiamata di una delle mamme, infuriata perché ha capito dove il figlio spende i soldi dell'affitto: «che nun lo so che vai da Kojak e quello te dà la cocaina?»; «ma te vòi stà zitta, a ma'! che se parla de 'ste cose pe' telefono?», poi con falsa disinvoltura, supponendosi intercettati, «tutto a posto brigadié, è che mi' madre nun ce sta co' 'a capoccia, nun è successo niente». Ci sono gli albanesi iscritti in Sapienza al decimo fuori corso, che spacciano nella libreria specializzata in testi di medicina; e i bengalesi al mercato della Maranella, che nascondono la coca nelle trecce d'aglio. C'è l'apertura di un circolo futurista ma anche, nelle stesse sale, la festa dei "Padroni di Casa", il più recente virgulto degli ultrà romanisti – mentre gli ultrà saltano al grido di «noi-odià-molà-La-ziò», i sedicenti futuristi, intellettualini evoliani o jungeriani, fanno proselitismo sottobanco («abbiamo arruolato 'sti quattro coglioni per rendere il tutto più credibile»). Presentano la rivista "Popoli", chiedendo solidarietà per l'etnia Karen in Birmania, che lotta per riconvertire le coltivazioni di papaveri da oppio; tra un intervento politico e l'altro sui danni irreversibili della droga, i sacchetti girano liberamente nei bicchieri di plastica, tra le pizzette del catering («tanto questa mica è fatta co' l'oppio, oh»).

Avere o non avere cento euro, la stima sociale si fonda su questo dato concreto – averceli ogni sera, perché ogni sera ricomincia una nuova manche del gioco («ma non possono comprarsene dieci grammi e tenersela a casa?»; «no, perché se la pipperebbero tutta in una volta, la continenza non è il loro forte») – e poi diciamolo, la ricerca è una parte del divertimento. I cento euro si guadagnano o rubando o prostituendosi (molto più raramente lavorando); la competizione tra chi ce li ha e chi non ce li ha è anch'essa giocosa, perché si sa che la ruota gira e la parte del pulciaro tocca a tutti, prima o poi. «Che sta' a chiede l'elemosina? tiè, miserabile» dice uno all'altro che ha una gamba ingessata, elargendogli zero cinque, mezzo grammo. Chi, più fragile, trova il gioco crudele, salta il turno e si fa prescrivere da un'amica veterinaria la ketamina che si dà di solito ai cavalli da gran premio. Chi va a scippare le trans sulla Colombo, chi fa saltare un bancomat con l'esplosivo (gli appartamenti di sopra si lesionano ma mica tanto), chi più creativo si inventa impicci strani: si presenta come operatore della Caritas incaricato di aiutare gli anziani soli portando loro la spesa a domicilio, questi gli danno la lista e quindici-venti euro, lui ripete la commedia sei-sette volte ed ecco i cento euro per la serata («ma chi è De Niro appetto a me? questo è teatro, no le stronzate che fa Michele Placido» – Placido dirige il teatro voluto dal Comune a Tor Bella Monaca).

I pusher sono anche un po' psicologi, intuiscono a chi possono far credito e a chi no; niente da invidiare ai funzionari di banca che devono valutare le garanzie per la concessione di un mutuo. Si informano se un prostituto ha alle spalle un ricco che lo mantiene, se qualcuno può ancora contare sulla busta paga della moglie o se invece si stanno separando; se un poliziotto è talmente marcio che rischia di essere radiato, se la carriera di un rapinatore è in crescita perché gli ultimi colpi gli sono andati bene e un ninja importante lo ha notato per arruolarlo nella propria scuderia. I pusher minimi, le "formiche", non sono mai troppo severi, è raro che minaccino pestaggi o sequestri; sanno che il diaframma che li divide dai semplici consumatori è una parete osmotica, permeabile in un senso e nell'altro. Pusher che vengono colti dalla nostalgia del beato pippare e basta («nun so' ambizioso, preferisco 'a tranquillità»); consumatori che in palestra, buttando una parolina qui e una parolina là, si accorgono di avere ormai dei clienti. Sono due ruoli allo specchio, con bassissima differenza di potenziale e a rischio di entropia – la polverizzazione sempre più avanzata punta a quello che sarebbe il sogno delle mafie internazionali: una società in cui ciascuno sia il pusher dell'altro.

Le lunghe attese per la roba favoriscono amicizie disuguali: il Trottola e Marcello, in un bar di Torre Maura, si sono messi un giorno a chiacchierare con un tizio grassoccio. Come in borgata succede spesso, saltarono fuori conoscenze comuni, lui era un lontano parente di Simona la veterinaria, marito d'una cugina; ex presidente di un Municipio, eletto nelle liste di Alleanza nazionale. Il suo sogno da sempre è stato quello di sedere in Campidoglio come consigliere; per questo deve schierarsi con la corrente maggioritaria del partito e fingere di approvare la svolta neo-centrista, mentre i suoi ideali, la sua storia passata, il ricordo dei camerati uccisi («in Acca Larentia c'ero pur'io, avevo diciott'anni e l'ho visto coi miei occhi il giornalista dell'"Unità" che buttava la cicca sul sangue di Francesco»), tutto lo porterebbe a stare con Storace. Marcello, che non riesce mai a tacere niente di sé, lasciò capire che cosa stavano aspettando («i bijetti pe' 'no spettacolo ar Tenda a strisce, solo ch'avemo levato 'a tenda e ce so' rimaste 'e strisce») e il tizio non nascose il proprio interesse. Da allora il quadro intermedio di An si rifornisce regolarmente senza compromettersi, ci pensa il Trottola a recapitargliela a casa con un lieve sovrapprezzo; quando è successa la tragedia di Valeria è stato carino, è andato in via Vermeer per le condoglianze e s'è offerto che se c'era qualcosa da sistemare per i documenti al cimitero ci pensava lui. Però era anche venuto per ritirare la dose, eccezionalmente, non essendo riuscito a rintracciare il Trottola, e si è fermato per cena da Marcello: divertendo il professore con le sue sparate su Fini in Israele («co' 'a presina per le marmitte in testa sembrava uno dei loro») e coi paradossi sulla mitezza di Mussolini («in vent'anni n'ha ammazzato solo uno, sifilitico, che sarebbe morto comunque» alludendo a Matteotti) – ma anche con sprazzi di non consueta sincerità («è difficile dire che cosa è giusto e che cosa non è giusto per uno come me che è nato sul filo»).

Abita in uno dei tanti quartieri residenziali limitrofi alle borgate; lì proliferano quelli che i pusher chiamano "i pascià", cioè i benestanti che si fanno portare la coca a domicilio. I borgatari un poco li compatiscono ma insieme li invidiano, come invidiano e rispettano chiunque abbia un successo pubblico conclamato. La ricchezza è l'unica morale, l'audacia e la fortuna le sole virtù; c'è ammirazione, e forse l'umile riconoscimento che non si saprebbe fare altrettanto, quando ci si riferisce ai trafficanti grossi, ai veri imprenditori della coca, quelli che maneggiano quintali e miliardi. Fiorisce intorno a loro un'aneddotica pittoresca, un groviglio di leggende metropolitane che assomigliano al meraviglioso dei romanzi: la coca nascosta a cuscinetti tra una fetta di ananas e l'altra, o nei fili elettrici delle auto, o in forma cristallizzata saldata nella carrozzeria; la famiglia che fa una vacanza in Spagna, torna con mezzo quintale nel doppio fondo della Panda e si cambia la vita – i calabresi che danno da reggere la droga in Vaticano perché lì non ci sono leggi specifiche (arriva attraverso preti colombiani che ci finanziano le loro scuole per orfani); i casertani che per ripulire denaro progettano una macrosòla (un supermercato fittizio da aprire giusto il tempo delle prime forniture e far fallire subito dopo), ma le mozzarelle risultano così buone, e il pane sempre fresco dai forni abusivi della Ciociaria, che il commercio è un trionfo e gli anabolizzanti ora si vendono nei sotterranei di stoccaggio.

Gli impiegati, i laureati co.co.co., gli insegnanti e i commessi, incistati nei pori della spugna, assistono ai passaggi di bustine, vedono ma non osano esporsi. Travolti dalla forza mitologica di quella sostanza vincente, da quella polvere bianca che ha il fascino dell'oro, per salvarsi la faccia scrivono ai giornali ma più spesso si spingono col cuore in tumulto tra gli sterpeti dell'argine e un sacchetto per il sabato sera se lo procurano anche loro. Preferiscono parlare d'altro: i tarocchi dorati dei Visconti comprati in edicola a due euro e novantanove, il progetto per lanciare in commercio uno yogurt di design («basta con gli insulsi vasetti»), il dolce delirio contemporaneo che fa di ogni illuso un compare. Benvenuta devastazione. La ragazza buona e affettuosa assassinata in metropolitana con un colpo d'ombrello nel cavo orbitale, che amava la sua famiglia e frequentava una scuola serale perché voleva migliorarsi, è stata trovata dall'autopsia col metadone nelle vene.

Le sole minoranze intransigenti sono i rivoluzionari e i redskin dei centri sociali, gli anarco-sindacalisti duri e puri; non si formalizzano sulla fede politica (al Che Guevara possono entrare tutti, basta che lascino i pugnali e le croci celtiche all'ingresso) ma niente roba pesante in tasca: «nun ne volemo zombi qua intorno, ciavemo da lavorà». Gli operai di vecchia tradizione, gli "avanzi di cantiere" (come dice una canzone della Banda Bassotti), oscillano tra i cedimenti da weekend e le fughe in avanti: «è una verità elementare che le vetrine sono state inventate per essere rotte».

Chi non può contare su un credo fanatico o su una speranza vera, in borgata non ha un motivo per non drogarsi; lo stile di vita è comunque lo stesso, che uno si droghi o no: si vive di espedienti, ci si entusiasma a vuoto e si può cadere in depressione da un momento all'altro. Tra rubare e prostituirsi, spacciare certe volte è il male minore. Il problema non è se spacciare, ma quali precauzioni adottare. Se tenti di arricchirti con un trasporto (magari promettendo a te stesso che ti accontenterai di uno solo), devi stare attento che non ti usino come testa di legno, cioè che nei loro piani t'hanno già bruciato per far passare qualcun altro all'aeroporto e manco te lo dicono, ti fanno carcerare apposta, tanto a loro che je frega. Se subodori il poliziotto in borghese, prima fai pippare lui. Che la cocaina danneggi la salute, in fondo non ci crede nessuno: ci sono esempi celebri che si può pippare tutta la vita e non risentirne. Ognuno pensa di sapere quando fermarsi, soprattutto dal lato psichico non si crede alle prognosi catastrofiche dei medici del carcere o della terapista del Sert: «ce vado perché me fa curriculum, ma stava più impicciata de me, veniva voja de dije "parliamone"... me fa "costruisca qualcosa con gli oggetti di questa stanza", era piena de giocattoli, de soldatini, de Lego, de peluche.. dice "ha capito?", eh ho capito sì, io pippo ma mica so' scemo... ho visto du' palme e m'è venuto in mente de faje er presepio... dice "perché ha fatto proprio il presepio?", ho fatto er presepio perché er Bambinello nun l'ho trovato...».

D'altra parte, in borgata si verificano casi su casi di rincoglioniti encefalitici che non hanno pippato mai, è la vita che li riduce così. Certo la droga non aiuta, dipende anche da quanto tempo ti fai – i primi anni ti godi solo il buono, il peggio viene dopo. Quando ormai è troppo tardi. Non è manco vero, come dicono certuni, che la coca dia solo una dipendenza mentale ma non fisica: chi è stato in galera lo può confermare. Il primo mese d'isolamento (e d'astinenza forzata) passa e via, ma dal secondo si comincia a sentire che il corpo la richiede: mal di testa, tremori alla nuca qui dietro, dolori forti alle gambe, muscolari, da piangere. Vabbè, non è poi che invecchiare sia 'sta gran performance. È spesso questione di fortuna: chi ha un metabolismo che smaltisce, e chi invece accumula e poi schiatta. Non si può pretendere che un uomo nel pieno del vigore non si conceda un po' d'evasione; tutto sta nel sapersi autolimitare, il no assoluto non esiste – pianificare una ragionevole strategia di galleggiamento quando squilla il segnale d'allarme, senza sconvolgere troppo le proprie abitudini. C'è sempre il rifugio del Rivotril e dello Xanax, o al limite la consolazione di guardare i tossici all'ultimo stadio e di pensare "io 'sta fine non la farò". In questo senso, il triangolo accanto alla Togliatti è un alibi eccellente.

La depressione triangolare del terreno è compresa tra Colli Aniene da una parte, via Togliatti dall'altra, e sul terzo lato la strada che separa Tiburtino III dalle Case Rosse (sopra, passa il viadotto della Roma-L'Aquila). Fino a dieci anni fa, effettivamente, erano orti semiregolari, in cui i poveri di Tiburtino coltivavano le verdure necessarie alla loro economia di sussistenza, cardi broccoli pomodori; poi le baracche per gli attrezzi cominciarono a essere affittate agli zingari, che a loro volta le hanno affittate ai recenti immigrati dalla Romania e dalla Polonia. Da quando hanno capito che la droga rende più delle rose e degli accendini, gli zingari e i rumeni si sono accreditati come spacciatori senza scrupoli, privi di grandi risorse d'investimento ma col vantaggio della spietatezza.

Qui vengono a drogarsi quelli che si accontentano di una cosa sbrigativa, generalmente consumano sul posto: ragazzi della Collina Fleming col casco troppo largo sulla faccetta fine e affilata, coatti del Casilino praticamente a ròta, piccolissimi borghesi di mezza età che si stringono nel cappotto e dicono «salve» educatamente, con l'aria impacciata e colpevole di quando comprano all'edicola i giornaletti porno. Scendono dal bordo dell'asfalto lungo i sentierini fangosi, si ingobbiscono nelle gallerie di stecchi (fogliame che accarezza e taglia, d'estate) fino allo slargo di una piccola pineta, equidistante dai fumi e dai rumori casalinghi delle baracche abusive, ronzanti di vita come un accampamento. Il terreno sotto le scarpe scricchiola di siringhe, qui l'eroina ha ancora un buon mercato e anzi la zona è diventata un ritrovo, un'oasi protetta per questa specie in via di estinzione.

In alto, tra i piloni del viadotto, c'è il pulmino della "riduzione del danno": vi si alternano volontari cattolici e laici del vicino circolo Romero, alcuni ex tossici, altri comunisti in crisi, donne separate in cerca di motivazioni, un brechtiano esercito della salvezza. Un medico almeno, o un infermiere, per ogni turno: capita un paio di volte la settimana che qualcuno là sotto vada in overdose, e allora bisogna scendere e praticare l'iniezione salvavita come in una scena di *Pulp Fiction*; i rumeni sono sospettosi, in genere non permettono che si gironzoli intorno alle loro abitazioni se non per commercio, ma in quei casi sono loro stessi che vengono a chiamare, un morto laggiù allarmerebbe i carabinieri. Prima del pulmino i volontari stavano in una "tensostruttura polifunzionale", incendiata dai cittadini del quartiere convinti che quel servizio attirasse balordi da tutta Roma. Malvisti e indesiderati, continuano a prestarsi a chi ha bisogno: distribuiscono siringhe e flaconi d'acqua distillata (spesso, per smania, laggiù si iniettano l'acqua delle pozzanghere), ma anche scambiano due battute, condividono pizze e Coca-Cola. Sbaglia chi crede che gli eroinomani siano per forza tristi e depressi, spesso sono allegri, indaffarati e affettuosi. È quel che pensa Marina, volontaria avventizia, "donna in prova" e incerta sul proprio destino.

«Gli anni più belli della vita mia so' stati al carcere, sì, è un controsenso, 'o so, ma i natali e i capodanni là erano calorosi, a Empoli ciavevo amicizie forti... io me ne so' andata piccola da casa, cercavo la famiglia fuori dalla mia propio carnale, perché nun riuscivo a accettare certi tipi de modalità... ho cominciato a andà pe' strada a dodici anni, 'a polizia me riportava poi riscappavo, dormivo sur parco de Villa Gordiani, quando l'amiche mie se facevano ancora le canne io ero molto più avanti... la prima volta che so' andata dentro ce n'avevo quattordici, so' andata a Casal del Marmo... era arrivata 'na partita d'oppio, siccome fumavano tutti io me pensavo ch'era fumo, normale, ero troppo ingenua... dopo sei mesi hanno carcerato 'a persona che ce portava l'oppio e lì nun me so' fermata, lì ho cominciato furti rapine tutto...

... coi miei abitavo a Tor Lupara, sicché l'ambiente de strada ce stavo e ce sto ancora, ma mo' preferisco evitalla 'a gente... l'unica amica è Katia che però è cascata... pe' andà a prende 'na dose è cascata ar Ponte

Casilino, stava a piovìccicà, è scivolata e s'è rincarcata contro i piloni de cemento, sta a ffà 'a fisioterapia... a Rebibbia co' lei me trovavo bene, eravamo impegnate coi corsi, a noi ce piaceva tanto giocà a pallavolo... fòri nun so' mai stata così spensierata come in galera...

... ciò avuto un bambino nel 2003, soltanto che me l'hanno tolto, mo' gli assistenti mo'o stanno a fà riavvicinà... ho finito il programma e 'o intendo tené con me... all'inizio er servizio sociale a chi l'ha preso j'aveva consentito che se potevano fà chiamà papà e mamma, io quando me ne so' accorta perché loro me portaveno dei video, be' j'ho detto che nun era giusto perché er papà e la mamma, pure si staveno in comunità, lui ce l'aveva, e da lì j'hanno imparato, so' soddisfazioni, ma je rimane difficile porello, fa confusione...

... a lui je piace andà a cavalluccio sur pony, poi gli piacciono i dinosauri, ma pure chiacchierà co' me... è er momento dei perché, chiede tutto perché, io me metto lì e je spiego... a casa mia è che comunque mi' padre nun me riusciva mai a spiegà le cose, i "no" che me diceva nun è che me spiegava il perché, pure lui era cresciuto così... 'e figure che me so' annata a sceje dopo come famija erano quelli che me spiegaveno 'e cose, che me imparaveno... a Cosenza ce stava un operatore de Saman, che me incitava de provacce e me spiegava perché... insomma è intervenuto un po' de litigi co' l'affidatari, perché si vede avevano calcolato che io nun ja'a facevo e il regazzino restava a loro... adesso ch'hanno capito che prima o poi ritorna a casa, ar compleanno suo nun me cianno voluta, vabbè, l'essere umano è così... so' annata tanto in giro, da fricchettona propio, fuori d'Italia nun ce so' potuta andà perché il passaporto nun l'ho mai preso, devo ringrazià Scalfaro e Diliberto che m'ha concesso 'a libertà nel 1999... i reati l'avevo commessi tutti da minorenne, io da dentro scrivevo a Diliberto, me rispondeva la segretaria particolare... ho viaggiato, a Verona m'è piaciuta l'Arena e il balcone de Giulietta e Romeo, a Firenze pure m'è piaciuto, però come Roma nun ce sta nessun altro posto...

... so' romantica, de base, ma co' l'amore nun ciò avuto fortuna, Alberto che ce so' stata dieci anni poi è morto, de setticemia, durante 'a disintossicazione se faceva l'intramuscolo, 'a suppurazione invece de sortì all'esterno s'è sfogata tutta dentro, alla fine er pus je s'era mischiato cor sangue, era intrasportabile, nun ragionava più... er medico de guardia m'aveva detto ch'era sciatica e m'aveva segnato l'antibiotici, e io ignorante je facevo 'e punture propio lì, e quindi l'infezione je l'ho mandata sempre più giù...

... cor padre de mi' fijo invece se semo separati presto, perché in comunità ritengono che le coppie tossicodipendenti è il caso che nun stanno insieme... quindi lui ha cominciato a vedere le cose più da lucido, io pure pe' parte mia... quando se semo incontrati eravamo troppo diversi e nun se semo piaciuti più... comunque adesso preferisco stà da sola, pensà ar bambino... giusto il sabato quando vado a ballà, qualche aperitivo... poi me dico a Marì, hai fatto tanto, sei arrivata infino a qua, resisti...

... come donna autonoma so' ancora in rodaggio, er mejo mio lo devo ancora dà... nel lavoro me trovo tra du' fòchi, nun me so decide... co' a disinfestazione, 'a cooperativa, me danno ottocento ar mese e ciò er pomeriggio libero per fà volontariato qua ar pulmino, c'è gente stupenda che m'aiuta tanto... però che ce faccio co' ottocento si me ripijo er pupo?... n'amica mia che fa 'a donna, insomma 'a colf, in Prati presso 'na dottoressa m'ha fatto balenà n'alternativa che nun so si potrò mostramme all'altezza, perché nun ciò 'e coordinate ancora... de fà 'a cosa pe' 'na società d'impresa... 'a cosa, 'a prestanome...»

Ma su quel camioncino tritarifiuti c'era il cadavere o no? Non s'è visto bene, la luce dei lampioni era filtrata dagli alberi, e poi l'inquadratura sarà durata al massimo cinque secondi. A me m'è parso che rotolava dentro il mulinello, quando la macchina da presa c'è tornata sopra la seconda volta; per me s'è ammazzato da solo. Comunque non si può fare un film che ti viene mal di testa a capirlo. Io ciò tutti brividi. Perché t'aveva preso la colonna sonora, te non stai mai a sentire quello che dicono, mo' perché è di Sergio Leone...

Mauro e Simona discutono di *C'era una volta in America*, che è appena passato su Canale 5. Ma l'accusa di Simona è ingiusta, non è vero che i brividi di Mauro dipendano da Morricone e dal conformismo: una battuta gli si è infilzata nel cervello e non gli dà pace, anzi due: "i vincenti si riconoscono alla partenza" e "si può rubare la vita di un altro?", cioè tradire un amico? Te sei pazzo, conclude Simona quando Mauro si chiude in bagno e annuncia che poi andrà a fare un giro, di non aspettarlo alzata.

Mauro vuole addormentarsi in silenzio, senza le interferenze del sesso e senza l'obbligo di strofinarsi, senza i tepori e le mezze bugie e le russatine ipocrite; vuole assecondare la processione dei suoi pensieri, bianchi come le suore del collegio (e, come loro, taglienti), stendersi nella sua parte di letto come in una bara e aspettare i sogni di favola: una slitta che fila velocissima sulla neve e uno scoiattolo aggraziato su un albero di Central Park. Che si strofina il muso, stringe una noce come se fosse un piatto da lavare. Da quando non abita più in borgata, Mauro ha perso gli automatismi animali, anche per il più semplice dei gesti deve pensarci su.

A Roma è grigio da più di dieci giorni; capita di rado, questa è una città in cui il cielo si muove. Grigio e freddo, come se il mondo non meritasse altro che essere se stesso – la depressione è una compagna occasionale ma intensa. Come la scarpa rimasta tra le macerie di un borgo terremotato. Fin dal sagrato della chiesa, uscendo col vestito chiaro di Armani (subito macchiato da quei deficienti che invece del riso crudo avevano lanciato il risotto con gli asparagi e gli arancini tipo bombe), si è reso conto che il matrimonio non poteva essere solo una polizza di normalità; che la vita coniugale avrebbe avuto senso se riusciva a considerarla come un sottoprodotto, il residuo di lavorazione di un progetto più grande articolato su due perni principali, dimenticare e fare fortuna.

Simona, da questo punto di vista, poteva rivelarsi un'ottima scelta: sufficientemente grintosa per spingerlo e con abbastanza poche radici per non intralciare il trapianto. Convinta da sempre che tutti abbiano una vita più interessante della sua, ha cercato di supplire ponendosi obiettivi inautentici. Prima la laurea breve in veterinaria (solo perché le era morta una gattina), poi l'appartamento indipendente (ma collegato a quello dei suoi da una scala a chiocciola), ora il matrimonio e la laurea specialistica. Più che dalle materie, è affascinata dai professori: ce n'è uno, calvo, che insegna Biologia e genetica vegetale e animale – sarà sui cinquant'anni, si trova meglio con lei che con le ragazzine più giovani, in laboratorio capita di parlare del più e del meno. Ogni tanto dice cose che a Simona restano impresse e che ricicla con Mauro per fare bella figura: «il maschio è un espediente inventato dall'evoluzione per risolvere le difficoltà ambientali, moltiplicando la varietà degli embrioni»; «in un mondo perfetto, la tecnica più semplice di riproduzione sarebbe per partenogenesi da organismi esclusivamente femminili». Femmina uguale pace. «Nun se direbbe» la punzecchia Mauro per rinfacciarle le scenate di quando lui lascia disordine in cucina.

Quello delle faccende domestiche è un terreno di scontro: non tra Simona e Mauro (che vinta l'iniziale pigrizia sarebbe piuttosto conciliante), ma di Simona con se stessa – tra l'ideologia, che la induce a pretendere collaborazione, e l'etologia che l'ha fornita di un appagante istinto a nidificare. Sicché rilava, rispolvera, rispazza tutto quello che Mauro ha già spazzato, spolverato, lavato. E lui la sbeffeggia. Si studiano, prendono reciprocamente le misure; consapevoli entrambi che ogni metro ceduto nei primi mesi di convivenza significa un handicap per le lotte future. A Mauro per esempio piace fare l'amore quando Simona ha le sue cose, lo eccita sporcarsi di sangue. Lei lo invita a usare almeno il preservativo, lui si vergogna che nel serbatoio il suo sperma si mostri così trasparente, quasi acqua. Per arrivare all'orgasmo lui deve immaginarla come schiava, lei si richiama in testa una frase del professore di biologia («con mia moglie, nel dormiveglia, apprezzo ancora certi incroci di gambe...») e le sembra il massimo della sensualità. Lei desidera essere plasmata ma la frena il "rispetto di sé" propagandato dalle riviste femminili; lui sogna di calpestare il mondo intero, perché se non arrivi in cima la soluzione della vecchia Valeria rimane sempre la migliore.

Simona si guarda allo specchio quando è nuda, non si rassegna allo strabismo e alla ciccia; crede nella volontà e nel bicchiere mezzo pieno – l'ideale di Mauro è la ricchezza, pura, brutale: se hai i soldi e non sei felice è colpa tua, o sei stronzo o sei malato. Mauro ammira chi gratta e vince, chi trova subito parcheggio, chi pesca il settebello quando in tavola è rimasto solo il sette di spade e può fare scopa («ciài più culo che anima»); ma forse quello è uno stato di grazia a cui non può aspirare – lui non è tra i benedetti da Dio, la sua fortuna deve crearsela da solo. Appoggiandosi agli amici, trangugiando merda, colpendo per primo; contando quattrini e sputi. E se ti viene sempre in mente una faccia, stringi i denti e fai finta che non ti importi; ci sono dei castighi che Simona non conosce e che ripuliscono a forza di schifo.

Un colpo di fortuna Mauro l'ha avuto, un regalo degli amici con la "A" maiuscola: avevano bisogno di stare tutti insieme in un unico stabile, in una zona signorile e tranquilla. Mauro ha individuato il palazzo giusto, in Prati, un affarone che è piaciuto anche per una strana coincidenza che non si può dettagliare (diciamo che il rilievo in terracotta sull'ingresso richiama il cognome della famiglia che ha fatto l'acquisto). Non volevano comparire direttamente, così Mauro ha comprato lui il palazzo intero da una società in liquidazione, e loro gli hanno rilevato i singoli appartamenti a un prezzo così conveniente che ne è rimasto uno per lui praticamente gratis. Non è che l'inizio, come spiega a Simona:

«Io je realizzo 'n immobile, me finanzio a debito in banca... loro mo'o strapagano come qui co' l'appartamento, solo più in grande... io ce rimborso 'a banca e me rimane 'na percentuale tra l'unghiette a me.»

«Okèy, ma loro che ce guadagnano?»

«Allora sei de coccio... ce guadagnano che quando

poi vendono l'immobile so' soldi freddi, no caldi... capito come? è 'na specie de lavaggio, tutto sulla carta, uno mica va a controllà il mattone...»

«A Mà, si sei sicuro te...»

«Nun te preoccupà, a loro je fa comodo che qualcosa costruisco davero pe' confonde le idee, e questo è sempre stato er sogno mio... io nun devo fà altro che il lavoro pulito.»

Da quando si è messo in proprio, i tempi morti si dilatano; soprattutto il pomeriggio, dopo la chiusura delle banche, ha tempo per passeggiare, per grattarsi la pancia. Ma in Prati si annoia, si sente come quegli astronauti che escono dalla navicella per riparare un guasto e galleggiano a mezz'aria. A via Curzola (la strada dove abita) di notte pare che sia scoppiata una bomba al neutrone: nessuno che grida, nessuno che respira. Gli impiegati abbandonano il quartiere alle sei di sera, i bar chiudono alle otto; c'è un paio di supermercati aperti fino alle undici ma sono gestiti dai bengalesi, e per quanto Mauro (dopo quello che è successo) non riesca più a stare da solo, è difficile perforare le difese di questo genere di alieni: sorridono, capiscono a stento qualche battuta, ti danno il resto e stop. In borgata si impone di non tornarci: ogni tanto passa da via della Conciliazione a spiare i barboni – una ragazza infagottata in mille coperte dorme in posizione fetale, col sassofono ancora attaccato alle labbra. Ristoranti cinesi, call center, polacchi ubriachi sulla porta dello "Sklep Polski". Un'unica italiana con cui si può parlare, una mantenuta del Trullo a cui l'ultimo vecchio sponsor ha aperto un'attività: cura le treccine e le unghie in un negozietto con una vetrina al neon, "Nail Corner". Ma Mauro non ha voglia di sesso, ha voglia di cocaina, e qui ci vorrebbe il leggendario radar di Marcello, che quelli "della parrocchia" li riconosceva a dieci metri di distanza. Processioni di turisti che vanno a San Pietro, intronati dietro le loro bandierine, cori di papaboys, ma che si può vivere così? Molto tardi, nel buio delle stradette laterali, lo strillo di qualcuno come se lo sgozzassero, o una canzone storpiata: ma subito il silenzio, la repressione, le linee rette. Qui la gente dà il suo meglio la mattina, tra il cappuccino e la posta.

Mauro rientra scorato nel suo palazzetto con doppio terrazzo a colonnine (della figlia del portiere si racconta una storia boccaccesca, con ditalino e bottiglia di birra dovuta estrarre al Santo Spirito), rassegnato a coccolare Simona; oppure c'è lo sfogo di Trastevere, dove almeno le pischelle in minigonna tirano la coca sugli specchietti dei motorini, e i coatti che arrivano fin lì litigano coi residenti che li sorprendono a pisciare sui loro portoni («si ero 'n cane, scommetto che te stavi zitto»). Mauro si rifornisce e torna al quartier generale, non sale su casa perché ha imparato a pippare in fretta in via delle Milizie, alla luce di un lampione, seduto sul tronco cavo di un ippocastano segato alla base dagli addetti del Comune. Inutile nutrire nostalgie, se niente è più come prima. Ah, i segmenti grigi di tangenziale, da Montesacro alla Pantanella, dalla Romanina a Primavalle, giocando di acceleratore e di svincoli come Schumacher, mentre calava il sole in un rosa di garze insanguinate! Con la cintura di sicurezza slacciata ma infilata lo stesso nella scanalatura per evitare il bip-bip fastidioso, e la musica ipnotica che si otteneva smanettando da una frequenza all'altra. Si stava meglio quando si stava peggio. Le architetture nobili lo mettono di malumore, e non è il caso che faccia scontare pure questo a Simona; che odia la droga, non la vuole assaggiare perché sostiene di averci provato una volta scoprendo di non avere limiti, che si sfonderebbe in un mese. Fa finta di essere amica di certi pusher per quieto vivere, li bacia sulle guance, ma poi non sa trattenersi, «la gente come voi la metterei al muro»; col risultato che tutti la trovano antipatica. E comunque, un giorno che Mauro a scopare ha fatto cilecca, due tiri se li è permessi anche lei.

A Simona ogni scelta giusta le ha portato male: prima di andare a lavorare nel negozio di animali di via Vermeer, aveva conosciuto uno steward dell'Alitalia, fratello di una sua amica di scuola. Fin dall'inizio lui, con molta onestà, le aveva dichiarato che non avrebbe mai lasciato la fidanzata ufficiale; era una di classe elevata, i genitori di lei lo adoravano – lui usciva da casa della fidanzata alle ventitré e passava a prendere Simona, andavano a divertirsi. Quando le ha annunciato che la fidanzata era rimasta incinta, Simona ha valutato che fosse giusto lasciarlo: così ha fatto e si è trovata sola come un cane. Ancora adesso lo rimpiange, uno così alto e così distinto non l'ha trovato più.

Il matrimonio con Mauro, probabilmente, è stata un'altra scelta giusta. Simona le fiuta, le infelicità: il vecchietto che ogni tanto incontra per le scale, col suo badante filippino, che anche se lei non glielo chiede risponde «eh, sempre uguale» – e la coppia magrissima, abbronzati anche d'inverno (lei con un impermeabilino stretto verde mela), senza figli, che chiamano il centotredici perché sentono puzzo di cadavere in lavanderia e sono ossessionati dalle siringhe, ne vedono dappertutto. Chi è ligio al dovere gode poco. Beato chi ha un carattere forte e si prende quello che vuole senza farsi scrupoli; come Giada, la sua allenatrice, che da una seconda di seno è salita chirurgicamente a una quarta, con quella ha catturato un rappresentante sposato, l'ha persuaso a lasciare la famiglia, s'è fatta intestare tutto e quando lui è morto ha potuto aprirsi la palestra. «Gli sfigati» dice ancora adesso alludendo ai figli del suo ex, che ormai sono cresciuti e hanno perso tutte le cause che le hanno intentato. O anche la Cicci, che a forza di poliomielite con le ultime elezioni è entrata in Consiglio comunale.

Ennesima scelta giusta, quella della dieta: infatti Simona è sempre irritabile, con la gastrite, dorme tre ore e si sveglia per la fame. È contenta quando vengono a cena gli amici di Mauro, quelli importanti, perché in quel caso è autorizzata a sgarrare; a loro non piace che qualcuno non faccia onore alla tavola. Lei prepara le melanzane alla parmigiana, loro portano gli struffoli e la pastiera; sono romani d'adozione ma il cibo è rimasto di giù. L'unico romano de Roma è quello che a Simona piace di meno, anche se è socio sostenitore della Lazio ed è amico di suo cugino, il politico di An. Non le piace l'aria da padreterno, solo perché è proprietario di uno smorzo (cioè di un deposito di materiale per l'edilizia) e la mattina può scegliere lui chi far lavorare o no. Simona pensa che sia malvagio d'animo. La villetta a Cerenova però ce l'ha prestata, le fa notare Mauro. «Il litorale ormai è tutto nostro» lo imita Simona facendo il vocione e buttando avanti la pancia. A parte che è vero, ma poi i mejo e i peggio ci stanno dovunque, non tutti possono essere delle persone d'oro come Carmine – non è una questione individuale, è un sistema che si contrappone a un altro sistema. «Roma, terra di conquista» si arrende lei rifugiandosi nei ricordi scolastici e mangiando la seconda fetta di torta – chi ha conquistato il mondo, è giusto che subisca il viceversa.

Il letto matrimoniale è un campo di battaglia, soprattutto verso l'alba: mentre Simona fa di tutto per rientrare nei sogni da cui è stata sfrattata (spentisi su una massaggiatrice gentile in una beauty farm volante), Mauro scalcia per uscire dai propri, ad ogni costo. Non ne può più di coltelli, e agguati, e documenti smarriti. Le lenzuola si aggrovigliano, partono sberle involontarie, e puzze; quando approdano l'uno dopo l'altro al tavolo di cucina, sembrano reduci da un naufragio. Quel che gli amici hanno chiesto a Simona, ieri sera, è una cosa molto semplice: mettere la propria firma su una società di consulenze che dovrebbe attestare spese inesistenti. La "cartiera" (cioè la società specializzata in false fatturazioni) alla quale si rivolgevano è indagata per uno scandalo legato a una sponsorizzazione automobilistica, e loro hanno fatto giusto in tempo a smarcarsi. Non devi fare niente, devi solo dichiarare che X ha speso tot, così si risparmia sul fisco; «e in più tieni la soddisfazione di scrivere "imprenditrice" in coppa al biglietto da visita».

Non è meglio che sceglïete una sconosciuta, che non si può ricollegare a Mauro in nessuna maniera? Appena se n'era accennato, così al telefono, lei aveva pensato subito a Cinzia, la colf di quando abitava da sola (l'indipendenza! altra decisione corretta e causa di infelicità), che Mauro l'avrà visto sì e no tre volte; è una donna sui quarantacinque, spiritosa, senza pregiudizi. Una volta che si parlava di Fernanda, ha confessato candidamente che a fare la prostituta ci aveva provato pure lei («l'amica mia ch'era personal in palestra, io 'a palestra 'a pulivo, me fa so' tutta gente de Milano che se ferma due o tre giorni, non danno problemi, questo è il numero de telefono... io in quer momento me trovavo co' la testa ner cesso, stavo a strofinà er water... oh, me so' sollevata e un par d'appuntamenti l'ho fissati, perché i soldi me servivano eccome, ma nun so' stata bòna, nun ho potuto continuà... quella carezza è diversa, c'è poco da fare... dopo pure l'altre carezze, quelle vere, te se cambiano, boh, magari sbajo... comunque adesso è troppo tardi, i coetanei mia me dicono a Cì, fra un po' ce devi pagà a noi»). Ma una che racconta delle cose così intime è una chiacchierona, tra l'altro non fa mistero di essere comunista. Un'amica sua, che Cinzia aveva proposto, una ragazza intelligente ma sfortunata, è stata esclusa in quanto ha una fedina penale improponibile.

«Ci vogliamo persone di fiducia, se no perché s'è sposato Maurello? tu poi sei laureata, le cose le sai mettere in bella forma... anzi guagliò facimmo accussì, se mi onori, mo', di un bel sorriso, il nome della società lo scegli tu.» La resistenza di Simona non è niente di più che un'ostinazione da massaia, che non vuole ingombri dove mette in ordine – né briciole sul lavandino né barattoli misteriosi sulla mensola. Teme compiti, complicazioni, pedate luride sul parquet della sveltezza quotidiana. Ma la rassicurano, ormai aprire una società è come bere un bicchier d'acqua, si può fare in ventiquattr'ore – lo statuto è già pronto ed è standard, idem le pratiche per l'apertura del conto corrente e della partita IVA. Necessita la sua presenza, invece, per l'iscrizione al Registro e l'affiliazione alla Cassa Mutua; il nome che hanno scelto alla fine, dopo vari cazzeggi (Mauro aveva proposto "Non mollare", è il titolo d'una canzone mica d'una società, poi "Rinascita", ma sei scemo? allora "Resuscita", eh, alzati e cammina...), è stato "Renova s.r.l.". Mentre finisce di truccarsi, Simona è contenta di aver detto di sì (a parte che un'altra opzione non era nemmeno contemplata): non tanto per aver riconfermato il modello della brava moglie, ma per l'aria fresca che sente circolare all'idea di un cambiamento. Si avvia verso il commercialista come se andasse in gita.

Simona ancora non sa quanto colorata e ariosa è la compagnia in cui sta per inserirsi; il gruppo pittoresco dei prestanome di società fantasma. Quelli legati al sistema si vedranno d'ora in poi ogni tanto, per fare il punto della situazione, per scherzare sulle loro ricchezze immaginarie, per riscuotere concretamente qualche dividendo o qualche regalia. C'è un musicista di Santo Domingo, giovane e allegro, che ha incontrato i fratelli *** durante una crociera Genova-Barcellona, lui suonava nell'orchestra; il venerdì sera suona ancora in un localetto di Trastevere, ma non gli basta. C'è una studentessa rumena di ventun anni, bocciata all'Università di Bucarest mentre era arrivata prima su ottanta al liceo di Petrosani, sicché sospetta che il test d'ingresso fosse truccato; qui frequenta una scuola di restauro; è cattolica, il marito è rumeno ma l'ha conosciuto a Roma, in Vaticano. C'è il padre di una promettente campionessa di karate, un elettricista della Barcaccia che vuole accompagnare la figlia alle gare internazionali (lei ha solo sedici anni), per cui il suo budget ha bisogno di un supplemento. C'è un ricercatore del CNR, divorziato, appassionato di gang bang, che ha insegnato a Carmine *** i segreti del computer e che grazie al suo nome prestato può frequentare le migliori orge del casertano. C'è infine il più simpatico e tenero, quello per cui Simona farà scattare l'istinto materno, Enrico che tutti chiamano Richetto. Ha passato l'infanzia in collegio, sua madre non poteva tenerlo perché lavorava presso una famiglia; andava a trovarlo il giovedì, «m'accorgevo ch'era mi' madre perché veniva e me menava». La patria potestà ce l'aveva l'istituto. «Era stata educata co' le mani, a lei je menava sempre mi' nonna, sicché pure lei quando me veniva a trovà...» A un certo punto perfino le suore l'hanno denunciata per percosse. A diciott'anni è uscito ma la madre è morta poco dopo per un tumore, non aveva fatto in tempo a pagare le cambiali; «sai l'ignoranza, 'e cambiali ce l'aveva co' 'na famiglia de ebrei, sicché quann'è morta se so' ripresi casa». Rimasto a vent'anni senza fissa dimora, ha vissuto un unico amore romantico con una cameriera di Brescia, era stato assunto in una discoteca tramite un frocio deejay, ma con Maria solo qualche bacio – «'a sorella più grande je diceva che io ce volevo solo scopà, invece m'ero innamorato... e lei pure de me, però ciaveva troppa paura da'a sorella». Avrebbe voluto mettersi a coltivare i campi con lei, «fare la terra», ma la stagione successiva lei era già sposata.

Simona, protetta dalla propria stupidità, è pronta ad accettare il nuovo mix con naturalezza, e comincia a seccarsi dei mutismi di Mauro, delle sue tachicardie, del suo terrore di essere intercettato; o una cosa non la fai, o se la fai ti ci butti e preghi Iddio. Mauro invece è sempre ingrugnato e sovrappensiero; ha incorniciato il primo estratto conto, hanno pure festeggiato con lo champagne e una bella scopata – ma il 14 febbraio per esempio s'è scordato di San Valentino. Sembra che fare soldi, per lui, sia più un dovere che un piacere.

Simona ignora che per Mauro il 14 febbraio era ben altro anniversario (il compleanno di Marcello). È vero che si affanna sulla nuova strada più di quanto si entusiasmi; ha l'impressione di essere condannato a scontare un ritardo non suo, o a svuotare il mare con un cucchiaio – di dover dare attrattiva a un'insensatezza senza scopo. In borgata non c'era bisogno di spiegazioni, si viveva spontaneamente come vivono i coralli nei banchi sottomarini; a capire il perché ci pensa la colonia, non l'individuo. Andando a trattare coi direttori di banca o coi presidenti delle cooperative edili, Mauro si sente come il primo anfibio che lascia la laguna e si avventura sulla terraferma, sperimentando i polmoni. Ha una fissa, nemmeno lui sa bene perché: si sta dannando per convincere la Curia a vendergli una chiesetta sconsacrata, un brutto edificio moderno che sembra un capannone, per trasformarla in ludoteca – servirà ai ragazzini della zona ma sarà pure un ottimo affare, il Comune ha un progetto a medio termine dove si delibera una cifra consistente. Ma più che il fiuto del segugio, quel che lo fa accanire è il bisogno di sporcarsi le mani col concreto; di vedere all'opera, finalmente, il suo primo cantiere.

Simona ha deciso di accannare Veterinaria (dove ha dato solo due esami) per iscriversi invece a Medicina, visto che le convalidano un sacco di crediti. Va all'università con un'aria da gran signora, tutta un Versace e parcheggiando la sua Audi nel piazzale, interpellando gli uscieri come se fosse all'Excelsior, ma questo non vuol dire che non prenda lo studio seriamente. Sia lei che Mauro sono alla ricerca di passaporti, di identità alternative – lei, certo, col suo piccolo cranio, è più scioccamente snob («dice che sta a Portuense»; «sì vabbè, c'è 'na Portuense alta e 'na Portuense bassa... lui praticamente sta a Portuense Trullo, di fronte al Serpentone, t'ho detto tutto»).

Un giorno, Mauro si trova al policlinico di Tor Vergata in visita, tormentando i bottoni del giubbotto; nella stanza c'è il professore che conosce dai tempi di via Vermeer – professore di Lettere, non di Medicina. Ma gli domanda lo stesso se può raccomandare Simona per il test di ingresso, per via del numero chiuso: «se non ti va di farlo per me, fallo per lui». Il professore giudica la mossa insopportabile, infame, ma si limita ad assicurarlo di non potere nulla. Scendendo con l'ascensore grande dal settimo piano e fermandosi al bar per un decaffeinato, Mauro incontra casualmente un vecchio amico dei Monti del Pecoraro, rubavano insieme i motorini quando avevano quattordici anni. Quello poi ha studiato, s'è specializzato in cardiologia; è grasso, stempiato, si lamenta dei turni massacranti. Sembra molto più vecchio di Mauro (che si consola, quando si separano, «meglio morire di cento morti che una vita così»).

Nella stanza del policlinico (una stanza a due letti, ma il secondo è vuoto) dorme un uomo, un malato terminale. Il suo corpo non ha importanza, ormai. I malintesi e le meschinità lo sorvolano tranquilli, tranquille. Gli ultimi pensieri della sua vita sono stati in fotocopia per due persone diverse. Mi auguro che il cervello sia invaso da ecchimosi e nebbia, certo per non soffrire ma soprattutto per non offendere più. Dalle sue natiche, che riassumevano il mondo, cola un liquame nerastro; dietro i suoi occhi chiusi l'esistenza perde significato – non per lui solo, per tutti. C'è un gran traffico tra cielo e terra. Per chi lo assiste, affacciarsi alla finestra non è un sollievo. Il suo potere, da qualunque parte provenisse, è ridotto a una pelle conciata che chiunque può calpestare. Ma non si può guardarlo senza aver voglia di cadere in ginocchio, e poi vendicarsi del paesaggio incendiando l'ospedale. In risposta al peccato un Canadair attraversa lo spazio visibile, trascinando il cordone ombelicale del secchio da cui l'acqua trabocca: qualcuno ha appiccato il fuoco al bosco, per pura malvagità o per interesse. Del tutto incongruo, un gallo canta dallo stabulario; le spalle di una donna sussultano. Riscosso dai rumori, il malato terminale apre gli occhi azzurrissimi e mi bisbiglia qualcosa (forse «ciao»); inumidirgli le labbra col fazzoletto è l'ultimo debito che si possa pagare alla morale convenuta. Il resto scavalcherebbe l'orizzonte civile, come i fischietti a ultrasuoni per i cani scavalcano la portata del nostro orecchio.

Osvaldo, il padre di Simona, è stato ricoverato per un blocco renale; il medico della ASL aveva scambiato il suo intontimento per una forma anomala di influenza, ma per fortuna Simona, che in queste cose è un'ansiosa, ha continuato a tenerlo sotto controllo e dopo il secondo giorno che si rifiutava di bere l'ha portato al soccorso d'urgenza. Anche coi cavalli e le mucche si fa così. Ansimava, ciondolava come un ubriaco: «ci credo, signora, è intossicato ai limiti dell'avvelenamento; se passava un'altra notte senza cure, forse non si salvava». Una dialisi ogni otto ore e finalmente i valori sono rientrati nella norma, ormai può considerarsi fuori pericolo. Ma la sua vera malattia, quella che complica il quadro, è l'obesità: centododici chili per un metro e sessantotto di altezza, è un sovraccarico per il cuore e per l'apparato respiratorio, «nessun recupero duraturo si può tentare se suo padre non si mette a dieta».

Osvaldo lo sa, che il grasso negli organi interni lo condurrà alla tomba; ma mangiare è l'unica soddisfazione che gli è rimasta. Solo quando si sente gonfio come un pitone, che non ce la fa nemmeno a rigirarsi nel letto, si placa quell'impulso tremendo che lo spinge a infilarsi nuova roba in bocca. Non è necessario che sia roba buona, basta che sia morbida, e tanta. Mentre mangia, ha ragione lui. Stracchino, pasta, purè, maionese, i bignè con la crema e i budini confezionati. Vadano a farsi fottere, coi loro consigli di pesce ai ferri e verdure cotte: tanto per dirne una, chi cazzo li prepara?

Osvaldo gestisce un negozio d'abbigliamento in fondo all'Acqua Bullicante, verso Tor Pignattara; il negozio porta ancora l'insegna "La veneziana", perché la moglie veniva da Bassano del Grappa; erano gli anni che la stoffa si vendeva a metri e le donne i vestiti se li cucivano in casa. Osvaldo faceva credito a molte prostitute che lavoravano in zona, o le faceva pagare con rate così piccole che manco se n'accorgevano; con una di queste scoppiò l'amore, la tolse dalla strada e la collocò in un appartamentino. La moglie (cioè la madre di Simona), pace all'anima sua, era un impiastro cosmico: ipocondriaca, religiosa anzi bigotta, prendeva la comunione tutte le mattine alle sette («intanto» diceva «mi metto qualcosetta nello stomaco»); parsimoniosa, per non dire di peggio. Simona se la ricorda, «come stai oggi mamma?»; «mah, il dottore dice che non c'è niente...»; «lo vedi allora, meno male»; «sì, ma cosa vuoi che ne sappiano i dottori».

Il giorno in cui intuì che il padre aveva un'amante, Simona non ebbe cuore di condannarlo; anzi, quando la cartomante allarmava mamma dandole perfino l'indirizzo della «mignotta mantenuta», lei sviava i sospetti, la buttava in ridere, e comunque avvisava papà. Le due donne morirono a un mese di distanza l'una dall'altra, come se fossero legate a doppio filo; da allora Osvaldo non ha più voluto saperne di sottane tra i piedi. Cucinare da solo l'ha avviato alla dipendenza da cibo: è abbastanza intelligente per capire che non può permettersi di giudicare i giovani cocainomani che si passano le dosi davanti al suo negozio, perché lui è schiavo quanto loro. Promette di regolarsi (lui, che bestemmiava se la moglie attaccava alla testiera i crocifissi, s'è perfino abbassato a fare un voto alla madonna), ma l'amatriciana è più forte. E pazienza se non riesce più ad allacciarsi le scarpe, se le fa allacciare dal garzone. Ora, in ospedale, non gli sembra vero di respingere istintivamente il cibo, che solo a guardarlo lo disgusta; eppure la nausea è la stessa di quando si abboffa fino a scoppiare, se restasse sempre così sarebbe il paradiso. Pensa che sia perché i brodini dell'ospedale fanno schifo, si è fatto portare un pacchetto di biscotti e adesso li sta vomitando sotto gli occhi di Simona. Gli viene da piangere, «so' un òmo de merda» – «dài, che buffo, non ho mai visto un elefante che piange» dice la figlia per tirarlo su.

Simona si allontana intenerita: papà le è prezioso, è il suo piccolo patrimonio di storie; di fronte alla landa desolata delle passioni attuali, la saga familiare è ancora il camino intorno a cui raccogliersi. La sua cripta di recriminazioni calde. "Chi è senza difetto scagli la prima pietra", ognuno declina la parabola secondo il contesto. Si ferma da Decathlon a fargli la sorpresa di una cyclette lussuosa, gliela regalerà per la convalescenza; ma da Carrefour, lì accanto, al reparto alimentari, gli compra anche un vasetto di 'nduja calabrese e un chilo di paccheri – la forza dell'abitudine.

A casa c'è burrasca, Mauro stringe le labbra, sbuffa, bestemmia – ma non va oltre, «voi donne avete sempre bisogno del telegiornale». «Me so' reso conto con che gente stamo» dice alla fine, e Simona facendo la saggia, «te credevi ch'era 'na passeggiata de salute?». Sbattendo le porte racconta finalmente la punizione a cui è stato costretto ad assistere, «sei contenta mo'?». Sembrava un film. Riferisce la battuta crudele di Gennaro *** a una segretaria che voleva licenziarsi e lo pregava «aiutami tu a cercare un altro lavoro»: «i' 'na mezz'idea 'a tenisse», e ha fatto il gesto di trombare. Quando Mauro sta così, meglio che si sconvolga per tutta la notte; non per niente hanno previsto la stanza degli ospiti. Al Jazeera è la responsabile di tutto: «l'hanno visto in televisione e si so' ispirati». Richetto, certo, s'è azzardato troppo: sentiva che la vita gli era debitrice («nun è che i sbaji l'ho fatti io») e s'è immaginato di poter ingannare chi non doveva.

Legato a un ulivo, in slip: lì è arrivata la prima pietra, il primo rosso si è visto che bagnava il cotone. Mauro s'era messo le mani sulle orecchie ma gliel'hanno levate: se no dove va a finire l'esempio? Fischi su chi sbagliava a tirare, troppe pippe te s'è slogata la mano. Un mezzo mattone a punta gli ha colpito lo zigomo, Richetto ha reclinato la testa e forse è svenuto; non sentendolo più gridare si avvicinavano e la mira s'è fatta più precisa. I musulmani sono pietosi, fasciano e immobilizzano; ma noi siamo pagani, adattiamo il format – amiamo il nudo e le pose plastiche. Ha sputato la gomma, a un certo punto (o era un'otturazione?), dunque svenuto non era; quando è stato tutto una poltiglia, un macello, a quelli davanti non si riusciva a toglierlo dalle mani. È l'istinto della caccia. Ma bisognava fare presto, pulire anche per terra e i rami macchiati; l'esperienza insegna che due strade campestri non si possono tenere bloccate per più di un'ora.

Qualcuno accanto a lui, riferisce Mauro, bisbigliava ave maria grazia plena – per tutto il racconto s'è aiutato col whisky, la bottiglia è quasi vuota: ma lo stomaco ribellandosi all'eccesso di alcol si contrae e lo rigetta. "Pure papà" pensa Simona "paga la stecca da mo'"; non c'è differenza, non c'è pietà. Cose enormi e cose minime si appiattiscono in prospettiva, tutto finisce in vomito.

Accanto alla sede del Monte dei Paschi, in Cola di Rienzo, c'è una pasticceria famosa per colazioni e cornetti; anche se Mauro è convinto che l'adrenalina sia il sugo dell'esistenza, e mai permuterebbe la sua vita-sul-filo-del-rasoio con la piscia fredda di quegli impiegatini in blazer e cravatta che controllano l'orologio per paura della multa, e che se gli fai bù si cagano sotto, be' deve ammettere che ogni tanto li invidia – se la mattina non fa in tempo a bersi un cappuccio che già lo stomaco gli brucia per lo stress che l'aspetta. In banca succedono i miracoli, i conti correnti fioriscono di cifre inaspettate in base a un colpo di telefono, ma lui non s'è ancora abituato: ogni volta che sta per effettuare un prelievo e il cassiere si assenta per un attimo, per una pratica banale, Mauro lo immagina di ritorno coi carabinieri, o almeno col direttore, a comunicargli che quell'operazione è illecita e a svergognarlo davanti a tutta la sala. Reagisce con la mentalità del ladro anche se la procedura è perfettamente regolare, rabbrividisce come se gli infilassero una spugna bagnata dietro al collo. Si rilassa solo quando l'assegno è in mano sua e il cassiere cordiale gli sorride, «mi saluti il Dottore caramente».

Una volta addirittura l'hanno preso da parte in una saletta riservata, l'operazione era al limite della fattibilità, o della discrezionalità come diavolo si dice: «glielo concediamo solo perché ci ha chiamato il Dottore e *(a bassa voce)* noi quando chiama il Dottore ci mettiamo sull'attenti». Sicché non c'è da avere paura; don Germano ha vinto il suo terno al lotto quando ha mandato il figlio alla Luiss, a quel tempo ancora non si usava – adesso hanno un Dottore in famiglia non solo presentabile ma stimato, che poi se lo vedessero in certe situazioni vabbè.

«Lavoro a percentuale come quando stavo alla Tecnocasa»; il confronto col figlio del boss gli ha fatto scattare automatico il mugugno – in realtà Mauro non si sente padrone dei suoi soldi, «so' pur'io un prestanome de lusso». Ma non deve buttarsi giù: il suo è un incarico serio, a loro gli serve davvero un "ambidestro", cioè qualcuno che tenga un piede dentro la legalità e l'altro fuori – si sta facendo il mazzo a studiare le leggi edilizie e quanto ad astuzia nel trovare le scorciatoie, be' la Tufello Street University è più efficace della Bocconi. Il cantiere per la ristrutturazione della chiesa è partito, alla fine quel ricavo sarà soltanto suo, guadagnato col sudore. (L'architetta che segue i lavori, combinazione, è l'antica amante di Bruno – il disgraziato, pare, è stato dimesso anche da neurologia e si aggira in preda alle sue furie.) Resta il fatto che i capitali grossi non gli appartengono, i suoi conti personali si gonfiano e si sgonfiano; anche se non ne ha voglia e la manovra gli pare assurda, in alcuni momenti deve quasi prosciugarli, o chiuderne uno e aprirne un altro: «un mijonario co' le pezze ar culo».

Quei venti metri tra lui e Richetto, cento volte ogni secondo avrebbe voluto attraversarli per far smettere quello spettacolo orrendo – ma avrebbe significato finire nella lista nera. Lì ha realizzato che l'essenza del suo lavoro consiste nel *non fare*, nell'approvare tacendo e nel sottomettersi; ma allora tanto valeva accontentarsi della vita marginale che viveva in borgata, dove almeno si era liberi dagli impegni. Qualche espediente se capitava, cereali e proteine, l'urlo della palestra, dorsali e quadricipiti. La pippata era il relax, la monta del piacere segreto, non la burocrazia di quattro strisce sul tavolo dell'ufficio per resistere fino a mezzanotte. Per poi essere assalito da sogni cannibali, bachi da seta che ondeggiano su un graticcio e lui che ansima lungo una scala ripida, cercando la luce. Anche quando se la lava, la fica di Simona manda un cattivo odore, sia vicino che lontano dal ciclo – non c'è deodorante intimo che tenga, Mauro è in apnea ogni volta che lei chiede un preliminare di quel tipo. Se ne libera con la scusa degli starnuti («zitto e godi», ma quelle erano altre voci, altre circostanze sprofondate nel buio), poi supplisce con la dolcezza all'istinto che manca: «sai che c'è, scimmietta? che siamo esauriti tutti e due... perché non andiamo su una spiaggia al sole e ci rigeneriamo un po'?».

La prima vacanza da coppia "arrivata" è stata un disastro, sono tornati a casa più incazzati di quando erano partiti. Hanno spedito un sacco di cartoline ma era fumo negli occhi. Cinquemila euro per una settimana, lo sapevano che Dubai era caro ma come servizi si aspettavano di più. A parte il meteo, che sono stati sfigati come Fantozzi, nel deserto non piove quasi mai e quella settimana ha diluviato tre giorni, ci sono stati pure degli allagamenti in centro. L'unica cosa decente era l'albergo ricavato da una reggia degli sceicchi, con le torri per il vento e i canali che le barchette ti portavano da un posto all'altro; la città però brutta, orafi scrausi, le strade piene di sabbia, le macchine stupende ma senza nessun locale dove andare, i grattacieli visto uno visti tutti. Mauro che faceva lo scemo con due russe e si rintanava per delle ore a farsi massaggiare alla Spa da un massaggiatore negro che si chiamava Tito – poi trovava Simona col muso («sei un genio a sparì») che s'era rifiutata di andarci da sola al Global Mall, e allora astioso le diceva se non sei all'altezza di fare una vita da signora ma perché non te ne rimani a casa. Volevano spiare nell'albergo a sette stelle, il più lussuoso del mondo, ma avevano aspettato l'ultima sera per presentarsi al ristorante subacqueo (con l'acquario a parete e gli squali che nuotano); all'ingresso della passerella due addetti li avevano fermati trattandoli come miserabili e spiegando che solo se si prenotava un mese prima, da casa, ci sarebbe stata una chance. «Te l'avevo detto che era un plus.» La Vela famosa dove ti potevi portare via gli asciugamani perché tanto, dopo ogni cliente, li bruciavano, e dove allevavano dei falchi assassini per sterminare i piccioni che non cacassero sui davanzali. Loro, giusto i cadaveri dei piccioni morti sulla spiaggia avevano visto. Che nervi. Mauro aveva estratto dal portafoglio trecento dollari sperando di corrompere; «te credi sempre che co' le mance se risolve tutto» l'aveva rimproverato Simona sotto gli occhi del portiere impassibile e gallonato – e Mauro volgare «si nun la pianti te parcheggio 'na mano 'n faccia».

Il peggior Verdone, s'erano vergognati. Ma non sempre Mauro è così: può essere taciturno, delicato, soprattutto quando è depresso. «Simo, te pija mai l'impressione che nun cià valore niente?» E poi l'ha abbracciata, quando è morto suo padre e lei piangeva («volavano dei pipistrelli e me fa hai visto, so' già arrivate le rondini... j'ho risposto sì papà, che belle, pe' fallo contento... nun j'avevo mai detto bugie») – l'ha baciata e consolata all'orecchio: «passerà, vedrai... oggi è il giorno del niente». Data l'inconsistenza dello sperma di Mauro (che non si rinforza nonostante non si inietti più testosterone da una vita), Simona vorrebbe tentare la fecondazione eterologa, almeno per quello il viaggio avrebbe senso. «'Na bella cazzata avete fatto co' 'a vostra legge» rinfaccia al cugino rampante di An, «'na cosa è stabilì un principio, 'na cosa è stacce dentro.» Ma quello non si scompone, né si pente d'aver contribuito a una norma restrittiva: «te fai 'na sana scopata co' 'n òmo vero, nun è mejo?».

Simona ha ripreso a ingrassare, anche il ginecologo le suggerisce di perdere qualche chilo prima di affrontare il dissesto ormonale della fecondazione («te ricordi Chiara, quant'è stata male?»; «e poi per quei bei risultati, lasciamo perdere»; «noi mica semo così») – la lotta con la bilancia è stato il vero grande impegno politico della sua vita e ne è sempre uscita perdente. Il test d'ingresso alla facoltà di Medicina l'ha superato col collaudato sistema dei telefonini, ma ora non sa se dedicarsi allo studio o fare un figlio. Qualcosa che le dia un interesse senza abbrutirla, senza escluderla dagli altri piaceri della vita. Tutt'e due non è possibile, anche se in casa potrebbe essere sollevata da qualunque peso (Mauro, pur di non sentirla lamentarsi, di colf gliene procura dieci); ma è una questione di stress mentale, la gravidanza e rimettersi sui libri, arrugginita com'è. Mauro è agnostico, dice fai come ti pare. C'è un distacco, un affetto che non viene; Simona lo percepisce e teme l'ennesimo errore – non approfondisce l'idea, prigioniera di una legge non scritta della borgata: le verità brutte non si nominano, si registrano e si va avanti. A Mauro le donne grasse non sono mai piaciute, Simona lo sa, l'ha sentito scherzare con gli amici e vorrebbe dimagrire anche per lui; lui invece manco a quello dà importanza, sostiene che un po' di ciccetta le dona e che contro il metabolismo non si combatte. «Tanto, scimmia, me sa che è ereditaria... oh, ognuno cià le debolezze sue, io ciò la roba da naso e te ciài la torta al cioccolato.» Così non la aiuta. Lei si sforza di preparare un pesce lesso che con pochissime calorie sia comunque gustoso, una spigola o un'orata fresche e profumate di aneto; lui torna tardi e l'assaggia appena coi denti davanti, si scusa che ha mal di stomaco, le preoccupazioni... Per forza resta magro, lui.

Il mal di stomaco è finto, in realtà ha già cenato mezz'ora prima, con quello della sala corse e con un impiegato di banca; ha pure pippato una cosetta in macchina, e di tutto ha voglia tranne che di rimangiare. «Mmmh, te l'immagini che meraviglia, con tutte le spine da levare...», in macchina l'avevano preso in giro, ma perché non gliel'hai detto che cenavi fuori? non se l'è sentita, ha comunicato solo che sarebbe rientrato tardi sperando che lei capisse. Seh, e quando capisce, quella? – l'ha aspettato, fedele come la morte.

Non era poi così difficile individuare il giro giusto anche in Prati; è stato proprio il bancario, un sabato che erano in fuoristrada insieme per una zingarata extralavorativa, a indirizzare Mauro verso la sala corse – lì è naturale vedere soldi che passano di mano, e se nell'altra mano c'è un sacchetto nessuno si scandalizza. Scoperto il movimento, il quartiere per Mauro è diventato più affabile, i sorrisi si sono moltiplicati: ogni portone, ogni bar, ogni slargo di platani significavano un'occhiata di complicità, l'inizio di una storia. I vecchi costretti a elemosinare un granello perché con la pensione non ci arriverebbero mai; gli studenti del Mamiani che hanno verniciato di nero i gradini della scuola e fanno la colletta per comprarsi due grammi in cinque – per loro è solo un'occasione di gazzarra in più, si contendono la bustina e finiscono per rovesciarla, qualche volta ne danno anche al cane del bidello («che j'avete fatto a qua'a povera bestia? io prima o poi 'sta scòla 'a brucio»). Quelli possono divertirsi fin che vogliono, pensa Mauro, cadranno sempre in piedi.

Vuole essere lui ad aggiudicarsi la palestra dove si allenava Marcello, sequestrata a un giro di delinquenza locale. Oggi la proprietà è messa all'asta, compresi gli attrezzi della Hammer, i migliori che siano in commercio. Col suo referente bancario s'è raccomandato, «è un'operazione esclusivamente mia» – ha garantito col progetto della ludoteca e una fotocopia della delibera comunale. «Attento a non pentirti» l'ha avvisato Simona, «che necessità c'è di tutto 'sto segreto?» – poi s'è irritata per una faccenda di interni in pelle nella macchina nuova e ha lasciato cadere il discorso. «Se dal contratto risulta che l'abbiamo pagati, pretendo che ci siano»; «sì, e ci fanno aspettare altri du' mesi... possibile che sei così puntigliosa su tutto?... non c'è la pelle ma c'è il rilevatore acustico pe' quando se parcheggia»; «eh vabbè, consolàmose co' l'ajetto.» Non aveva torto però, Simona, quanto al silenzio sull'operazione-palestra; gli amici non hanno gradito (ovviamente la banca li ha informati subito), i piccioncini si stanno montando la testa. Sospettosi, hanno messo sotto controllo i cellulari della coppia.

Carmine è davvero una brava persona: a Roma non si trova molto a suo agio, con il cuore rimasto a Marcianise dove ha una gemella malata. Tra tutti i tramiti di cui si servono per ripulire i soldi, Mauro è quello che gli sta più simpatico perché è educato, e poi perché si vede che è infelice. Il dolore di Mauro non assomiglia alla pena di chi sta lontano dai familiari: è una spina più profonda ed enigmatica, che Carmine non ha indovinato ma che rispetta. Non crede che Simona sia la donna per lui, troppo arrampicatrice; il loro non dev'essere stato un matrimonio d'amore. Non si fa scrupolo quindi, quando riceve la trascrizione delle telefonate intercettate, di fargli leggere quelle scambiate da Simona col musicista di Santo Domingo; il tono è talmente esplicito che non c'è molto da dubitare. Mauro reagisce senza drammi, ringrazia Carmine di avergli aperto gli occhi e lo rassicura che non deve avere rimorsi, anzi.

Mauro non si toglie nemmeno lo sfizio di far cadere Simona in contraddizione spingendola prima a negare; non vuole sentirsi superiore a lei, non ne ha il diritto. Le mostra i tabulati come se fossero i rendiconti della banca. «È la mia quota di felicità» lo provoca Simona. «Okèy» risponde Mauro, «te dico solo 'na cosa però: da questo momento liberi tutti.»

Viaggio in Olimpo

«Se credevano d'esse qualcuno»; Mauro cammina di buon passo lungo l'Appia Antica, poco oltre la tomba di Cecilia Metella, con un capo ripartizione dell'ufficio Beni culturali. La battuta non si riferisce ai monumenti classici (come pure potrebbe) ma a una storia di dignitari africani presentatisi con lance e scudi all'inaugurazione di un ospedale nel quadro di un programma di aiuti eccetera. Il capo ripartizione è stato là col sindaco e la Melandri, sembrava di assistere a un film americano degli anni Cinquanta, di quelli politicamente scorretti, coi re dell'Africa misteriosa che si esprimono in un cattivo inglese. Mauro s'è già distratto, riflette sul *diventare* qualcuno.

Nessuno in borgata riesce a disegnare un profilo di sé che si appoggi a modelli resistenti, di lungo periodo, con una strada chiara per arrivarci – i cosiddetti modelli sono piuttosto dei lampi, delle istantanee di sorrisi o di ovazioni. O beni da possedere, più enumerati che effettivamente goduti; appena ottengono qualcosa, se ne stancano e non lo vogliono più. L'immagine di una vita di successo, per loro, è come una meta turistica in cui non hanno punti culturali di riferimento e che inevitabilmente li delude. L'idea più palpabile, più immediata che hanno della riuscita è il confronto con qualcun altro, «l'ho fatto rosicà». Mauro si prefigura in carriera, brillare a mezza altezza con le sue belle case e una moglie laureata da vantare a suo padre (oltre ai soldi che gli ha restituito con la giunta e all'appartamento che gli sta riscattando perché sia finalmente fiero di lui) – e pazienza se questa moglie è troia. Basta che suo padre non lo sappia, i vecchi a Pietralata risolvevano tutto a suon di schiaffoni; ma è proprio per allontanarsi dai pregiudizi di una volta che lui è venuto via.

Mauro ne è fin troppo cosciente, di avere pure lui i suoi difetti; se prende come esempio la cocaina, deve riconoscere che fa emergere il lato peggiore delle persone, rendendole ladre spergiure traditrici; anche altre passioni, ne deduce, possono produrre gli stessi effetti. Simona è una brava ragazza, si arrabatta nel limite dei neuroni che le sono stati concessi, ma ha la mania di sentirsi sbagliata. Considerare Simona una debole significa perdonarla, perché non è colpa sua e perché in fondo a lui gli toglie un peso dalle spalle: non deve più rispettarla, né fare i conti coi doveri del matrimonio. Non deve imporsi decisioni drastiche che adesso non avrebbe manco tempo. Se proprio lo vuole, 'sto figlio benedetto, lo faccia pure col mulatto; quando qualcuno se lo dovrà accollare, si vedrà. Per ora rimane la sua Simona, la sua scimmietta golosa. Il perdono è una sottrazione di regole da salutare con sollievo.

Simona, per parte sua, non vuole ripetere gli errori che le hanno segnato la vita, e che erano tutti scelte corrette: stavolta lo sa che per dignità e per coerenza, giocando a carte scoperte, dovrebbe lasciare Mauro e andare a vivere con Jaime – ma non si fida per niente di quel matto, che a Santo Domingo conserva ancora una fidanzata storica, e poi chi glielo fa fare di abbandonare i vantaggi della ricchezza, se qualcuno proprio non la obbliga? Mauro s'è impegnato a fare di quella in Prati una residenza secondaria e a comprare una villa sui Monti della Farnesina – «vorrà dire che faremo i separati in villa».

Nel gazebo di una villa ben più prestigiosa, sull'Appia Antica, Lucia scherza con due amici del "Manifesto"; uno dei due insegna, come lei, all'università (lei Linguistica, lui Archeologia), l'altro è giornalista full time. Si stanno esercitando nel belcanto dei ceti alti, nell'arte acrobatica del cazzeggio. Scherzano sul tema della programmazione esistenziale: «vieni a bere un caffè?» ha chiesto l'archeologo alla linguista il giorno prima, incontrandola nei corridoi della facoltà – lei è rimasta per un attimo incerta, ha sbirciato l'orologio (le quattro e venti) e ha risposto «no grazie, ci verrei volentieri ma ho già promesso a Giovanna e Anna Maria di andare a prendere qualcosa alle cinque... forse due spedizioni al bar in quaranta minuti è meglio evitare». Lui è un bassetto nevrotico, soggetto a crisi depressive e amante degli imprevisti. La programmazione è tutto, si difende Lucia, è quella che dà consistenza e fisionomia al nostro passaggio quaggiù.

«Un'ora d'aria ce l'hanno anche i galeotti, t'è mai capitato di fare qualcosa che non avevi schedulato?»

«L'anno scorso, con mia nipote, invece di andare al maneggio siamo state a vedere un film belga.»

«Wow, che trasgressione pazzesca.»

«Si era rotta la macchina...»

«Quindi è stato per forza maggiore: non vale.»

«Di libera iniziativa no, mai.»

«"Libera"? orrore...»

«Libertà non è star sopra un albero...»

«Sì, partecipazione 'sta minchia... ma non l'avete ancora capito che la gente vuol partecipare allo schifo? Calciatori e veline...»

«Guarda che i calciatori e le veline sono l'unico reale momento di mobilità sociale: l'unica via per i ragazzi e le ragazze del popolo, dotati e dotate, per compiere un salto di classe.»

«Bisogna vedere dotati per cosa... una volta il salto di classe si poteva fare anche con la politica, o con la pittura...»

«Noto che saggiamente escludi la scuola.»

«Ormai *(interviene il giornalista)* il mediocre incorona il mediocre... ma di che salto parlate?»

«Ci siamo stupidamente lasciati convincere alla democrazia: se vogliamo mantenere un livello minimo di decenza non possiamo più rincorrere la chimera maggioritaria.»

«Lenin la soluzione l'aveva trovata: avanguardia rivoluzionaria e pedagogia.»

«Demagogia e calarsi le braghe, vuoi dire.»

«Egemonia gramsciana.»

«Perché fermarsi lì, allora? rivoluzione permanente e dittatura democratica.»

«Aiutare no, eh? un piccolo saltino dalla teoria alla prassi mica vi farebbe male.»

L'archeologo ha ripreso il metro e sta misurando il portico coperto d'edera, calcola quanti commensali può contenere; nei saloni interni circa duecento ma in tutto, fuori, si possono sistemare anche mille persone. L'idea è quella di trasformare la villa originariamente settecentesca (ma famosa perché appartenuta all'attore americano Steve Reeves) in un luogo di ricevimenti, per convention o grandi manifestazioni culturali. A impatto ambientale sostenibile. Rispettando l'armonia tra i due corpi di fabbrica, quello col tetto a capanna e quello con la colombaia stile toscano – e l'intonaco rosato, col contrappunto musicale delle rovine del tempio di Ercole (integrate alla villa) e del giardino di rose rampicanti. Si tratta solo eventualmente di sacrificare il campo da tennis per allargare il parcheggio; Lucia stava pensando a un tavolone rotondo costruito intorno al cipresso centrale.

Ma si sente abbaiare il golden retriever del custode: l'emissario del Comune, col palazzinaro dietro, sta attraversando i vialetti. Il palazzinaro si ferma, è matto? sta abbaiando lui al cane, gli scarruffa il pelo, si rotola nell'erba. Allora sarà un garzone. Be', un po' grandicello. Non volevi spontaneità popolare? Sì, magari non dal mio finanziatore in giacca e cravatta... la contaminazione dei generi mi pare eccessiva. Mauro non s'era accorto che i tre stavano fuori nascosti dall'edera, credeva che li aspettassero in casa; si aggiusta furtivamente la camicia scusandosi del siparietto così poco professionale. «Assomiglia a quello che ciavevo io.» «S'immagini, abbiamo ammirato» risponde l'archeologo.

Lucia, anche per deformazione professionale, è molto sensibile alle ibridazioni linguistiche: se osserva con attenzione il corpo di Mauro è proprio perché le sembra un ibrido. Il sostrato è quello di un popolano, con l'eleganza asciutta degli italici montanari: la pelle scurita da un'abbronzatura ancestrale, gli occhi bianchi e neri, gli zigomi da rettile. Sopra, la ripulitura del manager: un Armani classico per niente coraggioso, la camicia tagliata su misura, i gemelli, i Ray-Ban – posticci come l'italiano standard spennellato sul romanaccio di base. Ma tra i due strati, più interessante ancora, un ragazzo irrisolto di origine incerta, che si rivela a tratti nell'espressione cupa del viso e nella piega sofferente delle labbra.

«Si guadagna di più obbedendo alle leggi»; «sempre, io faccio sempre tutto regolare» risponde Mauro, e Lucia si vergogna della gaffe, come se avesse insinuato che. Voleva solo dire che l'intelligenza paga, e si dovrebbero convincere anche i mascalzoni che lo sviluppo è conciliabile con una non-barbarie della convivenza. Se, per il fatto di essere compresa nel parco archeologico, la villa non può essere dotata di cucine dell'ampiezza necessaria, basterà organizzare un buon servizio di catering; il capo ripartizione dispiega le planimetrie per mostrare dove sarebbero collocati i servizi. Lucia tira da parte il giornalista, le tremano le labbra: «questa non è la planimetria che ho visto martedì»; «il fine giustifica i mezzi»; «non sono d'accordo e lo sai... non mi va di essere presa per i fondelli... non faccio casino adesso ma poi ne riparliamo». L'importante, pensa il giornalista, è che gli insediamenti civili del parco, attualmente abbandonati al degrado, si possano recuperare e che l'intera area venga riqualificata. Lucia ha avuto una madre pianista che ha rinunciato ai concerti per gli spostamenti del marito e che ha abituato le figlie (Lucia e le due sorelle) a voler essere eroiche; ma il padre gran boiardo di Stato ha indirizzato questo eroismo verso ideali pratici, realpolitik e concretezza.

L'ansia di Lucia, da sempre, si è concentrata sui limiti del compromesso morale – ingannare quelli di Italia Nostra presentandogli una planimetria diversa sarà forse a fin di bene, per chiudere comunque un accordo che rischiava di saltare; ma se anche i migliori ricorrono agli escamotage, vuol dire che l'ideale di una società giusta si allontana sempre di più. Il manager palazzinaro le ha fatto una buona impressione; attaccato agli spiccioli, naturalmente, ma quello è il mestiere suo. Cifre, scadenze, penali: un atteggiamento da artigiano, non da finanziere fumoso – uno che i muri saprebbe tirarli su con le proprie mani.

Mauro ha notato qualche occhiata un po' meno anonima; Lucia non è brutta, ha un po' il culone ma una bella faccetta ancora da ragazzina con gli occhi celesti, e due bombe davanti di tutto rispetto. Sicché, quando per il ritorno lei dice ridendo che deve andare verso Prati a salvare un'amica dal suicidio, Mauro saluta quello del Comune e ne approfitta. Ogni lasciata è persa, ma i tempi a cui Mauro è abituato sono altri – o meglio no, però allora non conversando così. Di punto in bianco.

«C'era qualche problema, prima, coi suoi amici?»

«No, s'immagini... solo che certe volte i borghesi mi fanno più incavolare dei pezzenti... perché i pezzenti si può pensare che non conoscano altro modo che la maleducazione, mentre i borghesi un altro modo lo conoscono e fanno così perché sono stronzi... mi angoscia la superficialità.»

«Beata lei, se si angoscia solo per questo...»

«Ho voglia di fare l'amore con te.»

Mauro arrossisce, il cazzo gli si muove nei pantaloni all'immagine di due ordigni che si scontrano; ma contemporaneamente la gola gli si chiude, sente che si trova di fronte a un'altra razza, a una specie di cui non conosce il vocabolario – il fiato gli si strozza:

«E allora?»

«Allora niente... manifestare un desiderio non significa doverlo soddisfare per forza... probabilmente ho voglia di qualcosa che non voglio.»

Pippe mentali, le qualifica Mauro; ma è incuriosito da quel tipo nuovo di donna, non le solite che dopo cinque minuti te lo prendono in mano. Anche se non ne è pienamente consapevole, è attratto da Lucia perché ha l'impressione che con lei si inoltrerebbe ancora più lontano dal punto dolente – in trasferta, proprio. Lei chiacchiera moltissimo: anche lì al Pincio sta pontificando da dieci minuti – parla di politica, di ingiustizia, di sua nipote. Mauro pensa se non adesso, una del suo ambiente potrebbe farmi comodo in seguito. Lei nelle borgate c'è andata solo una volta, in taxi, per una risonanza all'European Hospital; s'è spinta fino al mercatino antistante la clinica e s'è comprata un orologio da polso, luminoso, per otto euro. Le geometrie fasciste dell'Eur sono splendide, oniriche, ma anche il Laurentino 38 coi ponti era un'idea – ora li stanno abbattendo e minacciano una "passeggiata ecologica", sarà una di quelle cose alla Fuksas. «Sta prevalendo una media architettura europea», Mauro non sa nemmeno che significhi: si appisola in quell'aria più pulita ma anche più rarefatta – la sua attenzione si risveglia quando a Lucia scappa «bisognerebbe svuotarlo dei suoi abitanti», perché la vede che si morde le labbra e aggiunge «scusa». Lì diventa più interessante, sembra una scolaretta che aspira a un bel voto.

Lucia alle sue amiche non ha ancora detto nulla, che continua a incontrarsi con quello strano faccendiere – probabilmente darebbero tutte ragione al collega archeologo, che al telefono ha confessato di non fidarsi della sua «faccia patibolare». Che viene dal basso non lo nasconde ma questo torna a suo onore, Lucia non crede che nel fondo sia disonesto: non è lui che ha l'aspetto da delinquente, sono i delinquenti che spesso hanno una faccia come la sua. Lei la differenza sociale l'ha sempre avvertita più verso l'alto che verso il basso: quelli che viaggiano con l'aereo privato, quelli sì le sembrano degli alieni; dei parassiti assoluti. Papà ha poi fatto la carriera che ha fatto ma discendeva da una famiglia di contadini e ha conosciuto la fame; ha preteso che i figli crescessero responsabili di ogni piccola spesa. Ma non era per le sgridate di papà, in lei i gusti semplici sono proprio spontanei: un fidanzato le offriva cene al ristorante dell'Hilton ma lei preferiva la focaccia con la frittata.

Da parte sua, Mauro ha accennato a Simona di una

professoressa che partecipa all'affare dei resort sull'Appia Antica, e che vuole intervistarlo sul romanesco registrando i modi di dire. Simona si è risparmiata altre domande. Ormai si considerano una "coppia aperta", lei sparisce per interi week-end. La loro conversazione si limita agli acquisti per la casa, ai pranzi e al sonno – qualche volta si scambiano opinioni su questioni di lavoro. Simona sostiene che Carmine la tratta male, che non le porta rispetto quando passa dall'ufficio – e che ha una mentalità vecchia, tant'è vero che le ha sabotate lui le ambizioni cinematografiche di Gianfranco, spedendolo in Germania a fare il concessionario d'auto. Mauro ha notizie diverse, ma non perde tempo a contraddirla.

La casa di Lucia è proprio in Centro, in una di quelle piazzette in ombra ai lati del Pantheon folte di ristoranti falso-popolareschi, di gelaterie per turisti e di quei negozi di gadget che non si capisce esattamente cosa vendono, tipo calendari in gomma sagomata e mucche dipinte coi colori della bandiera americana. Roba fina, comunque. Perfino le scale senza ascensore, che dio le maledica, danno un tocco di buona società. All'interno i mobili sono scuri e le stanze strette, Mauro credeva meglio. Si avvicina alla collezione di vetri blu, su un tavolino di marmo.

«Belli...»

«Piccole debolezze simboliche... quando si è soli, anche spostare degli amuleti magici e cambiargli di posto può tenere compagnia.»

«Io non ci sono tanto per le faccende spirituali.»

«Più che spirituali, in questo caso, puerili... per me crescere è stato molto difficile e non mi è riuscito benissimo... se non l'avesse già fatto Freud, la psicanalisi avrebbero dovuto inventarla per me.»

«Sono cazzate... ti rubano solo dei soldi.»

«Certo voi uomini siete incredibili... ce l'avete nel DNA il germe del comando... qualche anno fa stavo con uno sposato, e io avrei anche voluto costruirci qualcosa di solido ma lui non se la sentiva di alterare i suoi equilibri... vabbè, solita storia... avevo ingoiato la situazione... e questo pretendeva di dirmi lui che ci dovevo fare coi miei soldi... scusa sai, visto che non possiamo organizzare una vita insieme perché sei tu che non vuoi, allora se permetti i miei soldi li spendo come cavolo mi pare...»

«Non volevo dire questo...»

«Lo so, ma mi scattano dei riflessi condizionati... andate tutti a farvi fottere.»

Mauro le passa un braccio intorno alle spalle, è la serata giusta – la bacia e Lucia non oppone resistenza, anzi lo strappa verso di sé come se il contatto corporale la calmasse. Ma il demone della dialettica è più forte:

«Stiamo cominciando qualcosa che poi siamo sicuri di finire, o no?»

«Cioè?»

«Tanto vale che tu lo sappia subito, io non sono una che disprezza gli incontri da una botta e via, anzi... ma il sesso mi viene meglio la seconda o la terza volta, in situazioni più tranquille... ci devo mettere dentro un po' di anima.»

«Le donne sono così, generalmente.»

«È un luogo comune, non è vero... per molte è solo un'imposizione culturale... per me è un fatto esclusivamente fisico, come un'auto che deve fare il rodaggio.»

«E facciamo 'sto rodaggio...»

Mauro le sfiora un seno ma sbilanciandosi in avanti urta con la falda della giacca qualche oggettino di vetro.

«Non ti muovere come un orso...»

Lucia si tira indietro; Mauro non capisce se è un rifiuto, rialza i ninnoli rovesciati e si butta allo sbaraglio con la prima stupidaggine che gli viene in mente:

«Gli orsi sono molto ricercati negli ambienti gay.»

«Lo so, un mio amico è stato nominato orso onorario.»

«A me me l'ha spiegato un parente di Simona, un consigliere di quartiere... hanno un gay dichiarato, in consiglio, uno dei Comunisti italiani... proponeva uno spazio per gli orsi nei giardinetti di piazza Sempione... l'altro giorno si sono presentati in consiglio con un boa di struzzo, a pigliarlo per il culo...»

«Lo sai che se taci sei più sexy?»

Finalmente si inginocchia lei e gli slaccia la cintura dei pantaloni.

Lucia si aspettava che la sessualità di Mauro fosse istintiva, carente di dolcezza, di riflessione, di preliminari. Un po' selvatica insomma, da educare. Invece si è trovata di fronte all'eccesso opposto: un troppo di controllo, di cerebralità – come se seguisse alla lettera un manuale di istruzioni. Una prova di potere, anche su se stesso – la rigirava come una cotoletta, attento a non perdere il ritmo e gli automatismi. Forse pensando ad altro, ma anche lei se dev'essere sincera cercava di eccitarsi su trombate riuscite meglio. Mauro sudava per confermarsi la propria autorità: aiutandosi con la masturbazione, stantuffando in assoluta solitudine. «Non sono una bambola gonfiabile, non dobbiamo vincere un premio per il migliore film porno» ha provato a rallentarlo sorridendo, ma non ha ottenuto altro che aggravargli la tensione e la timidezza. Così lui non ha osato, per esempio, chiederle quello a cui tutto il suo modo di fottere sembrava portare irresistibilmente, il coito anale – lei non si sarebbe sottratta, ma nel protocollo di lui evidentemente quel servizio si pretende solo dalle troie. Dalle negre, magari. Lucia s'è trovata immersa in un dibattito politico immaginario nel momento meno opportuno, quando si annunciava probabile un orgasmo, "è la prima volta che scopo con un fascista". Direi che non mi ero persa molto, conclude bloccandosi mentre Mauro lo estrae e le viene sul collo; ansima, e lei reprime per un rispetto mondano l'unica osservazione logica che si sentirebbe di fare a riepilogo, "tratti le donne come se fossero un uomo".

Un panorama adolescenziale che la spinge ad abbracciarlo maternamente; lui dice sei matta, si rilassa un poco e le spiega che prima lei si è arrabbiata a vuoto – Ferruccio, il consigliere di An, è un paciocccone capace di improvvisi atti di generosità anche con gli avversari politici. Stavolta bisogna capirlo: la vicepresidenza sperava fosse per lui e il gay gli è passato davanti non per meriti propri ma perché è l'amante di un pezzo grosso; dove volevano sistemare gli orsi, e segnalarli sulla guida Spartacus, lui ci giocava da piccolo. «Io sono assolutamente apolitico, col mio mestiere è necessario... ma poi veramente non ci sono portato da quel lato lì.»

Il giovedì successivo, Mauro e Lucia si rivedono a cena; in un ristorante di pesce al Quarto Miglio, che a Mauro piace perché ti portano tutto loro e non hai l'imbarazzo della scelta – Lucia lo cataloga come un segnale, in lui, di scarsa personalità. La cafonaggine salta fuori, è un dato da cui non si può prescindere. Le centoventi rose se le poteva risparmiare: allusive a una confidenza che un gentiluomo dovrebbe dimenticare subito dopo averla ascoltata, che Lucia erano quattro mesi che non... Però Mauro le confidenze le attira, e questo è bello: è una lavagna su cui si ha voglia di scrivere. Bevendo, Lucia ammette che lei dagli uomini esige troppo perché ne ha paura, che il cerchietto d'oro che porta al dito se l'è regalato da sola per i quarant'anni («ho sposato me stessa»), che del sesso puro e semplice si stufa presto.

«Il sesso vero per me dev'essere come una musica... è un momento di grazia che non distingui più te stessa e l'altro... non c'è una soglia dove penetrare perché non ci sono più limiti...»

«È come se mi dici che non ti va... non ti fare problemi, eh?»

«No, è che sono al quarto bicchiere di bianco... se stai cercando di farmi ubriacare... sarebbe orribile che avessi bisogno di bere per stare con te.»

(Mauro si perde per un istante in un ricordo che non vuole approfondire.)

«Non ci fissiamo troppi obiettivi.»

«Perché no? pensavo che tu esigessi il massimo dalla vita, anche in senso qualitativo... parlami di te.»

Mauro è tentato di confessarle per chi lavora e da dove provengono i suoi capitali, "vorrei uscirne e rendermi autonomo ma non so come fare, aiutami tu" – però sa che sono i normali effetti della sdolcinatezza di quando si vuol far colpo su una donna nuova, e si trattiene. Così la riempie di balle sulla fortuna e sull'audacia dei suoi giovanili rischi finanziari, sfruttando la vincita all'enalotto di un amico, e sulla fatica di star su la notte a controllare i listini di Borsa dei mercati orientali, la leggenda del borgataro-che-si-è-fatto-da-sé – "se si beve pure questa, tanto geniale non dev'essere".

Il solo punto su cui le dice la verità è quello dei rapporti con Simona: non nasconde di essere stato tradito («cornificato»), ma è colpa sua che la trascurava; il loro sodalizio, come s'è assestato ora, lui lo considera acquisito. «Ho dei doveri nei suoi confronti» – sognano entrambi una villa alla Camilluccia e le ha promesso che l'avranno. «Senza conoscerla, mi sta piuttosto simpatica» risponde Lucia; «dev'essere una donna reattiva... a venticinque anni ti avrei spedito affanculo, ma ormai l'idea di un uomo già impegnato mi rassicura.»

Il fenomeno etologico della simbiosi, Macbeth con la sua lady, la sindrome del bambino scambiato in culla: Lucia mette in campo l'intero esercito delle proprie nozioni, socio e psicologiche, ma Mauro continua a sembrarle un enigma. Per risarcirsi in qualche misura della triste consapevolezza che la cultura non basta, cerca di culturalizzare il loro legame, accusa Mauro di non avere interessi; «uno con il tuo intuito e la tua velocità, è un peccato restare chiuso nel recinto dei soldi... se tu leggessi di più, se ti abituassi a vedere la realtà nella sua interezza... anche non materiale, simbolica... forse perfino i tuoi orizzonti economici si allargherebbero... io ammiro molto che ti sei costruito da solo, ma tutti noi siamo responsabili di qualcosa di più ampio». «Tanto c'è internet» risponde lui per stuzzicarla. Ma sotto sotto è ferito, gli piacerebbe assorbire il virus dell'istruzione; se ne accorge le poche volte che escono, che lei è padrona della storia e della geografia – le chiese, i palazzi, per lei vogliono dire qualcosa, è come se in città passeggiasse tra amici. Perfino "non mollare" e "tiremm innanz", che lui li dice sempre, Lucia gli ha garantito che il primo viene da un giornale socialista e non da Gigi D'Alessio e Simona Ventura, il secondo era un patriota che rinunciava a salutare i suoi figli per non tradire la causa.

Lei però la mette giù troppo dura, vuole applicare la cultura anche a cose che non c'entrano: all'amore, ai desideri, alle sfide. Voleva convincerlo che una suonata di Bach ti fa godere più che una scopata, e che un ebreo che era stato inviato al confino da Mussolini, con la moglie si fissavano negli occhi, lei suonava Schubert e arrivavano all'orgasmo così. Sì, e Gesucristo è morto di sonno. Se tu ciài un panino e vedi un affamato, magari mezzo panino glielo dài pure, ma mica per un discorso culturale; prova, anzi, a leggergli una poesia invece del mezzo panino e sentirai che bestemmioni. Conta la bontà d'animo non la cultura. Lucia accende il televisore e guarda i campionati di pattinaggio («accidenti, un triplo axel») – poi però si scioglie, si rannicchia come un gatto; tutto quello che cerca, in fondo, è un pat-pat sulla testa, ma sarebbe disposta a sbranare l'uomo che si azzardasse. Se Mauro s'è ricordato il Cialis e arriva a farne tre, lei molla rivalità e polemiche e per una mezz'ora non pensano più a niente.

La disciplina, hanno sempre la disciplina in bocca; soprattutto adesso che si preoccupano per la salvezza della Terra. Bisogna risparmiare l'acqua, che sta diventando un bene prezioso; mai il bagno in vasca ma la doccia, e starci poco; quando ci si lavano i denti, chiudere la cannella a ogni spazzolata. «Non lo faccio no, la Terra mica è mia... te allora perché ai tuoi colleghi gli offri liquori da cinquanta euro a bottiglia e ti fa schifo il mio Havana Club di tre anni, e perché a tua nipote gli hai comprato un modello di palmare che sembra un'astronave?» Il vero polso della sinistra, in futuro, non si misurerà sulla competizione sociale ma sul rigore con cui saprà affrontare il collasso del pianeta. «Vi parlate addosso, si vede che non siete mai stati a una fila in gelateria, che per uno scontrino strappato si pistano come l'uva.» Pittoresco, Mauro viene considerato pittoresco; ma poi si informano sulle ristrutturazioni a buon mercato, e quando tira fuori le carte di credito nessuno si oppone.

Il loro è un tic da bambini viziati, Mauro paragonandosi ha l'impressione di avere vissuto due o tre vite. Hanno opinioni su tutto, e sempre motivate e precise che fanno paura; i cervelli come spugne che assorbono, assorbono – leggono al posto di vivere. Si infervorano sull'infibulazione, sull'adulterio in Iran, ma nella jungla del sesso hanno l'esperienza di un puffo. Tutto per sentito dire. Il tesoretto, il recupero fiscale, la criminalità organizzata. Chiunque è reazionario e corrotto rispetto a loro. «Se fossi sicuro di non essere beccato dalla finanza, col ciufolo che mi farei spolpare dal commercialista»; hanno guardato Mauro come se avesse appena confessato di avere stuprato sua madre (figuriamoci se diceva un pezzetto di verità!) – anche con la garanzia dell'impunità, le tasse bisognerebbe pagarle lo stesso perché rappresentano l'organo di ridistribuzione della ricchezza. Me cojoni. Rispettare tutti i segnali stradali, separare la spazzatura nei bidoni differenziati, espellere subito chi viene sorpreso a copiare durante una prova scritta, chiamare il centralino e scorporare il costo della telefonata personale, non è giusto che gravi sul bilancio dell'ufficio. Dodici euro. Ma è il principio che vale. «Vi rendete conto che non fate altro che proibire?» *(Come una coltellata, le seratine con Marcello e il motto che le distingueva, "vietato vietare".)* Rigore, rigore, rigore. Manco fossimo degli arbitri. Quando attraversano corso Vittorio, Lucia lo obbliga a scarpinare perché è più civile attraversare sulle strisce; se lei sta lavorando, si rifiuta di aprire la porta a un amico anche solo per un caffè, «deve imparare ad annunciarsi per tempo». Un collega ha la disgrazia di una figlia anoressica, e loro gli buttano la croce addosso perché tramite l'Opus Dei è riuscito a farla entrare in clinica scavalcando una lista d'attesa – sostengono che non è etico. Ma che è questa etica, una bestia feroce?

Quella tra Mauro e Lucia è un'ipotesi di relazione per cui bisogna chiedere il permesso. Non a Simona, a cui per un residuo d'orgoglio la sta ancora nascondendo (anche se l'amore col caraibico marcia alla grande e non ci sarebbe niente di male a ricambiarla della stessa moneta; la loro unione, ormai, è quella di due estranei che devono stare insieme per godere di un'eredità). No, il permesso Mauro deve chiederlo ai ***: dopo il casino dei telefoni sotto controllo, preferisce non prendere iniziative personali. Si seccano, se utilizza le conoscenze di Lucia per compiere un salto di qualità? Lucia comunque lo fa vergognare, è inutile negarlo, lo fa sentire ragazzino e inferiore proprio perché gli spalanca la prospettiva di essere diverso.

«Se la femmina è potente, è più meglio per noi»: Concetto ***, detto "l'Orientale", non ha dubbi che Mauro possa e debba proseguire; anche quando Mauro aggiunge «è un giro di sinistra», fa un gesto a mulinello con la mano come per dire «eh, ancora 'sti cose». «Il mio punto di riferimento sarete sempre voi»; «le strunzate che hai fatto...» risponde quello bonario, sottintendendo ti teniamo per le palle, ci mancherebbe, divertiti pure col guinzaglio lungo, ci fidiamo della tua disperazione. Concetto domanda come stanno gli ambienti intellettuali quanto a fessa, a ciucia, a fica insomma: la sua fidanzatina rom vorrebbe fare l'indossatrice ma lui ci tiene per intanto che studia, ha quindici anni non ancora compiuti, poco seno però sta diventando alta una cifra. Mauro lo disillude, le ragazze che vengono dalla miseria sono le più belle; le studiose impaccate di soldi hanno un'eleganza così raffinata che se la capiscono da sole, a noi ci verrebbe da dire che so' trasandate, «le poveracce sembrano loro». Insomma semaforo verde, e occhio se c'è da guadagnarci qualche offerta promozionale o invito chic.

Lucia, il permesso deve chiederlo soprattutto a se stessa. L'incontro con Mauro è avvenuto in un momento delicato per lei, un momento in cui (per dirlo con le parole da fotoromanzo che le vengono in mente quando non si controlla) "qualcosa si è spezzato dentro" rispetto alla tenacia e alla passione che ha speso nel lavoro universitario. Il sospetto di agitarsi a vuoto, che anzi l'eccessivo zelo risulti controproducente se tutto l'impianto è bacato. Li sente, i colleghi, che la tacciano di fanatica e di isterica – tecnicamente, forse c'entra un annuncio anticipato della menopausa: certi spottini di sangue che la perseguitano per una settimana dopo il ciclo, e le caldane. Mauro, catapultato in questo orizzonte, le è apparso come un principio esterno a cui appellarsi, una missione speciale e nuova; paradossalmente più pubblica dell'impegno assunto con Adele, la nipotina non-udente da stimolare con viaggi e strumentazione elettronica. (Certe volte ha perfino creduto che Adele non sia altro che una proiezione, l'ultimo frutto dolcissimo e infelice di una tara familiare.)

Mauro invece è una pietra seria di paragone: perché non riesco ad amare i suoi amici, il suo habitat, lo squallore dei suoi interessi, derivante da quell'ingiustizia sociale che ho sempre combattuto? Lucia è tornata alle utopie ecumeniche di quand'era adolescente, e di quand'era adolescente ha ripreso le piccole manie – come quella di contare, e di catalogare in un quaderno (con tanto di simboli e legenda relativa), tutte le volte che fa l'amore con Mauro; per ora è soltanto a quattordici, ma ripone speranza nei numeri che finiscono per nove. Lì c'è un'armonia sotterranea, il segreto per cui lo sforzo di amare così lontano da se stessa, e così contro le proprie convinzioni, non si riduce all'ammissione patetica "meglio che niente". A Lucia piace autoflagellarsi nella coscienza della propria identità conculcata – l'assoluta indifferenza di Mauro alle peculiarità del femminile, che ideologicamente la esaspera, obbedisce invece a un inconfessabile fantasma. Un giorno Mauro ha estratto dal portafoglio la foto di Jaime (l'amante di Simona) in costume da bagno: «è stupendo, che je vòi dì?». Intendeva testimoniare così la propria tolleranza, ma Lucia è troppo pratica di inconscio per non perdersi in labirinti senza fine – immaginando perversioni a specchio, lacrime di riconoscenza; l'intimità è rivoluzione. (Mista a paura: le immagini di barricate si sovrappongono a quelle di un lebbrosario, bende infette e carne che cade a pezzi.)

Mauro vuole condurla sui cantieri, «così vieni a constatare da dove sono partito» – e Lucia è felice della proposta: scoprire con lui gli spazi aperti, calpestare *da dentro la scena* quell'enorme respiro di viadotti, quell'impeto costruttivo che ha intravisto dalla tangenziale. Hanno fissato per martedì pomeriggio ma si scatena l'inferno in facoltà, tutta una storia di commissioni paritarie e di consigli invalidati, da cui Mauro non ricava niente se non la certezza che Lucia non cambierà mai, che le quisquilie burocratiche saranno sempre più importanti per lei del – del cosa? non è veramente sesso, non è amore, non è amicizia, che diavolo è? reciproco vantaggio, curiosità, gusto di darsi le buche a vicenda?

«Ma può ricevere?»

«È ai domiciliari, mica sta in clausura.»

I *** vogliono conoscere Lucia e hanno sfruttato l'occasione di una festa; questo lei non lo sa, naturalmente, Mauro le ha detto soltanto «è il compleanno di un amico». A Mauro tremano le vene, ma è anche un modo per metterla alla prova: «io così so', si je basta er coraggio» – lei si propone di essere più spiritosa che può, ma teme di lasciar trasparire il disagio (un delinquente giudizialmente sanzionato, traffico d'armi e resistenza!). La casa è senza intonaco, sul modello dei peggiori agglomerati meridionali, ma all'interno contiene molti oggetti di qualità, compresa una Coca-Cola di Schifano. Chi compie gli anni è una di quelle figure in cui s'è incarnato l'intreccio di camorra e malavita romana. Romanissimo lui (genero del famoso Bucio Nero), ma sufficientemente astuto per rendere, quando è stato necessario, formale atto di sottomissione ai nuovi conquistatori – un gesto simbolico come accade nelle cerimonie di supremazia animale: ma un simbolismo che morde sulla realtà perché si concreta in un listino prezzi, e nel cedere il passo per quel che riguarda i rifornimenti internazionali.

La prima meraviglia, all'ingresso, è un orsetto di peluche appeso all'architrave, con gli occhietti mobili collegati a una telecamera per controllare chi entra e chi esce. Dentro c'è già molta gente ma altri continuano ad arrivare a scaglioni, il cibo è tutto sui tavoli e non si dà un via preciso: ciascuno quando non ne può più afferra qualcosa e lo addenta. Di una fantomatica "torta" non si parlerà fino all'una di notte, i primi ad andarsene incrociano quelli che stanno ancora arrivando, in nessun momento tutti gli invitati si ritroveranno insieme. Il festeggiato accoglie esibendo una vistosa ingessatura al braccio destro e alla spalla, che lo blocca in un grottesco saluto mussoliniano («so' caduto pe'e scale da'a cantina, porcozio, nun me fà ride che me strigne er gesso»). Lucia è smarrita, il suo senso dell'ordine è violentato; passa da un gruppo all'altro, non vuole cedere al mutismo. Un francese senza una mano, con battute razziste sui gitani della Camargue; due algerini esperti di esplosivi e una ragazza mora che tutti criticano per le sue extension rosso fuoco; Lucia è l'unica a cui danno del lei. Favoleggiano di un gippone così mastodontico che per parcheggiare ha bisogno di due visori a circuito interno; sghignazzano sul proprietario che si è fatto riprendere mentre pippava. Apprezzano un carognone sessantenne che siccome un ragazzetto gli aveva clacsonato da ignorante, sfottendolo «sveglia nonnetto», ha estratto la pistola e l'ha gambizzato. Lucia cerca di sorvolare, si informa sul tipo di SUV, quant'è la sovrattassa. Getta a Mauro occhiate disperate e lui ironico la soccorre, mentendo che dovrà alzarsi presto domattina. Ma la moglie del festeggiato le afferra le mani dispiaciuta, «signora torni con più calma, non facciamo mica sempre 'sta caciara»; ha riconosciuto in lei la classe superiore, dove si sanno le cose, e le espone ingenuamente un problema che la tormenta: «ha visto la mia nuora, quella con le extension? mio figlio è un bambacione e 'sta zoccola je mette più corna che un cesto de lumache... come dobbiamo fare?» – Mauro la salva ancora tirandola per il cappotto, ma l'altra insiste a regalarle un giubbino di pelle con bordure verdi da squaw: «ce n'abbiamo degli scatoloni che manco l'abbiamo aperti tutti, in Italia nei negozi questa roba non la trova».

Lucia medita dove buttare quell'orrore, o è refurtiva ricettata o merce cinese di contrabbando: in ogni caso brividi di disgusto. Salendo da lei, Mauro non sa come affrontare un discorso di scuse – umiltà e sincerità in primo luogo, ma anche l'appallottolarsi dell'istrice che per difendersi drizza gli aculei. Si prepara platealmente una striscia di cocaina, poi una minuscola accanto in una proposta d'amore: «vuoi?». Lucia è colta di sorpresa, terrorizzata dalla confusa intuizione che quell'offerta sia *una soglia*, un punto oltre il quale finalmente comprenderà ma contaminandosi e annullando se stessa.

«Grazie no... non credi che per abbracciare questa strada avrei dovuto cominciare molto tempo fa?»

Nessun erotismo possibile: un bacio strisciato e l'affanno di toccare la riva a grandi bracciate. Rimasta sola, Lucia ripensa angosciata alla discussione sulla pena di morte – al napoletano che proclamava «se hai concluso un patto con lo Stato, poi è giusto pagare», e il francese che difendeva la mutilazione islamica, e lei Lucia che blaterava di valori universali, contro il rispetto dei costumi altrui se significa barbarie. «E lascia vivere» s'era interposto Mauro, al che lei «veramente siete voi che non lasciate vivere»; la miglior battuta della serata, ma non l'aveva capita nessuno.

Il problema linguistico che attualmente si pone Lucia è il margine di inclusione reciproca tra "legalità" e "legittimità". In che misura l'illegale può essere legittimo? Solo nel caso che si dichiari l'ingiustizia della legge, ma chi può dichiararla? Una comunità o anche un singolo? Antigone, certo, ma in nome di una legge più alta. Quando approfitta dei dividendi del consorzio per largheggiare con Adele, l'amore può giustificare un introito di dubbia provenienza? Legale ma forse ingiusto? Mauro sembra avere le spalle più larghe per sopportare questo genere di tentennamenti; "farne il capro espiatorio della mia coscienza, il mio emissario nei territori della doppiezza morale". Lucia si pente subito di questo cinismo: Mauro le ha dettagliato in termini di amicizia quei legami, e assicurato che amicizia non ha mai significato connivenza. Che colpa ha lui se non ha potuto frequentare di meglio?

Eppure Lucia sente un peso, qualcosa di irreparabile è accaduto; dovrebbe mantenersene all'altezza, invece ecco che come una stupida cerca mondanamente di "ricambiare" – favore con favore, visita con visita. Papà non c'è più, altrimenti sarebbe facile; ma le conoscenze non le mancano, e Ludovica in questo caso è perfetta. Il padre di Ludovica è direttore di una banca che qui non è il caso di nominare – di quelli tutti d'un pezzo, coinvolto mediaticamente nella baraonda di Mani Pulite, senonché lui doveva avercele pulite davvero perché ne è uscito bene; ne ha viste tante ma non ci ha guadagnato nient'altro che una lezione di riservatezza. Lucia frequenta Ludovica dai tempi dell'università, ne ha raccolto gli sfoghi e le mattane quando esagerava con l'edipismo, anzi col complesso di Elettra («mio padre è un figo bestiale, se si fa un'amante l'ammazzo»). Lucia trova che il padre assomiglia a Nicola Arigliano, o forse ad Aroldo Tieri, volto lungo e scavato – labbra sottili che le hanno sempre ricordato quel che Oscar Wilde scrisse a Gide dopo averlo incontrato a Parigi: "le vostre sono le labbra tese di un uomo che non ha mai mentito... provate a pronunciare qualche bugia, e vedrete come le vostre labbra si arrotonderanno, la vostra bocca conoscerà il piacere dell'apparenza". Al padre di Ludovica è venuta l'idea che la società di Mauro potrebbe essere quotata in Borsa.

Il tappeto assorbe il rumore dei passi, il domestico messicano porta tre bicchieri d'acqua, muto come in un telefilm di Zorro. Il padre di Ludovica è seccato che i sub-direttori delle filiali non rispondano subito, vorrebbe risolvere in tempo reale, mostrare che risolve – invece è condannato a una sfilza di sottoposti e di segretarie: parla a voce bassa, dice continuamente a ciascuno degli interlocutori «scusi se la disturbo» ma sa che quella telefonata è un onore per chi la riceve. Se li immagina nell'atto dell'inchino. Tenta varie strade contemporaneamente perché, come spiega a Mauro, «la politica dei due forni ha sempre portato fortuna a chi l'ha praticata» – burbero, concentrato sui tasti della calcolatrice; tranne una sbavatura, un addolcirsi degli occhi riferendosi alla sua Ludo. Lucia siede intrepida in armi, mediatrice coraggiosa che ha accostato metalli diversi e sovrintende alle scintille. Mauro è intimidito e ammirato, risponde come alla visita militare; sa per esperienza che ai potenti non si deve mai chiedere niente in modo diretto, ma lasciare che tutto sembri discendere dalla loro iniziativa. Non si mettono mai le mani in tasca, ma una loro parola può dischiudere forzieri lontani. Il progetto su cui Mauro si infervora è l'acquisto di un terreno adiacente a un campo nomadi; Mauro sa da fonte sicura che il campo sarà presto bonificato e il valore delle aree circonvicine aumenterà di colpo. Finanziamenti a tasso superagevolato. Grevi bolle di silenzio mentre il padre di Ludovica insiste a rintracciare chi non c'è – nessuno ha il coraggio di dirgli "lasci perdere". Per un attimo, per un lampo di follia, Mauro vede lucidamente il proprio corpo balzare in avanti come un lupo e afferrare il direttore alla gola; un brivido passa sul tavolo, impercepito. Lucia si congratula per i cristalli di Boemia, ricorda un viaggio a Praga. Poi le strette di mano, il domestico con le pattine, le raccomandazioni, «vedrà che entro domattina li stano e la faccio chiamare» – i ringraziamenti e i «mi ragguagli non appena l'operazione sarà conclusa».

Ludovica si informa se l'incontro col padre è andato bene, dice «a uno così non ti viene voglia di affidargli anche la contabilità del condominio?». Mauro sta per rispondere ma lei è già attenta ad altri ospiti;

gli argomenti si intrecciano come farfalle sull'erba del parco – Lucia è indignata con un giovane scrittore di successo reo di nichilismo, secondo lei, e di un altro peccato che non si riesce a capire; in un gruppo vicino ce l'hanno con un parente di Lapo Elkann, «dice "cùculo" perché "cucùlo" gli sembra volgare». Mauro teme che gli rivolgano la parola con discorsi che non saprebbe da che parte voltarli; Ludovica si rifà viva, confonde il mercato azionario coi BOT ma è comunque felice di rendersi utile; non ha tempo per le minuzie, lancia un «è eccitante, vero?» e sparisce di nuovo. Tutto vola agli occhi di Mauro, come in un sogno di Mary Poppins. Queste sarebbero le persone colte? "Loro sono Abele e io sono Caino" gli lampeggia dai lontani castighi delle suore. Commentano l'"Isola dei famosi": uno dei presenti (un attore di fiction) era stato invitato dalla Endemol ma ha declinato l'offerta, lo stronzo. Non capiscono che risorse immense hanno in mano, riflette Mauro, dalle mie parti si ucciderebbero per arrivare a un traguardo che loro si permettono di rifiutare. Quell'onestà frivola gli fa schifo, è un tipo di pulizia che non costa sforzo. Hanno i tribunali a disposizione, spediscono i figli a New York; nominano qualunque stranezza e si illudono di averla domata. Pure la sfacciataggine di Lucia a letto l'ha stufato: farlo senza preservativo gli piace, ma quelle frasi amare («disertori sul fronte della riproduzione») pensa che possono eccitare qualcuno?

Mauro si chiude alle spalle la porta imbullonata di cuoio: odori dolciastri, tra cui predomina il popper. L'importante qui, invece, è che nessuno sappia, nemmeno Dio. Dimenticarsi, non ricordarsi d'altro che d'aver "fatto danni". Arrivando, le luci di Frascati in lontananza e la tessera all'ingresso. Vizio come pane. Scende le scale, ritrova i visi ciechi e i corpi che non profumano nemmeno d'avventura, perché risalendo in superficie si negheranno perfino a se stessi. Qui il denaro è una catena che lega i torturati ai torturatori, cancellando le identità e annullando i sessi. Mauro si spoglia, stringe mani, vuole solo sentirsi un animale. Che ne sanno, lassù, di un morto che sorride?

Tornando in Prati, scopre che Simona gli ha lasciato un biglietto: "c'è delle lasagne in forno, dovrebbero essere ancora un po' tiepide – ma se non hai fame e non hai sonno, su Italia 1 a mezzanotte e trenta trasmettono Mister Olympia".

Lucia è al mercatino di Campo de' Fiori – taleggio e filetti di angus, ora va al banco di frutta e verdura dove la conoscono da anni; c'è un piccolo ingorgo, due avventori prima di lei riempiono troppi sacchetti. Potrebbe cambiare banco ma la fedeltà la inchioda, e la bontà dei prodotti coltivati biologicamente, che lì sono sicuri. Adocchia delle nespole primaticce, fragole pugliesi gonfie e mature; finalmente è il suo turno. «Due cesti di fragole» ordina a Filippo ma intanto una vecchietta arrivata fresca fresca si frappone indicando le stesse fragole, e Filippo dà a quella i cestini che aveva già in mano. Lucia si abbandona a uno scatto di rabbia allontanandosi velocemente dal banco, decide che per quel giorno farà a meno di frutta; Filippo probabilmente non si è accorto della scortesia, di fragole ce n'erano altre – e se Lucia fosse rimasta protestando, con la sua bella faccia innocua le avrebbe detto "è questione de dieci secondi, signò". Come fargli capire che non sono i dieci secondi, che conta l'umiliazione, che se uno ti sputa addosso non può giustificarsi con la scusa che la saliva non macchia? Lucia singhiozza perdutamente dietro i bandoni di lamiera del mercato, ripetendo tra le lacrime «non riesco ad affermare il principio».

Ma sì, la scena è bella, con il cazzo enorme di porcellana bianca e i gatti, i foulard colorati; i rapinatori però sono un'altra cosa, anche quelli che lo fanno per sfregio, mica parlano strano – è una boiata, dài. Allora vai di là, è l'uomo più orrendo che ci sia, vai dalla dottoressa Matone e da Crepet. Lucia vorrebbe vedere *Arancia meccanica* su La 7, Mauro è più attratto da Azouz Marzouk. «Okèy, parliamo»; spengono l'apparecchio. Brutto segno, c'è aria di battaglia. Lucia non perdona alla sorella di aver permesso che il nipote se ne andasse con gli arancioni, ma possibile che devi sempre decidere te che cosa è bene e che cosa è male? «Sì, se le scelte di qualcuno danneggiano anche gli altri, sai quante migliaia di euro sono finite in quell'*ashram*? il santone è scappato con la cassa.» Ha fatto bene, se ha sfruttato degli scemi. «È quello che dico anch'io, ma se tuo figlio è scemo lo devi fermare, devi vietargli di rovinarsi con le sue mani.» Ci hai mai provato a abbracciarlo, tuo nipote? pure te fai delle parzialità, solo perché quell'altra cià la patente da malata... «La religione non è una malattia: è un'idea erronea.» Come fai a sapere che è erronea, l'altra sera da Ferrara... «Ferrara è il male, per me Giuliano Ferrara è il male assoluto.» Pure te sei forte, oh... dopo la morte nun se sa, anzi io spero... ma che ci parlo a fà con te, più siete di sinistra e più state fòri dal mondo, sempre a criticare le debolezze umane, a rifiutà tutto e tutti. «Lucrezio ha fatto bene a non fare l'"Isola", era una questione di dignità.» Ma che uno se pò chiamà Lucrezio? «I soldi non sono niente.» Facile per chi ce l'ha sempre avuti. «La giustizia dice un po' per uno.» Un po' per uno 'sta minchia... la giustizia è fatta per quelli che stanno sopra, che vogliono che i poveri si accontentano. «...tèntino.» Cosa? «Si accontènt*ino*, con la "i".» Ma vaffanculo, l'ho detto, oh... è tardi, fammene andà a casa... Simona sarà cretina ma cià un cuore grande così.

Discutere con Lucia è come buttarsi da un quarto piano. Simona non è in casa, come te sbaji. Pure lei, porella, si sta sbattendo per non finire nella monnezza. Solitudine della cucina – il quarto piano, oddio no. Il regazzino avrà due anni, cammina barcollando; infila prima la testa tra le sbarre della ringhiera ma non ci passa; allora prova con una gambetta, i fianchi, le spalle; trascinata dal resto, pure la capoccetta bionda penzola dal balcone. Mauro e Marcello sono così strafatti che assistono impotenti, senza gridare e senza muoversi. Il bambino precipita al rallentatore, loro si incespicano per alzarsi quando arriva dall'alto lo strillo della nonna. La cocaina buona, giallastra, comprensiva allora come adesso.

Ludovica ha telefonato allarmata che sembrava matta, Lucia per il nervosismo non riusciva nemmeno ad afferrare che cosa dicesse; «una forma anomala di aggiotaggio» – che Mauro ha offeso suo padre, il padre di lei, di Ludovica, tentando uno sgobbo. Hanno creato incidenti al campo nomadi apposta per accelerare l'evacuazione, è brutta gente... finanziamenti da due banche diverse presentandogli le stesse carte. «Mio padre non vuole combutte con i ladri, ne ha avute abbastanza.» Gliel'abbiamo presentato noi. Vado a trovarlo immediatamente, vedrai che avrà una spiegazione.

Ma il Mauro che Lucia si trova di fronte è per lei una specie di zombie, un extraterrestre: il sorriso stereotipato e colpevole, la fonazione impedita, le mani che cercano goffamente di accarezzarla come se dovessero stuccare un'apertura pericolosa, chiuderle la bocca.

«So' encefalitico, ne possiamo parlare domani?»

«Il problema è che disprezzando te disprezzo me stessa.»

«Euh, che paroloni...»

«Il mio difetto di voler salvare le persone... anche quando è evidentemente inutile e non richiesto.»

«Sai c-come diceva mi' nonna? chi la croce n-nun ce l'ha, pija du' zeppi e s-se la fa...»

«Stai vaneggiando e io non posso seguirti.»

Vai vai, scappa se non sai fare altro... te credevi ch'era tè coi pasticcini? Meglio così, è 'na fatica de meno.

Dove la fusione («parecchio fredda») non riesce, non resta che il contagio opaco. E allora no, freme Lucia: meglio la testimonianza secca, dolorosa. Anacoreti nel deserto. Lucia volta la schiena, divora le scale – verso quell'altra droga che è la volontà.

Una bella mattinata di sole: dicono che nella chiesa in salita ci stanno gli scheletri dei frati, sai che spasso. Uno dei maggiordomi Mauro lo conosce, è della Maranella: vorrebbe coglionarlo per la divisa grigia coi bordini rossi, il cappello a cilindro e i guanti in mano, ma non ricorda come si chiama. Giocava a poker, forte. Quei locali lì intorno, tra le strade coi pioppi, dove credeva di andare a femmine e finiva col vendersi al miglior offerente. Quando era ancora frittura, cibo per pesci più grandi. L'ulivo bonsai starebbe bene accanto al plasma.

Nell'Excelsior vero e proprio Mauro non ci era mai entrato ma ne è deluso: mobili dorati come quelli di una volta e lampadari con poca luce; qualche vetrinetta con giacche e borse che trovi identiche, se non meglio, al mercato di via Sannio; il tappeto rotondo impolverato, l'unica cosa bella i bicchieroni di cristallo di varie forme ma tutti enormi, pieni di frutti gialli e di nastri. I guardiani non fanno salire, bloccano e parlano inglese. Mauro aspetta i due russi seduto su un divano, sbirciando attraverso una porta aperta il servizio della colazione, un cameriere che spinge un carrello come in sala operatoria.

Scende una ragazza che non c'entra nulla con l'ambiente, di sicuro una mignotta che ha passato la notte lì. Snella, i jeans infilati negli stivali col tacco; quel leopardato che le coatte credono elegante, le treccine da pischella ma le rughe da quarantenne. «Nun me dì la mattina, che pure pe' me la mattina nun esiste... verso le quattro, 'e cinque... no, a me non me ne importa un cazzo, figurati» sta quasi gridando al cellulare, «ma quello è fuori de testa... no tesoro to'o dico io, prima me prega che vuol fare un figlio con me, poi me sfancula e fa il seccato, ma allora che vòi a bbello, io ciò da lavorà» – abbassa la voce perché arriva un obeso più basso di lei che le parla all'orecchio, ridono, e lei «ma che flaccido, seh, te i flaccidi non l'hai visti mai...» Si allontanano e Mauro segue la mignottella con gli occhi, "quella è la mia gente".

Lo cerca un fattorino dalla reception, comunica che i russi hanno dovuto allontanarsi perché la moglie di uno dei due si è sentita male – contrattempi che possono capitare, per carità (per quanto, perché non gliel'hanno detto subito? ha combinato un bel casino, ha fatto scattare i campanelli mentre loro vogliono che tutto fili liscio... e se m'avessero bruciato, se volessero farmi carcerà pe' damme 'na lezione?). Mauro non è mai stato superstizioso però stavolta, uscendo dalla porta girevole, che è venuto a piovere in quei dieci minuti, e vedendo nel piazzaletto dove prima c'era una Jaguar bianca, vedendo due gazzelle della polizia, be' stavolta un brivido gli viene.

La stoccata mortale sono state le ciliegie, il modo come le mangiava: prendendole una per una, fissandole attento, poi nel piatto i noccioli da una parte e i gambi, *in fila*, dall'altra. Con uno così cosa vuoi giustificare. Il padre di Ludovica è vestito da campagna, pantalonacci di tela e cappello bianco, ma immancabile la cravatta blu sulla camicia a righe. Mauro bestemmia internamente perché non vorrebbe essere lì, maledice che per quella stronza s'è incastrato in un ambiente non suo, dove ogni mossa un po' disinvolta risalta come una cacca di piccione su una stoffa scura; lui a chi sta sotto gli fa il culo, se lo fa fare da chi sta sopra, ma poi tutti mangiano e si sporcano insieme, senza questo terrificante galateo in maschera.

Accetta le ciliegie e si tiene i noccioli in mano per vergogna: s'è preparato la filastrocca, per spiegare che con le violenze al campo nomadi lui non c'entra, e che i doppi documenti sono stati una svista materiale dell'ufficio... ma si arresta sorpreso perché il padre di Ludovica non dà segno di capire a che si riferisce; anzi, finge di non ricordare proprio di averlo incontrato.

«Purtroppo da qualche tempo sono soggetto a terribili amnesie... mia moglie e la Ludo sono preoccupate, ma io ho raccomandato al medico che non voglio guarire del tutto, sapesse per me com'è rilassante... non dubito delle affermazioni sue e di mia figlia, certamente ci saremo abboccati in un'altra occasione ma non riesco a ricostruire... deve perdonare un povero vecchio.»

Se le posso essere utile in qualcosa, aggiunge – ma Mauro sa intendere i linguaggi in codice: supplica di non scaricarlo, assicura che ormai la sua scelta è fatta, che i suoi affari intende condurli alla luce del sole.

«Non c'è altro modo, mi sembra, non so a quali tenebre lei alluda... lei insiste ad accennare a fatti che non conosco, o che non ricordo... e in questo momento, mi creda, non sono proprio nello stato d'animo per una consulenza professionale... ma se vuole un consiglio da chi ha un poco vissuto, non si metta mai nella condizione di doversi poi pentire dei propri comportamenti, non si avvilisca di fronte ad anima viva... negli affari la buona opinione è tutto.»

Okèy ho afferrato il messaggio, conclude Mauro,

probabilmente mi sono confuso, non è con lei che ho conferito l'altra volta... la prego soltanto, se le capitasse di sentire certe persone, di fare in modo che chiudano un occhio su alcune irregolarità.

«Lo vede che noi *non possiamo* esserci già parlati, perché apparteniamo a due universi verbali completamente diversi? "Chiudere un occhio" io non so che significa. Io uso il linguaggio della sincerità, lei quello comune dell'ambiguità e del sospetto... anzi, ho l'impressione che nemmeno questo incontro di oggi, in realtà, stia avvenendo.»

Mauro guarda il tavolo, su cui effettivamente stanno solo i noccioli del vecchio; stringe i suoi nel pugno, saluta e si avvia per il vialetto. «Se volete la sincerità, l'avrete» mormora tra sé fantasticando rappresaglie e sgozzamenti. Chiederò a Carmine cosa fare, mi affiderò a lui come a un fratello.

Il padre di Ludovica un po' si pente d'essere stato così duro con quel poveretto, ma non poteva permettere che la lordura lo toccasse, nemmeno di striscio. Soprattutto è dispiaciuto di dare una delusione alla figlia, che lo immagina come onnipotente; ma le passerà presto, "ho messo al mondo duc figli indistruttibili" pensa orgoglioso, e rientra in casa con una sana voglia di sesso.

Carmine ha promesso a Mauro che sistemerà le cose, ma gli consiglia di cambiare clima per un poco, approfittando di un business da curare negli Stati Uniti, anzi due, uno a New York e uno a Los Angeles. «Visto che t'interessano le palestre...»; «ancora me lo state a rinfaccià?»; «parliamoci chiaro, picceré... fino a mo' hai movimentato i capitali, ma hai concluso poco.» Però gli danno un'altra chance, soprattutto il secondo è un affare delicato: una catena di fitness club di cui uno nientemeno che a Hollywood, gli han fatto vedere le fotografie e sembra una cattedrale rotonda di vetro. Ma non so l'inglese. Ci saranno gli interpreti, non ti devi preoccupare. Mauro accetta controvoglia, quel che gli ci vorrebbe in questo momento è di stare sui cantieri – i geometri che lo chiamano signor Ciacci (i più leccaculi dottore); un massaggio di autostima, ma non osa rifiutare l'offerta. Tanto più che le ville sull'Appia sono ferme «nelle more di presentazione del piano regolatore»; le more, sì, e le bionde; partiamo, va. Si fa prenotare dall'ufficio due alberghi di lusso, uno a Times Square e uno a Beverly Hills, almeno salviamo le apparenze – parte con una paccata di soldi in contanti, più di diecimila dollari, anche se in banca lo avvertono che è una pacchianata, che là si fa tutto con le carte di credito.

I dollari in tasca gli danno sicurezza, se li palpa ogni tanto nel portafoglio; poi gli viene il dubbio che alla dogana non glieli faranno passare, sicché va alla toilette a Fiumicino e una parte se la sistema nelle mutande. Il volo non finisce mai, hai voglia a guardare film e ascoltare musica: la compagnia è americana, Mauro non capisce quello che dicono dall'altoparlante. C'è della carne che sembra ottima sul menu ma si rifiutano di portargliela, lui sbandiera il rotolo di contanti ma gli rispondono con gentile fermezza: gli indicano degli orari che sembrano assurdi, pare che non la possano servire prima delle nove e trenta ma sono le undici, a meno che non ci sia casino coi fusi; Mauro si rassegna dopo aver alzato un po' la voce, che questi soldi non sono buoni?

Il primo arrivo lo stordisce, troppi camion e troppe corsie, troppi tunnel, fin che non ravvisa qualcosa di familiare: questa è la Pantanella, e questo il cavalcavia che ce scorre vicino. Il tassista è un indiano col turbante, un figlio di mignotta abituato nella jungla, le sa tutte, altro che satellitare, questo cià Yanez davanti che gli mostra le strade. Fin che arrivano a Manhattan in un bagno di luci: la sua stanza sta al quarantaduesimo piano, con gli ascensori esterni come capsule che salgono e scendono velocissimi, sembra Gotham City. Qui Simona si stendeva per terra e vomitava.

Gli dicono che si cena su una piattaforma rotante, ancora più in alto, ci tenta ma gli gira la testa. «È tutto troppo per me.» Dai vetri illuminati dei grattacieli si vede che corrono ancora sui tapis roulant alle dieci di sera, oppure gli uffici sono vuoti ma con le luci accese e sagome messe lì apposta per far paura, ombre di donne strangolate da Edward mani-di-forbice. Scende al piano terra, esce nella bolgia e si ritrova (scartando gli incartapecoriti in fila per il teatro) nel più rumoroso degli Hard Rock Cafe; neanche a farlo apposta, su diecimila schermi si esibiscono i Metallica in un video girato dentro il penitenziario di San Quintino; tra i detenuti veri, facce che non ti scordi, teste rasate cicatrici. "Il mio business è un paravento" pensa Mauro con una lucidità mai sperimentata prima, "una paraculata che non regge, una frescaccia che mi racconto: il mio destino è la delinquenza, che mi condanna come sono condannato a non parlare 'sto cazzo di lingua."

Vorrebbe togliersi il vestito elegante ma non gli va di risalire a cambiarsi. Poche strade più in là, un pornoshop con ragazze live al secondo piano: cinque in tutto, tre negre e due bianche. Una pallida pallida con gli occhiali e un'aria da maestrina: la più triste, e il pompino manco riesce bene perché il preservativo è troppo largo (verde, alla menta!), il loculo dove ti chiudono troppo soffocante e sbatti contro il legno appena ti muovi.

I dvd "Blackzilla" reclamizzano negri col cazzo extralarge, e a quelli che ridono sui marciapiedi gli vedi solo gli occhi bianchi, o gialli. Occhi a globo, stralunati. Mauro ha terrore dell'uomo nero. Ma ne è attratto terribilmente, li desidera. In tre lo fermano, gli vogliono vendere dance music probabilmente composta da loro; il più massiccio si tocca continuamente il pacco e accorgendosi che Mauro ci si fissa gli fa segno strofinando con le dita, quanto offrire? È il primo contatto veramente umano da quando è a New York, Mauro ne è commosso: tira fuori a casaccio tre pezzi da cento, che il tizio intasca subito dicendo «tomorrow» e indicando nove, domani sera alle nove; Mauro risponde col nome dell'albergo e il numero della camera, il polso in tumulto: ma non ci spera affatto, è sicuro che il Mandingo (come lo ha immediatamente soprannominato dentro di sé) gli abbia tirato una sòla. Meglio così, mi hanno rapinato in questa notte di stanchezza, si vede che dovevo pagare il pedaggio.

Dorme come un sasso, con sogni interrotti: lo sveglia la schiuma da barba schizzata come un sifone, come una stella filante blu; qui tutto è più energico, più efficace, la colazione, le medicine. Le case troppo alte, ma che se ne fanno? Innumerevoli gadget targati NYPD, New York Police Department (i calzini che portava Marcello, una mania da ragazzino quando aveva visto i telefilm).

Mauro si avvia verso l'appuntamento in Fulton Street socializzando col tassista uzbeco, simpaticissimo, che capisce che è italiano e gli parla di Ladispoli («mare buono per russo», e ride; ha la figlia che vive a Viterbo). Ma quando deve salire per quella scalinata del palazzo neoclassico gli vengono meno le forze, ogni passo è come un tradimento; fa dietrofront, va ad appollaiarsi sulle panchine di granito tra i disoccupati che giocano a backgammon. Chiama sul cellulare l'interprete, una ragazza napoletana che ha già sentito la sera prima: lei è nella hall, lo sta aspettando. Ma non sembra dispiaciuta quando le dice che l'appuntamento è saltato – non commenta, chiede se è rinviato e a quando. A nuovo ordine, okèy. Mauro compra un hamburger, anche gli impiegati hanno il cibo in mano – al posto della piazza si apre una gigantesca voragine in cui manovrano decine di gru; le ossa gli sono diventate leggere come stecchi. Un biondo mangia un gelato, "sembra uno di quegli asparagi tenuti sotto terra... guarda come se lo gode, quel cono è il clou della sua giornata, fagli assaggiare la coca e vedrai come cambia, come se rende conto...". Mauro si strappa la giacca e la cravatta, le abbandona al guardaroba del solito museo di merda.

Si sente meglio, pur consapevole che sta scavandosi la fossa; l'appuntamento mancato non glielo perdoneranno, o forse sì, l'importante è a Los Angeles. Vuole comprare un paio di scarpe eleganti per Simona, è sempre la sua sorellina; entra in una boutique dove le scarpe sono esposte come gioielli, su piccoli piedistalli di marmo; ce ne sono a quadretti bianchi e neri, o col cinturino di piume. La tenutaria lo squadra come se fosse un microbo, gli raccomanda di non toccare, glielo dice anche in spagnolo; ma che te credi, che non mi posso comprare tutto il negozio? Rigida come una marchesa, gli sceglie lei una scarpa tra quelle in mostra e gliela rovescia per fargli leggere il prezzo, da matti, ottocento dollari, Manolo Blahnik; sticazzi, allora me ne incarti due paia, ha capito bene, due, questa con le perle e quella con il serpente incorporato, ecco brava – paga in banconote, con la megera sempre più sconvolta, chissà da quanto non le han dato una bella rincarcata. Poi esce e regala le due paia di scarpe a una barbona che si sta grattando addossata alla rete metallica. È tentato di comprarsi una Smith & Wesson, l'italo-americano dietro al bancone gliene mostra tre o quattro, ma teme il solito problema della dogana in aeroporto. Tornato in albergo, non c'è nessun messaggio dei clienti che doveva incontrare.

Si fa vivo invece il Mandingo, inaspettata correttezza commerciale americana: ha intascato i soldi e quindi conferma inesorabile, per le nove. Bussa alla porta e certo le dimensioni sono da rattrappire chi non sia negro, da manco tirarlo fuori dai pantaloni per evitare confronti. Ma non sembra avere intenzioni di dominio, anzi, «*I have no problem being topped by you*» – Mauro non capisce ma i gesti sono espliciti, questo vuol essere scopato. Chiede di andare al bagno però prima fruga nella borsetta e sorride, «enema»; una pompetta da clisteri, lo pòssino! si chiude in bagno con quella per almeno dieci minuti. Poi si mette in posizione, il cockring stretto al cazzone moscio: Mauro è così sorpreso che manco gli si è imbarzottito, ma come, so' io che t'ho pagato e mo' me dici a me quello che devo fà? Riesce a imporre almeno un bocchino, che quello esegue male, coi denti; durante l'azione principale sì, si lascia andare, urla come una donna, vuol essere graffiato e morso a sangue; ma la pelle ha un cattivo odore, e tutta l'acqua introdotta con l'enteroclisma causa alla fine un lago di colore incerto e smosso, non scendiamo nei dettagli.

Mauro si arrotola da solo tra i piumoni morbidissimi, ha licenziato il negro come se stesse perdonando un ladro. La storia dello squaràus gli ha ricordato un episodio buffo di quando Marcello faceva il mestiere, e un cliente voleva che si lavasse con una bottiglietta trovata nel frigobar: «vabbè che vabbè, pazienza il collo de plastica 'n culo, ma con l'aranciata no, porcoddue». Con Marcellino era diverso. Si avvicinava lui, lo cercava coi fianchi. Si accomodava sotto, mugolava piano. Mai si sono detti niente, manco una parola dolce. E adesso... Mauro controlla l'ora sull'orologio fosforescente, troppo tardi per cenare e troppo presto per dormire. Ma lì tanto si addannano ventiquattr'ore su ventiquattro, mangiano continuamente, fanno schifo. Uscirà, si farà sballottare, andrà nel posto più caciarone e costoso, offrirà champagne alla prima smandrappata. Il rimorso lo insegue come un lusso, quel dolore mai voluto vivere: l'unica raffinatezza vera, «lo sbajo più grande da'a vita mia».

La mattina alle cinque, uscendo da una Manhattan afosa puzzolente e ancora buia, si imbuca come un pacco postale in un aereo della Delta; la colazione in volo è orrenda, ma "troppo che ce l'hanno data" gli suggerisce una voce interiore, ancestrale – è inutile, non sarà mai all'altezza del proprio ruolo. Passando in rassegna le villette unifamiliari dei viali intorno al suo albergo, a un piano col giardinetto e le finestrone (dai quattro ai sei milioni di dollari, gli hanno detto), le ambizioni ruggiscono per un istante ma si bruciano al diapason: se quello è l'obiettivo, quelle poltrone e quei cactus, se quello è il vertice del successo mondiale, siamo sicuri che ne valga la pena? per diventare cosa, per vivere come? In Rodeo Drive compra un orologio con brillanti, manda un messaggino a Lucia per dirle dove si trova ("magari 'na rimpatriata... che nun lo sapeva che faccio uso de cocaina?"); lei gli domanda se è andato al Metropolitan e gli consiglia un altro museo a Malibu, possibile che per quella razza esistano solo le mummie? "Ma allora cos'hai visto?" e Mauro risponde "te lo dico quando torno" – per lui è un'apertura, per Lucia un'offesa e non si parleranno più.

Noleggia una limousine per far colpo all'appuntamento nel distretto finanziario, downtown; ma è ancora presto – all'autista negro, con due orecchini al lobo destro e una pelle stanca da vecchio, Mauro ordina di fare il giro dei grattacieli: si fa portare al pueblo dove espongono candele a forma di feticcio e scheletri e maschere horror dei panzoni messicani del wrestling. Manca appena mezz'ora ma già lo sa che non andrà nemmeno a questo, di incontro; a costo di esser tagliato fuori, con conseguenze che non riesce a calcolare. Non ha contattato l'interprete. Vuole sparire, vuole la pace, espiare le strade sbagliate che ha preso; quel luogo estraneo è per lui come un tribunale sacro. Fin che stava a Roma, emergere sembrava un obbligo: qui ha voglia di affondare, di dirsi la verità. Di mollare, finalmente; per lui la felicità coincide con la dipendenza.

Sarà il clima al profumo di cannella, abbassa i finestrini fumé; saranno le palme, i villaggetti rosa indolenti. Indica sulla cartina il mare, il negro grugnisce; ecco i porticcioli con gli yacht, gli archi di lampadine, una specie di Porto Cervo in serie che si ripete per miglia e miglia. A un certo punto una scritta "Venice" a lettere enormi, e scarpe che pendono dai fili tesi sopra la strada. Un lontano ricordo, di scherzi, di vanterie: Mauro picchietta sul tassametro, a stento fa capire all'autista che vuole essere lasciato lì.

Un carnevale perenne, ma infetto: froci abbronzati con una rosa sulla spalla, finte maghe con pappagallo, sceriffi rivestiti di porporina dorata che oscillano in movimenti meccanici – chi cammina sui cocci di vetro, chi modella alligatori di sabbia e accanto un piattino fiorato per le offerte. Magliette e pantaloni, tavole da surf; un bilanciere di cemento, una specie di gabbia e le scritte sulle canottiere, "Muscle Beach" – il ricordo si precisa, questo è il posto della Gold's, la famosa palestra, la culla del culturismo mondiale dove

Marcello ha desiderato di approdare per tutta la vita senza arrivarci mai. Prima che.

La biondona alla reception ride facile, gli regala una mappa e segna un puntino dove affittano le bici; la ciclabile è proprio sul mare, curve ventilate di iodio, fin che si presenta lei, "*the Mecca of body building*", bassa tra cespugli che sembrano laccati e un ficus contorto. La facciata è anonima ma lui si iscrive lo stesso, come ospite per una settimana; si fornisce lì di tutto il necessario. Molti normalissimi, perfino magri o vecchi, molte lesbiche; alcuni campioni infagottati in tute informi; sorprendenti quando si spogliano ma goffi da vestiti, spesso nanerottoli che sulle riviste specializzate sembrano giganteschi.

Il vomito sale improvviso, il pianto irrefrenabile: Mauro fa appena in tempo a correre dove legge "restroom", questo l'ha imparato. Non è lui che dovrebbe essere lì, è l'ennesimo equivoco della sua vita; aspira l'aria intorno ma non la trova, ha sentito parlare di crisi di panico ma non sa come bisogna affrontarle, continua a ripetersi "non è grave"; la testa però va su e giù per conto suo, attirata dalla parete. La sua stessa paura lo stoppa alla fine, il pensiero di dover uscire e che qualcuno sia accorso ai colpi – e il dolore alla fronte. Però gli sembra pure di aver fatto un gran gesto, come un soldato che abbia autorizzato ai medici "tagliate" per salvarsi dalla cancrena. Ha deciso di cadere. Fotogrammi confusi, di amputazioni col whisky come anestetico, di operazioni chirurgiche che asportano una cisti da primato.

Esce svuotato, cammina lento senza un grammo di sangue. A piedi, tenendo la bici per il manubrio, lottando col vento contrario. E invece è così semplice, arrivato in albergo, abbandonarsi alla dolcezza della deriva. Una stanza di legno bianco, con un soppalco a colonnine che separa l'angolo cottura; le tapparelle che non riparano dalla luce, all'alba lo svegliano gli ubriachi e l'elicottero della polizia che sorvola la spiaggia. Tanto sciroppo d'acero, la passeggiata fino alle onde con degli uccelletti piccolissimi che zampettano invece di volare, sembrano topolini. I giornali italiani con le solite commedie: in An si annuncia una scissione, la Roma ha perso vergognosamente, due pensionati uccisi dal nipote – ballatela voi l'ultima tarantella. I pomeriggi davanti al televisore che trasmette film in lingue incomprensibili; giovedì e venerdì, passa anche il giorno previsto sul biglietto per il ritorno. Tutte le sfuriate in ufficio, i pasti saltati, i mal di stomaco, i puntigli, tutte le competizioni e le attese nelle banche, le grinte per farcela, le differenze e i numeri, solo una corsa verso il vuoto. Le introspezioni di Mauro sono sempre state brevi, la cocaina pronta a interromperle appena s'annunciavano; sarà anche perché da dieci giorni è pulito, che il cervello funziona meglio – o peggio, forse è la depressione da astinenza che non gli fa misurare da dove esattamente sta precipitando.

Lunedì a mezzanotte squilla il cellulare, in Italia sono le nove del mattino; Carmine ha saputo dei meeting mancati, ma non ha la voce incazzata, sfessata piuttosto. Era per farti 'nu piacere, abbiamo altra gente in loco, ma tu che cazzo stai combinando? Simona è venuta e ha voluto una delega per conto suo, le serve il contante perché parte in tournée con il furbetto che suona. «Ma sì, sono contento, passate tutto a lei... io torno fra un po', dovevo riflettere, spero che tutto si è aggiustato... a Carmine, te voglio bene, in 'sti giorni ho capito che il rimorso è una brutta bestia.» Io non t'ho detto niente Mauré, non tené preoccupazioni, riposati, gli affari non sono tutto. "L'essenziale me lo lasceranno" pensa Mauro iniziando a masturbarsi, "un animale con le spalle al muro può essere pericoloso... qualche contratto di minore importanza, abbastanza per permettermi un tenore di vita... borgataro non lo tornerò mai più." E non sa che non lo è stato mai come in quel momento.

Mauro è contento d'essere di nuovo a casa, nella sua palazzina in Prati; Simona non c'è più, è sovrano assoluto. Uno va fuori anche per rivalutare le comodità di casa sua. In America era frastornato, non sapeva dove guardare. Simona si è fatta viva per telefono, e per telefono gli ha annunciato di essere intenzionata a chiedere il divorzio.

«Era 'na farsa assurda, dài.»

«Ciài ragione, Simò, mo'o dici a me? peccato pe' 'a villa nostra...»

«Tienteli stretti i soldi, a Mà... in 'sti frangenti è mejo volà basso, nun fà er fanatico... fin che passa la burrasca.»

«Sei incinta de quello?»

«Seh, bòno quello... se vedemo pure poco, mo'... macché turnè, allez allez... ho ripreso a studiare, compatibilmente col lavoro... ah, ciò 'na bella notizia: la moje de mi' cugino è de cinque mesi... de bambini ce n'avrò quasi uno...»

«Lo puoi pure vizià, tanto poi so' cazzi de 'a madre.»

«Capito come?»

Ride, è sempre la sua Simona. Così i figli li fanno gli altri. I soldi sono importanti ma la libertà vale ancora di più. La libertà di poter dire chi se ne frega. Tutta questa smania di comandare, di emergere, prima con un commercio poi con quell'altro, per scoprire che i momenti migliori non costano niente. Incontra per caso Obelix (che ha spostato la sua panetteria in via Giulio Cesare) ma non ha il coraggio di informarsi su quel che veramente vorrebbe sapere.

Ha avuto l'impressione che Obelix lo guardasse come si guarda un perdente; anche in ufficio c'è un'aria da bassa pressione, disbrigo degli affari correnti – la segretaria principale è in malattia e l'altra riordina l'archivio. Aspetta degli input. Mauro fiorisce di propositi giudiziosi: non pestare i piedi a nessuno, risentire l'imprenditore di Cerenova, il boss dell'energia eolica, per il progetto residenziale sulla spiaggia. Forse, trapiantare a Roma la catena americana GMC, i *nutrition center* che vendono i pro-ormoni e i *fat burner* più avanzati: "me devo attrezzà pe' 'na vita media".

Carmine è l'unico che cura i contatti, di quell'altro giro; è incazzato con Mauro perché si è dimenticato di portargli da New York quelle sfere di vetro con la Statua della Libertà, o i grattacieli, e la neve che cade – la sua gemella le adora e gliel'aveva promesso. «Che fa, mi punite perché mi son scordato due palle?»; «amme veré si 'e tiène ancora, 'e ppalle». Poi spiega che ora la strategia è di differenziare al massimo gli investimenti, che la nuova frontiera sono gli *hedge fund* – che la famiglia ha smesso di «giocare col Monopoli». Come per caso, gli mette davanti delle carte da firmare: dimissioni, sostanzialmente, dai consigli di amministrazione di società che Mauro nemmeno ricorda. Prima di andarsene, estrae dal giubbotto un sacchettino da cinque grammi: «questa, compà, non ti mancherà mai... ho garantito io per te... che tu lo sai quando è il momento 'e pazzià, e quando si fa sul serio».

Vogliono farmi cuocere a bagnomaria, ha riflettuto Mauro, ma io sarò più furbo di loro: approfitterò di questa occasione per sfilarmi proprio, come ho fatto ai tempi dello spaccio. Peggio di Fantômas. Comincia la mia terza reincarnazione. Gianfranco dalla Germania non dà quasi più notizie, Fiorella e il bambino handicappato l'hanno raggiunto lassù. Glielo racconta Alessio, accompagnato da una ragazzetta di ventun anni che sta per laurearsi in Scienze della comunicazione e ambisce a fare l'autrice televisiva; iscritta al corso di scrittura dove va lui, è figlia di un professore universitario e di una traduttrice dal russo. Mauro non era più abituato alla carne adolescente, che scoppia nel vestitino estivo («è bella piena»). Un quarantenne benestante e una ventenne grassottella: quadro perfetto della nuova vita. Lui la invita al pub quella sera, lei si schermisce ma finisce con l'andarci; a lui scappa detto «per stare con te sarei disposto pure a pagare», lei distrattamente accenna che le piacerebbe tanto una borsa che costa trecento euro, «ma che non lo sappia proprio nessuno». La notte Mauro si pente, non vuole corrompere una ragazzina; l'indomani le chiede perdono, di averla desiderata in quel modo; la ragazza lo tranquillizza, ma no figurati, l'avevo proposto io – ha l'aria parecchio delusa.

Invece l'avevano già denunciato e Carmine lo sapeva: "bancarotta", grazie al cazzo, se loro ritirano i capitali... – con l'aggravante delle "false fatturazioni", il che testimonia che pure Simona ha partecipato alla congiura. L'impiegata non era in malattia, si è data dopo averlo tradito. "Devo stare calmo": se mi vogliono usare come esempio devo concentrarmi su ogni dettaglio minimo, vivere non alla giornata ma al minuto secondo. Decifrare i segni e ricordare che non sono un coatto qualunque, che posso pagare; dunque il portafoglio pieno di euri, che lo palpino bene alla perquisizione.

Sulla strada per Rebibbia, Mauro rivede i pizzi che gli fanno groppo in gola: l'angolo del Pertini dove rintanava la macchina, le geometrie colorate della metro di S. Maria del Soccorso e oltre la tensostruttura il polverio di Pietralata. Passata la curvona del sottopassaggio la camionetta si ferma davanti a un bar ma a lui non lo fanno scendere – una bambina grida a squarciagola, ripete velocissima qualcosa di incomprensibile; la madre le strilla «teppista» e poi, evidentemente indicando il carabiniere, «si te porta via je dico bravo». A Mauro è chiaro, in un lampo, che non è stato lui ad andarsene ma la borgata che l'ha espulso da sé. Troppi sentimenti ammucchiati in quello spazio compresso: è un sollievo quando si chiarisce che c'è stato un disguido e che la sua corretta destinazione è tornare in Centro, a Regina Coeli.

Mauro collabora, le incombenze pratiche occupano per intero il primo giorno di carcere; settima sezione, sezione di smistamento. Soprattutto non avvilirsi: per la sporcizia del luogo, per non saper reagire come avrebbe reagito anni prima alle guardie che lo spogliano nudo (un suo amico all'epoca s'era nascosto la bustina di coca tra le dita delle mani e aveva fatto anche le flessioni con le mani strette – «bevere nun me possono più, m'hanno già bevuto»). Alla "psicologa nuovi giunti" assicurare che sta bene, evitare che lo spedisca al Sert per le analisi delle urine – giocare l'immagine dell'imprenditore vittima di un equivoco, la psicologa gli dà del lei. Parlano di Danilo Coppola, con cui Mauro ha avuto a che fare per una fideiussione rimasta in sospeso; ma poi quella domanda, viscida, «scusi, naturalmente è libero di non rispondermi, ma in passato ha intrattenuto relazioni omosessuali?». Perché gliel'ha fatta? come per ricacciarlo giù, nel suo fango... chi ha parlato, voci dal carcere, di già? No, mai! come le salta in testa! Scherzare, subito, dichiarare che si è sulla via del divorzio e quindi in fase di testosterone a mille; lì a Regina Coeli le donne sono ai posti di comando, rispetto e ammirazione per la loro forza e bellezza.

In cella nessun privilegio; rifarsi con lo spesino, ordinando sigarette per tutti – lenzuola, piatti, spazzolino, dentifricio e saponetta; tanto per chiarire che non vuole niente di lì dentro; i rumeni gli chiedono se può ungere il lavorante che a sua volta ungerà i secondini per lasciare accesa la televisione oltre le ventitré. Non molto diverso che in una borgata qualunque, odore di pancetta fritta. Risate sull'infermiere anziano che si porta una confezione di Luan nel carrettino, per sondare chi riconosce la pomata e quindi è interessato all'articolo. Cocaina nisba, almeno fino al primo colloquio; e allora Lexotan come se piovesse, per dormire sicuro almeno due o tre ore. Ma sono esatte le cose che raccontano nei film: le sbarre battute, la conta, le urla degli arabi che sbroccano. Informazioni sulle usanze locali: mai chiamare "guardie" gli appuntati, se no menano, e come fare per ottenere la socialità, cioè il diritto di visitare Nicola *** nell'altro braccio. L'avvocato, il pomeriggio successivo, gli annuncia che il processo sarà tra diciannove giorni; gli raccomanda di «stare di buon animo», di non perdere la fiducia, di parlare il meno possibile e di «vivere la galera con onestà». Non sono parole sue, Mauro lo capisce al volo: è il galateo del clan, l'omertà necessaria per cavarsela a buon mercato. Spera nella condizionale.

Quel martedì è un giorno di doccia, atteso da chi ha la scabbia e da chi vuole regolare questioni personali. Vapore, confidenze in tutte le lingue – all'improvviso una botta sulla schiena, «anvedi er principe!», e Bruno che lo offende allegramente rimproverandolo d'essere sparito, «certo nun semo all'altezza tua». Mauro si sente stanato, istintivamente si guarda intorno; ma è grato di potersi abbandonare alle chiacchiere (nella quinta sezione ci sta pure Attilio). Bruno è nel suo elemento, conosce e saluta tutti («old fox!»), sta meglio lì che fuori; promette a Mauro che lo aiuterà a inserirsi, mica sarai diventato de quei farlocchi che pensano solo all'appelli – gli indicherà lui un paio di «verifiche» che gli garantiranno il rispetto generale; lui è dentro perché Flaminia è stata così infame che l'ha accusato di percosse (e recidiva): «solo pe'e du' sveje che j'ho ammollato davanti al tribunale, quella nun ha capito che si me capita a tiro, la sgozzo». «A proposito» dice Bruno mentre Mauro s'è distratto guardando un marocchino gigantesco ancora fumante di spruzzi, «l'hai saputo che Marcellino è morto? mejo così, tanto dar coma quanno ce sortiva? stava d'impiccio e basta.»

Mauro non c'era in via Vermeer quando è successo l'incidente, ma gli è stato raccontato più tardi. Una partitella improvvisata nel pratone dietro casa, quello con l'ulivo; nemmeno regolare, pari contro pari, ma una zuffa così tanto per ridere, a una porta sola e con un pallone da spiaggia. Marcello s'era messo in porta, ch'era il suo ruolo da sempre, ma a un certo punto ha voluto fare lo scemo, ha lasciato la porta sguarnita per andare in mischia («ce vò qualcuno che ve impara a giocà») – è saltato più in alto di tutti ma ricadendo non era più lui. Qualche spasmo e poi steso immobile sulla schiena, con le braccia e le gambe aperte. Pietrificati gli altri perché era chiaro che non si trattava di uno svenimento comune; "aneurisma dell'arteria cerebrale" – lui che aveva rischiato assumendo sostanze killer finiva per un'innocente malformazione infantile, un'anomalia congenita che l'aveva aspettato paziente e che l'avrebbe ucciso anche se avesse condotto la più sana vita del mondo. Mauro era rientrato che dell'ambulanza si sentiva ancora la sirena e per strada durava il trambusto; era stato a trovarlo in ospedale un paio di volte, ma la risposta non era in quel manichino dalle spalle larghe sommerso dal coma – la battaglia chiamava altrove, verso le bugie necessarie alla recita del destino, lontano dalla fede e dalla verità. Per parecchi mesi, aiutato dal cambiamento di quartiere, non aveva più cercato notizie – che lo raggiungevano suo malgrado, situazione stazionaria. Molte vertigini invece per lui, Mauro, una giostra d'emozioni.

E ora ecco che tutto si conclude, anche ufficialmente, in un momento di reciproca stasi, e morte. Mauro si stringe la testa tra le mani per non sentire i tonfi delle pulizie (stanno lustrando perché due deputati radicali devono venire in ispezione); la ferita è averlo rinnegato come san Pietro, anche ieri. Se chiedesse un colloquio col prete, giovedì, e confessasse tutto? ma ha paura che in galera non si rispetti il segreto del confessionale; se quello poi va a dire che lui è frocio e lo spediscono in isolamento? La notte non finisce mai, con le bestemmie di uno slavo che si è tagliato i polsi. «So' sempre stato un egoista fracico», Mauro si condanna senza bisogno di giuria – l'unica cosa che posso fare adesso è uno sciopero della fame... mi costa poco, perché non mi andrebbe giù niente manco volendo. A chi importa qualcosa di me? è la vendetta di Dio, se ci fosse, per aver buttato nel cesso il mio puro amore indelebile. «Te me capisci, tra noi nun c'è niente da perdonà... nun potevamo fà diversamente, a Marcè.»

TERZA PARTE

La verità

Magari fosse morto davvero. In tante forme l'avevo previsto, qualche volta perfino sperato; e immaginato di fingerlo, come qui nella scrittura. Avrei mostrato un dolore carsico, autentico nel suo negarsi e riapparire quando meno te l'aspetti; intermittenze psicosomatiche. Ma in superficie, nel brivido controcorrente, avrebbero prevalso il sollievo e quasi l'euforia della solitudine: "sarò di nuovo dignitoso e collaborativo"; "nessuno può più colpirmi, era lui il mio punto vulnerabile". O meglio ancora "se io non l'avrò più, nemmeno gli altri l'avranno". Un mondo in cui nessuno può più possedere Marcello è un mondo di tregua, di cordialità. Sognavo d'essere l'ultimo, e che morisse dopo aver fatto l'amore con me. Che lui morisse in tempi brevi, mi accorgo, lo consideravo un mio diritto: "mi sono imposto questa corvée, questo safari in luoghi infami, questa traversata sgradevole, solo per potermi permettere la sua morte, anzi per meritarmela". Avrei fatto dell'elaborazione del lutto il mio capolavoro: e intorno il conforto degli amici, disposti a dimenticare le anomalie e a trattarmi come se avessi perduto un grande amore normale. Mi sarei concentrato sull'apnea, sul periodo miracoloso ed eroico di quando trasformavo la mia casa in un museo monografico delle sue foto – nudo, sublime, enfatico e kitsch. Avrei ricordato i batticuori dell'inizio, che mi nascondevo a spiarlo dietro la siepe, e il pranzo di Pasqua funestato da un suo rinvio, e l'impossibilità di seguire il dibattito a Palermo perché dovevo correre fuori a sperare di udire un suo «oh!» al telefono. Gratitudine eterna per la felicità che mi ha regalato (anche se "regalare" non è il verbo giusto); "legato per sempre a chi mi ha fatto toccare i miei confini, i limiti della mia sproporzione rispetto al mondo". Il nulla da cui mi ha salvato inestricabilmente congiunto al nulla in cui si è dissolto ("anzi, a cui è asceso"). Morendo, avrebbe sigillato quel che ancora restava della sua bellezza.

Invece non è andata così: Marcello io non lo vedo più (il suo corpo è scomparso) ma lui è ben vivo, agisce eccome. L'estrema istantanea che ho di lui è quella di un abbraccio, ma non per me. Non a me. Insomma non era me che abbracciava. La mia sintassi incespica, scusate: avevo promesso che non avrei più parlato di me, ma l'energia necessaria per rispecchiarmi negli altri era lui che me la forniva; ora sono chino a raccogliere le poche forze. L'io come legittima difesa.

Sembrava una lite simile alle altre, un'invettiva più lunga ma non più decisiva delle precedenti:

«Mi fai schifo, Marcello: te lo dico calmo, non sperare che sono incazzato e poi mi passa... il tuo culo cosa vale, a questo punto? ti rendi conto che sei peggio di qualunque troia da strada? prova a guardarti allo specchio, non come quando ti misuri in palestra ma guardati in faccia, allo specchio, e dimmi se non ti fai schifo anche tu... possibile che non ti viene in mente che così ammazzi le persone, quelle che ti vogliono bene? no non è diverso, per me non è diverso che per Chiara, mi accoltelli così... e ridi, bravo, sai che c'è? e stavolta non scherzo... non voglio vederti mai più, l'esperimento Marcello Moriconi per me è finito... stai con chi ti pare, fai quello che vuoi ma io non voglio più saperne... non mi chiamare, non mi cercare, tanto non ti rispondo.»

La dinamica era stata molto veloce: un attore rincontrato dopo molti anni, un ex cliente, per caso all'uscita dall'assicurazione – un attore di teatro e di tivù, calvo, è stato Napoleone in una nota fiction: cinquant'anni piuttosto ben porta-

ti. Un ritorno di fiamma a base di sesso e coca, fin qui niente di strano; ma alle sei del lunedì successivo, in macchina con me, telefona a Chiara: «ho capito, ma nun ce vado, che me frega se è depresso... che se crede, che fa quello che vòle lui? m'ha detto ch'oggi nun poteva e io me so' organizzato, mo' je pijano 'e frenesie... stasera voglio stà co' te e co' Jago, pe' 'na volta che arivi a casa presto...». «Ce posso andà solo si me drogo» diretto a me, poi mi domanda duecento euro per passare da Alessio: «ti'i ridò domani, parola de lupetto... grazie Giusè... hi hi, l'ho detto apposta...»

Giuseppe, si chiama l'attore: dunque ci va lo stesso, sta ai suoi capricci, lo preferisce a una serata con la moglie – anzi, Chiara si presta da intermediaria, cosa che per me non ha fatto mai. E lui chiede a me i soldi per potersi drogare al punto da soddisfare quell'altro: be', ci dev'essere un limite, non posso adattarmi anche a questa parte. Lo stereotipo del vecchio bavoso okèy, ma pure pestato sotto i piedi no. Almeno una settimana devo resistere, se no mi dimostro un invertebrato. Settimana silenziosissima, senza i suoi soliti conati di riappacificazione via sms. Quando i bambini sono troppo silenziosi, vuol dire che combinano un guaio. La seconda settimana sarebbe stato già troppo tardi – Giuseppe, l'attore, ha operato efficiente e fulmineo, sapeva quel che voleva senza tentennamenti: ha trovato un incarico a contratto per Chiara alla Regione Lombardia e li ha trasferiti entrambi, provvisoriamente, in un residence a Milano. (Povera incomprensibile Chiara; il suo destino è seguire Marcello fino all'inferno, convinta di dominare.)

Marcello si è lasciato trasportare come un pacco, per lui un luogo vale l'altro: spera che lassù troverà occasioni migliori, era arrabbiato con me e non voleva cedere; dopo quindici giorni mi sono deciso a informarmi se era vivo o morto. M'ha riferito della novità e del trasloco:

«Io a Roma ce torno, che te credi che nun se vedemo più? ciò un sacco de cose in sospeso... seh, ancora... ma che mejo, 'o so io quello ch'è mejo per te, nun ce la fai a nun ve-

demme, diventi nervoso... scommettiamo? 'na volta al mese, per lo meno, poi te pure pòi venì su, qua devo esse un po' cauto ma er sistema 'o escogitamo... questo me copre d'oro e pe' Chiaretta è 'na possibilità d'inserimento, oh, che dovevo fà?... i soldi delle scarpe stai tranquillo, te li faccio spedì da Giuse... vabbè da lui.»

Schiacciato dall'ovvietà dello squallore, dall'irrealtà del mio paradiso. La soluzione è arrivata da fuori: una soluzione matura da tempo, essendo esaurita in me la religione, e vacillante l'economia. Io avrei continuato per pura inerzia ossessiva, scendendo ancora più in basso: lucidità vuole che questo sia l'esito più giusto. Marcello ha chiamato con la coda tra le gambe ancora per qualche giorno, per sapere come andava – si sentiva in colpa. Poi ha smesso, l'abitudine per lui è fondamentale, a ogni strappo segue rapido l'ambientamento – quello che chiamavo affetto, e su cui puntavo tanto, è evaporato così in fretta che non poteva essere più di uno straterello di umidità.

Rovesciamo sugli altri i nostri parametri, senza l'increspatura di un dubbio; il giovedì che è venuto a Roma ha promesso che passava, poi ha tirato fuori degli «inconvenienti», dei «contrattempi», dei «cazzi», insomma delle scuse. «La volta prossima sicuro, al mille per mille»; ma con Remo, lo spacciatore con le mèche, so che c'è stato e che hanno fatto tutto, per lui il tempo c'era. Perché con lui ne aveva voglia, con me gli faceva fatica avendo soldi in saccoccia. Adesso so che è un addio, dato che non dipende da me – non ci sarà nessuna prossima volta, sono stato mollato perché non servivo più.

Ho cercato di nasconderlo, vigliaccamente, favorito dal fatto che i legami di Marcello col mio entourage sono sempre stati molto labili; dicevano «che simpatico», certo, per partito preso di sinistra e per snobismo antropologico – si spingevano a ipotizzare un invito a cena con la moglie, e perfino col cane, ma gli impegni non coincidevano mai e tutti sape-

vamo che sarebbe stato un fiasco. Olio e acqua al massimo si emulsionano ma non si confondono. Dopo una festa campestre, a luglio, non hanno più avuto modo di vederlo – e io avvaloravo l'assenza spiegando che lui la sera sniffava e quindi non usciva di casa. Dopo aver scommesso la mia identità su questa passione folle, con tanto di superiorità implicita nei confronti degli intellettuali conformisti e pipparoli, come avrei potuto presentarmi perdente, raccogliendo pietà invece che invidia? Che interesse avrei potuto presentare ancora, per loro, spogliato della mia magnifica aberrazione? Così l'ho tenuto in vita artificialmente, come raccontano che si facesse per certi autocrati cinesi; sono arrivato all'abiezione di fingerlo vicino a me quando mi telefonavano: «scusami, non credevo fosse una cosa lunga, ci sentiamo tra un'oretta... c'è Marcello con le mutande calate che aspetta per la puntura e il liquido si raffredda... te lo saluto, sì... ti saluta Teresa... ti manda un bacio anche lui, okèy, e Jago-Jago di papà». Se sarà necessario, non escludo che lo pagherò per farmi soltanto da accompagnatore, a un convegno o a uno spettacolo, per tacitare i sospetti.

Tutti devono credere che io ci stia ancora insieme: non solo i miei amici (a uno l'ho confessato, al più caro: «si renderà conto di quel che ha perso» m'ha detto, e non "Walter, mi dispiace") – ma soprattutto i miei nemici, che gongolerebbero a veder confermate con tanta crudeltà le loro previsioni: disastro annunciato, conseguenza inevitabile di una scelta immorale e ripugnante. Così non posso sfogarmi con nessuno, addebito il mio malumore alle preoccupazioni per l'andata in pensione. Ho anche meditato di simulare davvero la sua morte (o un'invalidità permanente); questo almeno mi consentirebbe di lamentarmi in pubblico – ma è troppo rischioso, basta una coincidenza fortuita per smascherare la menzogna (qualcuno che l'incontra per caso a Milano, lui che prende l'iniziativa di farsi vivo con loro per ottenere un favore), e io che figura ci faccio? Più in profondità, forse, la speranziella che un altro cataclisma, uguale e contrario, lo riconduca da me – e allora dovrei resuscitarlo. La situazione attuale è migliore e peggiore della morte: migliore perché non è irreversibile, peggiore perché rispetto alla morte (così spesso prefigurata) presenta due spine.

La prima spina è l'esistenza di un rivale: la mia ossessione stava cedendo, già mi sorprendevo a parlare del corpo di Marcello al passato (pure lui, alla domanda sul perché non avesse mai lavorato da giovane, «perché allora ciavevo il corpo»); ora, il confronto con un rivale ha riattivato la coazione cieca, il sesto grado sul nulla. Un rivale evidentemente preferito, se pure non amato – più attraente di me, con un corpo mantenuto tonico dal training e dalle prove a teatro; un volto scavato e una stempiatura virile, a giudicare da quell'unico lampo prima che scomparisse nell'auto. Su internet ci sono centoquaranta siti che parlano di lui, ma non ho il coraggio di cliccarne nemmeno uno; le sue risorse economiche devono essere cospicue, se è stato capace di un trasferimento così rapido, e il fascino dello spettacolo lo circonfonde. Immagino pratiche perverse ma so che è una mia proiezione, lo facevo anche coi rivali precedenti; le orge che sogno io, le pavento negli altri. Se conosco bene Marcello, si manterrà su perversioni standard, per pigrizia. Starà offrendo il culo, come sempre, in modo neutro e indiscriminato («famme lavà»). Cercando di alleviare la sofferenza, svaluto il mio capitale: neanch'io ho mai avuto nient'altro che questo. Preferisco che le immagini ondeggino in una nebbia indistinta – ogni suggerimento più preciso, di posture o di oggetti, ogni minima invenzione che sappia di inedito, ogni condiscendenza più spinta e ogni concessione amorosa (dio non voglia!) sono punteruoli e strumenti di tortura. Con perfida indifferenza mi hanno riferito (un istruttore di borgata che sa la storia, uno con cui non devo fingere) di averli incontrati sui Navigli – erano accucciati e giocavano col cane, credo Jago. Mi sono ripassato quella scena infinite volte, fortunatamente non ci ho trovato un segmento che io non abbia vissuto e la gelosia l'ho bloccata lì. L'idea che Marcello viva di stereotipi, di sequenze replicate all'infinito, è triste ma è un salvagente a cui mi aggrappo.

La seconda spina è il subitaneo recupero della forma fisica. «Me so' visto e nun ce credevo»: questa è l'ultima frase che gli ho sentito pronunciare mentre andava incontro ad Alessio e lo abbracciava con insolita energia – per cambiare argomento rispetto alla scenata che era appena avvenuta, per non mostrarsi sconfitto né stranito. In effetti, c'è una benedizione genetica che lo protegge: ha urtato in ostacoli di ogni genere, fratture, crisi cardiache, ha dovuto star fermo – dermatiti allergiche che lo hanno deturpato; un anno fa il suo corpo era una tale rovina che avevo pianificato una exit strategy *– allontanarlo progressivamente, cercare sostituti. Ma a lui succede come al cielo di Roma, che in un quarto d'ora trascorre dalla pioggia al sereno assoluto – nella settimana precedente la lite si era squadrato di nuovo, i suoi tessuti erano tornati elastici. La ripresa continuerà a Milano, il meglio se lo sta godendo quell'altro. I glutei rialzati dallo squat. E sono stato io a insistere perché si curasse, a scovare i medici giusti e a portarcelo, a comprargli le medicine e a ridargli fiducia; maledetto me, utile idiota.*

Fin che ero sicuro di assistere a un declino, l'ho perfino trascurato (mi dicevo "tanto c'è sempre"); sostenevo d'essermi stufato della solita minestra, rimandavo gli appuntamenti, invitavo ragazzi atletici (lui serafico «fai bene, divèrtite»); sperimentavo pause di riflessione, lamentavo che mi sottraesse troppo tempo allo studio e alla scrittura. Ora, all'idea di quell'altro, ogni istante passato con lui brilla retrospettivamente e mi pare incommensurabile: mi darei le bastonate in testa, mi mordo le mani ma è troppo tardi. È stata mancanza d'amore: dovevo amarlo anche mentre pretendeva quell'assurda assistenza; dovevo accompagnarlo sotto casa di Giuseppe, non abbandonarlo alla propria debolezza. Pure se con quell'altro avesse riso di me e sghignazzato chissà quali cattiverie, pure se si fosse seccato nel rivedermi e m'avesse insultato; dovevo far valere il mio simbolico statuto parentale, non avrebbe osato abbandonare un padre. Dovevo accettare tutto senza discutere, perché non avevo margini di trattativa né potere contrattuale. Più basso e più alto di chiunque, il mio dio mutilato.

Mi illudo che stiamo affrontando una prova sportiva e che se mi arrendo posso telefonargli oggi stesso. Ma il mal di stomaco mi avvisa che non è così, e anche i dolori addominali che spero tanto siano un cancro. Al risveglio ho le stesse lacrime involontarie che avevo quando soffrivo di impotenza: è un'altra forma di impotenza, non poter richiamare nessuno da dove lo si è lasciato andare. Non mi resta che interpretare questa distanza come una morte mitica, se voglio sopravvivere e percorrere un tratto di strada senza di lui. Alla morte si risponde con la verità.

Cominciamo allora a dire le cose come stanno. Punto primo: Marcello non mi ha mai desiderato. Il mio corpo non gli è mai piaciuto, il sesso con me ha sempre rappresentato per lui un sacrificio; «non mi sporcare», quella volta a Prato non sopportò neppure che gli venissi sui glutei. «Me li merito» si giustificava quando parlavamo di tutti i regali extra (la Nuova XC70 *eccetera), alludendo alla fatica di cancellare la mia obesità e la mia vecchiaia. Quando fui curato per l'uretrite e il medico mi vietò di fare sesso per una decina di giorni, «ffiiuh», fece il gesto di asciugarsi la fronte, «così posso riposarmi per un po'». Al minimo accenno di dignità («se proprio dev'essere un peso così grande, diamoci un taglio») faceva pronta retromarcia, «stavo a scherzà»; ma io già avevo capito che la dignità era un sentiero scivoloso, che era inutile scomodarla se non potevo sopportarne le conseguenze. Nei sogni si lasciava più andare, perché l'interpretazione più grave gli sfuggiva:*

«Ho sognato un topo che faceva la verticale, che cazzo

de sogni che se fanno... sulle zampette davanti, così... io 'o seguivo, camminava verso boh, chennesò... poi è arrivato Daniele, che l'ha pijato pa'a coda e se l'è infilato in bocca, che schifo... lui me fa "ma no, nun vedi che è carino?"... infatti ciaveva dei begli occhietti, il musetto coi baffi...»

«Come me, vuoi dire?»

«No, un po' più carino...»

«Fai, fai lo spiritoso e vedrai... girati e dammi il culo, su.»

«'N'altra volta?»

«Per la puntura, scemo.»

Daniele è il manager che lo spediva a sbrigare le pratiche più sporche, quando cacciato da Chiara s'era lanciato sul mercato; emblema di ripugnanza ma anche di attrazione, di attrazione a forza di ripugnanza. Strafatto, davanti ai video di pissing, di spanking, o sadomaso estremo con oggetti (non importa se omo o etero), Marcello esclama «che schifo», poi si corregge «cioè, che figo». Anche con me, quando stava sotto cocaina, si consegnava a endoscopie azzardate, superando le barriere del ritegno e della decenza – il mio eccetera gli faceva gola, anche se dopo l'intervento chirurgico s'è accorciato di qualche centimetro.

Ma in condizioni normali, l'affetto ha sempre confinato col vomito; l'unica consolazione è che la ripugnanza individuale si commisura, per lui, sul disprezzo collettivo: degli omosessuali come categoria, di se stesso in quanto donna, delle donne in quanto omosessuali passivi.

«Che fai, lo chiami amore?»

«Tanto è frocio...»

I froci sono quelli che si innamorano degli uomini, quindi i vecchi che gli sbavano addosso sono froci mentre lui non lo è; lui dà il culo e si eccita agli eccessi, alla cinghia, come a vedere le donne che vengono sfondate, slabbrate perché lo prendono in culo pure loro (tranne la moglie). Con le donne all'inizio ha uno slancio istintuale, un rigurgito di salute: il pene così arcuato, da satiro in bronzo, non gliel'ho mai visto quando eravamo da soli; solo che gli dura il tempo dell'adolescenza rivissuta, pochi minuti – poi chiede alle donne di fare con me, gli scompiglio le idee perché le possiedo e acquisto autorità ai suoi occhi, allora si umilia lui mostrandosi alle madri più femmina della più volgare delle femmine. Il sesso è uno strumento, di punizione e valorizzazione insieme, mai un fine in sé. All'eterna battuta sul "fare il frocio col culo dell'altri" risponde quasi orgoglioso «veramente io lo faccio col mio»; e se lo minacciavo ridendo «pagherai in natura» opponeva con stanchezza secolare «ce so' abituato». S'è ridotto a esser contento della contentezza altrui, perché le sue private ambizioni sono una lontana poltiglia; la spinta libidica più intensa che provava stando con me era quella di sottomissione («dimmi come me devo mette») – pagava per me, per la moglie, per tutti, col proprio corpo. A me, resta la vergogna di aver approfittato biecamente di una sessualità allo sfascio.

Altro punto da chiarire, senza sconti: la persona che in questi anni ho amato più di quanto abbia mai amato nessuno, si è concessa solo perché doveva farlo, in quanto prostituto? E più in generale: sono ancora in grado di concepire un rapporto erotico che non sia mercenario? È un surrogato d'onnipotenza, sapere che qualcuno non può dirti di no. Soprattutto quando il tuo corpo è ormai nient'altro che un ingombro, un ballonzolare pietoso di cellule; lui lo riscattava col riflesso del suo – l'intimità dei peti condivisi, il reciproco grattarsi la schiena. La mia bruttezza accolta con ironia («se vai con gli altri ci sto male, sì, ma per mezz'oretta... non è che mi strappo i capelli»; «quali capelli?»). L'amore corrisposto mi fa paura, perché significherebbe prendermi cura di me, impormi di migliorare; significherebbe che il mondo è libero e può essere modificato. Con chi paghi non hai obblighi, è l'altro che deve soddisfare ai canoni. Parodia di una tirannide assoluta su un mondo immobile.

Marcello, il "no" me lo diceva: no alla penetrazione, almeno, «oggi famo 'na cosetta soft». Ogni volta mi batteva il cuore, non trovavo gli asciugamani, non slacciavo il bottone, perché ogni volta era una sorpresa. Una specie di regola, col tempo, l'avevamo abbozzata, un incontro hard e uno soft – ma gli imprevisti erano frequenti, diarree infiammazioni mal di pancia (veri o presunti). Pregavo le potenze oscure di sentirlo cantare sotto la doccia, o di auscultare dalla porta del bagno lo scroscio del bidè, segno che si stava preparando. Non è mai accaduto che in cambio del denaro non facessimo proprio niente, come non è mai accaduto che lo facessimo senza passaggio di banconote (tranne un episodio, prezioso ma ambiguo: a Venezia, «si nun ciài sonno te rilasso io» – non era in programma, l'hard c'era già stato il giorno prima, aveva già dato, *però lì era la roba che parlava al posto suo).*

Se invece di cantare si lamentava, «ahio», «madonna che strizzone», o si appendeva alla porta per stirare le vertebre, il mio cielo si faceva scuro: Voltaren, Novalgina, Imodium, oggi si mette male. Nemmeno quello era un comportamento da prostituto: l'escort arriva, tace i suoi problemi personali, esegue il pattuito e se ne va. Era più il comportamento di un coniuge svogliato, spento dalla routine. Aspettava di "trovare la vena", dormiva venti minuti per poter dire «ah, mo' me sento mejo, il mal di testa pure m'è passato» – cercava naturalezza, familiarità. Aveva sete d'autonomia, come la piccola ripicca di non allenare mai le gambe il giorno prima dei nostri meeting: per non darmi la soddisfazione dei quadricipiti e dei glutei al massimo splendore.

Più mantenuto, forse, che marchetta ("quanto me piace spenne li sordi" mi scrisse nel messaggino l'unica volta che gli ho lasciato usare la carta di credito); ma senza l'esclusività che caratterizza di solito i mantenuti. Lui certo il rapporto con me (tranne che nei primissimi tempi) non l'ha concepito come un rapporto di prostituzione: «se i soldi nun me li dai te, me devo prostituì» – ricatto, naturalmente, ma filiale. Concepiva il patto, piuttosto, come uno scambio di bontà: io sono così generoso che fingo di non accorgermi del tuo corpo imbarazzante, tu sei così generoso che mi soccorri nei miei vizi. Potendo, mi proteggeva dalle malignità del suo ambiente (quando lo fischiavano «a Moricchioni», o lo prendevano in giro «mo'o fai fà pure a me er bagno turco?», lui non me lo riferiva e rispondeva «a quello lasciatelo stà»); ma poi non esitava a vantarsi degli euro che m'aveva scucito. In ultima analisi sì, il mio grande amore è stato il lapsus di un puttaniere, l'escrescenza tumorale di una transazione d'affari che altri avrebbero gestito con cinica contabilità. La controparte, va detto a mia discolpa, non era un malandrino furbo – era qualcosa di più e di meno: un bambino di sei anni che diceva «casa nostra» o «la mia seconda casa» lasciando chiavi e mutande – che ricollocava in equilibrio precario la testa della statuetta rotta sperando non me n'accorgessi; un amorale mezzo deficiente, un animo semplice e puro, una creatura persa bisognosa d'aiuto. "Che appena" mi direte "di aiuti ne ha trovato uno più consistente, non ha esitato a cambiare cavallo." Avete ragione su tutto, tranne che per un particolare insignificante: che i minuti squallidi, forzati, (finti!) in cui lo possedevo, sono stati la cosa migliore che abbia avuto nei miei sessantasette anni di vita.

Terzo scabrosissimo punto, così scabroso che preferirei non parlarne: pur amandolo, ho voluto il suo male invece che il suo bene. L'ho spinto a esagerare con gli anabolizzanti, i testosteronici e l'ormone della crescita, perché solo ipermuscoloso colmava le mie fregole; ho assistito al suo progressivo inquinamento minimizzando i sintomi, perché mi eccitano solo gli aspiranti suicidi. Gli facevo trovare io stesso la droga a casa mia («c'è l'allegato in omaggio?») perché così il suo desiderio di raggiungermi era più spontaneo e perché, da pippato, era sessualmente più remissivo e disponibile. L'ho sempre dissuaso dal tro-

varsi un lavoro perché la sua indipendenza economica era il mio spauracchio. Non ho cercato di attenuare le colpevolizzazioni endogene ed esogene, nell'intento di impedirgli approcci più sereni – vedi poi com'è finita. Ho avvelenato una cavia che si è ritirata a morire altrove (dilapidando laggiù gli ultimi fuochi del suo crepuscolo). Sono stato un pessimo consigliere, un corruttore in malafede, un sicario – e lui ha sempre creduto ai miei consigli come si crede a un padre.

Caro Niccolò,
non ci parliamo da quasi tre anni per volontà tua, che io rispetto; tra noi due, sei sempre stato il più coerente e il più spietato. Non importa, se le motivazioni del necessario silenzio tra noi le elencavi con la pedanteria di un maniaco molieresco, era facile per me opporti il falso brillio della passione, della fame di vita che si contraddice, si compromette, odia sistemi e teoremi. «Tu appartieni all'ordine degli esibizionisti» mi dicesti, «per me invece il desiderio significa intimità; dallo scontro delle nostre due visioni non possono nascere che macerie.» Io ero felice, allora, e ho pensato scioccamente "a Niccolò dispiace sentirmi parlare della mia felicità, è invidioso e non vuole ammetterlo; io mi spendo mentre lui si risparmia per la tomba, affidandosi a un improbabile coraggio postumo... c'è più intimità in un coito che in diecimila ore di musica". Tu mi obiettavi «il vile sei tu, se non puoi tollerare che esistano i diversi tra i diversi, e che per alcuni temperamenti il sesso materiale non sia la cosa più importante, anzi sia la negazione stessa di qualunque desiderio profondo».

Ti scrivo ora che sono solo, e vecchio; non per concederti la fragile, ridicola vittoria del "te l'avevo detto" ma perché ora possiamo discutere alla pari (finito il tuo fondato timore che io volessi "sbatterti in faccia" i miei successi erotici). La mia felicità c'è stata, non la dimentico e non la rinnego; ma quella felicità non era dentro la mia vita, non ne faceva parte; era sospensione dalla vita, una parentesi; era contro la vita. È stata la felicità che mi ha portato alla tristezza: ho abbandonato le mediazioni credendole stampelle, e ora non posso più nascondermi la nudità del viaggio; sono triste, ma dopo quello che ho avuto non posso più permettermi d'essere disperato. Per ottenere il meglio, sono arrivato a un mondo dove tutte le porte sono chiuse. Non mi pento e non mi pentirò mai («il pentimento è una cosa da bambini» diceva Eichmann), ma non c'è dubbio che l'esposizione alla gioia mi abbia deformato; l'amore mi ha spinto all'accettazione passiva del male e ho perfino osato vantarmene. Ti ho disprezzato perché eri più represso di me, perché non hai mai toccato una donna, anzi non hai mai chiavato nessuno, uomo donna o animale. Prendevo in giro la tua invocazione del pudore, le tue renitenze e le tue fisime, la tua riduzione dell'esperienza a paradosso («se un maschio fa l'amore con me, vuol dire che è omosessuale e allora non mi va di fare l'amore con lui»). Mi sentivo forte, sperimentale. Inculare un uomo nel momento stesso in cui lui sta possedendo una donna. Affondavo nella nevrosi credendo di uscirne. Vivendo al dieci per cento, dovevo ingigantire quel dieci per non sentirmi un paria. Chi è stato infelice per tutta la vita, è meglio che non provi a essere felice alla fine.

Se, come credo, il tema cruciale tra noi è sempre stato quello del fallimento, forse ora siamo abbastanza maturi per interrogarci con calma. Tu non sei fallito perché hai rinunciato al sesso; io non sono fallito perché ho bruciato le sublimazioni – ma il futuro a chi sta aprendo le porte? Tu chiedevi che vincessero le tue idee, volevi misurarti con la collettività – l'ombra della distrazione ti ha sconfitto. Io voglio inocularmi il presente, capire in me la malattia del mondo – ma il mondo mi volta le spalle a una velocità che non afferro, la diagnosi è invecchiata prima di formularsi, poi il mondo si gira e il suo viso è giovane di una salute incomprensibile. Non è vero che io lotto con le unghie e con i denti mentre tu hai ceduto le armi; rischiamo entrambi di essere inattuali, a seconda che la storia scelga la perdizione o rivoglia indietro la disciplina.

Il pessimista, come vedi, sono io: non per niente tu hai ancora voglia di insegnare. Non ti chiedo di rispondermi, sarebbe inutile. Un caro abbraccio

Walter

Il tempo non è più naturale – per cucire insieme i giorni, o anche il mattino con la sera, devo applicarmi, lavorarci sopra. La spensieratezza di Marcello addomesticava il tempo, lo rendeva facile; solo nel suo corpo mi sentivo a casa – possederlo, ogni volta, era come tornare. Potrei riaverlo, certo; pregare Alessandro, o Renata, di ospitarmi per qualche giorno: a forza di insistere Marcello accetterebbe un incontro, per debolezza e per avidità se non per nostalgia e compassione. Ma lo conosco, ne parlerebbe col tizio: verrebbe a letto con me per gentile concessione, e dopo sarebbe peggio. Ora, almeno, mi sto disintossicando. ("Una telefonata e starei bene" è un pensiero da drogato in astinenza.) Tanto sarebbe finita comunque, tra un po', per esaurimento delle mie risorse economiche; l'idea di un residence, e di stare a Milano magari due o tre mesi, devo scartarla proprio per mancanza di fondi.

Un amico molto acuto (quando la sua acutezza la rivolge agli altri) aveva sintetizzato il mio ultimo libro in uno slogan fulmineo: «strapazzami di debiti». E dio sa se mi sono sepolto sotto cessioni del quinto, piccoli prestiti, mutui agevolati – la differenza dei nomi mascherava la sostanza. Ma le scadenze vengono al pettine ogni mese e si mangiano quasi per intero la pensione; galleggio a stento, essendomi rovinato la reputazione perché ormai chiedo compensi per qualunque cosa e sono disposto a qualunque merdata dietro compenso («hai la forma del dollaro stampata nelle pupille, come zio Paperone»). Io che mi facevo mille scrupoli, eppure sono sempre in rosso: ho cominciato a sbolognare le poche cose di valore che avevo in casa – qualche quadro che mi era stato regalato (non di gran nome, poche centinaia di euro ciascuno), qualche libro di pregio, soprattutto la collana completa dei "Meridiani". La letteratura mondiale che finisce in sborra, mi sembrava simbolico.

Sicché alla fine dovrò quasi ringraziarlo, l'attore milanese, per avermi tratto d'impaccio: non avrei mai confessato a Marcello che non ce la facevo più – che succede ai privati quando dichiarano bancarotta? ti sequestrano i mobili? esiste ancora la prigione per debiti? le banche che non si fidano più, ti cacciano di casa per morosità? così mi sono evitato il ludibrio, da solo un modestissimo tran tran riuscirò a recuperarlo. È come se mi avessero tolto dalle spalle un macigno da tre quintali, con Intesa San Paolo stiamo predisponendo un "piano di rientro". L'intelligenza mi inibisce il crollo totale, quel rotolarsi per terra isterico che pure sarebbe uno sfogo (tranne la luna piena tre giorni fa, la rimembranza a tradimento). Mi trincero dietro un calcolo oggettivo.

Quanto è solida la merce che mi sono procurato con quegli esborsi pazzi? Ho fatto un affare o no? Come si direbbe di un divano, "ha speso un po' di più ma le durerà tutta la vita". Il bene acquistato, naturalmente, è la memoria dei miei cinque anni con Marcello: è la mia riserva, da qui alla morte – dovrà rivelarsi resistente e indeformabile per non sfilacciarsi con l'uso, ma nello stesso tempo lieve e ricca di particolari, un merletto inesauribile. In alcuni momenti mi pare di vederlo, di sapere esattamente che cosa fa. Per essere spensierato gli basta una giornata limpida, e a Milano ce ne sono di limpidissime, nel cerchio delle Prealpi. Alle undici, con l'azzurro tra gli alberi, si alza stiracchiandosi; saluta il cane e lo libera dalla cucina ma Jago gli ronza intorno perché sente odore di colazione. Ecco Marcello che si prepara la sua orrenda sbobba di riso lesso e chiare d'uovo, aggiungendo due fili di bacon; si gratta i quadricipiti attraverso i buchi della tuta grigia, quella a cui è affezionato e che continua a indossare anche se è ridotta a uno straccio; poi scherza con Jago, essendo soli in casa («io lo dico a tutti, non so se c'è qualcuno che vuole stare dentro, decidete voi... ma chi esce con papà?»). Il cane davanti alla porta col guinzaglio in bocca... più ricordo i dettagli più soffro. Devo scegliere: o confermo a me stesso la convenienza dell'acquisto, o attutisco il dolore.

Non lo so se soffro, il trend consumistico è quello di merci a rapida deperibilità e obsolescenza; non me ne importa niente della vita, figuriamoci cosa me ne importa del dolore; sto bene, sto male, è lo stesso. Sono stato costretto *a cambiarla, la mia merce: provo con modelli più glamour, pubblicizzati in rete. Su e-bay ho venduto la mia amata collezione di sfere di marmo per comprarmi una notte intera con un pornodivo della Titan: fisico da gigante e occhi da cerbiatto – ma mi dava fastidio dormirci insieme, gli ho preparato la poltrona letto nello studio. Sono ciclopici, scopano benissimo: con più inventiva di Marcello, con meno remore. Non vale, non è quello il punto; e mi stupisco del mio stupore. I dvd invece sono accessibili economicamente: orgasmi tanto più urlati e partecipativi (*«fuck me sir, kill me... oh man!»*) quanto più meccanici – anche il suo era così, da sfregamento: un pizzicore alla cornea non mi permette di continuare.*

Devo ricorrere alle sue frasi gentili, ai gesti inconsapevoli: d'inverno per strada insisteva a tenermi la mano, io per riguardo a lui cercavo di svincolarmi ma le sue dita fredde da cardiopatico si insinuavano nella tana, chiedevano riparo e guarigione. Quel che c'è di impersonale nell'amore, il vuoto oltre l'universo che ti sorride e ti dice di sì. Ha cambiato i numeri dei cellulari, c'è una voce che li dichiara inesistenti. Ma non importa, la notte comunichiamo per telepatia, se lui non riesce a dormire perché ha pip-

pato e io resto sveglio perché vabbè. Ha la bocca impastata, slitta sulle parole: «quando scotta, quando scatta, quando scopp... seh ciao l'ho dette tutte vaffanculo, quando scocca la mezzanotte de capodanno... oh ce l'ho fatta». Fingevo di sbagliarmi anch'io, per farlo ridere: «la cipolla della doccia straperde, tu poi che ci stai delle ore... ci voglio mettere un po' di coso, di cortisone»; «eh, è buono, la sfiamma...»; «dài, come si chiama... di... di silicone».

Una frana di bei ricordi: la sera che mi telefonò per dirmi che la madre di Andrew Howe ballava come una pazza e quasi sveniva al salto lunghissimo del figlio; quando in viaggio riuscivo a tenerlo una settimana lontano dalla roba e il naso gli si ripuliva, soffiando uscivano scagliette biancastre della grossezza di un'unghia (una fitta momentanea alle tempie, la fronte che si arrossava e il suo abbraccio improvviso: «però sto bene, nun te preoccupà, m'alzo la mattina presto e ciò 'na pelle come 'na creatura... macché borse sotto l'occhi, me guardo e dico so' io questo? possibile che nun la posso debellà, 'sta brutta bestia?... anche a te ti deludo sempre») – il pianto, lavandoglieli, gli fa gli occhi più celesti; le lacrime che gli scendevano silenziose davanti ai filmini delle sue vecchie gare. E gli scherzi sul ronfare clamoroso:

«Sembri un maiale asmatico, per favore!»

«È perché sto sur fianco... dammi le botte.»

«Così però si vede la panza...»

«Beat'a te... so' l'addominali sporgenti.»

«Meglio defilarsi prima della rovina... mi sa che accetto la proposta di Moretti e vado in California.»

«Perché, te credi che io nun me trasferisco?»

«Ma smettila, ce la fai benissimo senza di me.»

«Mica lo so, sai... forse avevo già stirato 'e zampe... nun è che sto co' te pe' 'n interesse materiale.»

«Hai la faccia come il culo... cioè bellissima.»

Ero innamorato, stop. Le contorsioni mentali stanno a zero. Quando la spalla non entrava nei macchinari della ri-

sonanza magnetica («i più larghi che costruiscono»); quelle spalle che ho ammirato tante volte dall'alto, una montagna inginocchiata per me. Questo era, è, il mio amore: rancore e inimicizia verso la natura, l'innaturale e quasi il mostruoso assunti come segno d'elezione e privilegio.

Ogni mattina, prima di colazione, apro il computer e controllo sul sito di trenitalia.it gli orari dei treni per Milano (il salvaschermo è una foto di Marcello, una polaroid scattata in un albergo di Viareggio – un'istantanea mentre dorme e la casacca leggera gli è salita su, lasciandolo scoperto fino alla cintura); il mondo a quell'ora è disordinato, intontito, e consente di fantasticare qualsiasi cosa – poi anche il mondo fa colazione, le sue spore si chiudono e la giornata torna a essere un deserto da attraversare. Non so per quanto riuscirò a resistere. Cercando di orientarmi nel deserto, e non sapendo ancora rinunciare a Marcello come bussola carnale, mi limito a un obiettivo modesto: capire che cosa ho imparato da lui.

Ho imparato, intanto, a non distinguere il bene dal male – tutto è lecito perché ci si sente creditori di un'ingiustizia infinita, perché il detentore della legge è lontano e merita di essere ingannato, perché in questo labirinto siamo talmente peccatori che non ci rimane che peccare di più. Nessuno ci ha mai posto seriamente il problema delle regole: né il padre, che non ne aveva la forza, né la madre perché le sue erano regole ridicole. Ho imparato a considerarmi libero da qualunque responsabilità: non siamo noi i custodi di nostro fratello, nessuno ci ha chiesto il parere e a nessuno dobbiamo rispondere. I destini collettivi non sono affar nostro, dovremmo preoccuparci soltanto se ci riconoscessimo della tribù. Ho imparato a soddisfare i desideri più immediati e basilari (mangiare scopare comprare) e a scegliere come unico giudice l'illusione – la vita come un'orgia velleitaria e casuale, dove maschio e femmina non fanno differenza e dove conta l'immaginario (soprat-

tutto l'immaginario proibito), non il fatto. Ho imparato a non oppormi alla corrente: sostituire l'inerzia alla volontà significa non darsi troppa importanza, organismo tra gli organismi anzi ingranaggio tra gli ingranaggi. Abbandonarsi al flusso, con qualche debole lamento o cigolio se il corso si restringe – annullare con amatriciane a mezzanotte ogni effetto di dieta, leggere i giornali dal barbiere o i libri capati random tra quelli in omaggio, in base ai colori della copertina.

Più che un insegnamento, è stato un contagio: sono tornato da una spedizione etnografica e i bacilli si sono incistati nel mio sangue. Ero predisposto, naturalmente, le mie difese immunitarie erano già bassissime, anzi forse è stato proprio per contagiarmi che sono partito; è ovvio che per me possedere Marcello aveva poco a che fare col dato biologico, concretamente fisico – era una rivelazione, un'apparizione di senso, che avevo bisogno di ripetere incessantemente perché quel *senso mi consentiva di escludere l'intera piramide di significati che mi erano stati imposti da giovane. Ogni volta mi persuadevo che evadere fosse possibile, e ogni volta la prigione si richiudeva su di me.*

L'incontro con Marcello ha prodotto una lenta contrazione dei miei tentacoli culturali, che si atrofizzavano uno a uno per difetto di funzionalità: non volevo più conferenze, film, non studiavo più – l'infinito colore dei piaceri intermedi si riduceva a uno solo: il possesso, la penetrazione. Ho spesso paragonato l'influenza pedagogica di Marcello a un potente diserbante («una secchiata di napalm»); ma lo sterminio dei virus culturali dovuto all'antibiotico che si chiama barbarie ha causato in me devastazioni più estese che nella mente della mia guida. Per Marcello, in fondo, si trattava di eliminare poche colonie mal acclimatate: la religione, o per meglio dire il catechismo, coi suoi dogmi oscillanti tra il terroristico e l'assurdo; alcune nozioni di scienza e medicina semi-digerite a scuola; certe informazioni generiche circolanti tra gli amici, su come svolgere determinati lavori o come comportarsi in situazioni di galateo. Una parodia di cultura che poteva essere spazzata via da un appetito anche superficiale, stupidotto, collettivo. Io invece ci vivevo da cinquant'anni nella città della cultura, solitario ma integrato a mio modo, passeggiando in un intrico di strade coi nomi che si sostenevano e si completavano a vicenda. Per fare di quella città un ammasso di macerie è stato necessario un anelito iperbolico e quasi folle, che Marcello mi ha ispirato lasciandomi poi sul bordo di quel disastro, a cavarmela da solo.

È inutile che tenti di riproiettarmi, come su uno schermo, quelle vecchie facciate – ormai lo so che dietro non c'è nulla, almeno per me. L'unico riparo tridimensionale era il corpo di Marcello, ma gli spiragli si sono rivelati illusori anche se un'abile pittura a trompe-l'oeil ne mostrava l'oro, le ingioiellature abbaglianti. La sua totale passività lo rendeva imprendibile – Marcello si limitava a essere, *e l'essere non si può possedere. Per insolenza, per sfregio, ripenso ai* Guermantes *sottolineati a matita, sul prato in declivio di un lago finlandese; il romanzone di Littell rubato alla libreria dell'Auditorium, ventiquattro euro risparmiati più i venticinque dello spettacolo di Baricco in platea, ingresso gratis per conoscenze – cinquanta euro equivalgono a zero settanta di coca, oltre alla polvere entra in circolo il gusto della rozzezza e della profanazione. Non compatitemi: lo sfratto mentale ha i suoi incanti – non coltivo opinioni, né nutro pretese. Non voglio nemmeno più amici, voglio vegetare povero e solo: rovinarmi la vita è il minimo che gli devo.*

Mi lascio crescere la barba per dispetto autolesionistico, me l'accarezzo come se mi masturbassi. Sono rimasto vittima (ma in questa quadriglia ogni vittima è anche carnefice) di uno slittamento semantico rinforzato da un processo storico. Ho creduto che il possesso fosse la sola misura dell'amore e che dunque, se il possesso era garantito, l'amore diventasse un optional. Se l'amore è possedere, tutto diventa comprabile. *Il capitale si afferma come unico vincitore, non ha più niente che gli si opponga – trasformare l'amore in ossessione è stato il suo colpo di genio strategico, per ricondurre anche i sentimenti all'economia. Ormai davvero, nelle nostre strutture profonde e non per modo di dire, conta solo il denaro. Ho imparato a non accontentarmi di niente pur adattandomi a tutto; ad annoiarmi delle sorprese come un bambino viziato; ad avere sempre fretta anche se davanti c'è il vuoto. Ho imparato che non esiste nulla per cui valga la pena di soffrire, e che al minimo intoppo si reagisce con un farmaco.*

La cocaina è la traccia più visibile, se non la più crudele, dell'eredità che mi ha lasciato. Un tatuaggio indelebile. Con la cocaina lui ritorna, o almeno ritorna il batticuore che era un suo segnale. Frequento gli stessi pusher che ho conosciuto accompagnando lui, sono tutti un po' fuori di testa ma hanno capito che non mi devono nominare Marcello. Pensavano di farmi un favore sparlandone, illustrandomi i suoi torti; uno voleva che pareggiassi un buffo, l'altro che gli ripagassi un orologio che Marcello gli aveva rotto. Finalmente le increspature dell'acqua sono svanite, l'argomento è out e mi trattano come un cliente normale.

Sono grato alla cocaina perché è un territorio di pace; all'inizio credevo chissà che, che mi avrebbe galvanizzato, reso idoneo a pensieri maledetti e a straordinarie performance lavorative. Invece è il contrario, mi sfolla i desideri, annulla il sonno e l'ambizione; nient'altro che un po' d'arsura, anestesia delle gengive e amaro sulla lingua – e mi fa sembrare più belli gli uomini provvisori che stanno con me. Meglio ancora se questi uomini non ci sono, posso immaginarli e soprattutto immaginarne uno: Marcello in tutte le pose, che stringe i denti sotto i colpi, che contrae il medio femorale accostandosi alla finestra, che ricalca Ercole mentre si volge di tre quarti per spalmarsi la crema. Fin che dura l'effetto lui è lì, paziente come un canotto o come un panino appena sfornato. E se lui sta con me, non avverto gli stimoli della fame, non devo gettarmi sul cibo con la voracità che ormai mi devasta; il mio solo progetto esistenziale è una dieta ben seguita e la cocaina è un ottimo anoressizzante.

Dipende da com'è il taglio, qualche volta la tachicardia esagera; respiro con lentezza, mi lavo la faccia e assisto dall'esterno al sangue che rallenta. Lei è una complice potente, capace di assecondarti con dolcezza o schiantarti sugli scogli con brutalità. Preferisco drogarmi da solo, dopo aver chiuso tutte le fessure e staccato i telefoni; se l'essenza del mio sesso con Marcello era isolarmi dal consorzio umano, la cocaina mi restituisce l'essenziale di quello che ho perduto. Urlano tutti che la droga non è una soluzione, che è una fuga: ma quando restare significa imputridire irreparabilmente, fuggire è una soluzione più che rispettabile. Dobbiamo dire grazie alla cocaina se molti nostri giovani non diventano degli insulsi e consenzienti esecutori di un potere decerebrante, e se dimissionano dal gregge per strade più tormentose. Mi chiedo se la cocaina non debba essere concepita come una forma disperata di resistenza. Al tempo della felicità, affabulavo di una catena di dipendenze: ipotizzavo per gioco di essere un "cocainomane passivo", come si dice "fumatore passivo", di assorbirne un po' attraverso il sudore di Marcello. Chi pippa disintegra anche te eccetera. Ora, più consapevolmente, ho saltato un passaggio e sono risalito alla fonte.

La minaccia di qualche danno permanente mi faceva più paura prima che adesso; registro dei vuoti di memoria che forse basta l'età a giustificare – insetti che brulicano tra i neuroni e alla periferia dell'anima. Il lessico, la sintassi me li sento anchilosati come le "dita a scatto" che anticipano l'artrite; tutto è così omogeneo alla mia attuale situazione che non vedo perché dovrei lamentarmene. In ogni caso mi basta aprire il sacchettino, sfiorare con la punta di una scheda la polvere santa color crema, annusare il profumo acidulo con una nota cadaverica – e due ore in compagnia di chi amo me le assicura dio stesso.

Ho imparato molto da Marcello, ma io sono cattivo e lui è buono: entrambi constatiamo che i cani amano di un amore incondizionato – ma lui ne deduce che i cani sono migliori degli uomini, io ne deduco che l'amore incondizionato non si dovrebbe sopravvalutarlo, dato che si tratta di una reazione animalesca. I medici mi raccomandano «si rilassi» – ma come faccio a rilassarmi, se la macchina celeste è ancora in funzione e un'altra orbita è ancora possibile, sia pure lontano da me? Ho sperato che Marcello si sentisse orfano, ma le sue noncuranze si esercitano altrove e allora mi sento orfano io. Le sue lezioni di "nichilismo in atto", che frutto possono dare in una pianta cattiva come me? Meno male che non ho più famiglia: l'ultima ad andarsene è stata mia madre, senza che io volessi spendere un euro per alleviarne il transito – sepolta in fretta con un funerale del Comune, mentre io dissipavo gli ultimi averi per l'ennesimo paio di scarpe da regalare a Chiara («sembra un millepiedi»; «fa 'a collezione... queste ciavevano il tacco quindici come je piace a lei, già l'aveva adocchiate... mica potevo restà sur vago, ancora»). Il suo egocentrismo infantile e leggero, transustanziato nel mio greve rifiuto d'assistenza. Lui si lascia portare dove capita, io rimugino e vorrei che la terra mi inghiottisse.

Ho inaugurato la stagione dei pellegrinaggi (a piedi o in autobus, visto che la nostra *Volvo era intestata a lui e ora corre le vie di Milano). A parte i luoghi dove mi rifornisco, dietro il casotto della metro di Monti Tiburtini, in un bar lungo la Togliatti, davanti al "pidocchietto" di Val Melaina sopra il vecchio mercato – a parte queste soste obbligatorie, che pian piano mutano perché ci vivo scambi senza di lui, ci sono invece i luoghi sacri, quelli dove io non posso che ricordare. Stringendo la testa tra le mani. Una discesa di cemento che immette a un garage, con un pinnacolo di chiesa nel triangolo blu: è lì che m'è apparso la prima volta in tuta. Un faticoso slargo (faticoso perché lontano da qualunque fermata dei mezzi) circondato dai tigli alle spalle della Colombo, dove aspettando il Winstrol volle farmi tastare la durezza dei quadricipiti. Le kebabberie e le pizzerie a taglio ("Strapizzami"), come se l'unto e la caciara me lo restituissero; un arco antico tra i ruderi del Mandrione, dove l'ho baciato e m'ha detto che lo facevo arrossire. Tre volte mi sono munito del mio borsone e mi sono avventurato fino alla Active della Bufalotta, ma tre volte mi sono smarrito a visitare i suoi altari: l'armadietto 173, i cavi incrociati, la panca iper per i glutei – evitando chi lo conosceva, tremando sulla porta della sauna. Gli faccio ancora regali: il rasoio elettrico (Ermila 12, professionale) per depilarsi sul petto e sulla schiena, il miscelatore per le proteine, il berretto di Dolce e Gabbana, quello di lana a cupoletta, non ne portava altri – li conservo in uno scatolone, assomiglio a quelle madri che mantengono intatta la stanza del figlio morto in guerra. Siccome era lui che, festoso, mi saliva la posta nei giorni deputati («c'è posta per te»), ora la lascio in cassetta in attesa di niente.*

Per me ormai Roma è questa, non quella del Pantheon o di piazza Euclide; non i monumenti di gesso che si ammirano dal Gianicolo, né il giro di cupole e campanili che disegnano i gabbiani dalla Terrazza Olivetti. La Roma che per lui era straniera, da volerci quasi il visto per entrarci, è ormai straniera anche per me: non mi restano che le borgate, ma le borgate senz'anima perché l'anima delle borgate era lui. Per gli altri sono "il professore", detto con stima e ironia – il "buana" bianco che non conosce le usanze, il pollo da spennare, il gay attivo che comunque si inchiappettava uno dei loro, la persona di rispetto a cui chiedere il parere su un'irregolarità amministrativa o informazioni su un episodio storico: tra le identità che ho assunto nel tempo, mi pare una delle più accettabili.

Il progetto meno opaco che riesco a formulare è trasfe-

rirmi all'estero, in una geografia immaginaria dei paesi in cui mi è stato concesso di far l'amore con Marcello (più o meno come in quei giochi dove si ricostruisce una figura congiungendo i punti con un tratto di penna); mezzo per caso mezzo per volontà, la parte di mondo che mi sarebbe consentita ha ai suoi vertici Chicago e Sharm el-Sheikh, Amsterdam e Abu Dhabi, Rio de Janeiro e Barcellona, Cuba e Berlino – il territorio in cui l'ho posseduto è libero dai mostri.

Lucidità non vuol dire essere ciechi alle riserve di mito che ogni agire umano porta con sé, come tirarsi fuori dalla responsabilità civile non significa recidere le radici della creazione. L'eccezionalità di Marcello è tale solo per la mia miseria? Cerco in un'ennesima foto la risposta: è uno scatto non posato, in cui lui sta seduto su uno sgabello di plastica nello spazio limitato del mio balconcino. Il centro della foto sono le sue mani fini che escono delicate dal maglione, intrecciate e quasi congiunte – un'inesprimibile malinconia negli occhi e nell'atteggiamento, un'infinita pazienza. Lui lo sapeva di essere in prestito, che la sua bellezza non gli apparteneva (né apparteneva al suo ambiente: quel naso breve, aristocratico); sapeva di essere lì per altro; *era umile senza sforzo, sorpreso di essere medicina («mi dài un bacio, che mi passa?»; «se basta così poco...»).*

Sto correndo di nuovo, me ne accorgo, il rischio del dualismo – e non voglio cascarci più, sarebbe un gigantesco fraintendimento. Addio Marcello, tu sei un uomo e nient'altro che un uomo – diciamolo, nemmeno dei migliori. Ma la felicità che ti devo, quella strana, apatica felicità che non mi consente di recriminare né di piangere, be' quella felicità mi vieta di credere che il realismo non sia nient'altro che una caduta di fede. Tu m'hai insegnato a guardare oltre le cose, perché era là che vivevi davvero. Ho perso (e tu sai come!) il contatto con la natura, coi suoi opposti: orizzontale e verticale, caldo e freddo, vivo e morto; ma non ho perso il respiro che sta dietro la natura, la bolla che rinasce dopo ogni distruzione, anche quella che pare più definitiva. Non saranno le alchimie sociali, le tecniche sopraffine, a salvare questo pianeta condannato; anche se queste parole ti sembrano da matto («ma che stai a dì?»), fidati, e non credere a nessuno se ti urla che non vali niente; oltre i pianeti che crollano qualcosa si rinnoverà sempre, ed è la tua allegria. Non per me soltanto (anche se mi costa ammetterlo), per molti hai dato senso al mondo: molti si sono detti, quando tutto sembrava inutile e triste, «però c'è Marcello». Non è poco, per un uomo. Addio Marcello, grazie: se ho smesso di sentirmi inferiore agli altri, lo devo a te; qualunque cosa tu faccia e dovunque tu sia (chiamami, per favore! più ti immagino degradarti e più mi ecciti) – non è da tutti, credimi, testimoniare la bellezza e la grazia. Tu l'hai fatto e la traccia del tuo corpo non morirà.

L'alibi delle borgate

La strada nuova della Bufalotta in molti non la conoscono ancora, si ostinano a incolonnarsi come pecore nei gomiti semaforati di via Niccodemi; non sanno che svoltando verso il cantiere non ci si impantana più senza uscita, anzi in dolce salita si attraversa il residenziale e si plana sulla palestra dall'alto, costeggiando il maneggio. Asfalto nero e scorrevole come il velluto. In mezzo alla strada, incerto ma non impaurito, c'è un cane che non sa dove andare – i bordi non lo attirano, sembra quasi che voglia sedersi lì, in quel pizzo suicida. Si scoprirà dopo che è una cagna.

Da un Porsche Carrera grigio argento scende un coatto con due cerchietti vistosi allo stesso orecchio, coda di cavallo e maglietta attillata sui pettorali; lascia acceso il motore, aperta la portiera – si rivolge alla cagna con gentilezza: «che stai a ffà, te sei persa? non ce l'hai un padrone, eh? qua t'arrotano, lo sai?». Lei è mansueta, lascia fare, lo segue nell'aiola. Un ragazzo in scooter rallenta, ha l'aria di uno studente; lui e il palestrato si intendono subito, «mica se pò lascià qua». La fidanzata dello studente sta proprio adesso al parchetto, lì c'è un centro per gli animali smarriti, vado e sento se qualcuno l'ha reclamata. «Altrimenti la porto a casa co' me» dice il palestrato, e si capisce che in fondo preferirebbe. Mentre è rimasto solo arriva un anziano con un cocker – lui fa sempre quel giro ed esclude di aver visto la cagna nei dintorni: «un rottweiler così bello l'avrei notato, di questo nero intenso». Non ha medaglietta però ha un collare luccicante; «un po' grossier» lo giudica il vecchio e ne deduce che probabilmente il cane appartiene ai muratori che lavorano al cantiere, «con tutte quelle borchie».

Pian piano si crea un assembramento, una folla, una convention; ognuno si ferma e dà il suo parere: alloggiamola per questa notte e mettiamo un annuncio su internet. Meglio i cartelli, se è di poveracci internet non lo guardano, possiamo fotografarla col telefonino. La cagna intanto si è proprio sdraiata, si vedono le mammelle come se avesse allattato da poco; «no, coi cuccioli non sarebbe così pacifica». Il cocker del vecchio snob scava buche come un ossesso; il palestrato chiama il suo pusher, «so' bloccato, c'è un cane senza padrone... tarderò de mezz'ora, sempre che... no, ma scherzi, e chi ce l'ha er core d'abbandonalla? oh, si è se vedemo domani». Torna lo studente con la fidanzata e una veterinaria, controllano se c'è il microchip sottopelle. Non c'è – pausa morta, che il palestrato riempie raccontando: «a quattordici anni pesavo quasi cento chili... ogniqualvolta a casa mia scoppiava un casino, cioè sempre, me la sfogavo con il mangiare... compravo un pacco di zollette di zucchero e questa obesità m'ha devastato dentro... perfino la più cozza della scòla me rifiutava... poi mi sono ribellato al destino e ho detto basta... quello che fino adesso è stata la mia vergogna dovrà diventare il mio orgoglio...». Allo scoccare delle sei la cagna si alza e annusa l'aria, inquieta.

Tre ragazzette cinesi, timide, si sono fermate in disparte; qualcuno le nota e la più grande trova il coraggio di dire che, forse, loro quel cane lo conoscono. In un discreto italiano salta fuori la storia: accanto alla loro, qui in via Castellani, c'è una villetta in ristrutturazione, invece del cancello ci hanno messo un telo di plastica; oggi pomeriggio hanno visto il cane dei nuovi arrivati (sembrava questo) che ha rovesciato una seggiola e sulla spinta si è trovato oltre il telo, fuori in strada. Ecco perché è così mogia, non conosce il quartiere.

«Annamo, a bella»; lo studente si mette a correre, la cagna lo segue – appena svoltato l'angolo evidentemente si raccapezza, sorpassa abbaiando. Evviva, mistero risolto, la compagnia si scioglie scambiandosi numeri di telefono; il coatto di Fidene, ricordandosi solo adesso che il Porsche è rimasto aperto e con la chiave inserita, parte di slancio dopo aver lanciato la sua sentenza: «sta là, 'o vedo... bisogna fidasse, na'a vita mica ce sta solo er male».

L'amore per i cani, come qualunque amore, in Stefano è indotto; l'unica passione congenita (ma più che all'amore assomigliava all'odio) era quella per la poesia, anzi per le parole della poesia. Solitarie, dieci chilometri sopra i commenti poco educati dei compagni di liceo. Le parole come sassi, profetiche perché avare, consolatorie perché incomprensibili – parole e siringhe, a diciannove anni aveva rischiato di morire e Tania l'aveva salvato. Tania positiva, pratica, che non si riconosceva talenti artistici ma che era così attratta dalla bizzarria e dalla genialità; dagli improvvisi rossori di quel fidanzato inadatto alla vita. Stefano s'era riposato in lei, bellissima quando camminava in paese carica di pacchi per il negozio del padre; a Roma un appartamento in Centro ce l'avrebbero anche avuto, il padre di lei glielo metteva a disposizione – se non fosse stato occupato da inquilini piantagrane e troppo laboriose le procedure legali. Il riserbo come sottospecie di fuga, da quando la poesia non era più venuta a visitarlo. Introspezione e amore, il loro piccolo nucleo autosufficiente. Io tu e il cane. In una zona, quella di Montesacro Alto, al centro di promesse di riqualificazione urbana – poi erano arrivati i bengalesi: «quando il tuo vicino non lo capisci neanche, la tentazione è di startene in casa». Arabi col culo in su genuflessi in direzione della sua cucina, perché è la direzione della Mecca. Diventare un sasso, come le parole perfide. Stefano di sinistra, Stefano in comunicazione col diavolo; Stefano sempre più frustrato, sarcastico fuoricorso a inseguire impieghi improbabili, a recuperare crediti, a esibire positività; Stefano che accarezzando una rottweiler bonacciona si sente invadere da assurda invidia per il muscoloso parafascista, buono nell'animo, che l'accarezza insieme a lui – e che gli regala una biografia in quattro minuti. Lui sì che potrebbe intendersi con Tania e renderla felice; o forse no, i rimedi vanno a inserirsi sempre nei punti sbagliati. Forse, quello che Tania vuole è la finzione.

Certo, al centro commerciale Le Porte di Roma sono tutti e due fuori posto, lui e Tania. (Ultimo fuggevole pensiero per il coatto del giorno prima, quasi una nostalgia: poi l'intelligenza ha il sopravvento, l'intelligenza minerale che è una forma di rassegnazione.) L'illusione del lusso, qui, consiste nell'accumulare molta più roba di quella che si riesce a desiderare: è il segreto delle bibliografie on-line e della musica scaricata con l'MP3. Centinaia di punti vendita di marche mai sentite (Nuna Lie, Almaplena, Celio-qui), scale mobili, multisale, sotto una navata di legno come quelle degli yacht, un oblò al centro da cui si riversano tonnellate di cielo. Nonni e carrozzine, ragazzette punk che si commuovono a giocare coi neonati, tre militari giovanissimi digitano falsi codici bancomat ai terminali dell'Intesa-San Paolo, così per divertirsi. Una fila per assaggiare i ravioli lessi all'anice ricoperti di Nutella. Tania è delusa dal cattivo rapporto qualità-prezzo, Stefano furioso con se stesso per essere caduto nella trappola: le domeniche sono lunghe, d'accordo, e quella seduttività di quart'ordine starà pure vicino a casa sua, ma non è per lui.

Tania riconosce un'amica, segretaria come lei alla Farnesina; sacra famiglia, col marito e il figlio di un anno e mezzo; il bambino cerca le altalene ma lì al kindergarten non ci sono e piagnucola. Su Cesare, il marito dell'amica, girano tante chiacchiere («ma la moglie lo sa il passato suo?»; «eh, è un passato di verdura...») – che da giovane si prostituisse a vecchi facoltosi, che sia pure finito in carcere per aver tentato di derubarne alcuni; adesso è un quarantenne sgualcito, ansioso di socializzare. Stefano non ne può più, si allontana con una scusa – è curioso di una strana sfera dorata che si agita con movimenti sussultori, poi risulta che è solo un videogioco, una capsula dove si entra in due per simulare un volo di guerre stellari. Davanti alle vetrine di Calzedonia un indiano o singalese di colpo si sente male, crolla a terra e ci resta rannicchiato. Ubriaco fradicio, probabilmente: non apre gli occhi. Altri indiani che passano fanno segno di no, che non è con loro, dicono chiamate un'ambulanza. Nessuno si ferma, una commessa esce e rientra immediatamente; Stefano è tentato di soccorrerlo, anzi gli sembra che sia uno dei bengalesi del suo palazzo – ma non saprebbe che fare esattamente, non ha conoscenze di pronto soccorso, magari peggiora la situazione: qualcuno ci penserà, 'sti bengalesi sono tutti uguali.

Lorena, la commessa di Calzedonia che si è affacciata per qualche secondo, odia i thriller – questo diluvio di polizieschi che ci fanno sorbire in televisione. "Se c'è un morto" pensa, "la sola cosa che non voglio sapere è chi l'ha ammazzato." La televisione è per i poracci. Lei chatta su Messenger la sera, e pure l'amiche sue. Le spiace solo di non conoscere abbastanza l'inglese, di essersi sempre distratta quando cercavano di insegnarglielo a scuola. Il suo PC non è tanto veloce, è un "rigenerato" proveniente da un centro anziani, gliel'hanno regalato in circoscrizione – ci sarebbero dei siti interessanti da visitare, e poi i giochi di ruolo: ci mette un po' a caricare ma poi li apre. Dei fighi bestiali, assicura la sua amica che studia al polo informatico di San Basilio (alla Von Neumann due ragazzi del quartiere hanno progettato un robot che è stato comprato da un'industria di Hong Kong; questo per dire che non siamo proprio gli ultimi) – dei bonazzi assurdi, americani, che scrivono canzoni, amano l'Italia e le ragazze italiane. Lorena clicca sulle loro foto e compare la maledetta clessidra: sta fissa per delle ore, col mouse non si può più fare niente se non staccare il computer. Oppure delle scritte che lei non decifra, con tanti punti esclamativi rossi. O pretendono una carta di credito che lei non ha. Mica vuole spiare nei siti porno, le basterebbe allargare il giro ad amicizie internazionali, magari qualcuno che si innamora della sua immagine e la invita in Florida. O anche solo parlare di cinema.

Agli ultimi piani dei casermoni con torri, da Corviale a Val Melaina al Laurentino 38, dopo le nove è tutto un incrociarsi di e-mail, di connessioni interrotte, di timide apparizioni sui forum – scendere è pericoloso, da sequestrate in casa le ragazze vorrebbero costruirsi fotoromanzi in rete ma gli manca il know-how; tecnologicamente svantaggiate, carne da illusione. Le più cattoliche invece che sognare vorrebbero impegnarsi, informarsi di situazioni difficili in altri paesi per poterli aiutare: «volersi bene è l'unica risorsa e per ricominciare dobbiamo tornare indietro». Dopo le due di notte rientrano, come eroi antichi, i fidanzati e fratelli che hanno dato fuoco a qualche cassonetto o buttato una molotov nel cortile della caserma.

In grande accanto all'ingresso, al lotto 12: "onore a Liboni". Luciano Liboni, il "lupo solitario" che quattro o cinque anni fa sparacchiò per mezza Italia, ferendo un benzinaio e ammazzando un carabiniere, fin che fu sparato a sua volta – qui è diventato il simbolo di chi muore ma non si arrende. È bastato occupare un appartamento abbandonato, risistemare gli infissi e arredarlo alla meglio. L'idea è partita da una ex sindacalista della CGIL, rimasta sola e con voglie insoddisfatte di imprenditrice; quadri coi fiori e i paesaggi, divani di finto velluto e lampade da accendere col piede – in cucina un pensile tutto storto, un frigorifero col magnete di Brad Pitt e sul tavolo il cuore dell'impresa, la centralina con cinque linee. Le operatrici fanno turni di sette ore, sei di lavoro effettivo e una di decompressione, per il cambio della guardia; i turni di notte sono i più faticosi ma anche i più redditizi, quando chiamano i maniaci capaci di restare alla cornetta per più di un'ora. Lo stipendio è da sfruttamento puro, settecento euro mensili, incrementati o decurtati di poco da un misero cottimo. Bisogna tenerli sulla corda, anzi sul filo – i trucchi sono vari, a suscitare più ilarità nelle ragazze è quello della spugnetta strofinata sul microfono, «così se credono che je sto a fà sentì la patata».

Assunta (nome di battaglia Tina) è la più anziana del gruppo: trentanove anni, marito licenziato dall'ATAC per infrazione del codice etico (pippava in servizio), due figli. Il trucco della spugnetta l'ha inventato lei; è lei che tiene allegre le compagne, poi è buffo il contrasto tra il suo fisico e quello che probabilmente i clienti immaginano dall'altra parte – è una botticella alta uno e cinquantatré, con una facciotta rotonda e delle mani da carpentiere. «Mio marito è uno di quegli uomini abbastanza coscienziosi, che capisce che una fa questo lavoro perché a casa non ci stanno i soldi, no che se fa 'e zoccole davero come quelle su 'o stradone... certe volte ce scherzamo pure, 'o chiamo da qua e je sospiro "allora amore, ahhh, ci vediamo alle otto?"... me risponne a scema, io alle otto ciò er calcetto, che te metti a fà la voce sensuale co' me?» Poi Assunta ha finito il suo turno, si stiracchia – acquista confidenza, abbassa la voce e confessa: «sa che je devo dì? che quasi quasi preferisco qua... in casa ciavemo i figli piccoletti e mi' padre pure, dovemo stà sempre sur chi-va-là, nun te la godi come te la potresti gòdere... qui almeno il tempo ce l'hai, quei pòri disgraziati so' gentili, aspettano che arivi pure te... senta, sarà un'eresia, meglio il sesso virtuale qua che quello vero co' mi' marito... solo per il sesso dico, per il resto che c'entra?».

Saverio è un cliente affezionato del call center erotico; ha diciannove anni, il nome impegnativo è quello di un nonno avellinese; lavora come super-precario in una rilegatoria di San Lorenzo. Prima abitava proprio là, in via dei Sanniti, ma quando la madre si è trasferita in borgata col nuovo compagno, Saverio ha dovuto seguirla – suo padre è un mezzo filosofo che vive in montagna chissà dove. La fatica ti cambia la testa, pensa Saverio: quei lunghi estenuanti spostamenti nel traffico, per andare e tornare dal lavoro; o i viaggi sui treni dei pendolari per cercare libri antichi a Napoli – le partenze con l'interregionale delle cinque e zero tre, vuoto all'inizio e pieno man mano di gente che casca dal sonno, con la giacchetta di jeans buttata sulla faccia per non essere disturbata dalla luce. La sera veramente uno non ha più voglia di muoversi, si dimentica perfino di essere giovane. Le ragazze sono esigenti, le discoteche lontane; così ha cominciato a farsi le pippe su escortforumit.com, che aveva sentito nominare in rilegatoria da un tizio col gilè – tante mignotte lì ferme nelle loro cornici, che si aprono e ti mostrano quattro o cinque pose; e le prestazioni, se praticano l'anale o no, e i giudizi di chi ci è stato insieme. Ma Saverio è spaventato dai prezzi, inibito da quella bellezza stereotipata e falsa – una volta gli piaceva leggere, da quando i libri li ripara gli è passata la fantasia. Solo immagini è troppo frustrante; ha trovato quel numero su un volantino con due brutte foto in bianco e nero, appiccicato al cemento del vano ascensore. Un fiuto gli diceva che quelle erano ruspanti, raggiungibili volendo. Gli piace parlare soprattutto con Tina, la sua dolcissima Tina – «mamma Tina» gli viene da vezzeggiarla in segreto (una volta l'ha chiamato «tesoro» e gli ha rivelato che è sposata e molto più grande di lui).

La sua madre vera, quando vuole regalargli una camicia, è costretta ad agire di nascosto; non che il patrigno abbia problemi di denaro, la macelleria rende bene, ma è tirato come un giudìo. Per giustificare il ricarico sulla bolletta, Saverio si è dovuto inventare un amico americano che può trovargli un posto laggiù – con la prospettiva di levarselo dalle palle, il patrigno abbozza brontolando. Saverio comunque non vede l'ora di sganciarsi, si sta inventando un business a cui non sa nemmeno dare un nome: "affitta" borgatari alle trasmissioni televisive, quando servono per le inchieste e le docu-fiction. Fanno a metà lui e un ragazzo cinese, che di impicci è un esperto mondiale; conosce barboni e principesse, giornalisti e campioni di pugilato – in certi giorni è a terra e Saverio deve offrirgli pure la birra, poi improvvisamente viaggia in Jaguar. (In questo momento, Wong ha la macchina stipata di magliette rosse e arancioni avute sottocosto, che spera di rivendere al IV Municipio in occasione della giornata ecologica Puliamo il mondo, associata quest'anno a un corteo di sostegno per la democrazia in Pakistan.)

Le istituzioni hanno pensato, forse giustamente, che risolvere il problema delle borgate significasse abolirle, o meglio integrarle – hanno reso più efficienti i trasporti, individuato all'interno delle borgate stesse dei "poli di attrazione" multifunzionali, soprattutto hanno favorito la disseminazione di immobili di pregio in quel tessuto urbano interstiziale che funzionava da cuscinetto amorfo tra una borgata e l'altra. Così facendo, e senza volerlo, hanno espresso una delle pulsioni profonde su cui si fondava lo spirito delle borgate: la spinta a credere che *tanto, tutto è uguale*. Le borgate non sono più "il nostro Terzo Mondo", come nella pubblicistica degli anni Cinquanta e Sessanta: il Terzo Mondo, quello vero, è entrato in borgata e sta delineando con pareti invisibili un diverso territorio, mezzo ex borgata e mezzo baraccopoli, più immateriale e senza identità, da cui i primi a volersi tenere fuori sono proprio i borgatari. I borgatari voltano le spalle a quello specchio deformante che sono per loro «gli stranieri»: le donne dell'Est i più farlocchi se le sposano, i negri «abituano male» le italiane perché gli fanno assaggiare dei cazzi che sembrano dei tronchetti della felicità, i delinquenti indigeni diffidano della scarsa presentabilità degli esotici («noi ciavemo n'altra immagine»), temendo che gli attirino la polizia addosso; a parte frange minoritarie, la distinzione tra i due gruppi è netta – il meticciato, fatale sul piano della biologia, è respinto con decisione sul piano delle scelte.

I borgatari ambiscono potentemente a integrarsi, ma non con chi sta peggio di loro: vogliono farlo con l'avvocatessa strafiga che si è appena installata nel Comprensorio del Sole a sud del Casilino, col bancario che in palestra necessita di consigli sugli integratori e i bruciagrassi, col formaggiaio all'ingrosso che all'autolavaggio si vanta della crociera e intanto si segna il cellulare di qualche troia. La televisione dimostra che eccezionalmente la mescolanza è possibile, il Centro fa meno paura da quando assomiglia a un enorme outlet.

La grande arma che i borgatari hanno a disposizione è il nichilismo, sono loro gli antesignani dell'insignificanza; più il mondo borghese appare privo di senso, più i borgatari guadagnano posizioni, possono diventare avanguardia. Quel che per i borghesi è motivo di spavento («niente vale la pena, il futuro non esiste»), per il borgataro è moneta corrente («se sa»). Certo la loro è la facciata inferiore e inconsapevole dell'omologazione, per loro il consumismo è uno spettacolo visto dal basso; ma questo non comincia a essere vero anche per molta parte della borghesia estromessa dalla plancia di comando globalizzata? Il popolino romano vedeva il papa e i cardinali transitare in carrozza, il potere sfilava come fantasma di eternità non posseduta, esattamente come ora gli impiegati del terziario vedono sfilare i vip in televisione.

Dalla vecchia solfa della "società dello spettacolo" non abbiamo ricavato un'ovvia conseguenza epistemologica: se percepiamo il mondo come un prodotto artistico, allora valgono per il mondo le regole che valgono per le opere d'arte, cioè l'indifferenza morale e la sospensione dell'incredulità. Dunque non è pertinente se quel che dice un leader sia vero o falso, buono o cattivo – l'essenziale è che il leader sia "personaggio". Tra una realtà concreta ma deprimente e una rappresentazione seducente ma immaginaria, scegliamo la seconda – e la forbice va allargandosi: la realtà diventa sempre più evanescente perché inspiegabile e priva di ipotesi che la qualifichino, la rappresentazione sempre più corposa, magmatica e illusionistica. In questo spazio si muoveva, un tempo, la religione; ma il popolo di Roma l'ha sempre sospettato che le eminenze non credessero in Dio – l'ha sempre saputo che i quattrini fanno più miracoli dei santi, e nei riti in chiesa era abituato ad ammirare soprattutto l'allucinata teatralità. Più che nella fede, vive in una perenne fantasticheria paranoica; alla realtà in fondo non ci ha mai creduto, almeno fin che non gli piomba addosso di traverso («bisogna trovàccese»).

Ci sono luoghi del mondo in cui l'assoluto è più indifeso, meno affidato ai professionisti: le borgate sono uno di questi luoghi. Di fronte all'impossibilità di padroneggiare il contesto, il borgataro semplifica, si costruisce degli idoli personali e spera "alla grande", cioè a vuoto; vittima o spaccamontagne, si mette in scena come personaggio (o almeno come comparsa) per ottenere un'elemosina. L'illegalità è per lui una forma di magia, una manipolazione per piegare la rigidità del mondo ai propri desideri. Anche nell'universo borghese esiste ormai un'illegalità diffusa, intesa non tanto come precisa intenzione di delinquere quanto come metodo di sopravvivenza per rispondere a un eccesso di norme e di intrecci contraddittori. I più deboli (borgatari *e* borghesi) reagiscono al mondo con la droga, i più forti e grintosi cercano di afferrare ciò che desiderano tagliando per la via più breve – anche in termini di annullamento delle mediazioni e delle sublimazioni storico-psicologiche, i borgatari possono figurare come anticipatori e cavie.

L'appassionata analisi di Pasolini, vecchia di oltre trent'anni, andrebbe rovesciata: non sono le borgate che si stanno imborghesendo, ma è la borghesia che si sta (se così si può dire) "imborgatando". Al di là dell'esperienza biografica di pochi individui sbrancati, o dell'arroganza esibizionista di qualche ricco che gioca al sottoproletario ("se hai soldi, una bella macchina e un po' di cocaina, puoi scopare chiunque" è un motto del carcere ammirato e condiviso da Fabrizio Corona) – al di là dei casi singoli, vige un'effettiva solidarietà strutturale: nel continuum indifferenziato di chi il mondo non sa più vederlo intero, è l'ideologia di quelli che una volta si chiamavano gli esclusi (i lumpen, i sub-culturali) a risultare egemone.

Da sempre gli intellettuali hanno usato le borgate come alibi: i sottoproletari erano una metafora, una proiezione dell'inconscio – un ideale di violenza, di sesso animalesco, di barbarie, e insieme una strana innocenza vissuta per procura. Ci si ritemprava in un bagno di delinquenza pur restando nel giusto, nel politicamente corretto e talvolta perfino nel socialismo. "Un'altra razza alle porte della città, come un esercito in attesa." Ora gli strati si sono contagiati a vicenda: c'è un po' di borgata nei nuovi valori borghesi, un po' di prudenza borghese nei nuovi slanci dei borgatari. L'agognata "immersione nella realtà" si rivela un tuffo in un'irrealtà fossile e attualissima. Le altre razze sono arrivate davvero, non sono solidali tra loro, tendono a disseminarsi e a salvarsi per vie individuali, così divergenti che è impossibile indentificarvisi come in un'entità (il kamikaze islamico, l'imprenditore cinese, la badante moldava?); funzionano piuttosto come un enzima che favorisce una reazione chimica di compattamento in chi ha qualcosa da perdere. L'alibi veristico-decadente non regge più: se ci chiedono conto dei nostri desideri, non possiamo più proiettarne l'ombra su degli stuntmen. Il gioco si è scoperto, l'altrove è veramente altrove e il finto altrove siamo noi.

L'escamotage trovato dai giornalisti si chiama "cronaca": con le sue leggi irrefutabili, la cronaca induce a enfatizzare l'emergenza, recuperando la metafora e il pittoresco. Gli schermi e le pagine si riempiono di gommoni in arrivo, di materassi lerci, di uomini-topi e di immondizia che brucia, di agguati in metropolitana e fuori, meglio se completi di sgozzamento e di stupro. Di spedizioni punitive, di scontri con la polizia – salvo passare ad altro quando la cronaca non è più fresca. Il sangue è sempre stato un buon vettore per il turismo, perché illustra inferni *à la page*: la provincia affluente, la periferia degradata, i campus maledetti. La cronaca sta attaccata al filone dello scandalo, alla soluzione spicciola; quel che le sfugge è la concatenazione dei livelli, il male dell'insieme.

L'interesse per i colpevoli e gli emarginati (se non è sostenuto da un rarissimo e santo amore di Cristo) è solo la carta moschicida che attrae i nostri sguardi per distoglierli da ciò che accade *in media*. La fuga dal quotidiano è fuga dal profondo, fuga da noi stessi. A contare sul serio non sono l'incendio o la rissa, ma quel che tutti noi stiamo diventando. Non le esercitazioni paramilitari, ma il vuoto nell'anima. Mentre la politica cerca la vita, gli dèi cercano la morte: compito degli dèi è ricondurre le malformazioni a semplicità – la politica è lenta trasformazione e sopravvivenza a ogni costo, gli dèi si occupano di fine e di rinascita. Le borgate ormai sono un bersaglio immaginario anche per chi ci vive; l'anticamera anarchica della perdita di sé, il limite oscillante tra una solitudine impossibile e una socialità infelice – in cui è implosa la loro famosa "vitalità". Il segreto di una civiltà al tracollo è la consistenza fluida: una geografia collosa, una storia evaporante, un'identità fondente e una criminalità liquida.

Nessuno da salvare

Nella casa di via Vermeer, scala A, c'è un andirivieni di operai in tuta arancione e di tecnici delle luci; i pulmini della Rai sono parcheggiati davanti al negozio di animali, che ha cambiato nome e gestione, ora si chiama Pappa e cuccia. Sul balcone che era di Chiara e Marcello hanno piazzato dei padelloni e delle casse d'amplificazione che qui farebbero gola a molti, infatti ci si sta chiedendo se c'è da fidarsi a lasciarli per la notte – capace che domattina li ritroviamo a Porta Portese. «Facite ammuina, arriva l'autore»; scherzano e un quarantenne olivastro scende da una Smart.

C'è da organizzare una sorpresa, per uno di quei programmi in cui si realizzano i sogni della gente. L'autore, indicando dove devono stare le telecamere, riassume la storia: hanno ricevuto la lettera di un trentasettenne installatore di hi-fi – è al suo secondo matrimonio, la prima moglie gli ha mangiato la casa e l'attuale lo sta accusando di debolezza («basta che quella là muove un dito e lui corre come un cagnolino... manco fosse sua madre, però una madre che si fa servire»). La seconda moglie è incinta, nel monolocale al Mandrione non possono più stare; lui è riuscito a ottenere quella casa dell'Ente rimasta sfitta ma non ha i soldi per arredarla, «per dimostrare a Elisabetta che l'amo, chiedo aiuto alla televisione».

Una compagnia di muratori, imbianchini, idraulici

e falegnami d'assalto trasformerà quell'appartamento in settantadue ore, anzi le ultime finiture dovrà apparire che vengono fatte in diretta; la ristrutturazione più seria è già stata eseguita, la sostituzione delle mattonelle del bagno che erano frantumate come se qualcuno ci avesse sbattuto sopra dei pesi. Si sta provando la fila degli operai arancione, ognuno con una cassa in mano, vuota; le riprese avverranno col buio, ci sarà bisogno di torce da giardino – telefonata per sapere chi potrà accenderle, pare che non sia nel mansionario di nessuno. Un vecchio interno Rai rimpiange quando l'azienda non stava con l'acqua alla gola, «arrivavano dolly e carrelli come se piovesse». La sorpresanda è laureata in Mediazione linguistica e all'autore è sembrata tanto un'incontentabile, magari quell'arredamento non le piace – dice che voleva un soppalco ma sticazzi. L'hanno sentita con la scusa di invitarla in trasmissione per farle incontrare Marco Masini, e invece oltre al suo idolo avrà lo shock della casa. Ma è una che non piange, troppo intellettuale, non ci darà soddisfazione – vuoi mettere con la signora di Ostuni che quasi sveniva per l'estasi? figurati che si credeva che dopo la trasmissione i mobili li doveva restituire, porella, se non passavo io il mercoledì a riprendermi la borsa lei non usava la cucina per paura di sporcarla, sui divani c'era ancora la plastica.

Mettono i segni con l'adesivo dove dovrà fermarsi il conduttore (il corridoio è stretto e di spalle quello non viene bene perché si vede il tatuaggio sul collo); parlano di nati con la camicia, del papa e di Wanda Osiris, delle vacanze che finalmente si godranno a ferragosto – guardano lontano, il sole che tramonta tra i cubi grigi, ci sarebbe da fare una speculazione comprando adesso in quella zona. Dal balcone tirano le cicche sull'erba striminzita, dove tutte le sere Marcello si rotolava col cane.

Nessuno vuol più conoscere nessun altro nella scala A – non hanno orari simili, si evitano; qualche «'ngiorno» o «salve» biascicato a mezza bocca e subito lo scatto della serratura. Ciascuno teme di leggere negli occhi del vicino il marchio infamante, "tagliato fuori". Moltiplicando gli obiettivi, hanno l'impressione che la borgata scivoli via: il pilates, le lezioni di cucina, la riunione con Alemanno, il corso di scrittura creativa. Solo Valentina, la figlia sedicenne di un padre discutibile, coltiva venerazione per un'altra abitante della scala.

Valentina si è trasferita lì (nell'appartamento lasciato libero da Bruno e Flaminia) dopo la separazione dei genitori: la madre è una troia e si è comportata da troia, a Valentina è venuto spontaneo schierarsi dalla parte del padre, nonostante i trascorsi di lui e gli anni di galera che s'è fatto. Lui ha insistito per la scuola privata, lui la consola quando nella comitiva di piazza la prendono in giro perché parla italiano pulito e indossa le bluse color pastello; lui l'ha iscritta a nuoto e non le fa mancare niente. È un paparone grande, l'unico argomento che litigano è per le fotografie, pure una con la minigonna, castissima, per lui è già troppo. Ma Valentina non vuole diventare campionessa di nuoto come la sua amica, che poi si è strappata il tendine e ora ha in mano un pugno di mosche; e non vuole neanche sprecarsi come le coatte che le vedi con le zeppe, i bomberini, il trucco nero... l'altro giorno una le fa «a bella!», lei si gira, era una gigantessa alta uno e ottanta che la piglia di petto «ma che cazzo te guardi?», «scusa m'hai chiamato, perciò ti guardo» – aveva un fisico che avrebbe potuto fare benissimo la modella, invece è sempre mezza strafatta e va in moto con uno dei Casamonica. Quello che papà non vuole capire è che per lei le foto un po' osé sono il modo per uscire di lì e restare una brava ragazza, non il contrario.

L'idolo di Valentina è Fabiana, la fidanzata del poliziotto del terzo piano. «Non farti troppi problemi, tuo papà ti vuole bene e alla fine sarà contento pure lui.» Intanto la presenta, anzi la impone, a qualche serata della porchetta, coi sindaci, o più importante con un comico di "Zelig": «sono cose che ti danno sicurezza, ti insegnano a usare termini diversi se hai un pubblico di fruttaroli o se stai a un convegno di politici... io quando ho fatto "Uomini e donne" il regista mi disse ecco, si vede che tu sei una di strada... ma lo diceva come dote positiva... che hai un carattere, che se ti pestano i piedi apri la bocca e esce la qualunque, è un ambiente che ti forgia». Fabiana ha venticinque anni ma Valentina l'ascolta come se fosse sua mamma, la mamma che avrebbe voluto avere; per Valentina, la storia di Fabiana è una specie di fiaba.

«Ero partita per Ibiza, là chiedi acqua e ti danno alcol puro... era divertente però alle quattro cambiava l'atmosfera, quelli che a mezzanotte erano lucidi si trasformavano, non ci potevi finì un discorso, praticamente me facevo le canne pur'io a forza de sentì la puzza di quelli che se le facevano... a uno gli hanno detto guarda che è morto tuo fratello e lui "hi hi, ma dài", ha continuato a ridere come un cretino... alle cinque andavamo al Frontière, un casermone coi vetri oscurati, fino alle otto... al bagno delle donne arriva un trans che mi fa "senti, ce l'hai un assorbente?", io me lo so' guardato come per chiedermi a che gli serve, e quello "va bene anche usato"... da lì non sono più andata a ballare e ho capito che la mia vita doveva prendere un'altra direzione... quelle del mio gruppo adesso scaricano le mozzarelle al mercato e la sera pippano in macchina, con la bambina piccola in braccio.»

Fabiana si è staccata dalla comitiva e si è impiegata in un'agenzia ippica all'Eur; lì ha conosciuto un fotografo che l'ha introdotta alle selezioni provinciali per miss Universo, a Morlupo: non ha potuto continuare, pur essendo stata scelta, perché non aveva compiuto diciott'anni. Ha lavorato come hostess per i congressi, dallo Sheraton all'Hilton, tutti posti di un certo livello, fin che non è approdata alle televendite di Mediashopping – il fidanzato dell'epoca voleva murarla viva, lei infatuata com'era ha chiuso i contratti: dopo due anni lui è stato chiamato al "Grande Fratello" e l'ha tradita davanti a milioni di persone. Da un male però è uscito un bene, cioè le copertine sulla "miss tradita", e quindi la De Filippi l'ha voluta come tronista – lei credeva che i pretendenti fossero tutti dei bambolotti senza attributi, invece ha trovato Benny che faceva il poliziotto ed era capitato lì per caso. È nato l'amore, «figurati che quando l'ho scelto poteva dirmi di no e sarebbe salito lui sul trono... soldi, tre mesi sicuri in video... invece ha rifiutato tutto, per mettersi con me nella vita vera... la televisione mi ha tolto una cosa per darmene una più bella».

Gli uomini, spiega Fabiana a Valentina, bisogna valutarli con intelligenza – la maggior parte sono dei vermi e con quelli non bisogna farsi scrupoli: sfruttarli per quello che possono, informarsi sulla effettiva capacità di influenza, tanto dopo basta un bidè. Prendere sempre personalmente le precauzioni, non fidarsi di loro, si sfilano il preservativo mentre tu stai girata. «Per fortuna esistono gli uomini veri.» Come mio padre, pensa Valentina, che si spacca la schiena scaricando a Ostia eppure è sempre sorridente; le dispiace nascondergli i vestiti scollati, le calze a rete. Ma lo faccio per il suo bene, una volta ricca aiuterò anche lui – quando ha avuto il blocco renale ha collassato perché due infermierini gli avevano dato tre volte gli antidolorifici, negli ospedali di periferia se hai problemi ti finiscono di ammazzare; io voglio essere in condizione di ricoverarlo nelle migliori cliniche d'Italia, se si presenta la necessità.

Valentina ignora che il padre è di nuovo in pista con le rapine. «Mi' fija deve stà fòri dalla mischia, è bella come un angelo... quando la stronza l'ha partorita io stavo dentro, nun l'ho vista nascere, sicché me devo rifà adesso... un po' m'assomija, però è più bella de me... assomija a mi' fratello più piccolo ch'è er bello da'a famija, cià li stessi occhi suoi... speramo che nun cià 'a zoccoleria genetica da'a madre... io nun me voglio giustificà, si fo quer che fo è perché la natura è quella... però a mi' fija j'ho voluto dà tutto, si nun c'era lei io nun ero nessuno, e se i mezzi te mancano resisti, resisti delle settimane a tirà 'a cinghia, dei mesi, ma alla fine te ricordi che sai annà in bicicletta, e prima che mòri te rimetti a pedalà... speramo che nun me bevono, più che altro pa'a delusione sua... io je riconto 'a fregnaccia che sto fòri la notte pe' il mercato ar mare, e lei me sa che m'ariconta de peggio... ma che devo fà? allo sgobbo ciò della gente che affida la vita sua a me, e io l'affido a loro, mica posso avé fretta e sbajà magari perché so' preoccupato pe' mi' fija... oh, si un santo je mette 'na mano 'n testa e 'a protegge... io ce provo a esse severo ma parlamose chiaro, con dei genitori così mica potevo aspettamme che se chiudeva in convento...»

Chi è pratico di conventi è un osteopata che sta tutti i giorni a pranzo alla rosticceria di via Vermeer; è una rosticceria triste, dove anche i listelli del rivestimento sono di plastica – uno si aspetterebbe quelle vaschette di cibi precotti scaldati nel microonde, invece sul retro a cucinare c'è la nonna del proprietario, la sora Rosa, che garantisce carbonare e gricie di primo livello. Qui spendono i loro buoni-pasto, da quando la nuova sede della clinica è stata realizzata sull'asse urbano di raccordo tra i due poli industriali, i medici del Borromeo:

impermeabili alla borgata se non per qualche battuta veloce e l'incazzatura sul traffico.

L'osteopata è brizzolato, evidentemente consapevole di una beata somiglianza con George Clooney; parla fitto con un collega, lamenta un torto, dice «l'impugnazione del bando è stata tardiva», come a intendere che quel ritardo l'ha voluto chi lo detesta. C'è aria di mobbing, o forse una più nobile lotta per gli indirizzi di ricerca; poi arrivano i rigatoni e per un misterioso shift del pensiero l'osteopata belloccio comincia a vantarsi di una sua mansione speciale. Ha l'incarico di praticare le radiografie alle giovani suore del monastero di ***, che una volta era in piena campagna e ora è circondato dal vetrocemento. Con una monaca, sembra di capire, la relazione si è spinta molto in là, anzi è arrivata alle estreme conseguenze. «Ciaveva 'na faccetta curiosa, non bellissima, ma un corpicino da sballo... mi diceva è strano, tu ciài la barba... è diverso da quando facciamo tra di noi... poi s'è scatenata, quelle ti spolpano vivo... ma ti rendi conto? a me mi si è aperto un mondo: c'è tutta una realtà che noi non conosciamo, un tesoro nascosto che lasciamo nelle mani dei parroci, dei confessori... no, non ti posso dire il nome, sei matto? ma più o meno tutte... tra l'altro lei è un po' che non la sento, ogni tanto mi messaggia con delle frasi molto spirituali, però erotiche... mi sa che s'è fatta scappare qualcosa e l'hanno silurata...»

L'interlocutore insiste per avere altri particolari: sono tornati bambini, si incalzano con le voci, il timbro è quello di antiche rivalse – ma l'osteopata si mostra gradatamente sempre più vago («dài, che poi io so il nome vero, non quello da suora... manco mi posso far sostituire... che t'ha preso la fissa, mo'?»). Fa il prezioso: forse è pentito dell'indiscrezione o forse è solo una bufala.

Flora, l'imprenditrice filippina di gioielli, ha confermato il successo e allargato il suo giro d'affari: dal laboratorio al piano terra ha conquistato anche l'appartamento del primo piano (lasciato libero dalla Cicci che si è sistemata in modo più consono al suo ruolo di consigliera, in vicolo Margana davanti al Campidoglio). La famiglia però si è sfasciata: il marito è tornato a Manila, la figlia maggiore le ha dato un nipotino ma poi si è separata e ora fa volontariato in una comunità delle Marche. Maria Asunción è uscita da quella dura esperienza col carattere trasformato: non ha più voluto saperne di religione e di chiesa, ha approfittato dello psichiatra d'appoggio per mollare il lavoro della madre e iscriversi, dopo la licenza media, a un istituto tecnico per il turismo. Ma le insegnanti sono preoccupate, Asunción sta più coi maschi che con le femmine; si è inserita in un branchetto di baby delinquenti che ha a capo il figlio di un magistrato: taglieggiano i compagni, si pigliano i giubbotti, le scarpe, i telefonini. Flora è forte, aiuta chi è vittima di violenze (una signora scippata, sottobraccio al marito demente: «se po' vive così, co' 'sto regalo che m'ha fatto Gesucristo?» – Flora le ha offerto un caffè e l'ha costretta ad accettare duecento euro infilandoglieli in tasca); ma qualche volta si siede nel laboratorio deserto e si domanda se ne valeva la pena.

La famiglia più unita e tradizionale è quella che è venuta ad abitare nel triplo appartamento che era stato di Gianfranco. Ora ci vivono in sette: tre fratelli provenienti da Braşov, in Romania, due sposati e uno scapolo, e i due figli di una delle coppie. Anghel e Dragos, i due fratelli minori, lavorano per una ditta di impianti idraulici; Kostea, il maggiore, gestisce un garage in fondo al Prenestino – è l'ultimo arrivato, ha preteso certezze dai fratelli prima di trasferirsi, sia perché non voleva lasciar soli i genitori, sia perché spostare i figli da scuola era complicato, e insomma a quarant'anni aveva radici più profonde. Violeta, sua moglie, fa da badante a una signora sola con un nipote notaio che la va a trovare ogni tanto. Eva, la moglie di Dragos, sta in casa ed è lei la responsabile del buon odore di fagioli e di verdure che invade la scala. Hanno la mania di tenere accesi dei termosifoni supplementari perché sostengono misteriosamente che Roma è troppo umida, che non è un freddo secco come in Romania e che addirittura gli lacrimano gli occhi per l'umidità. Hanno paura di Obelix, che ancora l'altro giorno ha fatto una scenata scaraventando per le scale una pagaia da canoa; Kostea soprattutto, con la responsabilità del capofamiglia, ci tiene a dimostrare che loro sono onesti, anzi la regolarità fatta persone.

«Io lavoravo in ferrovia como lavoratore poi un po' di specializare, capo di squadra in ferrovia, dove sono questi binari... mia Violeta l'ho conosciuta al lavoro, lei stava in altro, como se dice, riparto, ci siamo conosciuti all'improvviso... il mio paese vicino a quello di lei, andava a ballare solo qualche volta perché io lavoravo pure la domenica... io lavoravo in sicurezza, in controllo sicurezza, e flusso continuo, turni... discoteche uguale como qui, tutto in Romania uguale a Italia; ma terra è più buona perché Italia è penisola, noi non siamo penisola, là la terra puoi coltivare qualcosa che vuoi, dove vuoi, perché ci abbiamo pure montagna ma non è tanta sabbia, pietra, puoi mettere alberi che ti pare.

Mamma all'inizio qui si ha trovato bene, però tra un mese ha cominciato che voleva andare via... a Torvajanica al mare ma non ci avevamo la macchina... meglio che lei sta a Braşov, io so che devo costruire altra casa in Romania, per tornare tutti appena si po', si può... tutti vogliamo tornare meno che Nicu ma Nicu cià tredici anni che ne sa lui... dopo che è caduto il comunismo tutto è arrivato presto privatizzare: a me non mi davano più pezzi nòvi da cambiare, mi dava un pezzo quasi nòvo, meno vecchio, sì, e dicevano fai lo stesso, però noi abbiamo regolamento di sicurezza e io avevo paura incidente, io non posso continuare a lavorare se materiale non buono... io ci avevo tanta responsabilità, dovevo garantire almeno due anni di funzione, avevo paura andare in galera.

Lo Stato adesso non gestisce più niente, solo incassa i soldi perché è più facile così... io ho lavorato meglio in tempo regime comunista e peggio dopo... fratellini andavano a giocare vicino di bosco, ma bosco bosco, grande, con cinghiale, io già facevo caccia e loro stava vicino dove c'era pecorari... le lepri vedevamo così di faccia in primavera quando stavano a accoppiarsi, no gli fregava niente... quando il grano è maturo i cinghiali veniva per bere acqua dai fossi... qui andiamo a Villa Ada ma no è un vero bosco, ci stanno siringhe... però quanto guadagni qui in un mese, in Romania devo lavorare un anno... adesso ci sono queste firme, queste ditte, che hanno preso in Romania quelle già in stato fallimentare, i sindacati ci sono però lasciano perdere.

Io venuto via pure perché quando abbiamo comprato la prima casa, con soldi che mandava Anghel e Dragos, io ho recintato con betone, con cemento... perché qualche vicino ci aveva qualcosa con noi e ha chiamato polizia, ha detto noi avevamo rubato le traversine da ferrovia, che in ferrovia non serviva più, ma lui ha fatto una piangere che noi avevamo rubato e polizia portato via mio padre... tizio era invidioso perché bestie non poteva più passare dove passavano prima, noi abbiamo stato zitti e lui diventava peggio, a fare una reclama.

Mia figlia, Stanca, ha sedici anni, ragazzi parla italiano meglio di noi, lei è una bambina seriosa... noi siamo diversi, i figli sono un po' tenuti così *(stringe il pugno)*, no si lascia andare in discoteca... noi non accettiamo questa cosa, è rischioso... qui c'è sequestri, c'è delinquenza, qui no è como in Romania, qui dice che va lì ai genitori e va da un'altra parte... c'è questa signora dove lavora mia Violeta, noi pensiamo como nonna perché ha fatto tanto... signora va sempre in chiesa e allora mia figlia lascio a spasso con lei, chiesa è cattolica no ortodossa però è uguale.»

Anghel frequenta la sezione territoriale di An e spera di conquistare presto il diritto di voto; racconta che in Romania agli zingari è stato restituito l'oro sequestrato durante il regime – hanno ville bellissime con cesti pieni d'oro sotto il letto, ma vivono nelle tende piantate in giardino perché sono abituati così. Gli zingari hanno un odore particolare, addestrando dei cani si potrebbero riconoscere facilmente anche in Italia. La colpa è della Caritas e delle suore di Madre Teresa, che gli danno da mangiare; anzi, la colpa è della democrazia, i delinquenti vengono qui perché voi siete democratici e le vostre leggi sono più bonaccione delle nostre. Chi non lavora non mangia: al tempo del comunismo si diceva "se non hai un lavoro te lo troviamo noi, che scuole hai fatto?", e il lavoro usciva a partire dal giorno dopo – ma se uno non si presentava, allora *puşcarie*, in galera.

Dragos non si interessa di politica, non ne vuole parlare; a lui piace fare l'amore, riempie Eva di vestiti e di bigiotteria; la coccola, la porta a ballare e al cinema («abbiamo visto il film *Moby Dick*, vecchio, Eva si ha spaventato, ma pure l'*Orca assassina* era molto bello»); per questo forse non hanno ancora un figlio. Eva va pure a lezione di cucina italiana perché vorrebbero aprire un ristorante. Di notte miagolano come gatti e Nicu resta sveglio ad ascoltare gli zii; a Nicu piacciono le macchine da corsa e si è costruito il modellino di una Ferrari.

A Stanca invece l'Italia non va giù, nemmeno il suo nome le pare adatto in Italia perché fanno le battute oscene. «Mi piace tantissimo i bambini piccoli, fare la babysitter, ma i compagni sono insopportabili... non denunciato alla professoressa perché poi dicono che non so difendermi da sola... vado in piscina ma ci ho paura dell'acqua, il mio sogno è la ginnastica artistica ma devo troppo studiare, tutte le lingue, la grammatica, io sono iscritta al liceo linguistico... in Romania erano tantissime cose belle, ci stanno i fiori a tutti i pali di elettricità, un cerchio pieno di fiori... non andavo io, andavano i ragazzi e davano alle ragazze, qui solo le mimose... per Pasqua i ragazzi spruzzano acqua di Colonia e le ragazze danno da bere i liquori, alla fine i ragazzi tutti ubriachi, al lunedì di Pasqua... qui ci vuole tantissima pazienza, ragazzi veramente no sono gentili... in chiesa, in quella che è stato portato il corpo di Santo Caracciolo, ci stanno le feste per i bambini di Africa, e io pure sono andata a raccogliere i soldi, poi abbiamo cantato i Beatles... mi piace Tiziano Ferro e Beethoven.»

La casa di via Vermeer è la controfigura di se stessa: sembra immersa in una cipria di buona volontà – niente più prostituzione, niente coltelli. Il bidello del terzo piano (alla scuola elementare Ho Chi Minh nel nuovo residenziale di Castel Giubileo) ha messo dei piranha nell'acquario e aveva comprato dei pesci rossi che dovevano servire da preda; ma uno non è stato divorato subito e adesso è diventato il capobranco, comanda lui. Per sopravvivere bisogna smussare gli organi di senso, cancellare le categorie, ammaestrarsi sui delitti altrui e accontentarsi di tirare avanti. Ridurre gli assoluti. Il rimpianto che divora i pensieri di Sandrino, il bidello, è quel porno girato a ventun anni con Moana Pozzi: si trattava di un porno molto soft, lui era nudo ma doveva baciare Moana senza fare altro – solo che le mani gli partivano ogni volta e il regista si incazzava perché dovevano rifare il ciak. «Se vuoi, possiamo continuare questa scena nel mio albergo» gli aveva detto Moana, lui era atletico all'epoca – ma non c'era andato («questa è abituata a Rocco, ai cavalli, io col mio cosetto che je riconto?»). Se avevi più coraggio, le dimensioni valgono poco per le donne, a quest'ora potevi vantarti d'esserti scopato un mito. «Io me vanto uguale, tanto è morta mica me pò smentì.»

Sua moglie Anna di queste fantasie non sa niente, torna e riferisce su un omicidio di cui si chiacchierava in bottega: a Spinaceto, di fronte alla sede dello Spinacity Medialab, un restauratore di mobili ha seminato una strage, sgozzando una donna che lo aveva umiliato e la madre di lei, e stuprando la figlia di otto anni e mezzo. «Una strage pò succedere» commenta il bidello, «ma la bambina nun la doveva toccà.» Anna pensa alle sue, di fantasie, e i discorsi idioti del marito le danno fastidio; 'sta testa di cazzo, bastava un quoziente d'intelligenza normale e mo' non starebbe con novecento al mese. Ecco, ha rovesciato l'olio sulla tovaglia; ci passa lo Scottex e allarga la macchia, ma è proprio scemo. «Per cena me fai le patatine fritte?»; «si vòi le patate vattele a comprà.» Anna si ritira a letto senza mangiare e senza aspettare il marito, riflettendo su come sfruttare al meglio il monolocale in Sant'Agata dei Goti. Quello è proprio suo suo, lei è riuscita a salvarlo contro tutti quando la rivendita di pneumatici del padre è fallita; la zona è centrale, buonissima, forse invece di affittarlo con un contratto lungo potrebbe cederlo settimanalmente ai turisti – così magari se resta vuoto ci vado io qualche volta di nascosto da 'sto impedito, e ci incontro chi mi pare.

La casa è intrisa di rabbia, i muri ne trasudano ma niente più esplode, tutto si blocca allo stadio di aggressione latente. Lorenzo, il dee-jay del terzo piano d'angolo (Fernanda s'è trasferita in una villetta a schiera di via Medaglie d'Oro, e ha selezionato la clientela sfruttando la notorietà che le deriva dal tenere lezioni di sesso su una rete televisiva locale) – Lorenzo, dicevo, ripercorre tra le coperte il suo arrivo a Roma sette anni prima: "al paese morivo, Colle Giove era 'na cella e niente di più... oh, la stanza de Pietralata faceva schifo, per fortuna che son calati i miei, quando han comprato il tavolo... hi hi, mia madre ciaveva 'na faccia come pe' dì questo mòre subito... la domenica a Colle i barattoli in borsa... i bicchieri di plastica bianchi col sugo congelato, una porzione al giorno... Laura allo Scacco Matto, era la fine del mondo, la fissavo per delle ore... quante pippe, avevo incrostato il bagno con lo sperma... invece vedi dove sono arrivato, a parte 'sti due che sono belli di professione, qualche pelle decente ma'a so' fatta pur'io... questi si amano solo allo specchio, si guardano e non si capiscono... lei è 'na marescialla, lo schiaccerà per tutta la vita... gli ha regalato il gatto persiano che lui odia... gli ha sbagliato perfino il gatto". Lorenzo ha un fucile tatuato sulla nuca ma è solo il ricordo di quando recitava a teatro (a proposito, per il corso di scrittura deve cercare il pezzo pubblicato su "Collaborazione"); si addormenta nervoso perché gli è sparito il bilancino che gli serve nelle consegne in discoteca.

Benedetto, l'agente scelto fidanzato di Fabiana, sta aggiornando la scheda della palestra, mica può finire come il compaesano sfigato che dorme di là. Sta preparando l'esame da soprintendente, però è deciso a mantenersi sul piano fisico – magari ricapita un'occasione migliore. Ha il wok per le verdure e l'attrezzo per tritare il ghiaccio applicato al frigorifero: si può godere anche rispettando un basso regime calorico. Fabiana spizzica un formaggio tartufato dello Zio d'America, scava con la forchetta solo i pezzi dove si annidano i frammentini neri di tartufo e trascura il resto. Essere belli è un lavoro, oltre che un dovere con se stessi. Si lavano i denti insieme, lui le spiega come si fa a non farsi sottrarre i punti dalla patente se vieni beccato dall'autovelox: quando ti mandano l'avviso che devi dichiarare chi conduceva, tu non rispondi e dopo due mesi paghi trecentocinquanta euro di ammenda, però i punti non sanno a chi toglierli e quindi ti salvi. «Comunque 'sta scheda non funziona» conclude Fabiana strizzandogli i rotolini.

La notte scende sulla casa come una plastica traslucida, senza messaggeri che tirano né verso l'alto né verso il basso.

Obelix, l'unico dei vecchi abitanti che sia rimasto dov'era, è molto dimagrito – noduli lungo il collo come prima avvisaglia, che non sparivano nemmeno con gli antibiotici. Risonanza magnetica eccetera. Erano già metastasi, di un tumore situato alla base della lingua. Incazzato col mondo, se non mi salvo io devono morire tutti. Sfuriate, bottiglie spaccate contro la ringhiera – poi come una pecora a fare altre analisi, pronto alle cure che gli ordinano. La chemio prima, e le radio che ingrossandogli la lingua non gli permettono di inghiottire; con l'ansia che la sorgente principale si azzeri, se no bisogna operare e trinciare l'osso della mandibola, «il tempo è il nostro peggiore nemico». Una debolezza generale e cronica, le mucose infiammate che anche la crema rinfrescante è come fuoco a spalmarla, come se si strofinasse la cappella con la carta vetrata. Al danno s'aggiunge la beffa, lo scherzo del destino.

Perché stavolta Obelix s'è innamorato; dopo una vita consumata a fare sesso bestialmente, quando capitava e spesso con donne brutte, tanto per togliersi il pensiero, al pub ha incontrato Katia – il corpo che aveva sempre sognato, e quello speciale talento che hanno le russe nel farti capire che sono loro a scegliere. Proprio con lei è condannato a fare cilecca, anzi a non provarci nemmeno. «Il massimo da'a sfiga... se c'è qualcuno lassù, se sta a divertì parecchio co' me.»

Si chiude in casa con la PlayStation, la techno in sottofondo, gli sembra di avere tredici anni come lo stronzetto rumeno; fin che gli occhi non si incrociano, le dita gli cedono, i riflessi l'abbandonano. E allora televisione, i quiz e le merdate del pomeriggio senza capo né coda, che manco i mongoloidi – il Dalai Lama è mussulmano o induista, boh? Sembriamo tutti dei fantasmi in quella scatola lì. Gli antidolorifici lo hanno reso lento, perfino gentile; in certi momenti potrebbero rubargli il portafoglio e abbozzerebbe. Tranne pochi scatti improvvisi davanti agli amici – perché li odia, sono sani e non possono capire. Trovare le magagne negli altri è diventato il suo sport: i fornai che mettono la polvere di marmo nella farina, i medici che fanno abortire le cubiste di quindici anni. Qualunque infamia, pur di allontanare le domande da sé. L'hanno spedito per un consulto al centro oncologico diretto da Veronesi e lì a Milano ha incocciato Marcello – che è sbiancato quando l'ha visto, «'sto coniglio ciaveva ancora paura».

Marcello camminava reggendosi la coscia destra con la mano, quando ha riconosciuto Obelix gli è sembrato che tutto il suo passato gli rovinasse addosso – ha temuto che gli chiedesse ancora soldi come nei giorni odiosi delle minacce, non s'era accorto che era cambiato tanto. «Tutti semo cambiati, qua me so' realizzato ner mondo dello spettacolo, devo recità la parte di un incubo.»

Ma non è vero: compatito in fretta Obelix («se semo abbracciati e dati pure la mano»), Marcello lo paragona a sé e a quello che anche per lui non sta funzionando. Difficoltà respiratorie, soprattutto in palestra sotto sforzo: tosse convulsa, un battito che gli introna le orecchie. Si allena sempre di meno, quando è andato a Roma ha preferito non vedere Walter perché si vergognava a spogliarsi così secco. "De faccia" si consola, "so' rimasto bello, farò dei ruoli vestito" – ma ormai è un riflesso meccanico: lo sa che il sentiero è in discesa, che per pareggiare l'imponenza svanita dovrà adattarsi a prestazioni a cui i giovani non si abbassano. Nel nuovo ambiente è solo, "la comitiva non te la rifai dopo i quarant'anni". Giuseppe è incazzato con lui perché sostiene di non sentirsi amato; lo accusa di essere troppo abulico e inerte, se hai la sensibilità di un manichino io da manichino ti tratto – le mucose esposte all'aria, tutto un entrare e un uscire, come un lavoro d'ufficio. Tanto vale allora accontentare Chiara e accettare l'impiego da portantino: se l'immagina come una morte civile ma hai visto mai. Oppure guidare l'ambulanza per la ditta convenzionata, "così a comprà la roba ce passo co' 'a sirena, me fanno pure largo". Qui a Milano le donne ti ispirano tutto meno che l'amore, e il pane ha la crosta che si sbriciola. Marcello non può più nemmeno isolarsi in bagno perché Chiara ha tolto la chiave, "je piace avé tutto sotto controllo". M'ha castrato sempre, riflette Marcello, la sua mentalità ristretta mi limita... però se non la sposavo magari m'ero sbandato... ciò ancora delle risorse, bisogna vivere comunque. E poi il giorno del provino, che mi so' imbrogliato per l'emozione, all'uscita è scoppiato un uragano con grandine e fulmini, mi sa che pure dio era contrario. Chiara ha sempre il muso storto, vive di rancori. "Se credono che io ce godo a fà stà male 'e persone, ma pe' me se potrebbe abità pure tutti insieme, come 'na grande famiglia... io nun rimpiango niente."

"Il primo passo per la realizzazione della Casa del Ballo della capitale, sul modello delle Case del Jazz e del Cinema già esistenti, è arrivato con l'approvazione in aula Giulio Cesare della delibera che distribuisce i fondi per Roma capitale e che destina un milione di euro alla realizzazione appunto della Casa del Ballo. Sorgerà in zona Prenestina-Palmiro Togliatti in un'area situata di fronte a un centro carni, dove doveva sorgere un teatro. Grazie al cambio di destinazione d'uso effettuato lo scorso luglio, quell'area, che si estende solo internamente su una superficie di quasi 4000 mq, ospiterà la Casa del Ballo. Il presidente della commissione capitolina alla Cultura ha spiegato che tra una decina di giorni sarà affidato il progetto; la fase di riqualificazione inizierà probabilmente nel 2009, dopo di che serviranno diciotto-venti mesi per veder ultimata la struttura."

"È pronta negli stabilimenti della Herrenknecht la prima delle talpe meccaniche che scaveranno le gallerie della linea B1 della metropolitana di Roma. Saranno due le Tunnel Boring Machine che verranno impiegate per lo scavo. La TBM appena costruita scaverà uno dei due tunnel a partire dal pozzo della stazione Conca d'Oro in direzione Bologna, al termine di una lunga e complessa fase di montaggio che sarà avviata all'interno del pozzo all'inizio del 2008. Nel corso dello scavo lavoreranno sulla macchina squadre di circa dodici operai specializzati che si alterneranno in turni per coprire l'intero arco delle ventiquattro ore."

"Con il termine 'autopromozione' si intende la pianificazione e la realizzazione di servizi, attrezzature e infrastrutture da parte dell'Amministrazione Comunale, con il coinvolgimento diretto dei cittadini che si fanno promotori dell'attuazione delle opere pubbliche nelle zone ex abusive. La partecipazione degli abitanti all'esecuzione dei lavori garantisce sia la condivisione degli obiettivi, sia la successiva conservazione del bene in quanto frutto dell'opera comune. Inoltre, rafforza il senso di identità collettivo, assicura una maggiore trasparenza e, attraverso la condivisione delle decisioni relative all'impiego dei fondi comunali, promuove la creazione di un indotto economico e di una forma di bilancio partecipato."

Nella piazzetta triangolare in cui confluiscono via dell'Acqua Bullicante e via della Maranella gli immigrati bengalesi hanno eretto un altare alla dea Kali; c'è un canaletto collegato alla fogna per far defluire il sangue degli agnelli sgozzati. Un lieve tanfo di macelleria tra fiori gialli e arancione, nell'ironia benevola dei romani («la dea Kalì, che magna riso e caca supplì»). E lei, la dea dalle carni azzurre, regge col pugno sinistro un uomo decapitato mentre l'altra mano è sollevata in segno di pace. Regina della gloria, padrona inconcussa. Ascolta il fruscio delle galassie nelle marane inquinate, nelle cave di tufo dove si alternano laghetti sportivi e veleni: "come sta il mondo?"; "il vostro pianeta è un servizio, dove sono le pietanze?". Ascolta se arriva il respiro degli altri dèi, anche loro insonni, molti che raspano nella spazzatura.

L'aria è ammorbata di idrocarburi, grassa di un viscidume che incolla ogni cosa a ogni altra cosa, i polmoni si intasano di muco. Vicino al megastore di Decathlon, tra Carrefour e la Romanina, Ercole ha udito il richiamo: la voce della madre, lui odiatore delle madri e simbolo di vagabondaggio. Ercole è il tutore della vastità e sta esplorando corridoi, passaggi, istmi da tagliare – mai più discese agli inferi, visto che i dannati negano di esserlo. La durata come unico valore della vita. Nostalgico di nuove schiavitù, non è più questo il suo territorio, le ultime incarnazioni lo hanno deluso; i suoi altari sono viventi, terribilmente effimeri. Da qui gli dèi sloggiano, fanno fagotto: Artemide rimpiange gli inseguimenti che non ci sono più, Dioniso amico della vittoria si traveste da collaborazionista e scivola tra la lattuga. Qui le orecchie degli uomini sono sorde: troppo pochi dislivelli, troppo risparmio. Se gli dèi ambulanti non hanno mai prevalso sul Dio del deserto, stanziale e cocciuto, è perché sono in dissidio perpetuo tra loro: individualisti attratti dal movimento, dalle coste frastagliate, dai battiti cardiaci.

Un vecchio obeso, con un maglione rosso sporco di cioccolato e le scarpe da ginnastica, ronza per le borgate e si appunta le storie. La segretaria coi tacchi a spillo, il tailleur coi bordini di pelle e la permanente ossigenata stile Assunta Almirante: amante del deputato, alla cena di beneficenza siede al tavolo delle autorità mentre il marito sghignazza coi bodyguard. Il tunisino che, semi-ubriaco davanti a una bottiglia di slivoviz, assicura che la moglie del presidente Ben Alì esercitava come prostituta a Parigi. Il pedofilo che fa il gesto dell'ombrello ai carabinieri tornando in autobus, dopo aver trovato qualche bella situazione al campo rom. La famiglia africana che ha adottato un orfanello di Cuneo. Il cubista tecnico elettronico derubato da due viados che gli sono saliti in macchina – gli spiace soprattutto per la "lampada indossabile" della Toshiba.

Il vecchio registra mentalmente gli uffici, i telefoni, le gru, le coscienze a posto; le scalate commerciali, i passi falsi, le colonnine a specchio, i vermi nel cuore.

Assiste all'uscita degli scolari dalla Pisacane: cinesine con le trecce, mongoli grassottelli e quasi rasati, un pischelletto romano con la faccia da lenza, marocchine dalla codona a cespuglio, una piccola polacca col fermacapelli rosa. Le borgate sono il nostro domani ma il domani non si deciderà in borgata; qui è l'arsenale del futuro ma gli ingegneri abitano nelle acropoli. Questa non è che una sterminata sala d'attesa, una folla brulicante alla fermata delle astronavi. Il supertopo è stato creato inserendo nel DNA un potenziatore dell'attività del gene PEPCK-C, per moltiplicare il rispettivo enzima nei muscoli; il supertopo può correre per cinque ore senza mai fermarsi e ha una vita sessuale più intensa del doppio («'ndo se compra, oh?»). Quattro fratelli tra i diciassette e i venticinque anni saccheggiano ridendo la ferramenta del padre; una ragazzina esce dal supermercato abbracciando stretta stretta la tata; la commessa non sposata rinuncia alle vacanze per accudire il figlio del suo compagno; il meccanico fa l'amore di malavoglia tenendosi su l'auricolare. Le sociologie cadono a pezzi, elencare non basta; una mappa ragionata potrà disegnarla soltanto chi avrà la mente libera da ossessioni.

"Ho teorizzato che tutto il mondo stava diventando gay; ora teorizzo che il mondo sta diventando un'immensa borgata; non sarà perché" pensa il vecchio camminando verso via Vermeer "mi è mancato il coraggio di ammettere che per me un borgataro gay era diventato tutto il mondo?" Si racconta che le volpi spazzino le proprie tracce con la coda per non essere scovate dai cacciatori. Il vecchio ha terrore che qualcuno gli rivolga la parola o peggio, di dovere lui rivolgersi a qualcuno; rasenta la rete metallica e tiene lo sguardo basso mentre si avvicina alla casa ma non c'è pericolo, nessuno si occupa di lui – ricorda quando Jago, vedendolo di rado, reprimeva un brontolio e poi si pisciava sotto per l'emozione.

Dopo il negozio di articoli sportivi si ferma a osservare una banda di ragazzetti che scassinano un distributore di profilattici. Un tredicenne rumeno è il più audace, si chiama Nicu; affronta il vecchio a muso duro, non raccoglie le giustificazioni: «vai vai» lo liquida, «ma vai a casa, va'... che ti sta cercando la morte e tu sei in giro».

Nota

Le vicende raccontate nel libro sono fittizie e i personaggi inventati, ma i dati ambientali sono disperatamente veri; ringrazio gli amici, i conoscenti, i rappresentanti delle istituzioni che me li hanno forniti. Qualunque eventuale coincidenza di nomi e professioni con quelli di persone davvero esistenti è da attribuirsi a un puro gioco del caso. Solo ai personaggi noti della politica e dello spettacolo ho conservato i loro nomi, per il consueto effetto di realtà: ma il chiacchiericcio che li coinvolge è romanzesco. I pochi asterischi sono un'eredità della paura. La topografia di Roma è anch'essa un personaggio, finta e vera nello stesso tempo; il romanesco non è quello filologico dei puristi ma quello, non uniforme e contaminato con l'italiano, che oggi si parla in borgata.

Indice

«Il contagio»
di Walter Siti
Oscar contemporanea
Arnoldo Mondadori Editore

Questo volume è stato stampato
presso Mondadori Printing S.p.A.
Stabilimento NSM - Cles (TN)
Stampato in Italia - Printed in Italy